WHAT IF...

E SE... LOKI FOSSE DIGNO?

MARVEL

WHAT IF...

E SE... LOKI FOSSE DIGNO?
UMA HISTÓRIA DE LOKI E VALQUÍRIA

MADELEINE ROUX

© 2024 MARVEL. All rights reserved.
What if... Loki was worthy?

Todos os direitos de tradução reservados e protegidos pela Lei 9.610 de 19/02/1998. Nenhuma parte desta publicação, sem autorização prévia por escrito da editora, poderá ser reproduzida ou transmitida sejam quais forem os meios empregados: eletrônicos, mecânicos, fotográficos, gravação ou quaisquer outros.

EXCELSIOR — BOOK ONE
COORDENADORA EDITORIAL *Francine C. Silva*
TRADUÇÃO *Lina Machado*
PREPARAÇÃO *Tainá Fabrin*
REVISÃO *Daniela Toledo e Lucas Benetti*
ADAPTAÇÃO DE CAPA E DIAGRAMAÇÃO *Victor Gerhardt* | CALLIOPE
DESIGN ORIGINAL DE CAPA *Cassie Gonzales e Jeff Langevin*
ARTE ORIGINAL DE CAPA *Jeff Langevin*
TIPOGRAFIA *Adobe Caslon Pro*
IMPRESSÃO *Hawaii Gráfica*

Dados Internacionais de Catalogação na Publicação (CIP)
Angélica Ilacqua CRB-8/7057

R773e	Roux, Madeleine
	E se Loki fosse digno? / Madeleine Roux ; tradução de Lina Machado. — São Paulo : Excelsior, 2024.
	304 p. ; il. (WHAT IF…)
	ISBN 978-65-85849-54-8
	Título original: *WHAT IF… Loki was worthy?*
	1. Ficção norte-americana 2. Super-heróis 3. Loki - Personagem fictício I. Título II. Machado, Lina III. Série
24-4361	CDD 813.6

Para meus irmãos

Atirei minha flecha sobre a casa e feri meu irmão.
William Shakespeare
Hamlet, Ato 5, Cena 2

A VASTIDÃO DO ESPAÇO

AGORA

Já haviam se passado exatamente 967 anos desde que a Vigia detectou algo parecido com surpresa arranhando o limite de sua consciência. Ser a Vigia era tornar-se uma observadora, uma estranha não apenas aos acontecimentos, mas também às emoções. *Surpresa,* pensou ela, *que coisa estranha,* primeiro achando graça e depois rapidamente alarmada. Afastou-se de suas reflexões sem propósito e se voltou àquela vaga sugestão de sentimento. *Surpresa.* O que isso podia significar? Era uma previsão? Um presságio? Um aviso?

Ela estivera meditando sobre a perda e a ironia que é a Vigia perder até mesmo a própria experiência da perda. A Vigia ruminou essa ideia por algumas décadas, ela sabia que era autoindulgente, mas seu trabalho era existir e monitorar, não interferir. Ocorreu-lhe então que, talvez, a surpresa incômoda e irritante já estivesse ali há muito tempo, esgueirando-se nas margens, feito uma criança ansiosa e saltitante esperando que a mãe notasse sua presença.

Eu estive contemplando ou estive dormindo?

O número insondável de universos dentro do Multiverso à disposição de sua visão desenrolou-se diante dela, abrindo-se em um arco, tão agradável e ordenado quanto um mágico espalhando suas cartas. Mundos abundantes, desolados, oceânicos, vulcânicos, utópicos, discordantes, prósperos e devastados podiam ser vistos, cada um tão colorido, estranho e misterioso quanto as mesmas cartas do mágico. Não, misterioso não; nada era invisível ou desconhecido para a Vigia. Ela presumira que, quando o manto caísse sobre seus ombros, tal onisciência traria paz e, talvez, por um momento (um verdadeiro momento para nós, um mero milênio para ela), tenha trazido.

Tais coisas desapareceram. Como todas as coisas desapareciam. Como todos esses mundos visíveis para ela um dia desapareceriam. A Vigia procurou, permitindo que essa sensação de "surpresa" a guiasse. De onde vinha? E por que ela estava agora cheia de uma sensação pesada, que sugeria que sua atenção estava atrasada?

Não tem sentido — não posso ficar surpresa. Eu sei tudo o que aconteceu, vai acontecer ou está acontecendo. E ainda assim... E ainda assim.

Sua mente examinou as cartas, procurou pelo infinito, e uma onda de calor a percorreu, começando na ponta dos dedos e terminando no couro cabeludo. Conforme seus olhos se fecharam e a busca continuou, clarões chocantes de cores explodiram em suas pálpebras, seguidos por um perfume.

Familiar.

Reconfortante.

Impossível.

Canela e depois algo rico e intenso que ondulava em direção a ela na brisa fria da manhã. Um sino soou. Um cântico se elevou, palavras mágicas, palavras sagradas. *"As folhas diurnas crescem sem cessar. As folhas diurnas crescem sem cessar..."*

Um ser tão poderoso não estava acostumado a se sentir impotente, mas algo a dominou. O perfume. Os sinos. O cântico. Diante dos olhos da Vigia, o baralho de universos, de mundos, moldou-se em retângulos individuais, cada um decorado com símbolos e números. Uma memória a puxou além de sua própria existência. Inconcebivelmente, era anterior a ela. Como? Suas mãos pairaram sobre os mundos que haviam se tornado, claramente, cartas. Cartas cobertas de símbolos. Como se estivessem magnetizadas, suas mãos pairaram de um lado para outro, atraídas, puxadas, e, por fim, ancoradas acima de uma carta.

As mãos da Vigia pressionaram a carta; seus sentidos foram sobrepujados mais uma vez. Imagens passaram velozes por sua mente: uma árvore florida murchando de repente, coberta de pragas e podridão. A árvore virou pó, substituída por uma queda de cálices que tombaram e tilintaram, caindo em um chão coberto de espadas manchadas de sangue.

Isso era uma lembrança, ela sabia com toda certeza, mas não podia ser. Nada existia antes da Vigia. Mãos gentis e frágeis seguraram as dela, atraindo sua atenção para cima, e ali a Vigia viu uma presença sombria que presidia aquela confusão de taças e espadas. O estranho olhou para ela e a Vigia sentiu que não estava sozinha. Sim, essa presença tinha tomado suas mãos, mas havia alguém ao lado da Vigia também, sua juventude e vitalidade eram tão fortes quanto o clarão selvagem e intenso de uma nebulosa solar dando à luz um sol.

Tão abruptamente quanto as imagens e os estranhos surgiram e dominaram a Vigia, eles desapareceram. Sozinha mais uma vez no deserto neutro e ininterrupto do espaço e do tempo. Ela estava sozinha, porém, não de mãos vazias. A Vigia não tinha sentido a própria respiração falhar ou o pulso se acelerar há eras, e aos poucos, talvez no decorrer de uma semana, ela voltou a si. Quando o fez, ainda segurava a carta, aquela que irradiava uma emoção única e eletrizante: surpresa.

Algo está prestes a mudar, pensou a Vigia. *Algo está prestes a se romper.*

Uma árvore floresceu na carta que flutuava acima das palmas das mãos dela. Yggdrasil, a Árvore do Mundo. Ainda não havia murchado e implodido como as visões perturbadoras previram, mas ali, quase imperceptível, em um galho muito, muito alto, uma folha verde tremia e amarelava e se agarrava precariamente à sua casa.

Yggdrasil podia significar muitas coisas, mas a Vigia, como de costume, tinha um palpite.

Tantos mundos, tão pouco tempo. Possibilidades infinitas, criando realidades infinitas. Há muito tempo observo o deus malandro semear caos, por que sua sede de confusão chamaria minha atenção agora?

A pequena folha da grande árvore de uma carta do tamanho de um mundo estremeceu mais uma vez e começou a cair.

Algo está prestes a mudar. Algo está prestes a se romper.

1
ASGARD

Agora Loki Laufeyson estava perto de realizar de fato a ação cruel, e suas mãos tremiam.

Nas profundezas das torres de Valaskjalf, seu pai jazia diante dele, encapsulado em um largo tubo de ouro puro. O quarto cintilava com seu brilho, com a aura ao redor da figura adormecida, a característica da luz sempre mudando, em um momento calmante e no seguinte saltando com centelhas e lampejos travessos. Tudo estava dourado ao redor deles, dando ao ambiente a sensação de que era um lugar fora do tempo. Um lugar de sonhos.

Um lugar onde tudo, realmente, era possível.

Loki se ajoelhou, ambos os cotovelos se enterrando com força nas rótulas para se apoiar, as mãos entrelaçadas, embora seus dedos continuassem a tremer. Ele se deleitava com um momento do destino, mas nunca se preocupava com o peso das consequências. Quais eram as consequências para um deus? Eram pouco mais que inconvenientes. E, de qualquer forma, ruminar arruinava a diversão. Mesmo esta, sua jogada mais perigosa até agora, não deveria ser desprovida de humor. Não, esse deus diante dele não tinha humor, Odin Borson, rei de Asgard, seu pai adotivo. Esse deus que parece um bloco grisalho, marcado por cicatrizes de inúmeras batalhas, adornado com uma barba feito líquen branco de geada. Pedregoso. Imóvel. Odin achava as piadas e travessuras de Loki tediosas, porque, apesar de todo o seu poder e longevidade, o pai de Loki era um javali sem alegria.

Que desperdício.

— Qual é a forma do seu sonho, Odin? — perguntou Loki. Ele se levantou, sentindo o sangue correr pelas pernas até os dedos dos pés. — Não posso lhe dizer qual é a forma do meu, pois onde deveria haver cor, movimento e símbolo, não há nada. Certa vez, sonhei com a silhueta de um homem parado acima de mim e pensei que fosse você, mas agora não tenho tanta certeza. Meus sonhos são vazios, pai, então devo criar minha vida para que seja plena.

A porta atrás dele abriu e se fechou, e Loki se curvou.

Ele olhou por cima do ombro e depois voltou a olhar para Odin. Ele sorriu, ligeiramente, como se distraído, por um instante, por uma lembrança divertida e distante. Passos desajeitados trouxeram a anã até o seu lado. Ela era de Nidavellir, uma mente brilhante severamente negligenciada, uma solução cirúrgica disfarçada de instrumento grosseiro. Loki a descobriu durante um dia de petições perante a corte real, um exercício que seu irmão Thor detestava e evitava sempre que possível. Como tantas vezes acontecia, coube à rainha Frigga ouvir as queixas dos cidadãos de origem nobre e dos de origem inferior e julgá-las. Loki gostava de assistir a essas trivialidades da corte, encontrando valor nas injustiças apresentadas à rainha — nesses momentos, as pessoas muitas vezes deixavam suas máscaras escorregarem, levadas pela tristeza ou indignação a falar mais do que o estritamente necessário. Segredos. Crimes. Vergonhas. É claro, Thor não via valor naquela moeda. Como poderia? O filho dourado dos deuses dourados jamais mergulharia nas correntes mais sombrias que correm pelas ruas e esgotos comuns de sua sociedade. Thor não precisava de segredos ou vergonha.

Loki era mais esperto.

— Você trouxe? — perguntou ele.

— Trouxe. — Kvisa Röksdóttir, coberta de peles cinzentas, couro e correntes, retirou um cristal que pulsava devagar de dentro da bolsa pendurada em seu cinto largo. O cheiro das forjas pairava sobre ela, um perfume estranhamente sulfuroso. Ela ergueu o cristal para ele, com linhas de preocupação manchadas de fuligem gravadas em sua testa. Antes que Loki pudesse pegar o cristal, Kvisa hesitou, puxando-o de volta. — Meu príncipe...

— É ele? — Loki acenou com a cabeça em direção a Odin. — Ah. A presença dele incomoda você.

Ela se encolheu.

— É estranho fazer isso aqui. Não foi ele quem rejeitou minha petição.

— A rainha Frigga fala por ele enquanto ele dorme no Sono de Odin — respondeu Loki, impaciente. Ele estendeu a mão para o cristal de novo, mas ela negou, fechando a gema em seu punho e apertando-a contra o peito. *Ingrata. Impudente.* Uma serpente se desenrolou no estômago dele e, com ela, o desejo feio, mas compreensível, de simplesmente tomar o cristal dela. Ele poderia fazer isso.

Ele *deveria* fazer isso.

— Fizemos um acordo. Recuar agora é covardia. — Sua voz era um rosnado. Suas mãos se fecharam em punhos. Magia antiga e raivosa aproximou-se dele. Ele não permitiria que seu plano cuidadosamente elaborado desmoronasse, não agora, não depois de ter se ajoelhado ao lado do pai e se vangloriado.

— Não sei — respondeu Kvisa, afastando-se.

— Sabe, sim. — Loki suspirou e deixou sua melhor natureza ter uma rara vitória. Poderia ter sido mais bondoso arrancar o cristal das mãos dela, mas havia mais prazer em obtê-lo apropriadamente. Apropriadamente, com manipulação. Ela precisava entregá-lo por vontade própria. Afinal, um pedaço da alma de Kvisa estava ligado a ele. — Com sua descoberta genial — sussurrou ele, estendendo a mão para receber o que lhe era devido. Seus vívidos olhos verdes reluziam. — Vamos consertar muitos erros. Não vacile, minha amiga.

Kvisa não parecia muito convencida. Oscilando de um pé para o outro, ela mordeu o lábio inferior e olhou para a forma adormecida de Odin.

— Ele não... ele não consegue nos ouvir?

Com um floreio, Loki se virou e bateu na barreira brilhante que protegia seu pai. Não houve agitação lá dentro, embora o barulho ecoasse por um momento pela câmara.

— Está vendo? — Loki riu consigo mesmo. — Não tem ninguém em casa.

Deuses, mas ela era uma mulher teimosa. Kvisa apenas franziu a testa, ainda segurando (petulantemente, na opinião dele) o cristal contra a garganta. Sendo assim, Loki pulou em cima da cama dourada, pousando na barreira, a luz brilhante e dançante curvou-se ao redor dele, lançando formas irregulares contra as paredes e o teto. Kvisa olhou para ele, já baixa, mas agora ainda menor, enquanto ele ficava de pé triunfalmente em cima do corpo imóvel do pai.

— Diga, requerente, qual é a sua queixa?

Os olhos esmeralda de Kvisa se arregalaram e ela apontou para si mesma.

— Sim, você. Você, a requerente.

Ela deu um sorrisinho, corando. Ela estava brincando com ele? Aquela cobra interna sibilou, e o veneno ardeu por suas veias.

— Svansi, o líder do grupo da minha forja, se recusa a integrar meu novo projeto para o Destruidor… — Conforme a anã falava, ela pareceu ganhar ímpeto e confiança, suas palavras saindo mais rápido, atropelando-se, enquanto ela deixava a mão que segurava a gema cair ao lado do corpo. Os nós dos dedos dela ficaram brancos quando ela a apertou. — Ele é um tolo, e a rainha, também! Meu design é superior em todos os aspectos, proporcionando um controle muito maior sobre o Destruidor. Talvez… Talvez haja questões menores de segurança a serem consideradas, mas essas coisas são inimigas da inovação. Apegar-se ao caminho antigo é teimosia, e o nosso grupo sofre por causa da mente pequena de Svansi. Ele deve aprender uma lição, pois não vai escutar, a rainha não vai escutar… — Seus olhos se voltaram para Loki, e um sorriso de verdade apareceu. Não era mais um sorrisinho. — Mas Loki Laufeyson escuta.

— Sim. *Sim*. Deixe suas palavras obscurecerem os sonhos de Odin. — Loki riu, exultante. Com a bota direita, ele pisoteou com força na cabeça de Odin através da barreira. — Diga isso de novo! Mais alto!

— Loki Laufeyson escuta! — berrou Kvisa, correspondendo à alegria dele. — Ele é um deus de visão!

Ele bateu o pé no rosto do pai repetidas vezes e os dois riram juntos.

— Só lamento, minha querida Kvisa, é que Odin não estará acordado para ver.

— Ele vai saber com o tempo — respondeu a anã. Seus olhos reluziram com a luz que fulgurava da cama protegida. — Sua inteligência superior será conhecida, e a minha também. Nós dois teremos nossa vingança.

Enfim. Enfim. Ela ergueu a mão calosa e abriu-a, oferecendo o cristal a ele. Pulsava com tentação. Loki não vacilou. Ele pegou a coisa da mão dela, uma série de sussurros surgiram da gema, envolvendo seu braço. Era a voz de Kvisa nos sussurros, mas fantasmagórica, como se sua alma estivesse gritando.

E SE... LOKI FOSSE DIGNO?

— Thor parte amanhã — murmurou Loki, fascinado pelo poder frio fervilhando dentro do cristal. O plano avançaria agora que ele tinha a última peça. — O idiota do meu irmão pensa que está indo para Jotunheim, acompanhado de nada além de uma simples patrulha, mas ele e o Destruidor nunca chegarão ao destino planejado e o caos será de tirar o fôlego. — Loki olhou para baixo, encarando o rosto de seu pai adormecido. — Odin, meu velho, seu filho favorito finalmente conhecerá a vergonha, e não há nada que você possa fazer para evitar isso.

— Venha! — chamou ele, saltando da cama. — Venha, temos muito o que preparar. — Loki mal podia esperar para começar, dando passos largos, iluminado com a atração da rebeldia iminente. — Precisamos nos assegurar de que esse novo sistema de controle funciona corretamente e fazer todas as verificações e coisas do tipo agora.

Kvisa se esforçou para acompanhá-lo, encontrando-o na porta. Olhando para o pai uma última vez, Loki colocou o cristal no bolso. A antiga magia de antes saltou ao seu alcance; ele tecia e controlava com mãos experientes e ansiosas.

— Como chegaremos ao Destruidor? — perguntou ela, com a testa franzida. — Nunca está desprotegido.

— Você me conhece melhor do que isso, Kvisa. Eu penso em tudo.

A energia sombria de sua magia envolveu os dois, escondendo-os de qualquer olhar indiscreto enquanto deixavam Odin para trás. Lá fora, o palácio estava silencioso, zumbindo suavemente com vozes distantes e o ruído abafado de passos. A luz do sol no corredor era clara e prateada, entrando pelas janelas altas e estreitas que imitavam a arquitetura alta do próprio salão. Enquanto caminhavam, eles se tornaram nada mais do que uma ilusão da luz. Eles prosseguiram depressa, sem serem notados pelos guardas do palácio ou pelos cortesãos, Loki navegava pelas artérias menos utilizadas do lugar. Eles não podiam evitar passar por uma das três entradas largas como avenidas da sala do trono, sendo essa parte da jornada, sem dúvidas, a mais provável de resultar em problemas.

Ao se aproximarem do pilar branco cristalino em frente à entrada para a câmara de audiências, ele notou um grande corpo branco caído no chão. Era Thori, o cão infernal de Loki, dormindo com sua papada mole espalhada pelo chão de mármore. Vapor se elevava preguiçosamente de suas narinas. Ele chutou com as patas traseiras, perdido em sonhos, mas despertou e gemeu quando Loki se aproximou.

— Durma — sussurrou Loki carinhosamente para a fera. Ele se abaixou e, com uma mão invisível, deu um tapinha gentil na cabeça do cachorro. — Bom garoto.

Thori soltou um suspiro babado e abaixou a cabeça mais uma vez.

Assim como antes, vozes abafadas chegaram até eles enquanto atravessavam furtivamente o amplo arco aberto que conduzia à sala do trono. Não havia o que fazer. Eles tinham que seguir por esse caminho.

Na ponta do longo tapete com bordas onduladas até os tronos, Loki avistou duas figuras conversando, suas testas quase próximas o suficiente para se encostarem. Eram sua mãe, a rainha Frigga, e seu irmão mais velho, Thor. *Que irritante.* Pior ainda, a conversa murmurada deles chegou até ele com a agudeza dos dardos atirados do próprio arco de Ullr. A natureza cavernosa do salão ampliava cada palavra dita, traindo até o sussurro mais sutil.

— Devia levá-lo com você amanhã — estava dizendo Frigga. Ela cintilava, radiante em um vestido texturizado de cor turquesa suave, a cauda espalhada atrás dela como o rabo de uma sereia. Atrás dela, acima dos assentos gêmeos de Frigga e Odin, os corvos Huginn e Muninn mantinham vigília. Loki saiu da vista deles, puxando Kvisa para um lugar seguro atrás do pilar do outro lado do arco da sala do trono.

— Eu realmente prefiro não levar — respondeu Thor. Ele cruzou os braços musculosos, desafiador. Seu irmão não estava vestido para viajar ou para a batalha, ainda não, usando uma túnica larga de seda vermelha. Era o tipo de roupa que eles costumavam usar quando eram meninos, quando lutavam, quando Loki aprendeu a dura lição sobre o que o tamanho superior fazia durante essas competições. Dizia-se que Odin Borson havia adotado Loki do rei Gigante de Gelo caído, em parte por pena; Loki era apenas uma coisinha encolhida quando foi encontrado, um rebento abandonado, fraco demais para sobreviver sozinho ao inverno. Thor provara isso, um irmão mais velho impiedoso quando se tratava de brigas e luta, prendendo Loki contra o chão na frente de quem quisesse ver, esfregando seu rosto no giz do círculo, o gosto permanecendo na boca do jovem Loki por muito tempo depois da derrota.

Odin havia pegado Loki porque ele era lamentavelmente frágil. No entanto, Loki tinha aprendido. As lições não foram de sua escolha, mas ele não as esqueceu.

— Eu me preocupo com ele — continuou Frigga, suspirando. — Tudo o que ele faz ultimamente é se esgueirar pelo palácio. Preocupa-me o que a mente dele pode evocar na ociosidade.

— Ele nasceu para se esgueirar — comentou Thor, rindo. — Que ele permaneça aqui, sob sua orientação, onde não poderá causar nenhum dano. Se ele me acompanhar até Jotunheim, ficará tentado demais a fazer trapaças. Dê a ele algum trabalho que o distraia aqui e me deixe com meus deveres.

Frigga balançou a cabeça e pareceu subitamente triste.

— Ele é inteligente demais para o próprio bem.

— *Pfft.* — Thor fingiu cuspir nos próprios pés. — Ele nunca usará essa inteligência para o bem e, portanto, você está encarregada de confiná-lo. Pela paz de Asgard e de todos os reinos, tais medidas são necessárias.

— Eu sou a mãe dele — repreendeu Frigga com firmeza. — Não a carcereira.

Thor não teve resposta para isso. Ele deu de ombros e se virou para ir embora.

— Jotunheim espera — declarou para ela.

— Claro. Que meu amor o acompanhe — respondeu ela.

O amor dela. Thor estava tão acostumado a ter isso que não fez nada além de acenar.

Loki arrastou Kvisa para longe da sala do trono. Os passos de seu irmão estavam cada vez mais próximos e mais altos.

— Eles poderiam incluir você nessas discussões — observou Kvisa, estalando a língua.

— Para você ver o que é lealdade familiar. Seus pais tratavam você com respeito?

Kvisa hesitou. Uma sombra passou por seu rosto, visível apenas para Loki.

— Meu pai também era um homem inventivo, embora tenha morrido quando eu era muito jovem. Minha mãe estava mais interessada no poder dos deuses, na magia. Ela também foi tirada de mim cedo demais.

— É bem apropriado, então, que essa sua invenção una ciência e magia. Kvisa grunhiu.

— Talvez eles ficassem orgulhosos.

— Que luxo!

— É isso que você quer? — Kvisa apontou para o cristal no bolso de Loki. — Que o rei e a rainha olhem para você com orgulho? Como conseguirá isso envergonhando seu irmão?

— Não me questione — retrucou Loki. — Você quer se vingar de Svansi e de minha mãe ou não?

A anã se acalmou e olhou para os pés.

— Foi o que pensei. — Loki balançou a cabeça, preocupado com as perguntas perturbadoras dela. — Agora esqueça que você ouviu as palavras venenosas deles. — Juntos, eles avançaram, dobrando a esquina. — E não fale da conversa deles de novo.

— Mas…

— Nunca mais — sibilou ele. — Fique em silêncio, venha e faça o que lhe for ordenado.

Ele empurrou Kvisa para a frente dele e ela parou, tropeçando. A sensação perturbadora de estar sendo observado tomou conta de Loki e ele fez uma pausa. Depois, virou-se e esticou a cabeça no canto do corredor. Thor deixou a sala do trono e foi para seus aposentos privados. Loki o observou saindo. Quando era pequeno, ele ficava acordado à noite e ouvia a voz da mãe através da parede. No quarto ao lado, ela estaria aconchegada com o irmão, contando a Thor uma história para dormir. Frigga às vezes fazia o mesmo por Loki, embora ele não gostasse das histórias dela. Eram muito esperançosas, cheias de heróis que nunca duvidavam e nunca perdiam. Ele não se reconhecia nas coisas que ela contava. Com frequência, Frigga o presenteava com todos os feitos incríveis que ele poderia realizar quando florescesse e crescesse. Ela nunca falava de seu pai biológico ou dos Gigantes de Gelo. Não, em suas histórias, Loki era um deles desde o princípio, destinado a sentir como eles sentiam, pensar como eles pensavam e agir como eles agiam. A Rainha de Asgard nunca parou para considerar que a coisinha encolhida ao seu lado não era um cachorrinho indefeso, mas um lobo esperando que suas presas crescessem.

E que crueldade singularmente maternal, pensou ele, pedir a uma criança que fosse outra pessoa que não ela mesma.

Durante aquela hora de história entreouvida, ao som reconfortante das palavras distorcidas pela parede, Loki listava todas as coisas que eram pequenas, mas muito perigosas.

Vespa, aranha, escorpião...

Certa vez, quando os irmãos eram adolescentes, Thor retornou de uma missão de reconhecimento em Midgard com um estranho tanque cheio de água. Ele o deu de presente para Loki com um sorriso malicioso, pois continha uma coisinha com tentáculos. Thor o chamou de polvo-de-anéis-azuis e informou-lhe de que seria o novo melhor amigo de Loki, pois era quase invisível aos olhos, mas poderosamente venenoso. Fandral e Volstagg, amigos de Thor, riram muito do feito. As risadas continuaram até que Loki encontrou uma forma de extrair um pouco daquele veneno e colocá-lo no mingau de Thor.

Loki se afastou da memória. Um instante depois, Thor desapareceu por outro arco e o palácio caiu em um silêncio desconfortável. Se tudo corresse conforme o planejado, Thor ficaria detido em Midgard, ferido ou, de preferência, tão humilhado pela destruição e pelo pandemônio que nunca mais apareceria nos corredores de Valaskjalf.

Adeus, irmão, pensou. *Não sentirei sua falta.*

2

TERRA
(MIDGARD)

Thor Odinson estava despencando.

Ele estivera caindo pelo que parecia ser uma eternidade. A princípio, era desorientador e confuso, mas não era a primeira vez que o tapete figurado e literal havia sido puxado debaixo dele. Afinal, Thor era irmão mais velho do Deus da Trapaça. Não havia o que fazer: ele riu — riu e depois arrotou. A queda livre estava fazendo coisas estranhas com seu estômago. Ele ia rir com Sif sobre isso mais tarde, tomando de oito a doze canecas de hidromel. Desabar com a capa dando voltas no martelo por mais de 300 mil quilômetros tinha sido uma novidade depois que ele se acostumou à velocidade, mas agora o chão estava se elevando em sua direção e depressa. Uma paisagem urbana se estendia sob seus pés e, a essa velocidade, sua chegada poderia ser catastrófica para qualquer criatura viva nas proximidades. Com um grito, ele jogou o peso para trás com o máximo de força possível, ergueu o martelo, Mjolnir, em direção às nuvens, e deixou a canção de tempestade e fúria que vivia em seu sangue subir atrás de si, preenchendo o espaço por onde havia caído. Semelhante buscou semelhante, e logo aquela canção se acorrentou às nuvens de tempestade reunidas em um sistema distante, a tempestade respondia ao martelo, convocada a ele em um piscar de olhos. Um chiado de eletricidade percorreu os braços dele, uma emoção familiar e galvanizante, e Thor saudou a tempestade, traçando o raio de volta às nuvens, controlando sua velocidade apenas o suficiente para evitar o desastre completo.

O raio prateado dos céus se conectou, seu corpo o acompanhando, e Thor disparou de volta para baixo até pousar com um estrondoso *ca-crack* na confusão e desordem de uma cidade humana. A estrada abaixo dele queimava com ozônio, chamuscada e fragmentada. As faces dele arderam por causa do chicotar frio do vento. A distância da ponte Bifrost até Midgard era enorme, e a queda teria tornado qualquer outra coisa em geleia pulverizada.

Mas não o deus do trovão.

A ideia o inquietou — não a parte da geleia, mas a parte de Midgard. Ele não deveria estar ali; esse não era seu destino. O erro foi dele, de Heimdall ou a culpa era de alguma trapaça. Thor aterrissou de pé. Um instante depois, um grupo de soldados e o Destruidor asgardiano também chegaram, anunciando sua vinda com toda a sutileza do impacto de um asteroide. Eles tiveram menos sorte em controlar a descida.

Midgard. Cidade de Nova York, mais precisamente. Sim, ele conhecia o lugar. Já estivera nesse curioso reino de Yggdrasil muitas vezes antes. Ele reconhecia aquela rua específica. Os terráqueos tinham um sistema regimentado para atravessar suas cidades, já que a vasta metrópole não se parecia em nada com os jardins etéreos de Asgard, com suas vias tranquilas e árvores eternas de cobre e bronze. Os dois lugares eram semelhantes apenas no gosto por torres de vidro. Tudo na cidade de Nova York corria na velocidade de um borrão, exceto o tráfego de suas carroças e carruagens, que se arrastava, a numeração meticulosa das ruas, paradoxalmente, não facilitando nem tornando uma viagem conveniente.

Desse modo, o Destruidor asgardiano aterrissou no meio de uma longa carruagem branca. *Ônibus*. Ele sabia as palavras, mas era mais fácil pensar em sua língua nativa, enquanto sua mente se esforçava para compreender o ambiente inesperado. A patrulha pretendia sair sem causar danos, da Bifrost para os desertos congelados de Jotunheim, e não dobrar um ônibus ao meio feito uma ferradura, ao explodir no caos cosmopolita do centro de Manhattan.

Gritos. Gritos e fumaça. Carruagens se chocavam, buzinando enquanto o cruzamento se enchia de destroços empilhados e terráqueos. Alguns se ajuntaram, segurando a cabeça; outros correram, tirando pequenos quadrados dos bolsos e pressionando-os furiosamente. Os outros asgardianos, envoltos em capas vermelhas e protegidos por grossas armaduras douradas, voltaram-se para ele em busca de comandos.

— Paz! — gritou Thor. Ele subiu em uma das carruagens abandonadas e abriu os braços, em parte em saudação, em parte em rendição.

— Cidadãos de Midgard, não queremos causar nenhum dano ou angústia a vocês! Por favor, mantenham a calma, não chegamos até vocês com violência no coração...

Isso não ajudou em nada a parar os gritos. Frustrante. Cidadãos saíram do ônibus entortado. As malditas e infernais buzinas soaram e berraram em velocidades e tons diferentes. Thor fechou os olhos por um instante, recuperando o juízo. Uma nave parecida com uma libélula voou ruidosamente pela rua, pairando antes de inclinar-se para o lado, uma porta se abriu e revelou vários homens em armaduras pretas. Uma corda foi jogada e eles começaram a deslizar por ela.

— De novo! Paz! Paz, povo de Midgard! — Thor elevou a voz acima das buzinas e do pânico da multidão. Os soldados caíram na rua, carregando o que ele sabia serem armas. Ele observou três dos doze soldados que o acompanhavam erguerem suas alabardas. — Abaixem isso! — Thor bradou. — Não vamos brigar!

Ele notou um carro preto perto dos soldados reunidos no cruzamento. Um homem saiu dele, segurando um daqueles dispositivos quadrados contra o ouvido. Ele parecia atordoado, olhando ao redor com olhos desfocados, uma mão entrelaçada em sua espessa cabeleira. Sangue escorria de um corte em sua testa. Ele não tinha notado ou não se importava com os soldados vestidos de preto posicionados atrás do carro ao lado do dele. Um deles, por trás de máscara e capacete, gritou com ele, gesticulando para que o homem se abaixasse.

— As armas deles não podem nos ferir — advertiu Thor aos asgardianos. — Não importa o que aconteça, não vamos recorrer à violência.

Uma forma bateu no teto da carruagem atrás de Thor. Ele arriscou apenas uma breve olhada. Sif, a que tudo vê, havia chegado, vestida com túnica e perneiras brancas e um peitoral prateado revestido de pedras preciosas. Seu cabelo preto estava enrolado com uma coroa em sua cabeça. Desembainhando uma espada do cinto, Sif permaneceu abaixada no chão, sem se levantar da posição em que havia pousado. Sua lâmina reluzia com uma crosta de cristais de gelo.

— Você está atrasada — rosnou Thor.

— Ah! Eu vi a ponte desaparecer e sua pequena queda — respondeu ela, sem fôlego. — Esse é outro esquema de Loki, certo? Naturalmente, fui questioná-lo sobre isso.

— E aí? Você o encontrou?

— O que acha? — Sif revirou os olhos. — Estou aqui agora, podemos torcer a cabeça dele depois.

— Ai do homem que incorre em sua fúria. Heimdall recuperou o controle da ponte?

— Não, então talvez ele tenha matado Loki antes que eu tenha chance. — Ela notou o pedaço de estrada chamuscada e estilhaçada, sacudindo os longos cabelos negros com um suspiro. — Você fez isso?

— Era isso ou abrir caminho até o metrô, Sif!

— Até o *quê*?

— Não importa! — Não havia tempo para explicar a ela os complexos túneis cheios de trens e ratos que passavam por baixo da cidade. Thor gesticulou com cuidado, devagar, em direção à confusão de carros, vidros e concreto deformado espalhados diante dele. A maioria dos civis havia fugido das imediações, embora mais daquelas máquinas libélulas com os topos giratórios tivessem chegado, o estrépito aumentava em estrondos cada vez mais incríveis, ecoando nas paredes de vidro em ambos os lados da estrada. Helicópteros, como eram chamados. Os midgardianos usavam palavras tão engraçadas em seus designs, e às vezes ele tinha dificuldade para lembrar todas elas. — Me ajude. Talvez seus encantos sejam mais persuasivos. Os midgardianos não se convenceram com meus apelos.

— Você provocou uma tempestade, destruiu as estradas deles e assustou o povo. O que esperava? — Sif se levantou e baixou a espada, o brilho de gelo ao longo da lâmina ofuscando o sol da manhã. — Sugiro que você primeiro envie o Destruidor de volta para Asgard; eles se encolhem diante de sua mera presença.

— Astuta, como sempre. — Thor sorriu e se abaixou em direção ao autômato Destruidor, que aguardava comandos. A tecnologia asgardiana devia parecer uma maravilha para o povo de Midgard, que permanecia ignorante quanto à realidade maior das coisas. Era assim que deveria ser. Os problemas dos reinos, todos os planos conectados à magnífica Árvore do Mundo, deveriam ser resolvidos pelos deuses. Odin declarava que era um fardo e uma vocação, um encargo que nunca deveria ser negligenciado ou encarado levianamente, mas Thor nunca tinha visto isso dessa forma — era uma honra salvaguardar os reinos. E era divertido.

O Destruidor havia sido construído para proteger os tesouros do cofre de Odin, mas em tempos de paz seus usos eram muitos. Asgard não estava sob ameaça direta e, portanto, o Destruidor poderia ser trazido em patrulhas de rotina, um símbolo de força, um lembrete de que Thor e os seus estavam bem equipados para combater qualquer ameaça externa ou, como às vezes lamentavelmente ocorria, interna. Tinha quase metade da altura do edifício midgardiano mais próximo, construído inteiramente com metais raros, tão duráveis que apenas o próprio Mjolnir seria capaz de causar danos reais ao seu invólucro. Por enquanto, parecia um guerreiro usando armadura em posição de sentido, imóvel e vigilante, espinhos se elevavam de seus ombros e o elmo adornado com asas que formava sua cabeça. Seu rosto tinha uma expressão carrancuda fixa, uma ameaça silenciosa de dominação.

— Vossa Alteza? — A soldado Bryldir virou-se para encará-lo. Ela estava entre os seis patrulheiros asgardianos que o acompanhavam. Eles nunca haviam lutado lado a lado antes. Bryldir era inexperiente, mas capaz, e esse mal-entendido serviria como uma importante lição de moderação.

— Sif cuidará disso — disse Thor calmamente para ela.

Eles haviam sobrevivido a dificuldades muito mais desagradáveis, livraram-se de perigos que faziam esse impasse parecer uma bebida derramada entre amigos. Bryldir engoliu em seco com dificuldade, assentiu e voltou seu olhar para as máquinas que pairavam acima dos soldados blindados de Midgard.

— Olá! — chamou Sif esses mesmos homens. — Abaixem as armas. Que haja palavras entre nós, não armas!

Ele ouviu um zumbido baixo do Destruidor. Sem o esforço ou comandos de Thor, a máquina estava despertando.

Os olhos do Destruidor brilhavam com uma luz roxa, sua cabeça se movia de um lado para outro como se estivesse despertando de um sono profundo. Sif não notou, continuando a pedir amizade e, embora o fizesse de todo o coração e com a experiência de centenas de campanhas bem-sucedidas, os soldados não estavam mais lhe dando atenção. Thor observou os olhares deles mudarem de foco e suas armas serem reposicionadas.

— Pare, Destruidor. — Thor primeiro pensou e depois falou, mas seu poder sobre o Destruidor havia sido rompido de alguma maneira.

— Retorne a Asgard. Como Thor, seu mestre, ordeno-lhe, máquina: pare e retorne para sua casa.

Sif olhou por cima do ombro, notando os olhos estranhos e a postura cada vez mais larga do Destruidor. Ela deu vários passos para o lado até ficar parada na frente dele. Mais uma vez, ela implorou aos soldados.

— Não há necessidade de...

Thor entendia a guerra. Ele sentiu a mudança da maré antes que a onda fatal se erguesse e chegasse ao ápice. Ele viu e sentiu o medo dos soldados midgardianos, ouviu suas respirações ficarem mais curtas e viu seus olhos se arregalarem, conforme o poço profundo do peito do Destruidor e todos os mecanismos perigosos dentro dele zumbiram, concentrando poder, antes de desencadear uma explosão devastadora.

Um feixe de luz laranja cauterizante irrompeu da boca do Destruidor, vaporizando metade do carro que os soldados usavam como cobertura, e com ele três dos homens. Thor reagiu quando o laser disparou. Se o Destruidor não ia obedecê-lo, então, seria partido pedaço a pedaço, reduzido a sucata por Mjolnir. Sif saltou para fora do caminho do perigo e para a frente dos asgardianos, lembrando-os em um grito desesperado para não atacarem. Eles ergueram suas alabardas e se protegeram, agachando-se contra os terráqueos e seu armamento. Os rifles do outro lado do cruzamento berraram e dispararam, as balas descarregando na direção do Destruidor, mas muitas erraram o alvo.

Thor passou o Mjolnir para a mão esquerda, usando a resistente tira de couro para girar o martelo e desviar os tiros. O Destruidor se virou para a direita quando Thor se chocou contra ele com o ombro, trazendo consigo todo o peso de seu corpo. Mesmo assim a máquina disparou, tropeçando brevemente, a cabeça atirada para trás, sua arma laser partiu um dos helicópteros ao meio. Os dois pedaços fumegantes caíram na pista, dispersando os soldados humanos. Eles recuaram, abandonando sua cobertura arruinada, enquanto três vans pretas paravam de ambos os lados da via, contendo a violência nas imediações. Os humanos não compreendiam, não podiam compreender, que um Destruidor asgardiano descontrolado acabaria depressa com qualquer arma que usassem contra ele.

— Fujam! — trovejou Thor para todos, para qualquer um que quisesse ouvir. — Peguem seus homens e vão! Não há nada... — Thor passou o martelo para a mão direita e girou, acertando a nuca do Destruidor — a ser feito! Fujam! — Ele atacou com o pé direito, amassando a máquina logo acima do joelho. — A máquina desafia a nossa vontade! Vão!

— Asgardianos! Comigo! — Sif avançou para o cruzamento, levando Bryldir e os outros com ela. — Essa confusão com o Destruidor é coisa do seu irmão? Parece trabalho dele.

— Loki, sim! — gritou ele para ela. — Ah, seria típico dele se deleitar com tamanho caos.

Mais soldados armados saíram das vans que haviam chegado. Sif ordenou que os asgardianos se espalhassem; com a espada de gelo erguida, ela provocou o Destruidor para que atacasse. Ele atacou, mas não antes de dar uma cotovelada forte no peito de Thor. A dor explodiu em sua clavícula, um zumbido como eletricidade em seus ouvidos, enquanto ele cambaleava para trás. A fúria laranja brilhou no Destruidor, mas Sif se esquivou com facilidade, teletransportando-se antes que o golpe mortal pudesse atingi-la.

Thor segurou o próprio peito, sentindo onde a armadura havia se amassado, as bordas se cravando na pele. Fumaça subia da rua, dos prédios, dos destroços que se amontoavam na estrada. Um asgardiano gritou para o Destruidor para distraí-lo, mas saiu da vista dele devagar demais, encontrando seu fim.

Os humanos retaliaram, o errático e explosivo *pop-pa-pop-pa-pop* de seus rifles abafavam a voz de Sif. Cada explosão era água, retornando para ele repetidas vezes dentro da ravina de vidro, cada disparo chocalhando em seu peito antes que a próxima saraivada começasse. O foco de Thor se concentrou no Destruidor, enquanto ignorava a confusão de fumaça e metal ao seu redor, confiando que Sif cuidaria do que pudesse, deixando a máquina para ele. Os esforços dela e dos asgardianos não foram em vão: distraído, a cavidade torácica do Destruidor tremeu enquanto acumulava força, disparando outro raio derretido com precisão de navalha, cortando uma van preta ao meio horizontalmente. Dos soldados humanos reunidos diante dela, alguns se abaixaram; outros não.

Protegê-los. Proteger a todos eles. E depois: Loki será banido de Asgard por isso, ou pior. Ele vai merecer, e eu vou garantir que seja feito.

Era obra de Loki, claro que era, pois quem mais poderia conceber traição tão ardilosa?

Thor balançou o Mjolnir com as duas mãos, girando nele, a canção de relâmpagos e trovões em seu sangue foi se elevando mais uma vez. Mesmo através da fumaça, o céu escureceu. Nuvens se reuniram, carregadas de promessas, e, quando o martelo acertou, o braço esquerdo do Destruidor saiu na altura do ombro. Thor o arrancou com um rosnado, ergueu-o no ar e deixou o relâmpago vir, eletricidade quente engoliu o braço da máquina, faiscando de cima a baixo e lambendo em todas as direções, conforme Thor a lançava na cabeça do Destruidor.

A eletricidade saltou do braço para o corpo, e a onda de energia fez com que a coisa ficasse rígida por um breve momento. Naquela pequena quietude, Thor sentiu alívio por tudo ter acabado, por poderem consertar as coisas de alguma forma. Quando o Destruidor congelou, uma comemoração se elevou dos asgardianos. A onda de energia que paralisou o Destruidor não durou muito, mas ele aparentemente perdeu sua diretiva cruel, afastando-se de Thor, inclinando-se bastante para a direita. Dedos cobertos de fumaça se separaram e Thor permitiu que seu olhar se desviasse da máquina, para onde viu o homem de terno com o dispositivo no ouvido. Ele havia caído, mas agora estava sentado e sacou uma arma pesada e estranha de dentro da jaqueta. Não se parecia em nada com os rifles dos outros humanos, mais elegante, mais simples, porém, não menos sinistra.

— Não! — Thor ergueu a mão.

O homem não conseguiu ouvi-lo ou ignorou seu berro. Ele disparou a arma, um raio branco e crepitante, não muito diferente do raio do Destruidor, saltando do cano para a máquina. Ficou pendurado como uma serpentina de festival no cruzamento por um instante antes de se dispersar. A explosão tirou o Destruidor de seu estado congelado. Não havia tempo para falar com Sif. O Destruidor não estava mais ao alcance do braço. Ele se atirou no ar, aterrissando bem na frente do homem com a arma estranha, simultaneamente lançando o Mjolnir em direção à cabeça do Destruidor.

Ou a cidade ficou em silêncio de novo ou Thor tinha perdido a audição. Os olhos roxos do Destruidor se fixaram nele, e a rajada veio, dividida em duas lanças de luz laranja, enquanto Mjolnir acelerava em direção ao seu alvo. Todas as armas atingiram seus alvos. O martelo de Thor rasgou a máscara do Destruidor, seu raio se alargando, irrompendo, selvagem e descontrolado. Estava feito, subindo em um clarão vermelho e depois roxo.

Ele sabia que estava feito, embora não pudesse verificar com os olhos. Thor Odinson estava caindo.

Seus joelhos atingiram o asfalto e as palmas de suas mãos também atingiram o chão. Sirenes. Vozes. Os gritos eram intermináveis e avassaladores até que cessaram abruptamente e ele voltou a ficar sozinho. Não, não sozinho. Apoiado nas mãos e nos joelhos, ele desviou o olhar do sangue que se acumulava entre ele e o terráqueo caído à sua esquerda. Ele não sentia cheiro de queimado, mas entendeu que estava queimado. Seriamente.

Fatalmente.

Um guerreiro experimentava todos os tipos de dores em uma vida inteira de batalha, recuperação e treinamento. Um guerreiro ia para a cama com dor e muitas vezes acordava no dia seguinte com dor também. Às vezes havia satisfação no latejar de músculos cansados, e às vezes havia apenas dor a ser suportada. Isso era algo novo, uma sensação a ser sentida somente uma vez na vida imensa de um deus. Ele não queria explorar o que restava de seu rosto, pescoço e peito, pois queria ter seus últimos pensamentos como alguém inteiro.

Sortudo. Tive muita sorte, pensou ele, *durante toda a minha vida, fui um homem por inteiro — pelo amor, pelo destino, pela família, pela profecia.*

Ragnarok. O ciclo de 2 mil anos de morte e renascimento para os deuses de Asgard. Sempre ocorria da mesma forma, com os mesmos sinais. O que significaria agora que Thor Odinson estava morto? O ciclo estava recomeçando?

Sirenes. Vozes. Alguém estava se aproximando, sacudindo-o. Abraçando-o.

Do nascimento à morte, um homem inteiro.

O homem com a arma estranha estava curvado de lado, e poderiam pensar que ele estava dormindo, não fosse o buraco em sua cabeça. De alguma forma, ele conseguiu gorgolejar e depois ficou mole. A arma caiu de sua mão. O broche branco-prateado em sua lapela estava manchado de pele esfumada e sangue, e dizia: Indústrias Stark.

Algo frio tocou seu pulso, enquanto ele tentava lembrar o que diabos eram as Indústrias Stark. Não importava. Mjolnir havia retornado para ele. Repousou junto a ele, uma presença reconfortante. Seus joelhos cederam. Sua bochecha encontrou a rua.

Minha família, pensou ele. *Mjolnir. Minha única herança. Ela deve recebê-lo... Ela deve.* Havia um peso persistente em sua testa. Ele não conseguia sentir os dedos das mãos nem os pés. *Quem vai contar à minha família que estou de partida?*

Em algum lugar, ele sabia, Loki, o Deus da Trapaça, estava rindo.

E como o inverno alertou a si mesmo quando a última folha do outono tocou o solo, Odin despertou de seu sono longo e agitado.

O que aconteceu durante minha ausência? — perguntou. — Cadê meu filho?

3

Fumaça ondulante se elevava como velas negras acima de Manhattan, espalhando-se depressa subindo a Sétima Avenida, claramente visível do alto da Torre Stark. Tony observou a cidade em chamas, helicópteros passavam silenciosamente por suas janelas em um desfile urgente, o grosso vidro blindado isolava-o do zumbido caótico das hélices. Ele conhecia a área. *É uma pena,* pensou. *Um novo restaurante de shawarma abriu lá na semana passada.*

— Beleza — falou ele com um suspiro. — Isso significa que estou atrasado. — Tony virou as costas a qualquer problema que estivesse ocorrendo em Midtown. O andar superior de seu escritório, é claro, era de mármore cinza e concreto, austero como um monastério, com um aquário central cheio de alguma coisa exótica ou outra lançando luzes brancas ondulantes pelo chão. Pepper insistiu em sua instalação. Aparentemente, alguns peixinhos dourados deviam diminuir a pressão arterial altíssima dele.

Talvez Happy tivesse pegado a via expressa. Isso certamente ajudaria sua pressão arterial.

— Podemos encerrar isso mais tarde, se for um momento ruim. — um homem sugeriu em seu ouvido.

Ele tinha quase se esquecido que um potencial investidor, e às vezes um amigo, estava na linha com ele. Warren. Opa.

— Não, não, podemos fazer isso agora.

Com um movimento de olhos, Tony voltou à chamada. Seus óculos inteligentes eram tecnologia própria da Stark e obrigatórios para um homem que precisava que seu cérebro e suas mãos fossem estimulados de dez maneiras diferentes a todo momento. Com um piscar de olhos, ele podia checar suas mensagens, as manchetes, as projeções de ações, os relatórios de inflação e o preço de mercado de Shibumis naquele dia em Marea.

E — em qualquer lugar, a qualquer hora — Tony também podia participar de reuniões com outros *playboys* milionários. Como esse, Warren Worthington Terceiro, cujo rosto e cabelo irritantemente perfeitos pairavam acima de sua mesa, enquanto Tony procurava desesperadamente seu café. Ele podia sentir uma enxaqueca aumentando. Momentos antes, um estagiário trêmulo apareceu para entregar o pedido de café de Tony (café com leite, metade leite de coco, metade desnatado, três doses de café expresso, espuma extra — mas não um cappuccino —, dois cubos de açúcar demerara) em sua mesa com a reverência pesarosa de um suplicante em um templo. Pepper tinha começado a escolher estagiários com muitas tatuagens e piercings para apimentar as coisas, o que era divertido; eles duravam quase tanto quanto os graduados do MIT com suas calças chino e mocassins, ou seja, mais de duas semanas e menos de seis meses. Tony olhou para a caneca cilíndrica de metal que continha sua segunda rodada de óleo de motor matinal e sorriu; tinham esquecido a espuma no seu pedido, mas ele era um deus benevolente, então deixou passar.

Dessa vez.

Warren riu suavemente. Assim como Tony, ele podia realizar suas reuniões em qualquer lugar. Dessa vez era no que parecia ser uma sauna islandesa de madeira bruta ou no *set* da mais recente e prestigiada série de televisão de fantasia barata. De alguma forma, mesmo em uma sauna, ele não tinha sequer suado. Warren enxugou delicadamente o rosto de busto grego e balançou a cabeça.

— Tem certeza? Parece que você está recebendo outra ligação…

Com certeza. Tony engoliu a bebida, dane-se a opinião de Warren.

— Ignore. Onde nós estávamos?

Suas outras linhas estavam chamando. Luzinhas vermelhas piscaram no canto da tela de realidade virtual. Isso acontecia com tanta frequência que mal o fazia hesitar. Sempre havia um milhão de incêndios para apagar e nunca havia mãos suficientes para agarrar o extintor. Ele se afastou da mesa, checou o relógio e caminhou em direção ao elevador particular atrás de um biombo japonês na parte de trás de seu escritório.

— Você estava me bajulando para que eu entregasse alguns milhões para financiar seu último projeto vaidoso. Acho que você o chamou de

E SE... LOKI FOSSE DIGNO?

IM Armadura Mark 1 no material que Pepper enviou. Eu estava resistindo. E estávamos falando de Nisanti. Ou melhor, você estava.

Caramba.

— Certo. Isso. — Tony chamou o elevador com seus óculos inteligentes. A outra linha continuou a piscar e Tony continuou a encaminhar as chamadas para a caixa postal. Ele estava a caminho de um almoço com um representante do Departamento de Defesa. Raramente participava de reuniões pessoais na torre. Seu escritório era um santuário, e a maioria das pessoas achava isso perturbador. Pepper disse que isso passava uma "energia de cela solitária". E daí se passasse? Era dele. Não, ele preferia falar sobre números comendo uma salada do chef no Johny's, que era menos salada e mais pilhas e mais pilhas de presunto com três tomates-cereja. Uma coisa linda. Uma verdadeira obra de arte da cidade de Nova York.

— Aquele clube em Hell's Kitchen? — continuou Warren. Ainda sem suar. *Como* ele *fazia* isso?

— Hum.

Qual era o sentido de ter um elevador particular de nível executivo se demorava tanto para chegar aos lugares?

— Sabe, aquele em que você estava de agarração com a filha do comissário.

Tony conseguiu não revirar os olhos. Isso estragaria a interface dos óculos inteligentes.

— De agarração? É sério? Podemos ser adultos por um segundo? As Indústrias Stark fabricam bombas e armas. Eu comando um conglomerado multinacional, não uma escola dominical. Você vai perder o investimento de sua vida por causa de alguns rumores? Não tem sustância nisso. Até onde você sabe, eu estava indo me encontrar com meu advogado lá. A Mark 1 será o maior avanço na defesa pessoal em um século, e estou oferecendo para vocês a dianteira nele.

Warren beliscou a ponta do nariz, parecendo genuinamente aflito.

— Há fontes.

— Fontes, mas sem fotos! Eu posso até dar minhas saidinhas, Warren, mas não sou estúpido — respondeu Tony, triunfante. O elevador finalmente chegou, anunciando-se com um alegre e robótico: "Andar executivo, descendo".

Warren se levantou e saiu da sauna, radiante, e encontrou um jovem na porta, provavelmente seu manicure, devido ao macacão azul-claro estiloso que usava.

— Você está em Guerlain? — perguntou Tony, momentaneamente distraído.

— Península.

— Ah. Aposto que manter esse visual já é um trabalho de tempo integral.

Warren deu de ombros e se acomodou em uma cadeira de massagem macia, jogando uma toalha sobre o ombro. O técnico foi dispensado da sala com um aceno de mão.

— A maior parte é genética.

— Seu manicure é bom? — perguntou Tony. Quem quer que estivesse tentando contatá-lo não ia desistir fácil. A luz vermelha no canto de sua atenção estava começando a sincronizar com seus batimentos cardíacos perturbados pela cafeína. *Pepper vai me matar por ficar tão agitado.*

— Hum. Victor está apaixonado por mim, mas ele tem o melhor olho para detalhes de Manhattan.

— Que bom para você. — A enxaqueca floresceu, criando um efeito selvagem de aura em torno da angelical coroa de cachos dourados de Warren. Tony cerrou os dentes, acostumado com essa dor. O fato de seu amigo ter a coragem para negócios de um bardo de carreira do movimento Occupy Wall Street não estava ajudando em nada. — Você devia tirar uns cinco minutos para pensar bem sobre o Mark 1. Quer saber? Sou um homem generoso, pode levar a hora da pedicure toda.

Warren sorriu de uma forma que era ao mesmo tempo condescendente e simpática. A porta se abriu e fechou, e Tony ouviu Victor voltar para enfileirar suas lixas e tesouras.

— Escute, Tony, eu nem sei por que você está tornando isso tão difícil. Honestamente, é quase indecoroso.

— Não seja ridículo. — O estômago de Tony subiu para a garganta quando o elevador atingiu velocidade máxima. Ele estava caindo em direção ao nível da rua como um ônibus espacial rompendo a atmosfera. Ele engoliu e contemplou seu café, então pensou bem. Mais um gole e seu coração poderia explodir.

— Não posso evitar. — Warren pôs os pés em uma bacia de água morna. Ele estava usando um *smartphone* feito um selvagem da Idade da Pedra. Talvez Tony não quisesse seu investimento, afinal. — Você não precisa de dinheiro de investidores-anjos.

Pela trigésima vez, Tony encaminhou o idiota insistente do outro lado para o correio de voz. Se Happy estivesse atrasado, ou se, Deus o livre, aquele acidente em Midtown fosse ruim o bastante para fechar as ruas, ele iria enlouquecer.

— Não, mas eu *quero*. Estamos prestes a nos tornar uma supernova com esta coisa, Warren. Não se preocupe com publicidade negativa. Nós agradecemos a publicidade negativa, está bem? Somos antifrágeis aqui. Toda publicidade é boa publicidade, blá, blá, você sabe o restante. — Warren soltou um som de escárnio, mas Tony continuou falando. O café estava começando a fazer efeito com força. Ele sentiu que estava começando a tagarelar defensivamente, um péssimo hábito, mas não conseguia se conter. — Não há riscos nisso, só estou procurando um extra. Grátis, caso a fase de produção fique complicada.

— Você disse que a Mark 1 era uma aposta certa.

— É, mas produzir esse cara vai ser uma loucura. Olha, as Indústrias Stark estão cheias de contratos com o Departamento de Defesa agora, então, não vamos falhar…

— Mas você ainda está paranoico.

— Não, eu sou *cuidadoso*, é diferente. Esqueça os rumores sobre mim, tá bom? Somos velhos amigos, você teria reconhecido o favor que isso representa antes de contrair vermes cerebrais de bilionários ou o que quer que esteja acontecendo agora. Esse, bem, mergulho na superioridade moral…

Warren não estava cedendo. Na verdade, ele estava bufando. Então, soltou uma gargalhada.

— Pode parar agora. A filha do comissário, Tony? Depois de obter o contrato com o departamento? Pega mal.

— Muito legal e muito autoconsciente vindo do cara que pega ídolos do K-pop na mesma velocidade em que casas de fraternidade acabam com papel higiênico.

O assistente de Warren deveria ter lhe passado um guardanapo com a forma como seu sorriso derreteu.

— Não é de conhecimento público. Uma árvore cai na floresta se não chegar às páginas de fofocas? Lamento, velho amigo. Mesmo se deixarmos de lado as aparências, tenho um mau pressentimento sobre isso. Ninguém precisa de um traje mecanizado de autodefesa, não no setor privado. Pense nos riscos. Permanecemos limpos. Somos uma empresa familiar.

Quem estava na outra linha desistiu. Finalmente. A tela de LED no topo do elevador fazia uma contagem regressiva silenciosa.

Tony sabia que estava acabado, mas, com tanta cafeína, ele tinha o autocontrole de Ted Bundy.

— O nome do meu pai também era Stark, não era?

— A resposta é não, Tony.

As portas do elevador se abriram, lançando-o na fria catedral de vidro do saguão. Pepper estava lá, penteada e vestida, olhos azuis quentes como ferros de solda. Sua boca já estava aberta, uma pilha de papéis apertada contra o peito, mas ela se calou quando percebeu que ele estava em uma ligação.

Tony ergueu a mão, indicando que ela deveria esperar. Ele começou a atravessar o saguão, com seus guarda-costas Tank e Lazer de cada lado, enquanto Pepper o acompanhava. Ele não fazia ideia de por que os melhores guarda-costas e seguranças insistiam em nomes saídos de *American Gladiators*, mas algumas coisas simplesmente existiam.

— Entendo. Bem, eu pessoalmente não apostaria tudo em uma dor de barriga, mas como queira, cara — disse Tony. Pepper estava zumbindo como um motor de fusão. Ele podia vê-la visivelmente lutando contra a vontade de interrompê-lo. Ninguém, nem mesmo Virginia Potts, interrompia Tony Stark em uma ligação de negócios.

Conforme terminavam, Warren tirou Tony do vídeo. Sua voz era calorosa e quase triste, mais próxima, agora que o celular estava encostado em seu rosto.

— Estou falando como amigo: você não precisa do meu dinheiro. Você precisa de um terapeuta.

Foi a vez de Tony rir. E zombar.

— É mesmo? Então que tal você apagar meu número, *velho amigo*? Isso é um limite, tenho certeza de que seu terapeuta te contou tudo sobre isso.

Tony desligou a ligação.

— Imbecil.

Pepper saltitou em seus saltos de dez centímetros, enquanto Tank abria as portas para eles.

— Boa conversa?

— Bem, Warren foi hipócrita como sempre...

— Já teve notícias de Happy? — Pepper nem o deixou terminar a frase. Algo estava acontecendo. Havia um suv preto esperando por eles na calçada, mas ele soube imediatamente que não era seu carro habitual. Ela pegou o copo de café da mão dele e fez sinal para que ele avançasse.

— Não. Espere. Eu tive? — Tony finalmente se lembrou de verificar quem havia deixado todas aquelas mensagens de voz. — Esqueça, eu tive. Quatorze vezes, na verdade.

Definitivamente algo não estava certo. Happy sabia que não devia bombardeá-lo com ligações desse jeito. A menos que fosse...

A menos que fosse uma emergência. Tony se lembrou da fumaça se espalhando por Manhattan. Os helicópteros. O caos. Algo não estava certo. Suas mãos ficaram dormentes quando Pepper o fez entrar no banco de trás do suv. Ele sentiu um vazio repentino no estômago, como se seu corpo estivesse se preparando para abrigar algo novo e imenso. Ele não sabia quando aconteceu, mas, quando começaram a dirigir, percebeu que Pepper estava segurando sua mão.

Algo não estava certo.

Quatorze chamadas perdidas. Todas de seu motorista e amigo, Happy Hogan. Happy, que deveria estar a caminho da Torre Stark para buscar Tony para a reunião com o Departamento de Defesa. Happy, que provavelmente não tinha pegado a via expressa.

— Ei, Tony, sou eu. Eu, Happy. Certo, você sabia disso. De qualquer forma, parece que posso chegar atrasado hoje de manhã. Eu sei, eu sei, sou horrível, mas você vai sobreviver. Parece que é um acidente. Espero poder virar para a Nona e chegar aí em um piscar de olhos. Até logo, tchau.

Seus dedos apertaram os de Pepper e ele sentiu aquele peso em suas entranhas ameaçando arrancá-lo através do assento, da suspensão, da estrada e levá-lo até o centro da Terra. Aquela sensação iria acabar por esmagá-lo. Iria arrancar suas entranhas, sem piedade.

— Nossa, não parece bom, Tony. Nada bom. Algo simplesmente... merda...

Happy não. Qualquer um, menos Happy.

— Atenda. Por favor, atenda. — A voz de Happy estava abalada na ligação. Tony podia ouvir a nota de terror se insinuando, o registro mais agudo de um garotinho se escondendo do bicho-papão debaixo da cama. — Ai, minha nossa, está uma confusão aqui. Há carros por todo lado. Policiais… policiais e a SWAT, acho. Graças a Deus. Algo caiu do céu, Tony. Algo enorme. Atenda, Tony.

Atenda, Tony.

A mensagem acabou. Ele deixou a próxima tocar. Uma coceira subiu pelo fundo de sua garganta, inchando sua língua, roubando sua voz. Pepper apertou a mão dele. O SUV disparou pela Nona até que pararam no engarrafamento.

— Ma-mais rápido! — gritou Tony. Ele soava louco. Ele *estava* louco. — Apenas… vá mais rápido. Eu não me importo como. *Vá.*

— Acho que eles são do espaço. Sei como parece loucura, mas… nunca vi nada assim em toda a minha vida. Nossa, eles têm… — Havia explosões e gritos pontuando cada uma das palavras de Happy agora. Durante o áudio, Tony sentia o gosto de fumaça e queimado. Impacientemente, ele tocou a próxima mensagem.

Essa foi diferente. De repente, seu amigo parecia calmo, quase composto. Era difícil entender as palavras em meio ao caos total ao fundo. Explosões. Sirenes. Vozes.

— Oi. Eu acho que é isso. Estou preso e há… há uma máquina atacando tudo. Queima homens, carros, helicópteros… Vou tentar pará-la, Tony. É a nossa cidade, certo? Com certeza. Nossa cidade. Estou com aquela coisa que você me deu. Você sabe que odeio armas, mas quando em Roma, certo? Eu amo você. Eu sei que nunca falei isso. Vou tentar impedir essa coisa e… e eu amo você. — Houve uma pausa e um grunhido. Ele estava ferido, ofegando de dor. Houve um grito metálico e sólido, como se um avião tivesse caído de nariz no chão ao lado de Happy. — Eu devia ter fugido dele. Você sempre me mandava fazer cárdio. Não há como fugir disso. Não. — Tony ouviu a agitação de elétrons e o silvo da pistola experimental que havia dado a Happy para sua proteção. Acima do barulho do disparo, Happy grunhiu com uma risada resignada. — Não deu certo. Que inventor você é. Diga a Pepper para cuidar de…

A mensagem foi cortada. Tony arrancou os óculos elegantes e enterrou o rosto na mão livre, apertando-o enquanto se virava para a janela.

Happy não, ele que sempre sabia que música tocar no carro. Happy que amava os Yankees de uma forma quase patológica. Happy que às vezes chorava olhando fotos de golden retrievers. Happy que, de alguma forma, depois de todos esses anos, ainda aguentava Tony e ria sempre que ele o chamava de "Amolador Animado". Happy, que tratava seu cartão autografado de Yogi Berra como se fosse a Arca da Aliança.

Happy, o cara mais legal de todos numa cidade cheia de imbecis.

Happy Hogan, o melhor amigo de Tony.

Com mãos trêmulas, Tony cuidadosamente recolocou os óculos. Ele ligou para Happy. Ele ligou para ele repetidas vezes.

— Tony? — perguntou Pepper. Ela tinha a mesma voz de criança assustada do seu amigo.

— Ele, hã, ele não está atendendo.

Atenda, Happy. Atenda.

Tony chutou a divisória entre eles e o motorista. Pepper se sobressaltou.

— Ei! Ei! Dirija mais rápido, beleza? Me leve até o acidente. — Tony desabou de volta no assento. Quando Happy continuou sem atender, ele tocou as mensagens de novo, atento a algum sinal, qualquer sinal, de que seu amigo pudesse ter sobrevivido.

— Eu preciso ver — sussurrou Tony para si mesmo. — Eu preciso saber.

4

Loki riu acima de seu vinho com mel.

O plano era simples: ele sabotaria a ponte Arco-Íris da Bifrost, redirecionando brevemente todas as viagens para Midgard, e com o cristal corrompido instalado no Destruidor, Kvisa controlaria a máquina asgardiana, voltando-a contra Thor e os aliados dele, causando o máximo de caos e constrangimento para o filho de ouro de Odin. No mínimo, isso irritaria muito seu irmão. Na melhor das hipóteses, Thor ficaria preso em Midgard, forçado a parecer um tolo.

E tudo correu conforme o planejado, pelo menos por algum tempo. Loki estava sentado ao sol em uma mesa para dois na praça Ändlös. Suas pernas estavam esticadas à sua frente, cruzadas nos tornozelos, uma mistura espumante de vinhos borbulhava em sua taça, enquanto ele brindava silenciosamente à própria genialidade tortuosa. A cadeira vazia, claro, era para Kvisa. Não que ela fosse se juntar a ele. Ah, não, agora que ela havia se vingado, agora que não havia dúvida de que sua inovação funcionava, ela teria que se esconder. Ele respeitava a disposição dela de sacrificar o próprio futuro com os anões da forja para provar que estava certa. A maioria dos sabichões era afetada demais para sujar as mãos daquele jeito. Talvez fosse mesquinho, mas era uma mesquinhez dedicada com a qual ele se identificava fortemente.

— Tome cuidado, parceira — falou, brindando a ela. — Que você possa saborear algo tão doce quanto a nossa vingança.

O vinho borbulhou como o toque de um novo amante nos lábios de Loki. A praça estava cheia de foliões matinais, um arco cruzado de vegetação erguido na praça para o solstício de verão. A sede real de Valaskjalf erguia-se como um espigão prateado acima da cidade, às vezes indistinguível das montanhas que a flanqueavam graças a uma ilusão da luz. Damas em vestidos brancos riam e dançavam ao redor do arco e, às vezes, lançavam olhares de flerte para o príncipe asgardiano que desfrutava de seu desjejum de vitória. Ele fingiu ignorá-las, mas secretamente gostava da atenção. Mais tarde, iria até o palácio para ouvir o relato ofegante de Heimdall ou de Sif ou de quem quer que fosse, enquanto contavam o desempenho idiota de Thor em Midgard. Que piada!

Uma luz estranha escureceu o céu. Foi apenas um piscar, mas até as dançarinas na praça perceberam. Elas voltaram seu rosto corado para o céu, com as sobrancelhas franzidas. Foi como a passagem de um cometa, ou uma onda repentina de nuvens, um presságio sombrio que fez um arrepio correr pela espinha de Loki.

Por toda a Asgard, sinos peculiares começaram a soar.

Eram dissonantes, estridentes, não uma convocação celestial de sinos cristalinos ou um tamborilar profundo para a guerra, mas evocavam instantaneamente um sofrimento doentio no peito. Loki largou a bebida com a mão trêmula, derramando um pouco do líquido em seu prato inacabado de alho-poró na manteiga, arenque em conserva e *raggmunkar* untado com geleia de mirtilos. Uma das mulheres na praça caiu de joelhos. Os sinos soaram mais uma vez. Havia outra sombra acima dele agora, chegando sem aviso, escurecendo sua extensão antes que uma mão forte e implacável o agarrasse pela nuca e batesse seu rosto contra a mesa.

Lâminas espectrais surgiram em suas mãos, convocadas ali por uma magia que endureceu as facas em aço. Ele sentiu gosto de sangue, vinho e frutas vermelhas e rosnou.

— O que significa isso?

— De pé, serpente das serpentes, Thor está morto e a morte dele fede à sua malandragem.

Rūna. Claro. Apenas uma das nove originais, primeira portadora de Jarnbjorn, poderia exercer tamanha velocidade e força contra ele. Ele sentiu o sussurro de algo afiado na lateral de seu pescoço. Atacar com as facas não adiantou de nada. O aperto de Rūna era implacável. Ainda assim, ele tentou, empurrando seu peso contra ela, rosnando quando seus golpes foram evitados. A praça se esvaziou. Todos, percebeu ele, estavam fugindo em direção ao palácio.

— O que você diz é impossível — sibilou Loki. Thor morto? Ele riu do absurdo disso. Impossível. Simplesmente impensável.

Algo do tamanho de um touro avançou sobre a mesa nesse momento. Rūna o soltou e logo Loki foi erguido, com os pés balançando, o ar extremamente rarefeito, conforme um punho poderoso o levantou acima dos talheres espalhados e dos pratos quebrados em sua mesa de desjejum. Loki chutou e se orientou, encontrando os olhos dourados de Volstagg, leão de Asgard. A barba do guerreiro cheirava a cerveja quando ele aproximou o rosto de Loki do próprio.

Rūna e os Três Guerreiros vieram buscá-lo.

Para encontrar seu destino e punição por ter matado o próprio irmão.

Não, não, minhas travessuras nunca dariam frutos assassinos.

E, então, com a visão turva, ele pensou: *Foi minha intenção? Eu ansiava por sua morte e não apenas por sua desgraça?*

— Por todos os meus filhos, pelo meu machado, eu devia cear seus olhos e tomar o vinho amaldiçoado de seu sangue. Isso é uma desgraça, um desprezo pelos nossos costumes, ruína para Asgard! Ruína para Ragnarok! Embora eu o considerasse um diabrete malicioso, Loki, não achei que você fosse capaz disso, de um assassinato vil!

Loki sorriu e tentou dar de ombros, mas seu corpo estava dormente.

— Paz, Volstagg. Fomos encarregados de prender o príncipe, e não de executá-lo — falou Fandral, colocando a mão no braço musculoso de Volstagg. Fandral pairou como uma mosca verde ao lado de Volstagg.

Hogun também havia vindo, seu longo bigode preto se contorceu em desdém antes de cuspir sob os pés de Loki.

— Não vejo nenhum príncipe. Vejo apenas um traidor.

— Venham, companheiros, venham, enlutados, Fandral está certo. Loki foi convocado ao palácio para ser julgado — declarou Rūna. O olhar vingativo dela estava ali para cumprimentá-lo, quando Volstagg abaixou Loki de volta ao chão. Ela cruzou os braços por cima do peitoral brilhante de sua armadura e cota de malha, atenta, enquanto os Três Guerreiros cercavam Loki, cada um colocando a mão em seus braços ou ombros.

— Sabia, lobo das sombras, que seu pai está acordado? A perda do filho dele o arrancou do sono, e agora Odin Pai de Todos quer vê-lo. Será um grande prazer entregá-lo, de joelhos, ao trono dele.

Confusão o percorreu. Se isso fosse uma brincadeira, se Thor tivesse enviado seus amigos para fazer a farsa parecer real, eles estavam fazendo um trabalho impressionante. Estavam sendo realmente convincentes.

Loki tremeu, mas manteve a cabeça erguida. Eles não conseguiriam manter a farsa para sempre. Os sinos continuavam tocando, tristes e desafinados, o chão estremecia com a força de suas vibrações. A própria cidade lamentava a perda. Era verdade? Era concebível? Ele havia matado o próprio irmão.

Thor Odinson não existia mais.

Não, não, essa era a resposta elaborada de Thor. Tinha que ser. Embora fosse muito… convincente, inteligente demais para ter sido planejada por Thor. Seu cérebro rejeitava a ideia. Loki sacudiu a cabeça. Caso fosse verdade, ele se sentiria melhor. Sentiria uma sensação de vitória. Ele sentia apenas o gosto azedo como moedas de sangue. Seu pescoço latejava onde Volstagg tentara extrair dele toda a vida.

— Mesmo assim, seus olhos estão secos, guardiã dos mortos — sussurrou Loki.

Sem hesitar, Rūna deu um tapa no rosto dele. Fogo ardeu por seu pescoço.

— Isso mesmo — continuou ela, dura. — Não vou me permitir lamentar até que a justiça seja feita. Então, e somente então, chorarei por Thor. Por ele, não por você. *Nunca* por você.

Não deveria ter sido um choque, a força da raiva deles, mas de alguma forma foi. Ele não se sentia inocente de fato, porque não era, e não se sentia arrependido, porque também não estava, mas decidiu que não merecia isso. Imediatamente, começou a barganhar consigo mesmo.

Se for verdade, eles não vão me executar, porque sou o príncipe, ou vão? Não, eu não fiz isso sozinho. Quando descobrirem que tive ajuda, poderão canalizar a raiva para Kvisa. Foi um acidente, de verdade. Era para ser só uma brincadeira.

Inocente não. Arrependido não. O que, então?

Desamparado. Ele se sentiu impotente quando Volstagg o abaixou no chão, girou-o e fechou suas grandes patas de urso ao redor das mãos de Loki. Em conjunto, orgulhosos de seus despojos, orgulhosos dos frutos de sua caça, marcharam com ele em direção ao palácio.

E ele se sentiu impotente contra o impulso de sabotar o irmão.

— Apenas me diga o motivo — perguntava Fandral, enquanto avançavam. Dos companheiros de Thor, Fandral era o menos odioso. Loki o odiava apenas de forma abstrata, porque ele havia escolhido se associar ao tolo dourado de Asgard. — Por que, Loki? O que o envenenou contra sua família e quando? Quem o convenceu desse caminho?

Loki não respondeu. Ele ainda estava tentando decidir se deveria acreditar naquela pantomima. Fechou os olhos, caminhou e franziu os lábios contra o sangue que escorria por seu rosto. O golpe de Rūna abriu o espaço acima de sua sobrancelha esquerda. Ele podia sentir a amargura e o desgosto deles se chocando contra suas negativas. Talvez Thor não estivesse morto, mas gravemente ferido. Talvez houvesse uma saída disso. *Talvez, talvez, talvez.*

Apenas a voz e o comportamento de Fandral permaneceram suaves enquanto o arrastavam para o julgamento.

— Talvez, se estiver arrependido e implorar por perdão…

— Não vou implorar por nada.

Fandral ficou para trás. Sua voz, baixa.

— Como queira.

Havia algo vindo em sua direção que ele ainda não conseguia nomear. Uma multidão de enlutados tinha se reunido em frente ao palácio. Todos em Asgard haviam vindo para chorar e se atirar no chão. Nem mesmo Thor conseguiria convencer tantas pessoas a participar de uma pegadinha, ou conseguiria? Heimdall estava lá, seus olhos como brasas ardentes quando pousaram sobre Loki. Com seu elmo alado reluzindo, Heimdall abriu caminho. A cada momento parecia mais real. Mais inevitável. Esses sinos nunca tinham soado por todo o reino. Tais multidões nunca haviam se reunido. A rainha não enviava os Três Guerreiros e as Valquírias se a situação não fosse grave.

Um príncipe não era humilhado nas ruas à toa.

Aquela coisa sem nome estava se aproximando, ganhando velocidade.

Os sinos ficaram abafados nos corredores de Valaskjalf. Conforme se aproximaram da sala do trono, Volstagg abaixou a cabeça e pressionou os lábios ao ouvido de Loki.

— Espero que separem sua cabeça dos ombros. Espero poder assistir.

— E isso vindo da boca de um herói — retrucou Loki.

Mas não houve mais palavras trocadas entre eles quando entraram no salão cavernoso. A caminhada até seus pais foi insuportável. Ele desejou que se apressassem e o arrastassem mais rápido, mas a terrível lentidão de tudo parecia intencional. Ninguém sentia a queda do machado, apenas a tensão nauseante do golpe.

Odin e Frigga esperavam por ele usando máscaras gêmeas de dor congelada. Ao pé do tablado, Sif, a guerreira de cabelos negros, estava de cabeça baixa, as mãos e a armadura escurecidas com sangue seco. O rosto da mãe dele estava vermelho, marcado por arranhões e lágrimas. Os corvos Huginn e Muninn observavam-no do trono do pai, seus bicos sem dúvida ansiosos para arrancar seus olhos. Se fosse real. *Se, se, se.*

Odin usava uma capa preta pesada; caía sobre suas costas como uma longa sombra de inverno.

— Pai, está acordado! Que oportuno. — Loki conseguiu falar apenas isso antes de Volstagg e Rūna o forçarem a ficar de joelhos. — Há algum problema?

— Há muito suporto suas piadas e zombarias, mas não hoje, Loki. Hoje, finalmente, você foi longe demais. — A voz de Odin reverberou com raiva mal contida. Ele fez um movimento com a mão em arco diante de si.

— É aqui que eu lhe mostraria as evidências de seu crime, mas o corpo de Thor não está em condições de ser visto. Você mutilou o filho de Asgard.

— Seu filho, não meu — murmurou Loki. — Nada disso é meu.

O peito de Odin se elevou e ele suspirou.

— Poderia ter sido, príncipe rebelde, se você não tivesse desperdiçado tudo o que lhe foi dado. Você se imaginou como a desgraça desta família, mas agora você a provocou.

Imaginado? Qual parte foi imaginada? Frigga frequentemente recordava ser ele um bebê que chorava o tempo todo, mas não precisava que lhe contassem que ele havia se tornado um menino que sentia profundamente, alguém intensamente ferido até mesmo pela mais leve ofensa ou comentário. Ele cresceu e se tornou uma criança que via Thor ser recompensado pela força, pela maneira como ele deixava tudo de lado facilmente. Mas como é inadequado ser um garoto gentil com grandes sentimentos. Não era digno de ser príncipe, nem permitido. Odin carregava uma lança, não uma pena, não um cetro. Uma lança.

— Diga-me, Loki, agiu sozinho? — exigiu Odin. Volstagg, Rūna, Fandral e Hogun recuaram, talvez sentindo a paciência cada vez menor de Odin.

Loki esperava que o nome de Kvisa saltasse de sua boca. Mas ele olhou para o Pai de Todos, para a rainha, para os guerreiros armados que o haviam trazido até ali para ser punido, e sua língua inchou na boca. Seria simples culpar outra pessoa. Aquela fera sem nome, que estivera avançando em direção a ele lentamente, enfim chegou. Chocou-se contra seu peito com força suficiente para fazê-lo cair de joelhos.

Eu fiz. Eu matei meu irmão.

Loki não falou nada, não citou nenhum conspirador e ergueu a cabeça. *Se o machado cair, que ele parta ao meio meu orgulho.*

— Como aconteceu?

Odin rosnou com desgosto.

— Isso é tudo o que tem para oferecer? Um convite a um sofrimento maior?

— O Destruidor devastou a cidade de Nova York, em Midgard — explicou Sif, dominando a emoção. — Seu irmão tentou corajosamente desarmá-lo, mas sucumbiu na tentativa.

— Não faça a vontade dele, criança! — rugiu Odin para ela, cravando a lança no tablado. — Ele sabe. *Ele sabe.* Ele se deleita com o conhecimento, desfruta de nossa dor como se fosse um espetáculo, esgueira-se pelo palco deste teatro sombrio, e ele no papel principal!

— Marido… — tentou interromper Frigga, mas Odin a silenciou com um olhar.

— Não ouse levantar a voz em apoio a ele — continuou o Pai de Todos.

— Eu apenas peço misericórdia — finalizou ela, baixando o olhar. Loki sentiu o coração endurecer.

— Se o que diz é verdade, se eu o matei, então a misericórdia seria a morte.

— Se! *Se.* — Odin riu, o que era mais assustador do que sua fúria.

Odin passou a mão nodosa sobre os olhos. Ele compartilhou um olhar com a rainha e depois respirou fundo. A lança que estivera imóvel, cravada no chão, saltou para sua mão. Ele apontou para Loki, liberando todo o peso de sua fúria.

— Que desperdício você é! Que menino vaidoso, ganancioso e cruel! Sim, um menino, digo eu. Um menino. Nenhum homem adulto se deleita com a imprudência ou brinca com vidas, pois conhece o alto e odioso custo. Você, garoto, está banido de Asgard, um estranho na própria casa. Será despojado de seus poderes, seu nome não será mais do que uma maldição a ser esquecida.

A voz dele ecoou por um longo momento, em seguida, uma luz pulsante foi emitida da ponta da lança de Odin, atingindo Loki no peito. Ele ofegou, contorcendo-se, convulsionando conforme o fogo ardeu em seu sangue, e depois rapidamente saiu dele, seus poderes divinos sugados para a lança.

— Exílio — murmurou Loki, curvado de dor. — Por quanto tempo?

— Você sentenciou esta família a uma vida inteira de amargura e ousa perguntar se sua punição terá fim? — trovejou Odin. — Por quanto tempo, pergunta? Ora, por quanto tempo durar a dor de um pai. Pela extensão da tristeza de uma mãe. E se sua frieza o impede de fazer esses cálculos, logo, é a única misericórdia que você receberá.

Frigga balançou a cabeça, sem fôlego.

— E a tragédia, meu filho, é que amamos você.

Amor. Ele sempre sentiu Odin e Frigga observando-o com mais atenção, preparando-se sutilmente para o evento sísmico, para quando seu sangue de gigante se revelasse, como se sua maldade fosse inata e não aprendida nas 100 mil transgressões não verbais cometidas, é claro, com *amor*. Os olhares. As mandíbulas ligeiramente cerradas. A sensação silenciosa, mas generalizada de espera. Observando. *Quando ele se revelará? Quando o verdadeiro Loki aparecerá?*

Quando ainda eram meninos, Thor acertou o rosto dele com uma bola de neve durante o festival do Solstício de Inverno. A princípio, Loki pensou que fosse um hematoma se formando no canto do olho, mas então percebeu que todos no pátio o encaravam horrorizados. Houve sussurros e dedos apontados. A neve gelada havia revelado sua verdadeira origem, a pele azul-escura dos gigantes de gelo desmascarando-o para sempre. Em pânico, ele correu para os pais e viu a cor sumir do rosto de Frigga quando ela o viu e percebeu que suas mentiras também haviam sido expostas.

A lança de Odin ainda estava apontada para o peito dele.

— Onde eu deveria ter guardado todo esse assim chamado amor? — rosnou Loki. Ele caiu sobre as mãos e os joelhos como um animal. — Como eu iria recebê-lo quando minhas mãos já estavam ocupadas carregando tanta *vergonha*?

A resposta foi outro arco de luz saído da lança de Odin. A resposta tirou o chão debaixo dele, libertando-o de tudo o que ele já conhecera.

A resposta era o exílio.

Loki Laufeyson estava despencando.

5

Tony permitiu que o capitão Taylor e os federais o segurassem na barricada por exatamente seis minutos. Alguns deles foram burros o bastante para apontar suas armas para ele.

— Vão em frente e abram fogo contra mim, pessoal, foi um dia com poucas notícias — falou ele, agitado. Se não tivesse conseguido contatar o comissário, Pepper os teria levado até o outro lado na base da conversa, ou Tony teria encontrado uma maneira de utilizar a supernova de raiva que crescia em seu peito e dado aos policiais um incidente duplo com o qual lidar. O cruzamento já estava um pesadelo; não precisavam de outra crise.

Em alguns lugares, a pista estava descascada como pele queimada de sol. Cinzas e pó flutuavam pelo cruzamento em tempestades de areia escura. Ele focou em um par de paramédicos em uniforme vermelho e branco, posicionados de cada lado de um corpo coberto. Suas expressões eram sombrias. Suas mãos estavam rígidas ao lado do corpo, como se dissessem: *Não há nada a ser feito aqui.* Eles estavam respondendo perguntas para um homem que segurava um tablet. Tony começou a correr antes que Pepper pudesse detê-lo. De alguma forma, ela manteve o ritmo, mesmo de salto, mesmo enquanto apagava um milhão de incêndios em seu fone de ouvido sem fio, mesmo rechaçando as perguntas do capitão Taylor enquanto ele os seguia, as sobrancelhas franzidas, a cabeça calva reluzindo de suor.

Alguma colmeia burocrática se espalhou pela rua. Homenzinhos de terno preto e branco e óculos escuros a invadiram. Ele tinha minutos, talvez apenas segundos, antes que a cena do crime fosse limpa pelo governo e por qualquer agência obscura que tivesse sido enviada.

Tony empurrou o cara do tablet para fora do caminho e caiu de joelhos. Havia um pedaço de sapato visível sob a cobertura que escondia respeitosamente o corpo. Ele conhecia os sapatos. Eram Tom Fords, impecáveis, um presente de Natal de Tony. Com o passar dos anos, ele tinha se cansado de olhar para os sapatos sociais da Dollar Tree com solado de borracha de Happy, grossos como uma plataforma de discoteca. *Aqui*, Tony lhe dissera, empurrando uma caixa nos braços de Happy, *agora você não precisa se vestir igual a Herman Munster.*

— Senhor? Senhor? Alguém pode vir até aqui? — O homem do tablet falava freneticamente com ninguém em particular.

Pepper, seu anjo vingador, apareceu.

— Oi — falou ela, com o tom que era de alguma forma prático e extremamente gentil. — Temos permissão para estar aqui, está bem? Ele só precisa de um momento com o funcionário dele. Posso saber seu nome?

Um duelo de tablets, com Pepper brandindo o dela.

Tony os ignorou. Minutos. Segundos. Ele cerrou os dentes e arrancou a coberta. Não havia expectativa. Talvez ele tivesse pensado que seria como nos filmes. Ou nas descrições abstratas que lia com frequência sobre o que a tecnologia Stark era capaz de fazer quando X ou Y era aplicado à carne humana. Nunca lhe ocorreu que poderia ser assim, que tanto de um homem pudesse estar faltando, mas sua identidade era inconfundível. Seu estômago embrulhou. Ele se inclinou para frente, as mãos segurando Happy pelos tornozelos. Ele tinha tornozelos gordos. Tony também havia lhe dito isso. Sapatos ruins. Tornozelos ruins. Por acaso ele já tinha dito uma única coisa boa para seu amigo?

— O que diabos aconteceu aqui? — sussurrou.

Consertar. Recompor. Tony era capaz de consertar qualquer coisa — *fazer* qualquer coisa —, e a necessidade de fazer exatamente isso o pressionava, uma pressão física.

O coração dele martelava. Sua mente estava acelerando, enquanto seu corpo diminuía a marcha, as mãos pesadas e congeladas, o peito cheio de chumbo. Ele fechou os olhos. Pepper discutia com os homens parados acima deles, mas ele não conseguia distinguir palavras individuais. Ruído. Era apenas ruído. Alguma coisa, alguma coisa, alguma coisa, funcionário carregando propriedade exclusiva Stark. Tecnologia sob medida. *Pense, pense, pense. Se estamos nos afogando, devemos remar ou flutuar? Rema ou flutua.*

Alguém atrás dele estava gritando. Mais de uma pessoa.

Ele se sentou sobre os calcanhares e olhou para trás e para a direita. Uma máquina estava ali, imensa, com a forma de um homem, mas, ainda assim, travada em uma pose como se tivesse acabado de ser pega se esgueirando por aí. Seu rosto e cabeça vazios estavam amassados. Os olhos de Tony viajaram da posição da máquina para a dele, seguindo um padrão nítido de chamuscado ao longo do chão, conectando os pontos do grande e estranho homem de metal até seu amigo morto. Seus olhos seguiram a mesma trajetória algumas vezes, marcando-a em sua memória e em seu cérebro como um sulco. Os homens de terno preto e óculos escuros estavam se reunindo ao redor dele como uma efígie de *Homem de Palha*.

— Pepper — murmurou ele. Seus olhos pareciam cheios de areia. — Aquela coisa...

Os saltos dela estalavam enquanto ela corria. Um dos paramédicos estava tentando afastar Tony. Ele o empurrou violentamente, tombando ao fazê-lo. Virando-se para o lado, ele caiu, algo duro atingiu suas costelas. A dor o tirou do estado de choque. Ele agarrou o que quer que fosse, pronto para arremessá-lo na próxima pessoa que tentasse tocá-lo, mas a coisa estúpida estava presa no chão. Tony ficou de joelhos, virando-se para ver um antigo martelo de ferreiro no chão. Tinha sido isso que o apunhalara na lateral do corpo e que não se movia. Parecia pesado e terrível.

Tome-o. Balance-o. Golpeie-o contra aquela máquina. Quebre-a em pedaços pelo que fez.

Sua mente estava fraturada demais para de fato pensar algo coerente. O que era aquele homem-máquina? Por que parecia que uma bomba havia explodido e Happy estava no centro dela? Por que havia um espaço vazio na calçada, com o formato estranho de outro homem? Por que naquela manhã? Por que àquela hora? Por que a arma que ele tinha dado a Happy não foi suficiente?

Grunhindo, ele pegou o martelo com as duas mãos e puxou. Não ia se mover. Ele tentou de novo e de novo, suando, xingando, rosnando, mas aquilo o repeliu. O mais estranho era que ele tinha a sensação de que não estava derretido no solo, que podia ser levantado, que era eminentemente possível de empunhar, mas não por ele. Puxou de novo, um raio correu por seu peito. Seu ombro latejou como se ele tivesse distendido um músculo bem fundo, e ele arquejou, seus pulmões se apertaram ao redor de nada, fazendo sua visão falhar.

Ouviu-se um som semelhante ao de jatos de combate em dia de desfile uivarem no alto. Tony ouviu, olhou para cima e sentiu uma lufada de ar atingir seu peito, fazendo-o cair. Um cilindro perfeito de ar e luz, como um holofote movido por um ventilador, envolveu o martelo. Trêmulo e estupefato, ele observou o objeto impossível de ser movido ser sugado para o céu, ali em um instante, desaparecido no seguinte. O túnel deixou um silêncio denso em seu rastro. Ele ouviu Pepper voltando e ficou de pé.

— O que foi *isso*? — perguntou ela, agarrando seu antebraço.

Tony se apoiou com força contra ela. Ácido borbulhou em seu estômago. Sua garganta se contraiu, aquela pulsação estranha disparou pela parte superior de seu peito novamente.

— O que é tudo isso?

Sua voz saiu estrangulada.

Pepper o segurou pela cintura com os dois braços quando ele começou a cair.

— Tony? — Ela o sacudiu. Havia uma qualidade ligeiramente angelical nela quando ele caiu no chão, o sol se elevando atrás da cabeça dela, concedendo-lhe uma auréola brilhante. — Você está… Tony? Ai, meu Deus. Certo. Certo. Médico! Precisamos… Médico! Fique acordado, Tony, fique comigo.

Mas ele não conseguiu. Estava indo para outro lugar, algum lugar misericordiosamente silencioso e sombrio, mergulhando em um pequeno túnel que terminava antes que ele pudesse entender os parâmetros.

Tony pensou que havia deixado esses sonhos para trás fazia muito tempo. Eles sempre o atacavam da mesma maneira: metal retorcido e gritos, fumaça e fogo, o revirar vulnerável no estômago quando ele pegou o celular e ouviu as palavras: "Tony? Você está sentado? Seus pais… não há uma maneira boa de dizer isso, eles se foram." Estava acontecendo de novo. Ele estava nadando na escuridão, não era mais ele mesmo, apenas um jovem aterrorizado mais uma vez. Apenas um garoto.

A fumaça e o metal tornaram-se formas. Ideias abstratas. Havia vozes também, mas ele não conseguia entendê-las, e tentar discernir o significado doía, como um súbito clarão de luz nos olhos. Silhuetas disformes se enrijeceram. Sugestões tornaram-se fatos. Aquelas manchas abstratas de cinza, preto e branco formaram bordas e — perdidas na escuridão — tudo começou a fazer um estranho sentido. Agora era um fluxograma, as formas e as cores, realizações em cascata, um amontoado enorme de Coisas que Ele Tinha Certeza.

Um: O amigo dele havia morrido, enquanto Tony perdia tempo e não atendia suas ligações pedindo ajuda.

Dois: Algo mecânico, estranho e indescritivelmente perigoso havia atacado Nova York.

Três: Tony entendeu o que muitos outros não entendiam: falar suavemente e carregar um bastão grande não era suficiente. Não, o bastão tinha que falar por si mesmo, o bastão tinha que gritar e berrar antes de atacar em defesa.

Quatro: Ninguém deveria empunhar o bastão, exceto ele. Happy estava morto e Tony não estava disposto a deixar isso passar.

Cinco: Covardes deixavam para lá, heróis agiam.

Ação.
Ação, ação, ação.

Fazer, fazer.

Criar, criar.

Havia agora uma nova forma em seus pensamentos, o nascimento de uma grande solução.

A máquina.

Seu projeto mais brilhante.

Em seguida: ele acordou com um suspiro em um quarto de hospital que parecia uma brilhante gaveta de freezer antisséptica selada a vácuo. Bipes e bopes. Fios e agulhas.

— Temos apenas boas notícias — ouviu alguém dizer. Tony estava voltando a si. *Já era hora. Há trabalho a fazer.* — Mais exames de sangue e eletrocardiogramas, é claro, mas contanto que ele continue tomando a medicação, a condição será boa de agora em diante.

— Isso é… obrigada. — Era Pepper. — Isso é um grande alívio, dr. Blake, não faz ideia.

— Ah, faço alguma ideia. — O médico riu baixinho. Tony tentou virar a cabeça, mas sua visão ainda estava focando. — Não é todo dia que se salva *Tony* Stark.

— Espero que ele não tenha ouvido isso, não vai ter como conviver com ele — disse Pepper.

A porta se fechou. Saltos estalaram. Bipes e bopes. Um rosto embaçado pairou acima dele, antes que o halo vermelho se transformasse em cabelo e as linhas curvas se tornassem um nariz e uma sobrancelha questionadora.

— Está acordado?

— Eu me sinto como um projeto de feira de ciências — murmurou Tony. — O que aconteceu?

— Um ataque cardíaco grave — respondeu Pepper. Ela estava segurando a bolsa na frente do terninho. Seu cabelo estava despenteado o suficiente para dizer a ele que ela havia passado a noite no hospital.
— Você está no Hospital de Cardiologia de Manhattan. Toda aquela carne vermelha e cafeína, Tony, eu só… por acaso você ia morrer se comesse uma salada de vez em quando? Se tomasse uma vitamina? — Ela estremeceu. — Desculpa.

— Existem destinos piores que a morte — respondeu Tony com uma bufada. — Como o veganismo.

Pepper, vegana há décadas, revirou os olhos.

— Suponho que deveria estar grata por você poder contar piadas desse jeito. — Ela apontou para os fios nele. — Você ficou na UTI por vinte e quatro horas. Eles tiveram que desfibrilar você. — As mãos dela tremiam.

— Ei — disse ele, suavemente. — Eu sobrevivi.

— Devo confortar você, e não o contrário.

— Não há conforto para nenhum de nós, infelizmente. Não há descanso para os ímpios. — Não há descanso para heróis. Ele já estava começando a se sentir melhor, mais ele mesmo. Na verdade, ele estava vibrando, ofuscante com energia não gasta. Tony sentou e procurou um botão para chamar a enfermeira. Precisava sair dali. Precisava começar.

— Não, Tony. — Pepper suspirou. Ela cuidadosamente colocou uma mão em seu ombro e o empurrou de volta para baixo. Eles nunca definiram qual era exatamente a "coisa" que havia entre eles. Tony fazia o que queria, e Pepper fazia o mesmo, e durante todo o tempo uma decisão não declarada de esperar um pelo outro permanecia entre eles. Predestinados, porém excessivamente ocupados, a ameaça da monogamia, mas não vocação para ela. Ainda não. Os pensamentos dele pararam de correr por tempo suficiente para chegar à ideia de que ele estava aliviado por não acordar sozinho no hospital.

O olhar de Pepper se suavizou.

— Caso se trate de Happy, já tomei providências.

— Quais providências? — Ele encontrou o botão para chamar a enfermeira e apertou-o com o punho.

— Eles queriam levá-lo. Tive que exercitar todos os músculos corporativos que temos e cobrar muitos favores.

— Eles? Quem são eles? — exigiu saber Tony.

Pepper limpou algumas manchas escuras de maquiagem abaixo do olho direito.

— O governo, suponho, mas não pode ser o Departamento de Defesa. É outra coisa. Não consegui uma resposta direta. Colocaram a gente em um circuito burocrático de telefonemas que acabou parando no Pentágono.

Os bipes e bopes ficaram mais rápidos. Tony fechou os olhos com força. A enfermeira veio, mas não porque ele quisesse. Ela era baixa e enrugada e parecia não dormir há uma semana.

— Só estou mantendo você alerta — tentou brincar Tony, piscando para a enfermeira, que lançou a Pepper um olhar acusatório.

—Tente dizer a ele que precisa ficar parado e descansar — declarou Pepper, lançando à enfermeira um olhar igualmente frio. Gelo contra geada, e Tony apostava em Pepper. Sempre. — Vá em frente, eu espero.

A enfermeira pareceu satisfeita com o fato de a frequência cardíaca dele estar baixando para níveis saudáveis e passou ao redor da ponta da cama de hospital, voltando para a porta.

— Pacientes que cooperam conseguem voltar para casa mais cedo.

Pepper tirou um saco de papel amassado da bolsa e sacudiu-o para a mulher.

— Aspirina, estatina, betabloqueador, prometo que ele será um bom garoto.

Pareceu uma eternidade até que estivessem sozinhos de novo. Tony se contorceu.

— Rhodey interveio — continuou Pepper; ela se inclinou e começou a sussurrar. Inteligente. *Eles* podiam facilmente estar assistindo ou ouvindo. James Rupert "Rhodey" Rhodes tinha sido da Força Aérea, mas ainda trabalhava para o governo. Seu papel no Departamento de Aquisições o levou a trabalhar em estreita colaboração com as Indústrias Stark no desenvolvimento de armas para as forças armadas. Mais do que isso, ele havia se tornado um amigo. Tony o chamava de seu infiltrado, o que Rhodey detestava. — Ele os levou a aceitarem fazer apenas uma autópsia, mas recebemos Happy de volta para um funeral. Poderíamos explorar opções, mas, Tony, realmente não acho que será possível ter um velório.

Tony assentiu, ansioso para sair da cama do hospital. Havia muito a fazer. Happy nunca tinha falado muito sobre família, talvez uma mãe no Queens? Ela tinha sido notificada? O peito dele estava dormente e não era a medicação ou o ataque cardíaco.

— E aquela coisa? Aquela máquina que o matou? Preciso dar uma olhada naquilo.

— Eu sei, eu sei. Vou manter Rhodey nisso — respondeu Pepper, menos assistente e mais leitora de mentes. Suas sobrancelhas se ergueram em interrogação. — Enquanto isso...

Atrás da sacola branca da farmácia cheia de medicamentos, ela tirou outra coisa da bolsa. Estava chamuscada nas bordas, metálico,

E SE... LOKI FOSSE DIGNO?

zumbindo com seu estranho poder. Parte da máquina cruel que causara tantos estragos no centro da cidade, parte do que matou seu amigo.

— Boa garota — murmurou Tony, estendendo a mão para pegá-lo.

Uma sensação familiar em suas mãos, cruel, fria e cheia de potencial inexplorado.

— Consiga uma previsão de quando vou poder sair daqui — suspirou Tony, encarando o metal. Ele sentia um ressentimento palpável em relação ao corpo que o traíra e o mandara para o hospital. Seu corpo era apenas carne, o que o atrasava; seus reais pensamentos, seu empenho brilhante e industrial, estavam focados no metal. — Tenho trabalho a fazer.

6

Rūna, valete do pai de todos, Bor, uma das nove Valquírias
originais, assistiu ao sol nascer acima das colinas douradas e atemporais
que se estendiam diante do barracão dos guerreiros de Valhalla. Como
Valquíria, ela e suas irmãs serviam como donzelas escudeiras, guerreiras
do trono de Asgard e protetoras da sagrada Valhalla, uma dimensão de
paz e esplendor, a sempre desejada vida após a morte dos asgardianos.
Elas também eram uma espécie de guias, com frequência, encarregadas
de escoltar as almas dos falecidos para a vida após a morte. Ela estava
esperando por alguém. Esperando por um amigo. Ao lado dela, um
aglomerado de sorveiras chorava uma queda constante de folhas vermelhas, como se o próprio lugar permanecesse de luto. Seu estômago
estava cheio de cobras nervosas e rastejantes. A convocação para vir a
Valhalla tinha sido vaga, simplesmente dizia: *Ele quer que você esteja lá.*
    E então, é claro, ela estaria.
    Rūna não temia a morte ou essa paisagem eterna. Em algum lugar daquela terra, seu primeiro amor, Alta, continuava seu descanso da
vida, um grande guerreiro caído em batalha que havia sido escoltado
para um merecido descanso. Ela inspirou o ar doce e sentiu a presença
do amante em suas margens. Até o vento ali era melancólico, perfumado
com lavanda e um aroma que não podia ser nomeado, familiar a todos
desde a infância, que contraía os lábios, fazia as lágrimas parecerem
iminentes. *Não se esqueça*, o vento parecia dizer, *este é o lugar onde todos
nós acabamos, e há conforto na inevitável união da perda.*
    — Este é o lugar onde todos nós acabamos — falou Rūna para si
mesma. Ela se endireitou e a brisa mordiscou a ponta de seus dedos. Luz
pura encheu o vale abaixo, uma tigela verde reunida diante das colinas
e cordilheiras que se erguiam protetoras a distância. Um caminho de
cascalho se inscrevia ao longo da borda do vale antes de prosseguir em

direção a um rio. As pedras daquela estrada estalavam sob suas botas enquanto ela esperava. Esperava por um velho e querido amigo.

— Eu não deveria estar aqui — murmurou ela. Sentiu aquele aroma nostálgico de novo. Parecia apenas zombar dela. — Não quando minha boca e meu estômago não estão cheios de nada além de veneno.

— Veneno? — A voz e a risada ruidosas de Thor a arrancaram de seus pensamentos. — Eu ofereceria para que você bebesse do rio, minha amiga, mas ainda não é sua hora. A morte é um descanso que deve ser negado por mais algum tempo.

O coração de Rūna estremeceu ao ouvir e olhar para o príncipe caído. Ele estava vestido com simplicidade, com roupas de viajante, um manto grosso pendurado no pescoço e caindo às costas. Seus olhos azuis eram suaves e gentis quando ele segurou as mãos calejadas dela. Os olhos dela se encheram de lágrimas. Não conseguia encará-lo sem pensar imediatamente em todos os futuros, glórias e profecias roubadas. O veneno em suas entranhas ardeu.

— Thor. — Ela segurou as mãos dele e abaixou a cabeça. — Eu devia estar lá. Eu devia estar ao seu lado.

Ele balançou a cabeça e se virou, erguendo o rosto em direção à luz que se espalhava. A luz o beijou e ele pareceu se deleitar por um momento.

— Este não é lugar para arrependimento. Que seu coração esteja leve e seus ouvidos abertos, velha amiga, tenho um pedido a fazer.

O caminho estava diante deles. De braços dados, começaram a caminhar. Uma Valquíria escoltava os mortos, e não importava quantas vezes Rūna cumprisse essa função sagrada, seu coração inchava com o peso dela, a importância. Não se sentia merecedora da bondade dele; parecia pesada demais para mãos traiçoeiras.

— Você não entende — continuou ela, balançando a cabeça. A luz do sol rodeava Thor, segurava-o, agarrando-se a ele de maneira diferente, pois ela não pertencia a esse lugar permanentemente. Thor, filho de Odin, estava morto, e esse era agora seu lar e reino. — Eu estava longe de Asgard, consumida por meus próprios interesses, ausente quando a ausência custou caro ao reino. Por isso, eu deveria ser punida, talvez pior.

Thor ficou intrigado com isso quando começaram a descida até o vale.

— E o que procurava, Valquíria?

— A Biblioteca dos Mundos — respondeu ela depressa, como se estivesse em confissão. — Conhece?

— Apenas de contos e rumores.

— Exatamente, mas, caso exista, pensei que talvez... — Rūna riu de si mesma com amargor. — Sempre me perguntei por quê, entre todos os povos em Asgard, as valkyrior não aparecem nas profecias. Fiquei me perguntando se a biblioteca poderia falar de nós, de profecias escondidas do nosso povo. Mas se você está aqui e o Ragnarok não começou, então, todos nós fomos enganados? Não há verdade no que foi predito? O ciclo mudou ou, pior, foi rompido?

Thor assentiu, ouvindo atentamente.

— Esses mistérios também me preocupam. Por isso, queria você aqui e, por isso, devo pedir o impossível.

Rūna ergueu o queixo e sorriu.

— Impossível? Ah. Já esqueceu com quem está falando?

— Diz respeito ao meu irmão — continuou Thor. — Loki.

Ela inspirou fundo.

— Me diga como deseja que ele seja aniquilado e farei com que seja realizado, mas se terminar com algo menos do que a cabeça dele empalada em uma estaca, então, ficarei profundamente decepcionada.

Foi a vez de Thor sorrir desamparadamente, o que foi estranho. A ideia de Loki esfolado e desmembrado deveria levar qualquer guerreiro a explosões de prazer arrebatador.

— Eu a encarrego disso, Rūna, uma das nove, vassala de Bor Burison e renovada portadora do machado de batalha forjado pelos anões, Jarnbjorn... — Ele fez uma pausa nesse ponto para buscar sob a pesada cortina de sua capa e segurar o machado de prata e ouro reluzente. Era de fabricação impecável, perfeitamente equilibrado, afiado, preciso e excelente. Thor soltou o braço dela e se virou, ajoelhou-se e apresentou Jarnbjorn a ela.

Era mais do que apenas uma arma. O machado havia sido criado para ela e perdido durante uma prisão prolongada. E enquanto estava confinada, ela sonhara com Jarnbjorn, diversas vezes, sentindo o peso fantasma dele em sua mão. Mesmo depois de retornar para Asgard, ficar sem o machado parecia errado, como se ela tivesse perdido um amigo sem a graça de um adeus. Era um tanto reconfortante para ela o fato de Thor tê-lo empunhado na ausência dela, usando-o como deveria para destruir gigantes, trasgos e dragões. Agora, ter Jarnbjorn mais uma vez, parecia que um pedaço de si mesma havia retornado.

Solenemente, Rūna pousou a mão no cabo, esperando pelo restante do juramento. O poder da arma cantava para ela. Mil gritos de guerra soaram contra sua palma. O machado falava de vitórias conquistadas e de muitas mais por vir.

O príncipe sorriu para ela, com um brilho perigoso e astuto em seus olhos. Ela já tinha visto esse brilho antes, quando lutavam e brigavam quando crianças, trocando socos e golpes brincalhões de jovens desordeiros educados nas salas de aula do conflito.

— Peço que encontre meu irmão Loki, o segundo filho caído de Odin Borson, e prove sua inocência. Há valor nele, mesmo que esteja profundamente enterrado.

Rūna se encolheu, sua mão se fechou em punho.

— Não. *Não*. Não pode me pedir isso! Acompanhei-o até a sala do trono e ele não expressou sequer um pingo de remorso ou arrependimento. Esse crime é dele, Thor, e somente dele.

— Eu não acredito nisso, Rūna. Talvez... talvez eu não consiga. Meu irmão é astuto, dissimulado e ardiloso, mas eu encarei o fogo do Destruidor que me matou e não senti os olhos de Loki me encarando de volta. Acredito que o objetivo dele era o caos. Acredito que ele pretendia me envergonhar e me ferir, mas havia outra presença ali garantindo minha morte. Meu irmão tentou me ferir e me humilhar, mas não queria matar Thor. Ele precisa de mim.

— Thor, seu irmão é o Deus da Trapaça, Senhor das Mentiras e do Engano. Ele não precisa de você; ele o odeia. Por favor, reconsidere, este caminho leva à decepção. Esqueça-o.

Thor fechou os olhos e assentiu uma vez.

— Mesmo sendo seu príncipe, não vou forçá-la. Posso apenas suplicar. Eu suplico agora pelo futuro do meu irmão. E, sendo assim, posso apenas perguntar: o que devemos aos mortos?

Ela franziu os lábios. Essa tarefa não era digna dela. Enquanto Thor estava sendo morto, Rūna estava fora em busca de respostas, em busca da Biblioteca dos Mundos, convencida de que uma profecia em algum lugar feita por alguém previu o destino dela e das outras Valquírias.

Ragnarok era a grande profecia de seu povo, o ciclo inevitável, e ser deixada de fora dele era cruel. Era ser *insuficiente*. E essa tarefa, bem, também não parecia suficiente. *E eu estou destinada a muito mais.* Sentir-se destinada a mais do que o dever sagrado era loucura, arrogância, mas ela não conseguia mudar essa percepção, tal como não conseguia mudar o ritmo dos próprios batimentos cardíacos.

O que devemos aos mortos?

As unhas de Rūna cravaram-se na palma conforme ela mantinha aquele punho apertado e enfurecido.

— Paz — finalmente respondeu. — Devemos paz. Mas seu irmão não é inocente e mentiras não lhe trarão paz.

— Ele não é inocente, mas não pretendia me matar — respondeu Thor. — Eu estou morto. O Ragnarok ainda não começou. Algo está errado, minha amiga. Olhe em meus olhos. Veja minha convicção.

Eles eram companheiros de longa data, e Rūna fez o que ele pediu.

Os grandes olhos azuis dele estavam cheios de tristeza. Tristeza e traição.

Em sua mente, ela pensou, *vou aceitar essa missão, vou pesquisar, mas ele não vai gostar da resposta. Vou encontrar apenas mais provas da traição de seu irmão. De qualquer forma, há paz na verdade.*

Em voz alta, ela declarou:

— Vou descobrir a natureza da transgressão dele, só posso jurar isso. Por onde devo começar minha busca?

Rūna retomou Jarnbjorn, e como agora o lar de Thor era nos suaves campos dourados de Valhalla, o machado ensanguentado estava a salvo e quente nas mãos de uma guerreira nata. Ele saltou entusiasmadamente para a mão dela.

Thor levantou-se, visivelmente satisfeito, e colocou uma das mãos no ombro dela. Com a outra, ele apontou para Asgard e para a ponte Arco-Íris que brilhava entre as nuvens. — Fale com Heimdall. Ele saberá onde Loki reside. Se ele estiver sem rumo no exílio, talvez você também possa aconselhá-lo. Quando encontrar Loki, procure a doutora que é ponte entre mundos.

Charadas? Charadas em um momento como aquele?

Thor notou a surpresa dela.

— Meu irmão resistirá a você, resistirá a Asgard, mas ele não consegue resistir em provar que é o mais inteligente do reino.

O abraço gentil de Valhalla já havia transformado sua mente guerreira em mingau. Ela quase o repreendeu, mas então seu coração rapidamente se voltou para a pena — ele havia sido morto pelo próprio irmão, um destino que poderia infestar até mesmo os mais sábios com terrível confusão.

Thor prosseguiu pelo caminho. Ela sabia que muitas vezes ele assobiava ou cantarolava, mas ele ficou em silêncio ao se afastar dela e vagar em direção aos campos de grãos, que inclinavam a cabeça em sua direção mesmo sem vento, como se soubessem que um príncipe passava.

Rūna também segurou a língua, observando-o partir, rejeitando por completo a sugestão de Thor sobre a inocência de Loki. Revoltante. Ela encontraria Loki, provaria sua culpa óbvia e nojenta e partiria o coração de Thor. Ah, bem, pensou ela, absorvendo outra olhada estimulante do ambiente ao seu redor, Valhalla era um lugar tão bom quanto qualquer outro para curar um coração despedaçado.

Errado. Errado! Uma palavra tão pequena, quase doce, para o que se tornara um tumulto que perturbou o universo. A própria cintilante e radiante Yggdrasil parecia tremer, enquanto a Vigia observava uma única folha se soltando. Vagueou pela vastidão do espaço, indicando... *o quê?* A Vigia deu a volta na Árvore do Mundo, um segundo satélite em órbita, seu equivalente de andar de um lado para o outro. Ela se moveu em sentido anti-horário ao longo do equador, permitindo que sua atenção se concentrasse naquela única folha. Veio de Asgard, onde a morte de verdade raramente chegava para os imortais. E, por isso, era quase impossível não notar.

A folha desapareceu, deixando um vazio perceptível no galho.

Culpa. Que estranho! A Vigia ficou fascinada por sua repentina capacidade de sentir um sentimento. A culpa era como uma faca, buscando os pontos de entrada mais delicados. A Vigia permitiu que ela espetasse e cutucasse. Na Terra, 166.324 folhas morriam todos os dias.

Onde estava seu pesar por aquelas pobres almas? A Vigia permitiu que a força daquela perda a dominasse e tentou chorar. Ela não foi capaz, porém, o esforço estava lá. Imaginou suas lágrimas juntando-se às estrelas, acrescentando ao céu, um novo brilho para cada vida perdida.

Também era estranho que ela se importasse, que conseguisse sentir a dor fuçando os limites da absoluta neutralidade de uma Vigia. Não conseguia explicar. *Como posso sentir essas coisas,* perguntou-se, *se eu nunca as senti antes?*

Eram dados. Dados a serem coletados. Seus próprios mistérios não eram nada perto da palavra ERRADO, que se soletrava entre as estrelas. A Vigia pensou nisso por uns momentos, enquanto descobria que o tempo havia passado desde que a folha do galho de Asgard caíra. Deixando de lado perturbações na órbita da Lua, cerca de 29 dias e meio ou 696 horas passaram em um piscar de olhos da Vigia. Quase tempo nenhum, porém, a Vigia não estava ociosa nem por um milésimo de segundo. Sem descanso, sem trégua, apenas o *pulso, pulso, pulso* da concentração potente e daquela volta ao redor do globo.

As palmas de suas mãos formigaram e ela as ergueu, virando-as e observando as linhas gravadas na pele. Suas palmas eram do tamanho de nações. A Vigia podia crescer até o tamanho de uma mágoa ou diminuir até a pequenez de uma última esperança. As linhas de vida ali mudaram e se reorganizaram, mostrando-lhe um bobo da corte caindo de um parapeito em sua mão esquerda, uma mulher estoica segurando uma espada larga com a direita.

Um cometa desceu em direção à Terra, distraindo-a. A Vigia acompanhou sua trajetória, viu onde pousou e aproximou a visão para segui-lo de perto. Uma Vigia deveria apenas observar, sendo assim, por que ela queria tão desesperadamente estender a mão, com cuidado, e tocar?

7

BUFFALO, NOVA YORK
696 HORAS (UM MÊS) DEPOIS

— Lá vai ele, o encantador de vira-latas! — Stella tossiu e acenou ruidosamente, tomando café em uma caneca na varanda da frente de sua casa. O desenho desbotado na caneca dizia: prefiro estar morta em Buffalo a viva em Jersey. Era uma piada particular entre Stella e a caneca que Loki não entendia. Ele se curvou na altura da cintura, cercado por cães, que caminhavam em um ritmo educado, acompanhando seu passo lânguido.

— E bom dia para você também, Stella — cumprimentou Loki. Ele fez um pequeno floreio com as mãos. Oito guias estavam presas ao cinto de passeio com velcro em volta da sua cintura. À sua esquerda, Guinness (shih tzu), Smidgen (lulu-da-pomerânia), Beans (terrier rateiro) e Oz (mini pastor australiano) trotavam, e à sua direita, Jameson (corgi), Brie (mistura de pastor), Freya (mistura de pastores um pouco maior) e a sra. Frisbee (chihuahua) passeavam pela calçada. Os terráqueos tinham uma estranha predileção por nomear seus cães baseados em bebidas.

— Você é um colírio para os olhos, com certeza — acrescentou Stella, piscando.

— Eu me esforço para agradar!

Outros vizinhos dele no Parque de Casas Móveis Trevo de Quarto Folhas saíram de seus trailers para vê-lo passar com seus clientes. A princípio isso o tinha incomodado, fazendo parecer um espetáculo, mas aos poucos seu aborrecimento se transformou em prazer; estavam maravilhadas com ele, essas pessoas, fascinadas tal qual os cães que entendiam inatamente seu poder e aura de dominação.

Ele poderia governar o lugar caso quisesse. *Caso* quisesse.

Stella desapareceu por um instante dentro de casa e em seguida ressurgiu com um copo de papel. Ela mancou pelo cascalho em direção a ele, os cães abanando o rabo quando ela se aproximou. Contudo, eles não saltaram nem latiram, agora treinados por Loki a se comportarem. Stella estava velha e enferma, mas foi até ele apesar dos problemas no quadril. Ninguém visitava Stella, exceto os vizinhos, que traziam caçarolas e sobremesas, apesar de a mulher às vezes mencionar a família, filhos que estavam fazendo grandes coisas no grande mundo, mas nunca apareciam.

Loki às vezes se perguntava se esses filhos dela eram reais, embora a própria família distante pudesse ser também invenção. Outro ritual matinal havia começado. Stella entregou-lhe um copo cheio de líquido preto e Loki tomou um gole cuidadoso, depois estalou os lábios e observou-a com um olhar quase pasmo.

— Estimulante, como sempre, Stella — declarou ele e devolveu-lhe o copo.

— Bons cachorrinhos — falou ela, e deu um tapinha na cabeça grisalha e peluda de Oz.

— São mesmo, e está na hora de voltarem, infelizmente.

— Donna teve sorte de ter encontrado você, meu jovem.

Isso também fazia parte do ritual com Stella.

Loki fingiu se encolher, humilde.

— Não, não, eu sou o sortudo!

E ele seguiu em frente. No instante em que se afastou de Stella e de seu trailer enfeitado com bandeiras, um raio de luz irrompeu das nuvens acima do horizonte distante de Buffalo. Fez um pequeno arco e depois terminou ao lado de onde ele sabia que o próprio trailer o aguardava.

— Que diabos foi aquilo? — Stella deixou cair o cigarro.

— Ah, nossa — disse Loki. Ele sabia exatamente o que era. Não quem, é claro, mas o quê. A Bifrost. Alguém de Asgard viera procurá-lo. Sua resposta branda mascarou apenas parcialmente o pânico que borbulhava em seu peito. Por que enviariam alguém agora? Seu exílio estava apenas começando... Sua mãe estava doente? O Ragnarok havia chegado? Seria mais fácil e melhor não se importar, por isso, decidiu que não o faria. Ainda não, de qualquer maneira. — Deveria voltar para dentro, Stella. Provavelmente são alienígenas.

E SE... LOKI FOSSE DIGNO?

Todos no Parque de Casas Móveis Trevo de Quarto Folhas falavam obsessivamente sobre alienígenas. Suas teorias malucas e complexas o divertiam, pois o que era ele senão um alienígena no meio deles? Um homem do espaço sideral, um homem de um reino que eles nunca conheceriam ou veriam.

Stella tossiu e correu de volta para a varanda da frente, onde pegou um celular e começou a gritar.

Loki seguiu seu caminho, rumo ao Norte, depois para o Leste, virando à esquerda no cruzamento principal do parque. Não era um lugar extenso, apenas quatro estradas que criavam um círculo achatado dividido ao meio por duas ruas menores. As orelhas dos cães estavam levantadas, sua linguagem corporal alerta, o brilho da luz e o estrondo suave que se seguiram deixou todos nervosos. Loki suspirou e acelerou o passo, uma casa móvel maior à direita como seu primeiro destino. Não o surpreendeu que Donna ainda estivesse lá dentro; a vida dela era agitada e ela não ia estar parada perto da janela para ver o espetáculo vindo de cima.

Uma placa desgastada pelo tempo estava pregada no gramado em frente à casa lilás de Donna. Nela estava escrito: Cãezinhos da Donna.

Ele não precisava incomodá-la com isso. Evitando a porta da frente, ele seguiu às margens da propriedade, levando os cães nervosos para um canil ao ar livre que ficava atrás do trailer de Donna. Com uma chave, ele entrou e habilmente começou a soltar as guias do cinto.

— Aí estão vocês, todos belos animais — falou. Os cães ganiram e rodearam. Normalmente ele ficava para distribuir guloseimas para eles, mas não havia tempo naquele dia. Eles notaram essa mudança em seu comportamento, agrupando-se perto do portão, enquanto ele saía e corria pelo gramado. Acima da porta de Donna, uma bandeira da bills máfia estalava no vento de verão

Ele fez careta ao notar a figura já espiando pela janelinha em sua porta. Seu próprio trailer ficava na propriedade maior de Donna. Era de cor verde-sálvia, com uma cobertura de vinil rasgado que pendia acima da porta. Tudo estava torto, parcialmente afundado no chão, como se a coisa toda tivesse caído de uma altura muito grande.

Bem parecido com a Valquíria em armadura prateada resplandecente que fazia sombra sobre a porta. Na verdade, ela veio em traje completo: uma capa azul-turquesa esvoaçando sobre os braços nus e musculosos, as tranças torcidas, bem puxadas e presas para trás, tensionando a pele marrom e lustrosa do rosto. Isso só deixava seu olhar duro muito mais ameaçador.

Ele conseguia sentir os vizinhos reunidos nas varandas e gramados para observar. Eles tinham uma audiência.

Loki subiu depressa os dois degraus arruinados de sua casa e segurou a donzela escudeira pelo cotovelo. Ela o arrancou da mão dele, girando e sacando o machado.

— Bom dia, irmã — falou Loki por entre os dentes cerrados. Ele acenou sutilmente com a cabeça para os curiosos atrás dele. — Não quer entrar para tomar um café?

— Me solte, maldito — rosnou ela.

— Colabore, podemos estripar um ao outro em particular.

Isso pareceu fazer sentido para ela. Rūna abaixou a arma e deu um passo para o lado, permitindo-lhe acessar a porta. É claro que a atração de um massacre bárbaro fazia sentido para ela. Ela tinha o mesmo desejo de batalha de guerreiro teimoso e obstinado que o irmão dele.

Loki se encolheu. Eletricidade quente correu por sua garganta, como sempre acontecia quando seus pensamentos se voltavam desajeitadamente para...

— Então, foi isso que se tornou Loki Laufeyson, Senhor da Trapaça, outrora orgulhoso príncipe de Asgard — observou Rūna. Ela passou por ele e entrou no trailer assim que a chave girou.

— Você veio com um propósito ou esta é apenas uma salga ritualística de feridas? — perguntou ele. Loki deu apenas um passo para dentro da porta, com a postura rígida, os braços cruzados sobre o peito. Ele não ousou avançar para a área de estar, pois de repente isso lhe era repulsivo. Vergonhoso. Esse não era um salão de teto alto com pilares dourados e mesas de banquete lotadas, nem um palácio com recantos cobertos por cortinas, cheios de almofadas de veludo e amantes sedutoras. Havia dois cômodos, três com esforço, com uma parede de plástico que separava a sala da cozinha. A única área totalmente fechada era o banheiro, pequeno o suficiente para forçar alguém a sentar-se com os joelhos encostando na porta enquanto defecava.

À direita, um móvel baixo de madeira com uma televisão, uma poltrona e um colchonete que servia como sofá e cama. Uma mesa de centro xadrez sustentava seus dois bens mais valiosos: o controle remoto da televisão e um terrário imaculado que continha seu gekko, Brian. Todos os bens tinham sido doados a ele ou encontrados ao longo da estrada. Caridade e recolhimento. Brian era sua única compra de verdade além de comida e vinho em caixa. Seus companheiros deuses desdenhariam da bebida, mas o que faltava em qualidade era compensado pelo volume. E hoje em dia ele estava muito interessado em volume. Com seu primeiro salário da Cãezinhos da Donna, ele foi com Donna até a loja de animais para comprar mais ração para os cães, apenas para descobrir que estavam vendendo pequenos lagartos. Brian parecia infeliz sob uma lâmpada de aquecimento, os dedos dos pés enrolados em pedras verde neon, e aqueles olhinhos suplicantes acertaram algo em Loki.

Loki se aproximou da vitrine com o gekko e a tocou com a mão, observando a minúscula criatura fazer o mesmo.

— Vou tirar você daqui — sussurrou, fora do alcance da audição de Donna. Não que ela fosse julgar. — Você vai embora e poderemos ser solitários juntos.

Foi Donna quem sugeriu o nome Brian, em homenagem a Brian McKnight, seu vocalista de *rhythm and blues* favorito. Loki não viu nada de errado em o gekko receber o nome de um bardo reverenciado do reino.

— Como veio assombrar este casebre? — perguntou Rūna. — Embora eu deva dizer que é um castigo adequado ver você tão rebaixado.

Fúria ardeu em seu peito. Ele havia trabalhado duro para conseguir essas coisas e sabia que os outros moradores do Trevo de Quatro Folhas também eram diligentes, muitos lutavam com infortúnios além do controle. O que uma Valquíria com asas espirituais sabia sobre desespero abjeto? Um impulso cresceu dentro dele, um impulso de arrancar o nariz do rosto dela com uma mordida, o nariz que ela agora empinava imperiosamente enquanto examinava seu *casebre*.

Ainda assim, ele não conseguiu defendê-lo.

— É temporário. Estou apenas reunindo forças aqui.

Rūna se abaixou para observar Brian e riu.

— Você e seu lagarto?

Ela tinha sorte, ah, muita sorte, por Odin ter retirado os poderes dele. Só um tolo lhe daria as costas assim quando suas facas conjuradas nunca erravam.

— Pergunto mais uma vez: qual é a sua intenção, Valquíria?

Rūna se ergueu. Ela teve o bom senso de não olhar para Brian com nada além de curiosidade respeitosa.

— Fui enviada para absolvê-lo.

O estômago dele fez a coisa mais cruel: revirou-se com esperança. Esperança era a faca mais afiada que a dele.

— Hum. Acho improvável. — Loki passou por trás dela, indo até a geladeira. Ainda não era meio-dia, mas a caixa de vinho o chamava. Um bom gole de Riesling ajudaria. Como, ele não sabia dizer, mas era inútil discutir com o vinho. Ele tirou uma caneca da pequena máquina de lavar louça e apoiou a porta com o quadril enquanto abria a torneira. Os terráqueos eram estúpidos, fracos de espírito e rebeldes, mas criaram várias invenções dignas de nota, incluindo a caixa de vinho.

Rūna recuou diante da caneca, que também era de Donna e tinha o formato do rosto de um homem chamado Josh Allen.

— Do crânio de quem está bebendo, serpente?

— Um guerreiro terráqueo — respondeu Loki. Era próximo o bastante, e Donna ficaria encantada com a anedota mais tarde.

Ela fechou os olhos e inspirou fundo, centrando-se.

— Eu esperava encontrá-lo no meio de uma campanha de conquista, Loki. Quase não acreditei em Heimdall quando ele descreveu sua *vida*... se é assim que devemos chamá-la.

Loki serviu mais vinho e fechou a geladeira com força.

Vida. A vida dele. O que ela sabia sobre isso?

Ele se lembrava do pânico enquanto desabava em direção a Midgard. Ele se lembrava da confusão. Ele havia sido expulso de Asgard sem nada e vagou, sabendo apenas que precisava sobreviver. Uma forte chuva caiu. Ele estava em uma estrada movimentada, os veículos passavam correndo, espirrando água nele, o calor do verão banido pela garoa fria e constante. Através da neblina cinzenta e da chuva, ele avistou uma placa brilhante e cambaleou em direção a ela.

Uma taverna. Universal. Abrigo. Calor. Alimento. *Posso começar aqui*, pensou. Ele podia ter sido exilado e despojado, mas Loki não era o tipo de pessoa que chegava ao ponto de se sentir totalmente sem meios ou recursos. Ele teria que confiar em sua mente agora, em seu charme; ninguém poderia tirar sua língua de prata.

E, desse modo, ele ia recomeçar, como tantas pessoas rebeldes faziam, em uma taverna. O Curinga, era como se chamava. Adequado, pensou ele. Curinga. Bobo da corte. Trapaceiro. *Loki.* Os clientes costumeiros pararam e olharam para ele por cima de garrafas e canecas quando ele entrou, mas fingiram não encarar. Ele sentia os olhos deles. Ele sentia o medo deles. Loki era um forasteiro e eles sabiam disso.

Loki se aconchegou no bar sob uma longa luz amarela. Uma mulher se aproximou dele pouco depois e disse:

— Qual é o seu veneno, docinho? — O que não fazia sentido, mas Loki reconheceu o tom. Ela não queria fazer mal; na verdade, a voz dela era familiar e calorosa. Curiosa. Essa era Donna, que se tornaria sua vizinha, depois sua empregadora e em seguida, por mais estranho que parecesse, sua única amiga na Terra. Quer dizer, além de Brian. Donna tinha longos cabelos azuis e a constituição musculosa e robusta de uma donzela escudeira. Ela tinha trinta e poucos anos e Loki nunca conheceu ninguém tão imperturbável em toda a sua vida. A princípio, ele a considerara uma caipira e uma tola, mas ele estava errado; Donna era perspicaz, observadora e, o mais desconcertante de tudo, totalmente desprovida de ambição. Ela havia permanecido nessa vila — Buffalo — a vida toda, viajava duas vezes por ano e exibia em casa com orgulho as bugigangas de suas andanças, mas escolhia Nova York de novo e de novo.

No Curinga, Donna pediu para eles algo chamado "desjejum de panqueca", que soava intrigante e parecido com os tipos de refeições que se podia encontrar em Asgard. Era, porém, um copo pequeno de suco de laranja ao lado de um copo ainda menor de uísque. O fato de Donna considerar isso um desjejum era igualmente fascinante e intimidante.

— Pode me chamar de Loki — informou ele para ela, curvando-se na altura da cintura, um braço em cima do bar. — Acabei de chegar a esta aldeia e estou pouco familiarizado com ela.

— Eu percebi — falou Donna, rindo. — A feira renascentista é em agosto, querido, você chegou um mês adiantado. Ou isso é para uma daquelas convenções? — perguntou ela, indicando os trajes dele.

Loki passou a mão pela frente de sua armadura de couro.

— Estou em desvantagem, Donna. Receio que seus costumes não sejam os meus. Por favor, me diga, o que é uma feira renascentista?

Ela o observou por um momento, seu olhar demorando-se no corte acima de sua sobrancelha.

— Não se preocupe com isso. Onde conseguiu o olho roxo?

— Em casa — grunhiu ele.

Algo mudou no rosto agradável de Donna. Seus olhos escureceram. Ela sinalizou para o barman, pedindo mais desjejum de panquecas.

— Ah, querido. Entendi.

Loki aprendeu muitas coisas naquela primeira noite, incluindo os ingredientes da pequena bebida que estavam saboreando; que os gritos intermitentes na taverna eram para os Blue Jays, uma espécie de ave, mas também um passatempo competitivo; quando ele perguntou sobre os tabardos que revestiam as paredes, Donna explicou que pertenciam aos campeões dessas diversas competições atléticas. Mais bebidas foram tomadas. A princípio, um lugar onde se abrigar tinha sido uma prioridade, mas agora ele queria ficar. Donna havia herdado algo chamado creche para cães de seus falecidos pais. Eles estavam com poucos funcionários, se Loki estivesse procurando trabalho. Havia também um trailer extra ao lado da casa móvel dela, que, naquele momento no Curinga, ele imaginou como uma espécie de pavilhão luxuosamente decorado acima de uma grande fera mecânica, mas que era, na realidade, um retângulo quente em um pedaço de grama moribunda.

Loki algumas vezes se perdeu em pensamentos, olhando ao redor, para os confins aconchegantes da casa móvel de Donna, imaginando como seria sentir-se atraído por um único lugar e permanecer totalmente satisfeito com ele, sem a dor intrínseca do desejo de viajar, a necessidade de dominar e governar no sangue. Quando Loki conheceu Donna na taverna, ele notou o nome Allen em suas costas quando ela entrou e saiu do banheiro. Ele, então, se referiu a ela como Donna Allensdóttir, o que ela apreciou imensamente, e agora era uma piada entre eles.

Ele baixou o olhar para a caneca, a caneca de Donna, e de repente sentiu-se protetor daquele retângulo quente em um pedaço de grama moribunda.

— Seus insultos não serão suportados, Rūna. Você falou em me absolver, mas isso não é necessário... — Loki fechou os olhos com força. Ele queria ser declarado inocente? Como poderia, quando tal conclusão seria uma mentira? Ele ao menos *queria* ir para casa?

Quando abriu os olhos, eles se desviaram para Brian. Donna ia trazer os hambúrgueres Wendy's mais tarde, e eles iam terminar a terceira temporada de *Homens de Terno*. Ela gostava do homem que interpretava Harvey Spectre, e Loki também o achava agradável. Segundo Donna, uma das atrizes havia se tornado uma princesa de verdade, mas depois desistiu de tudo para ter uma vida normal. Era uma história encantadora, que lhe causava dor.

— Eu não sou inocente — finalizou. Sentiu uma onda de dor, mas também de alívio. — Eu sou... indigno do que você procura provar aqui. Deve ir embora.

Rūna juntou-se a ele na cozinha. Ela estava chegando perigosamente perto de algo que Loki não queria que ela visse, o único vestígio de sua vida anterior além das cicatrizes que ele carregava dentro de si. Ela tirou a caneca de Josh Allen das mãos dele com sua incrível força e tomou o vinho de um gole.

— Você escolheria isso em vez da exoneração? Em vez dos esplendores de Valaskjalf? — Quando a caneca voltou para a mão dele, ela falou: — Meus agradecimentos, maldito. Eu precisava disso, argh, para o que estou prestes a dizer. O que estou *encarregada* de dizer.

Ela andou de um lado para o outro, aproximando-se mais uma vez da coisa que não deveria ver. A pele sob a gola do moletom dele ardeu. Loki tentou se colocar no caminho dela, mas Rūna passou por ele feito uma lança. Felizmente, os olhos dela estavam voltados para baixo, para as botas, enquanto ela reunia forças para falar.

— Thor está convencido de que há mais em seu esquema, que você não teve a intenção de matá-lo, que outra pessoa o desencaminhou. — Rūna balançou a cabeça, rindo. — E receba mais tolices, se quiser: ele terminou com um enigma.

Loki se endireitou.

— Um enigma? Isso não é do feitio dele.

— Não, é do seu — disparou ela. — Ele conhece seu público.

Contra seu melhor julgamento, ele perguntou:

— E? Fale logo, então.

— Ele falou que quando eu encontrasse você, deveria procurar a doutora que é uma ponte entre mundos.

Loki franziu a testa, passando o polegar pela alça da caneca.

Seu irmão, irritante como sempre, estava atraindo-o. Não, não, ele apenas a queria fora de sua vida. Queria tudo isso fora de sua vida. Uma mente gentil, uma mente pacífica, não tinha espaço para Asgard. Não havia como voltar atrás, não depois da profundidade de sua humilhação.

— Bem — falou ele, um pouco do tom de Donna insinuando-se no seu —, boa sorte com isso.

Ele foi até o sofá e se sentou. Havia um tablet ali, emprestado da creche de cães. Ele o usava para agendar passeios com clientes, controlar seus escassos ganhos e "navegar na web", o que às vezes significava tentar não cair na espiral de tutoriais incrivelmente diversos na internet. Era possível aprender a construir um carro do zero, transformar a própria aparência com cosméticos, cultivar uma profunda desconfiança do governo e das mulheres, qualquer coisa, na verdade.

Estranhos que ensinavam a aparar corretamente o casco de uma vaca ou a restaurar uma pintura estimada era preferível ao noticiário, que mostrava uma apresentação ininterrupta do Ataque Alienígena na cidade de Nova York. A maior parte da filmagem estava desfocada e ininteligível, sangrenta demais e perturbadora demais para ser mostrada. Seu sangue. Sua carnificina. Ele devia se deleitar com isso, com o caos e a confusão, mas tudo estava contaminado, porque agora ele estava ali, tomando bebida barata da cabeça de Josh Allen enquanto esperava para jantar diretamente de um saco de papel engordurado e ninguém estava rindo com ele.

E pior de tudo, ele também não estava rindo.

Eu fiz o que me propus a fazer, então, por que parece um fracasso? Eu poderia governar este lugar se quisesse. Mesmo sem poderes, poderia ser meu. Eu poderia governá-lo. Eu poderia governá-lo!

Brian saiu silenciosamente de seu pequeno dossel, puxando-se preguiçosamente em direção ao prato de água.

Rūna permaneceu atrás dele, ainda andando.

— Adeus — falou Loki bruscamente. O vinho não estava fazendo efeito o bastante. Não estava silenciando os pensamentos ruins. — *Adeus.*

— Jurei a ele que ia levar isso até o fim. — Obstinada. Teimosa. Assim como ele, assim como...

— Pode dizer a ele que eu o libero do juramento que você fez, ou algo do tipo — murmurou Loki. Ela não estava olhando, então, ele ligou o tablet e abriu uma página de pesquisa. Uma doutora que era uma ponte entre mundos... não poderia ser tão difícil encontrar. Não importava, é claro, mas não dava para ouvir um enigma e não querer decifrá-lo. Conhecendo a origem do enigma, a ponte obviamente se referia à Bifrost e os mundos em questão eram Asgard e Midgard. Doutora era mais complicado. Significava várias coisas diferentes naquele reino: uma pessoa que apenas estudou muito e passou em muitos testes, ou alguém que era um curandeiro talentoso ou tinha um programa de televisão de mau gosto.

Ele ouviu a porta da geladeira abrir e fechar, e, quando olhou por cima do ombro, Loki viu a Valquíria bebendo direto da torneira da caixa de vinho.

— Adorável — zombou. — Fique à vontade.

De fato, Donna lhe mostrara uma quantidade significativa de programas questionáveis, mas também o apresentara à ficção científica. Eram histórias humanas teóricas e repletas de compreensões peculiares do universo. Nessas ficções, eles se referiam a um fenômeno tal qual a Bifrost como um buraco de minhoca. Conhecendo a internet como já conhecia, Loki se preparou e digitou "doutora buraco de minhoca", esperando pelo pior.

Abaixo dos esperados e horríveis resultados iniciais, ele avistou um link relevante.

Viagem Intergaláctica? Mais provável do que você imagina!

Loki clicou. Ele se deparou com o retrato profissional de uma mulher deslumbrante. Ela erguia os olhos de uma mesa repleta de livros, um dos quais ela estava autografando. Era um livro que ela havia escrito, e o artigo incluía uma longa entrevista com ela.

Alunos da Empire State University a chamam de Doutora Buraco de Minhoca, mas ela é mais do que apenas um apelido. Nós conversamos com a empolgante e emergente teórica e autora da área, a dra. Jane Foster. Seu novo livro, lançado na quinta-feira, joga nova luz sobre as equações de campo de Einstein, oferecendo uma visão acessível de um assunto complexo.

— Você mentiu para mim.

Loki assentiu distraidamente, ainda olhando para o tablet.

— Isso é o que eu faço.

— Você teve ajuda, não foi? Um cúmplice.

As palavras da Valquíria atravessaram-no feito gelo. Ele se levantou e girou, vendo que ela estava atrás da "parede" que separava a sala da cozinha e do banheiro. *Você deveria tê-la expulsado de verdade.*

Loki colocou o tablet debaixo do braço e correu até ela, puxando-a bruscamente para longe da parede. Estava coberta de pedaços de papel, anotações, ilustrações, artigos de jornal e fios coloridos, todos presos com alfinetes. Rūna colocou um de seus dedos idiotas em uma anotação que dizia: eles vão encontrar Kvisa?

— Quem é Kvisa? — perguntou ela, encarando-o. — Responda, verme.

— Já que pediu com tanta delicadeza. — Loki revirou os olhos. — Não é da sua conta. Eu falei para você ir embora. Em vez disso, você se meteu no meu espaço pessoal. *Invadiu* meu espaço.

— Para exonerá-lo!

A crueldade disso, a impossibilidade disso, o destruiu.

— Com que propósito? — trovejou ele. Ele agarrou as anotações e os recortes com a ponta dos dedos, arrancando tudo da parede. Os papéis se espalharam. Alfinetes tilintaram ao caírem pelo laminado. Rūna tentou impedi-lo, mas ele estava irado, um demônio, arranhando e arrancando até ficar sem fôlego.

— Com que propósito? — perguntou, encostando-se na geladeira. — Não posso voltar.

Rūna o observou, seus grandes olhos castanhos reluzindo de pena. Ele ignorou. Seus dedos latejavam. Sua garganta queimou. Ele simplesmente queria que ela fosse embora.

— Aqui — falou ele, derrotado, oferecendo-lhe o tablet. — Resolvi seu enigma idiota.

8

O funeral de Happy Hogan aconteceu no clube de boxe Alias
no Queens. Foi informal, de caixão fechado; nenhum agente funerário no mundo era tão talentoso. Tony não via problema nisso. Ele odiava a aparência de cadáveres em funerais, rígidos e assustadores, com a base espalhada como se o agente funerário estivesse tentando pavimentar uma entrada de garagem. Tony estava sentado na parte de trás do carro preto, em terno preto, fingindo que poderia optar por não entrar.

— Tony, se não quiser...

É claro que Pepper ia praticamente ler sua mente. Ela estava elegante como um gato selvagem em seu terninho, um pequeno véu de bom gosto preso por cima de seus cabelos escovados. Suas mãos enluvadas estavam apoiadas em uma bolsa do tamanho de uma maçã no console entre eles. O motorista tinha ligado o ar-condicionado tão forte até o carro ficar frio como um necrotério. Ele observou os enlutados formando filas na calçada, alguns usavam legítimas calças de moletom.

— Acho que podemos estar arrumados demais — falou ele. Mais alto, ele gritou para o motorista: — Tem certeza de que este é o endereço certo?

— Tony, ele não nos atravessou pelo trânsito do horário de pico para errar o endereço.

— Vamos parecer lunáticos. — Suspirou ele. — Aquele cara está usando um boné de beisebol.

O celular dela tocou. Pepper digitou algo no dispositivo e tamborilou as unhas na parte de trás dele.

— Gabriel está trabalhando na questão do buraco de minhoca; ele falou que só ia levar a tarde para pensar em algumas opções. Vamos, está na hora. Você está protelando.

Ele estava. Seu terapeuta ressaltaria ser normal que alguém que teve um trauma precoce com funerais temesse esses cenários, temesse-os a ponto de evitá-los por completo. Contudo, Tony odiava a autopiedade e disse a si mesmo que estava agindo como um garotinho assustado.

Pepper saiu do carro e esperou por ele na calçada. Uma plaquinha com balões indicava a direção para os participantes: "evento Hogan por aqui".

Evento. Como se houvesse palhaços e pôneis lá dentro, como se Happy fosse sair de um bolo só para ver a expressão de surpresa em seus rostos.

— Lá vamos nós. — Ele foi até o lado de Pepper, relutante, e os dois se uniram, desconfortáveis, ao fluxo de pessoas que seguia a sinalização do evento. Tony puxou a gravata. — Bastante gente veio.

— Ele era um garoto querido — comentou a senhora na frente deles. Ela tinha ouvido o comentário de Tony e olhou por cima do ombro, dando o sorriso contraído de alguém que está apenas tentando ser gentil. Ela era mais velha, provavelmente uma parente distante ou uma amiga que viera dar apoio à mãe de Happy. Pepper o informou sobre o desgastado arquivo de RH de Happy. Eles tinham os nomes de seus pais listados e alguns outros detalhes: emprego anterior, data de aniversário, vários endereços. Seu antigo formulário de candidatura também tinha sido digitalizado e salvo. Tony o revisou sozinho em seu escritório igualmente encantado e surpreso ao descobrir que Happy havia listado a mãe e seu treinador de boxe do ensino médio como referências.

Nas portas, dois homens com orelhas de couve-flor e batatas amassadas no lugar do nariz distribuíam programas. Os dois usavam moletons do Clube de Boxe Alias por baixo dos blazers mal-ajustados. O que estava do lado direito da porta entregou uma folha dobrada de papel azul para Tony e deu-lhe aquele mesmo sorriso horrível e contraído.

Quando estavam lá dentro, envoltos no cheiro de suor de outros homens, Tony se encostou em Pepper, murmurando:

— Odeio esse olhar que todo mundo dá para você nesses eventos. Esse sorriso, sabe?

— Sim, é terrível.

— Esse sorriso! Tipo, "ah, isso é tão triste, mas também não é tão bom podermos estar aqui juntos?" Não, cara, não é legal, não é! É o nono círculo...

Pepper apertou seu braço.

— Vamos nos sentar nos fundos.

Eles tentaram. Havia cerca de duzentas cadeiras dobráveis posicionadas, a maioria já ocupada. Alguns assentos na frente estavam reservados, e havia um microfone e um sistema de som instalados a três metros dos lugares guardados. Todas as coisas de boxe haviam sido empurradas para as laterais da sala maior, com algumas correntes ainda pendiam do teto, onde os sacos estiveram pendurados. Eram um grupo eclético, reunido sob as fortes luzes fluorescentes, com a atmosfera geral de uma noite de bingo em Shriners. Uma mesa nos fundos, logo após a porta, exibia uma foto emoldurada de Happy e uma pilha de fotos de infância, anuários, recordações de boxe e uma foto de Happy em destaque apertando a mão de Tony enquanto fazia um joinha.

— É uma linda foto de vocês dois — comentou Pepper, franzindo o rosto. — Desculpe! Eu dei o sorriso, dei, não pude evitar.

— É impossível, apenas sai. Olha, agora eu estou fazendo também. Como um palhaço estranho e triste... — Tony passou o polegar e o indicador da mão direita pelas sobrancelhas, abafando uma risada.

— Meu Deus, somos horríveis.

— Os sapatos de todo mundo estão rangendo, é um pesadelo. — Tony estremeceu e eles foram se sentar, mas um dos velhos boxeadores na porta veio correndo. Ele não conseguia ficar em pé perfeitamente ereto e chegou a cutucar Tony na lateral do corpo para chamar sua atenção.

— Ei, ei, sr. Stark! Posso chamá-lo de sr. Stark?

Você já chamou.

— Claro — respondeu Tony, reunindo charme suficiente para apertar a mão do homem. — E você é?

— Sal. Sal Groggins. Happy e eu e somos amigos de longa data, longa mesmo. Praticamente de infância!

Pepper riu educadamente, apertando sua bolsinha com toda a força.

— De qualquer modo! Apenas pensamos que seria bom se pudesse estar na frente, sabe? Achamos que Happy gostaria. É ótimo que esteja aqui. Realmente ótimo, sabe? E acho que a sra. Hogan ficaria contente se você pudesse ficar com ela. — Sal lhes deu um sorriso e gesticulou em direção ao corredor entre os dois grupos de cadeiras.

— Ah, meu Deus. Ah, meu Deus! — Pepper tocou Sal suavemente no ombro e ele sorriu. — Tem certeza de que isso é apropriado? Nós realmente não queremos chamar a atenção.

— Ah! Bem, vão me perdoar por dizer isso, mas é Tony Stark. Já estão chamando a atenção. — Sal gesticulou de novo, desta vez mais insistente. — Sabe, pela sra. Hogan.

Tony contraiu os lábios e caminhou em silêncio pelo corredor. Não adiantava tentar se esconder, então. Havia dois assentos posicionados bem em frente ao microfone.

— Devíamos contratar esse cara — murmurou Pepper, enquanto os dois alisavam as calças ao mesmo tempo e se sentavam. — Ele é muito bom, certo? Ou apenas eu achei? Assim, doce, mas ameaçador.

— Ele é um boxeador, Pepper, ele dá socos na cara das pessoas para se divertir. — Tony abriu o programa em seu colo, desesperado por um lugar onde colocar os olhos. — Meu Deus, tem poemas.

— Shel Silverstein? — adivinhou Pepper, cruzando as pernas e examinando a sala.

— Sem crédito. Acho que são originais da loja de departamentos.

— Ainda tem gente entrando — continuou ela. — Parece que vai sobrar apenas lugar para ficar em pé. Bom para Happy. Ele merece. Alguém trouxe um pavê.

— Mas tudo… tudo parece tão alegre — murmurou Tony. Ele avistou a sra. Hogan no lado direito do ginásio, recebendo palavras e conforto de alguns jovens enlutados. — Não me sinto alegre. Não estou com vontade de ouvir poemas em um YMCA.

— Eu sei, Tony. Mas você está aqui, é isso que importa.

Ele queria sumir na cadeira, no chão. No centro da Terra, de preferência. Como todos conseguiam conversar, rir e tomar café? Seu amigo estava morto. Seu amigo havia sido assassinado em plena luz do dia por uma força alienígena invasora, e agora ele tinha que se sentar em uma academia que fedia como uma meia velha e enfiar sobremesas de camadas na boca, enquanto Sinatra tocava no alto-falante que estalava. Se pudesse, se deixassem, ele se levantaria, pegaria o pedestal do microfone e o quebraria ao meio com as próprias mãos. Isso seria bom. Era assim que ele se sentia.

— Potts?

— Hum? — Ela se virou, olhando para a frente e inclinando-se para perto.

— Quando eu morrer, não faça isso. Quero um funeral de verdade, numa igreja de verdade. Não, numa catedral. Quero choro e lamentação, e se ninguém estiver se sentindo eloquente no dia, então, contrate carpideiras. Véus pretos, entendeu? Tudo preto. E velas, tantas velas que o chefe dos bombeiros vai suar na camisa da Gucci pensando que corremos o risco de incendiar a igreja de Saint Patrick. Uma procissão também, mas sem caixão aberto. Um funeral de verdade, não uma festinha em que cada um traz um prato em algum centro recreativo com cheiro de desinfetante. — Ele deixou cair o rosto nas mãos. — Acho que vão querer que eu fale algumas palavras.

— Preciso de orientação aqui, Tony, você está confuso. — Pepper tocou as costas dele.

Ele gemeu.

— Eu sei. Estou… fora de mim. Todo mundo está olhando para mim?

— Não, Tony, não estão.

O funeral começou. Eles tocaram Sinatra, Martin, Crosby e todos os amigos de boxe e de pôquer de Happy levaram a sra. Hogan até o microfone. Tony não se lembrava do discurso dela. Ele apagou, ou algo do tipo, porque ouvi-la fungar durante seus comentários ia acabar com ele na hora. Ela não estava lidando bem. Assim como ele, ela parecia estar encolhendo, esmagada por dentro e por fora. Seu vestido floral estava grande demais e seu rosto tinha a magreza anormal de uma pessoa que havia perdido peso que não precisava perder muito depressa.

Tony não conseguia olhar para ela, só conseguia olhar para as mãos, para os dedos que criariam a tecnologia que impediria que isso acontecesse novamente.

Ele bateu palmas quando devia bater palmas, mas não sentiu a colisão das mãos uma com a outra.

Finalmente, houve uma lacuna na programação dos discursos. Ele olhou de um lado para o outro na fileira, fez um excruciante contato visual com a sra. Hogan e, com o aceno de permissão dela, se levantou e repuxou a gravata, enquanto cruzava os angustiantes três metros até o microfone. Microfonia. O berro de um monstro. Todos taparam os ouvidos e estremeceram nas cadeiras. Mais tênis barulhentos. Alguém tossiu como um estivador da virada do século.

Tony não viu rostos quando olhou para a multidão; era apenas um borrão doentio.

— Eu sou, hum, eu sou, bem... — Atrapalhado. Estúpido. Desastroso. — Eu sou Tony Stark, provavelmente nunca ouviram falar de mim. — Risadas dispersas. — Happy começou como meu motorista, mas com o passar dos anos se tornou meu amigo. Poucas são as pessoas que realmente me repreendem quando faço merda, mas, cara, ele era a primeira delas. E ainda bem, porque poucas pessoas estão dispostas a me dar um choque de realidade quando eu realmente preciso. — Mais risadas. — A primeira vez que nós...

As portas na parte de trás do ginásio se abriram. Não havia mais ninguém lá atrás; todos teriam avançado se não tivessem conseguido encontrar um lugar vago. Alguém havia entrado, um homem baixo, de camiseta marrom e calça rasgada. Ele parecia estar encharcado, segurando uma placa de papelão sujo com as duas mãos. Seus olhos o denunciaram. Ele olhou para todos os lados e depois avançou pelo corredor em direção ao microfone, em direção a Tony. Algumas pessoas na multidão se levantaram, alarmadas.

— Mostrem o cara! — começou a gritar, batendo na placa. Nela estava escrito: "tente encobrir isto", e ele tinha desenhado um rude dedo do meio erguido abaixo das palavras. — Onde está o corpo? É real mesmo? Alienígenas! Alienígenas, cara! E o que devemos fazer? Ficar em casa? Ficar em casa e com alienígenas explodindo Manhattan! Cara, isso não é *Homens de Preto!* Não dá para, *pew, pew* — nesse momento ele fingiu ter algo brilhando diante dos olhos — para me fazer esquecer! Eu não vou esquecer! Então, onde ele está? Me deixe vê-lo! Me deixe ver o que os alienígenas fizeram com ele!

— Ei, amigo, vamos nos acalmar — falou Tony devagar ao microfone. Pepper já estava de pé, procurando alguma coisa em sua bolsinha. Tony se recusou a trazer sua equipe de segurança; não queriam causar uma cena ou deixar os outros enlutados desconfortáveis. Cara, ele estava se arrependendo daquela decisão.

— Não! Já estive calmo! Eu já estive! — O homem abaixou a cabeça e correu, usando a placa para afastar os enlutados do corredor, abrindo caminho em direção a Tony. Ele passou pela cadeira de Pepper e Tony a observou tirar uma arma de choque da bolsa. Ao fazer isso, uma lufada de cheiro de gasolina chegou até ele. Pepper também notou, baixando a arma, impotente. Se ela disparasse, a faísca poderia transformá-lo em uma bola de fogo.

O homem parou a trinta centímetros de Tony, largou a placa e tirou um isqueiro do bolso. Ele o segurou acima da cabeça, ameaçando acendê-lo.

— Os alienígenas mataram esse homem, foram os alienígenas que fizeram isso! Então, quem vai fazer algo a respeito? Olhe para mim, entendeu? Olhe! O governo não pode encobrir isso! — Ele gesticulou com o isqueiro. — Peguem seus celulares! Todo mundo pegue seus celulares! Gravem isso. Gravem. Façam isso agora.

As pessoas começaram a deixar suas cadeiras, apressando-se em se afastar do homem encharcado de gasolina. Ele não pareceu notar nem se importar, seus olhos finalmente se fixaram em apenas uma pessoa.

— Foi uma tragédia — suspirou Tony ao microfone. Ele manteve a mão estendida na direção do homem como se estivesse domesticando um leão. — O que aconteceu foi uma tragédia. E você está certo, o governo não pode fazer você esquecer o que viu. Ninguém pode. Eu vejo você. Eu escuto você. Sabe quem eu sou, senhor?

O homem franziu a testa, engoliu em seco e depois assentiu.

— Aquele... aquele cara bilionário em todas as revistas.

— Certo. Tony Stark. Indústrias Stark. Sabe o que produzimos?

— Não, cara, não. Peguem seus celulares, droga. Peguem!

Com mão firme, Tony pegou o celular, abriu o aplicativo de fotos e apertou gravar. Isso pareceu aplacar o estranho.

— Estou gravando.

— Bom.

— Certo, eu fiz o que você pediu, agora me faça um favor e ouça: nas Indústrias Stark, nós produzimos coisas. *Eu* produzo coisas. Qual é o seu nome, senhor?

— William.

Tony apertou os lábios e assentiu.

— William? Escute. Vou fazer algo sobre isso, porque eu também não posso esquecer. O ataque matou meu amigo e não vou deixar isso passar. Vamos fazer algo que possa proteger a cidade de Nova York. Seremos proativos, para que pessoas como você, William, possam viver suas vidas sem sentir que tudo é uma grande mentira.

William refletiu sobre isso, remexendo os lábios para o lado. Depois, brandiu o isqueiro para Tony.

— Você é apenas um deles. Não posso confiar em você. Não vou cair nessa de novo!

O polegar dele se moveu no isqueiro. Pepper soltou a arma de choque e deu um golpe forte com a perna, derrubando o homem. O isqueiro voou e pousou alguns metros à frente da mãe de Happy. William caiu no chão, soltou um grito e, em seguida, foi engolido por uma onda de boxeadores ansiosos por ajudar.

— Não o machuquem — advertiu Tony. — Vamos chamar a polícia, apenas tentem mantê-lo calmo.

— Claro, sr. Stark — respondeu Sal, que veio ajudar. Um homem de meia-idade usando uma boina colocou William de bruços e sentou-se nas costas dele, prendendo-o. — Bom trabalho, Gary. Você devia ter sido Luvas de Ouro.

— Fale sério, Sal. Eu nunca fui tão bom.

Tony deixou os dois homens discutindo, enquanto Pepper alertava a polícia. A placa de William tinha pousado perto do microfone e Tony se aproximou dela, cutucando-a com o pé, preguiçosamente. Depois, ele tirou uma foto dela. Quando sentiu Pepper perto dele, ele balançou a cabeça.

— Eu odeio dizer que eu avisei

— Não, você não odeia. Eu não precisava ver isso para saber que os nova-iorquinos estão nervosos. — Pepper cruzou os braços, olhando para a placa com ele. — Estão enviando alguém. Como está se sentindo? Sua frequência cardíaca está alta? Você devia se sentar e devíamos ligar para o dr. Blake...

— Estou bem, Peppe. Você pensou rápido com aquela rasteira.

— Sim, bem, achei que a sra. Hogan não ia apreciar uma tocha humana no funeral do filho.

Os olhos de Tony vagaram de volta para a confusão onde William estava contido.

— Vamos arranjar um advogado para William, alguém caro, mas discreto. Não quero que ele apodreça na prisão por isso.

Eles saíram da parte da frente do ginásio, esgueirando-se pelas margens da multidão até que conseguiram parar perto da mesa cheia de fotos e lembranças. Tony manteve o olhar longe da foto dele e de Happy; não podia ser pego babando na gravata quando a polícia chegasse.

— Que bagunça — falou, exausto. — Temos que fazer alguma coisa.

Pepper entrou na frente dele, examinando seus olhos.

— Ou você pode separar alguns minutos da sua agenda lotada para pensar em Happy. É por isso que estamos aqui, Tony, para que você possa colocar tudo para fora. O trabalho pode esperar, tudo pode esperar.

Estou sempre pensando em Happy.

— É isso que estou fazendo — replicou Tony, com os dentes cerrados. — Não está vendo que é isso que estou fazendo?

Sirenes soaram lá fora. O celular de Pepper tocou uma musiquinha. Ela checou a notificação e relaxou sobre os calcanhares.

— É Gabriel. Ele achou uma astrobióloga que está lançando um livro importante e sofisticado que perdeu alguém no ataque e tem uma mudança de carreira interessante há cerca de nove anos.

— Pode não ser nada — respondeu ele com um dar de ombros.

Pepper abriu o arquivo que Gabriel tinha enviado, lendo-o.

— Não sei, Tony, pode ser alguma coisa. Essa mulher deixou de trabalhar como enfermeira e passou a ser uma astrobióloga celebrada em menos de dois anos. Eu ficaria curiosa para saber a razão.

Tony ergueu uma sobrancelha.

— Potts, isso não é muito "poder feminino" da sua parte. Guinadas profissionais estão na moda hoje em dia.

Ela astutamente ignorou a provocação.

— Essa linha do tempo seria suspeita para qualquer um. Acho que devemos ir a fundo nisso.

Tony sorriu e ajeitou a gravata, enquanto os policiais entravam no ginásio.

— Vou trazer as pás.

9

Durante 29 dias, Jane manteve o pé no acelerador e não ia desistir agora.

Ela estava sob lâmpadas fracas e parcialmente reduzidas dos bastidores e ordenou seus tópicos escritos à mão em cartões. A espessura do papel por si só a fazia recordar sua época de estudante no NCLEX-RN depois de terminar o curso de enfermagem. Os cartões de anotação salvaram sua vida naquela época; iam salvá-la agora também. Meu Deus, parecia ter sido um milhão de anos-luz no passado, há uma vida inteira, há uma carreira inteira.

Sua preocupação e agitação faziam com que ela se sentisse como uma menina brincando com bonecas, criando historinhas. A caligrafia de Jane Foster era clara como a fonte Helvetica, cada linha dos cartões perfeitamente espaçada, o conjunto de cada cartão equilibrado e agradável. Quando ela começou a estudar medicina, havia prometido a si mesma que não desenvolveria o temido garrancho de médicos. As palavras nos cartões flutuaram ao redor, borradas por trás do que ela passou a chamar de a Névoa. A Névoa cobria tudo agora. Ela havia presumido que haveria alívio e até distração no trabalho, mas o progresso em seu próximo livro havia estagnado. Não havia segurança nele, porque pesquisar e teorizar exigiam que ela fosse vista, que corresse riscos e que se expusesse. Exigia coragem e, naquele momento, ela queria ser uma mancininha arrumando suas bonecas, penteando seus cabelos, trocando seus acessórios e roupas até que a organização fizesse sentido para ela.

Alguém tocou seu cotovelo. Dean. Um amigo. Ainda assim se assustou. Quanto tempo até que ela prosseguisse?

— Pode tirar a noite de folga — Dean disse gentilmente. — Céus, Jane, tire o ano de folga se for necessário. Ninguém poderia culpar

E SE... LOKI FOSSE DIGNO?

você, querida. Leve Quinn e se esconda no apartamento, dane-se, vá para o México! — Dean era um velho amigo de graduação e ofereceu para ela e Quinn seu apartamento no centro da cidade durante o verão, enquanto Jane dava palestras e promovia seu livro. Ele foi o único que a incentivou quando ela mudou seu foco da enfermagem para a astrobiologia. Ela e a filha tinham vindo do Novo México para a cidade e, agora, ela não fazia ideia de quando retornariam. Dean ensinava história da física na ESU, e todos os alunos o adoravam; ele avaliava como Madre Teresa, e as sextas-feiras em suas turmas eram temáticas (Havaiana; Noite dos mil Einsteins; Barbies, Kens & Eles; e assim por diante). Em sua própria universidade, Jane avaliava seus alunos com frieza e imparcialidade; ninguém nunca pegou leve com ela na ciência, era apenas realidade. Até recentemente — até 29 dias antes —, as perguntas favoritas do professor Dean Tran para ela eram, alternadamente: "Quando vamos conhecer o sr. Homem Misterioso?" e "Quando o Homem Misterioso vai se tornar o sr. Jane Foster?" geralmente feitas durante uma videochamada bimestral.

Agora ele sabia que não devia perguntar.

Jane estava de luto. O Homem Misterioso se fora, e para Dean e seu marido, em circunstâncias tão misteriosas quanto o relacionamento clandestino original. Jane sabia o que havia acontecido com seu parceiro, em termos gerais, graças ao terror sem fim do noticiário 24 horas, embora ela nunca tivesse conseguido se despedir adequadamente. Não houve funeral nem corpo.

Sem corpo. Sem corpo. Sem corpo.

Onde ele estava? Sua carne se deteriorou como a de um ser humano? Eles o cremaram? Enterraram? Por que ela nunca se preocupou em perguntar sobre isso? Ainda estava presa às pequenas coisas pela manhã. Nunca houve razão para se preparar, porque ele viveria para sempre, e ela, uma mera mortal, acabaria falecendo, de preferência cercada por entes queridos que teriam vivido um bom tempo com ela, teriam se despedido e iam vê-la partir durante o sono ou em uma cama de hospital. De câncer provavelmente, era de família, mas sempre havia a esperança de algo menos doloroso.

O pior resultado seria que alguma agência governamental obscura tivesse conseguido pegá-lo primeiro. Não, ela disse a si mesma várias vezes, não, o pessoal dele nunca deixaria isso acontecer. Eles eram poderosos, certo? Deuses. Eram muito mais poderosos do que agências americanas de três letras. Muito mais poderosos que ela. Ainda assim, às vezes, quando Jane fechava os olhos, uma imagem indesejada aparecia diante dela, do belo corpo escultural dele em pedaços numa mesa fria de alguma instalação subterrânea, onde alguém fazia observações em um gravador portátil, sua identidade reduzida a um traje de proteção, a identidade do amante dela reduzida a partes sem vida.

Ele não era um objeto de estudo. Ele não era um objeto de experimentos.

Irônico, é claro, já que às vezes ele a acusava de olhar para ele como se ele fosse uma equação a ser resolvida.

Mas agora ele se fora. Morto. Ela não precisava de ninguém. Ela não precisava de ajuda. Apenas precisava que todos calassem a boca, cuidassem da própria vida e deixassem que ela cuidasse da filha. Elas eram uma família de duas agora e não havia como escapar disso. A aceitação era a única solução. A negação não ia preparar o almoço, ajudar com a lição de casa, inventar histórias para dormir ou pagar as contas. Ela não podia se dar ao luxo de perdê-la ou desmoronar, nem agora, nem nunca. Ela não podia tirar o pé do acelerador nem por um segundo.

— Jane?

Ela ergueu os olhos das cartas, que estava fingindo revisar.

— Não posso, Dean — disse Jane. — Esse é o meu lugar. Quinn precisa de normalidade agora, e eu também. Céus, eu realmente *quero* que o ano letivo comece, só para parecer que temos uma rotina de novo. Isso é loucura?

— Se a rotina for tomar sorvete e maratonar *Star Trek*, tudo bem — respondeu o marido de Dean, Matt. Eles formavam um par adoravelmente incompatível: Dean baixo, com cabelo preto cortado rente e blazer com remendos nos cotovelos. Esbelto. Esguio como um corredor. O marido dele era grande, perpetuamente queimado de sol, com cabelos selvagens de surfista descoloridos pelo sol, sua camiseta enorme enfiada às pressas na parte da frente do jeans. Elas tinham que agradecer a Matt e a seu dinheiro do mercado imobiliário na cidade de Nova York pelo apartamento em que estavam hospedadas.

— Quer que eu diga a eles para irem embora? — perguntou Dean, segurando-a pelos cotovelos. Ele gesticulou com a cabeça em direção à cortina entreaberta do palco à direita deles. — Me deixe fazer isso. Vou falar para eles que foi cancelado e vamos comer pizza.

— Está tudo bem — insistiu ela. — Já fiz isso mil vezes. É automático a esta altura. Podem se sentar nos seus lugares, rapazes, ficarei bem.

Dean suspirou e contraiu os lábios. Era um olhar que ela andava recebendo muito ultimamente. Dizia: *Ai, coitadinha.*

Jane detestava, mas entendia.

Dean e Matt se afastaram. Jane foi inundada por uma energia repentina. Adrenalina. A caótica vibração no sangue por medo do palco a percorreu bem a tempo. Ela a acolhia. Precisava de algo. Só para sentir alguma coisa. A dormência era a pior parte. Essa não era ela. Jane vivia. Jane atacava a vida. Ela acordava cedo e ia dormir tarde. Ela sabia andar a 130 quilômetros por hora em uma área de 35. Ela não sabia como desacelerar.

A seda de seu terninho branco ondulava, enquanto ela oscilava nos calcanhares ritmicamente, balançando. Ela enfiou os cartões debaixo do braço e pegou o celular. Dois minutos. Quase na hora. Essas coisas sempre começavam conforme programado, essa era a beleza dos eventos de livros. Ninguém no Auditório Milgram estava esperando uma estrela do rock se apresentar, não havia teatralidade, eram apenas um bando de nerds da ciência que queriam aprender alguma coisa, rir educadamente de piadas ruins e ir para a cama na hora certa.

Ela tinha uma nova mensagem. Estupidamente, ela a abriu. Era de um antigo caso, Keith Kincaid. Ele era um médico que usava agulhas e bisturi, e não um médico que usava protetores de bolso e dava palestras como o novo círculo social dela. Embora antes Jane tivesse se visto nesse mundo, não no que ela escolheu mais tarde na vida, não na astrobiologia.

Meus pêsames. Estou aqui se precisar de alguma coisa. Beijo.

Os ombros de Jane caíram. Como ele descobriu? Dean contou para ele, talvez, já que ele sempre mencionava o nome de Keith nas conversas, mesmo que esse relacionamento fosse uma história antiga, de quase uma década atrás. Ela se sentiu mal com a separação na época. Keith não aceitou muito bem e mandou mensagens de texto quando estava bêbado, *muitas* vezes. Vezes demais, para um homem que passou pela tortura prolongada da faculdade de medicina e, às vezes, via-se enterrado até os cotovelos nas entranhas de uma pessoa viva.

Talvez fosse cruel, mas ele comia sushi com garfo e faca, roncava feito uma serra elétrica e colocava gelo no vinho tinto. Se Thor tivesse feito essas coisas, ela teria conseguido rir, mas porque ele era Thor. Essa era a diferença entre eles — Thor era o escolhido, Keith não. Ela apagou o número de Keith do celular e ouviu o patrocinador da biblioteca anunciá-la.

Jane deu seu melhor sorriso e subiu ao palco.

— Obrigada — falou, radiante quando as luzes a encontraram. Era difícil enxergar qualquer coisa, exceto o brilho do púlpito. A casa estava lotada, talvez apenas algumas fileiras vazias bem no fundo. — Uau, que apresentação, Cecelia, mais uma vez obrigada…

A leitura correu como de costume: tranquilamente, com um charme treinado que a colocava em algum lugar entre TED Talk e aula de primeiro semestre de introdução à astrobiologia. As piadas cafonas provocaram risadas. Era acessível, enérgica, autodepreciativa e inspiradora, mas nem cinco minutos depois ela notou o problema.

Eles estavam sentados a intervalos aleatórios na plateia. Dois estavam na parte de trás, perto das portas. Não riam nem sorriam, nem mesmo depois da piada mais arriscada da noite sobre buracos de minhoca. Eles não se misturavam e não tentavam. Ternos pretos. Gravatas pretas. Rostos duros. Agentes federais, pensou ela, e depois, terrivelmente: *Eles sabem sobre nós.*

Jane sentiu o ritmo da apresentação sair do controle.

Ela se apressou, tropeçou em algumas palavras, mas chegou ao fim. Nervosa, continuou colocando mechas do cabelo atrás da orelha. Será que conseguiam ver o suor escorrendo em sua testa? Cada vez que ela forçava um sorriso, seus dentes pareciam enormes. Outro erro. Ela cravou a ponta do sapato no chão e empurrou. Na primeira fileira, Dean ergueu dois constrangedores polegares para ela, murmurando: *Segue em frente, rainha.*

Os olhos dela continuavam se desviando para os homens de terno. Eles estavam sugando todo o ar da sala. Se ela não terminasse logo, teria um verdadeiro ataque de pânico. Quando os cartões acabaram e os aplausos vieram, Jane se virou e encontrou Cecelia voltando ao palco e aplaudindo com um microfone na mão, pronta para a sessão de perguntas e respostas. Jane agarrou-a pelo braço, pressionando os lábios na orelha da mulher mais velha.

— Sinto muito — sussurrou Jane. — Não posso fazer essa parte. Eu realmente... não estou me sentindo bem. Gripe, talvez, febre...

A bibliotecária Cecelia se afastou com um suspiro preocupado.

— Claro, doutora. Vou avisar a todos. Você se saiu muito bem, foi simplesmente maravilhoso. Vá descansar um pouco.

Descansar. Que piada. Suas veias pareciam ter sangue demais, como se ela fosse explodir. Ela pressionou as costas da mão na cabeça, testando a pele úmida em busca de febre. Ao sair do palco, ocorreu-lhe que tinha acabado de imaginar os homens de terno, mas assim que se viu sob a luz fraca e longe dos aplausos, encontrou mais dois deles nos bastidores. Eles estavam bloqueando seu caminho, duas placas humanas com as mãos cruzadas na frente das fivelas dos cintos.

Durante 29 dias, Jane manteve o pé no acelerador. Sem que soubesse, ela estava correndo em direção a alguma coisa. Agora tudo havia chegado. A última fibra tênue que mantinha sua vida unida se rompeu, e apenas o mais silencioso sinal de alarme soou quando ela largou o livro e os cartões e atacou os dois homens.

Ela provavelmente ia acabar em um buraco em algum local secreto da CIA. Pelo menos estaria escuro e silencioso. Os punhos de Jane atingiram o peito do homem à esquerda. Os pés dele saíram do chão. Ele não estava preparado para o que ela tinha, sem dúvida achando graça dessa mãe trabalhadora aparentemente afável e uma nerd de carteirinha se atirando em direção a ele até que seus golpes de fato começaram a acertar. Jane tinha trocado a ioga pelos pesos.

Thor tinha ensinado isso a ela.

Traga força das pernas, não das costas. Você é mais forte do que pensa.

— Onde ele está? — gritou ela. Seu joelho avançou, acertando, provocando um barulho satisfatório quando perna encontrou virilha.

— O que fizeram com ele?

As mãos dele. Onde estavam? Quem as tinha? Apenas uma mecha do cabelo dele. Ela só queria uma mecha de seu cabelo dourado. Ele estava vestido? Ele estava aquecido? A camisa de flanela favorita dele estava dobrada no travesseiro ao lado do dela. Ele geralmente sentia tanto calor, mas agora... agora talvez ele realmente precisasse dela para se manter aquecido.

O homem da direita a agarrou pelos pulsos, arrancando-a de cima do colega.

— Tire as mãos de mim! — Jane se contorceu e continuou chutando. Cecelia falava mais alto ao microfone, tentando abafar os gritos dela. — Não me importo se vocês são agentes federais! Eu não ligo! Eu tenho o direito de saber!

Por que mais eles estariam ali? Por que viriam atrás dela se não o tivessem?

— Ei, ei, ei. Quem falou em agentes federais?

Jane prendeu a respiração e depois inspirou fundo. A névoa vermelha de raiva que havia caído sobre seus olhos se dissolveu por tempo o bastante para que ela visse um homem de estatura mediana, bonito de um modo bem aparado e arrumado, usando óculos quadrados e camisa de grife, saindo arrogantemente detrás do homem de terno que ela havia chutado. Seu cérebro lhe disse que ela o conhecia, ou melhor, que tinha ouvido falar dele.

— Mas consigo entender por que teve essa impressão — comentou ele, rindo. — Eles meio que se parecem com o esquadrão de capangas, não é? Mas são apenas guarda-costas, nada de sinistro.

Jane semicerrou os olhos; ela não acreditava nele.

— Você não acredita em mim — suspirou ele. Uma ruiva alta e escultural, usando Louis Vuittons finos feito navalha, pairava atrás dele, penteada e com sobrancelhas extremamente modeladas. — Não sou do governo, dra. Foster. Acredite ou não, estou aqui para ter um livro autografado. — Ele pegou uma cópia de capa dura do livro dela, com orelhas nas páginas e anotações. — Não me importaria de discutir as ideias que descreveu aqui. Acho que você e eu teríamos muito sobre o que conversar.

Gentilmente, o guarda-costas a colocou no chão.

A ruiva tossiu educadamente contra o punho.

— Aham. Tony?

— Opa. Céus, que idiota. Por trás de todo inventor supergênio bilionário há uma mulher com a inteligência de verdade, certo? — Ele sorriu brilhantemente para ela e estendeu a mão. — Tony Stark. É um prazer conhecê-la, dra. Foster.

Jane ajeitou o paletó amarrotado e olhou timidamente para o guarda-costas, cujo rosto tinha ficado vermelho como queimaduras.

— Prazer em conhecê-lo. Desculpe pelo seu, hum…

Tony dispensou o pedido de desculpas.

— Sou eu quem deveria estar se desculpando. Não queria assustá-la, provavelmente poderia ter lidado melhor com tudo isso. Da próxima vez, pedirei à srta. Potts que envie uma cesta de frutas ou algo do tipo.

Balançando a cabeça, atordoada, Jane se abaixou para pegar seus cartões espalhados e o livro torto. A ruiva, aparentemente a srta. Potts, veio ajudar, elegante e eficiente, pegando os cartões com suas unhas brilhantes e pontiagudas. Ela revirou os olhos e entregou alguns cartões para Jane.

— Ele é impossível. Impossível, mas bem-intencionado, então espero que você o ouça.

Jane se levantou, olhando de Tony Stark para a srta. Potts. A dormência voltou, junto com uma profunda pontada de exaustão.

— Eu... perdão, você disse do que isso se tratava? Estou meio confusa... — O bom conselho de Dean voltou para ela. Ela poderia simplesmente ir embora. Ela poderia simplesmente fazer o que quisesse. Tinha acabado de cancelar uma sessão de perguntas e respostas ali mesmo e atacou o guarda-costas de um bilionário; dormir cedo estava dentro de suas possibilidades emocionais. — Foi uma longa noite. E fico lisonjeada por você ter gostado do livro. Talvez possamos marcar um café ou algo assim. Eu ficaria feliz em lhe dar meu cartão.

— Ah, não, não, esta noite seria melhor, dra. Foster, agora seria melhor — respondeu Tony Stark. Seus olhos escureceram por trás dos óculos grossos. — Eu realmente não quero insistir, mas vou.

— Pare, Tony, ela está exausta — interveio a srta. Potts, guiando Jane delicadamente para longe dos dois guarda-costas e de Tony, conduzindo-a até um canto tranquilo. — Primeiro, você tem uma babá? Vamos cuidar disso esta noite.

Jane ficou mais calma.

— Eu realmente gostaria que me dissesse do que se trata tudo isso. Seus caras quase me mataram de susto...

— Eu sei, foi desajeitado, apenas me acompanhe. Babá? Resolvido. Do que você gosta? Martinis? Margaritas?

— Cerveja. — Jane sorriu. — Pizza.

— Música para meus ouvidos — respondeu a srta. Potts, apertando o pulso dela. — Eu estava fazendo uma limpeza de pimenta caiena, meu Deus, o maior erro da minha vida. Nada sólido entrou ou saiu por dias. Eu seria capaz de arrancar a cabeça de Jax com os dentes por uma pizza à moda de Chicago.

Jane achou isso difícil de acreditar.

— Srta. Potts…

— Pepper, por favor.

— Pepper. — Jane suspirou. — Eu prefiro…

— Eu sei. Eu sei. Foi péssimo da nossa parte emboscar você dessa maneira, honestamente, foi horrível, mas acho que vai mudar de ideia depois que eu lhe mostrar isso — falou Pepper. Ela puxou uma elegante bolsa cinza do ombro e abriu o fecho. Teria que ser a Arca da Aliança lá dentro para convencer Jane de que pizza e cerveja com aquelas pessoas eram de algum modo tentadoras. Entretanto, Pepper Potts tirou outra coisa, algo melhor. Algo que fez o coração de Jane afundar na barriga.

O pedaço de metal capturou a luz e prendeu-a como uma criança segurando uma mariposa com as duas mãos. Jane não conseguia desviar o olhar. Era quase… quase… como ter um pedaço dele de volta.

Thor.

Metal uru. Era um fragmento de tecnologia asgardiana.

— Você sabe o que é isso, não sabe? — questionou Pepper. Seus olhos cintilaram, vigilantes. — No Emmett eles fazem uma pizza de pepperoni, linguiça e bacon tão funda que daria para mergulhar nela. Cerveja no barril. Tony teve um problema de coração há pouco tempo, então, podemos forçá-lo a comer uma salada. — O sorriso dela se alargou, conforme Jane girava o metal de um lado e para outro. — Creio que vai ficar muito interessada em ouvir nossa proposta, dra. Foster. O projeto que temos em mente não seria o mesmo sem a sua experiência.

Uma hora depois, Jane beliscava sua comida em um pequeno bistrô sob o brilho laranja de um lustre vintage. Tony Stark, realeza da tecnologia de Nova York, tinha fechado o lugar apenas para os três, um garçom perplexo e a equipe da cozinha. Dean não parava de enviar mensagens.

Você está bem??? Devo chamar a polícia???

Estou bem, ela mandou uma mensagem por baixo da mesa. Dean tinha assistido a muitos programas de crimes reais. *Vejo você mais tarde.*

Isso não ia acontecer. Mesmo antes de a pizza chegar (terrivelmente intensa, como a srta. Potts tinha prometido), ela recebeu um longo contrato de confidencialidade em um tablet tão moderno que ela duvidou que estivesse disponível para o público. Quando se sentaram, Jane sentiu uma sensação de alívio; ali estavam pessoas que, tal como ela, entendiam que havia mais no universo do que apenas o que testemunhávamos da Terra. O preço por amar Thor era guardar um imenso segredo. Até o trabalho dela, até certo ponto, havia se tornado uma mentira; a teoria era uma realidade prática. A Bifrost existia e seres a utilizavam para viajar entre planos. O foco dela havia mudado da enfermagem e da medicina depois que ela conheceu Thor. A Bifrost, em particular, tornara-se uma obsessão para ela: que efeitos viajar nela teria para um midgardiano? Teria consequências em longo prazo no corpo humano? De modo geral, era algo fascinante, mas ela tinha um interesse óbvio nas respostas; um dia, gostaria de ver a casa de Thor. Quem não gostaria? E, mais tarde, quando Quinn veio, as respostas a essas perguntas tornaram-se ainda mais urgentes. Ela não podia deixar sua filha passar por um buraco de minhoca se isso fosse transformá-la em uma pilha de gosma. Sabendo que Asgard existia, ela redigiu cada frase de seu livro com extremo cuidado, hiperconsciente do perjúrio profissional e ético que pairava em torno de cada afirmação científica.

Tony Stark e Pepper Potts estavam fazendo o possível para não a encarar, mas não importava; Jane podia sentir a intensidade da presença deles. Do conhecimento deles. Seu estômago latejava. Ela se arrependeu de ter concordado com o encontro. O garçom deixou uma jarra de cerveja.

— Aqui — disse Tony, entregando à garçonete uma nota de cinquenta dólares. — Por que não fica longe por um tempo, querida? Eu grito se precisarmos de alguma coisa.

Ela fugiu, mas não antes de lançar a Jane um olhar preocupado. Jane esperou até que a jovem estivesse fora do alcance da voz antes de apontar para a bolsa colocada deliberadamente na mesa entre eles. Ela conseguia sentir o metal uru dentro dela vibrando com poder.

— Como me encontrou? — perguntou Jane, curvando-se. Tinha sido tola o suficiente para concordar em se encontrar com eles, mas não precisava colocar uma única carta na mesa. Ainda.

— Google? — Tony sorriu. — Você é uma especialista, dra. Foster. Tenho certeza de que suas opiniões são procuradas o tempo todo.

— Mas não é todo dia que um negociante de armas quer conversar.

— Ei, ei, inventor, por favor — respondeu ele, colocando a mão sobre o coração. — Posso ganhar algum dinheiro com o que os meus brinquedos conseguem fazer, mas a verdadeira paixão é o trabalho em si. Tenho certeza de que compreende.

Pepper estendeu a mão e espetou alguns pepinos da salada de Tony, comendo-os ela mesma. Jane manteve a boca fechada. Ela tinha vislumbrado o rosto tenso de Tony aparecendo nas capas de revistas nas bancas de esquina desde que tinha se mudado para Nova York. O fato de ele ter conectado os pontos de sua pesquisa e publicação ao incidente catastroficamente violento em Manhattan não era muito surpreendente, mas Jane tinha certeza de que havia sido cuidadosa. Não havia nenhum rastro de papel. O nome de Thor nunca constou nos contratos de aluguel ou nos eventuais empréstimos para a casa no Novo México; o nome dele nem sequer constava na certidão de nascimento de Quinn.

Tony observou o queixo dela ficar cada vez mais tenso antes de se inclinar por cima da mesa, com os braços paralelos. O tom dele ficou mais baixo, conspiratório ou confessional, ela não sabia dizer. O centro escuro de seus olhos era preto, perigoso e achatado como os de um tubarão.

— Encontrei meu amigo caído na rua com um buraco na cabeça, uma máquina de guerra que eu nunca tinha visto antes, obviamente a responsável, e depois — *za-zing* — vejo um martelo prateado ser puxado para o céu pelo que um leigo só poderia descrever como um buraco de minhoca — explicou Tony lentamente. — E sim, estou ciente de como isso soa maluco. Eu não tinha certeza se você seria útil até atacar meu guarda-costas, e mesmo assim? Ainda havia dúvidas. Mas me decidi quando Pepper lhe mostrou aquela peça da máquina. Sua reação me contou tudo o que preciso saber.

Ele virou a bolsa cinza de Pepper, e o pedaço de metal deslizou por cima da mesa, batendo no prato de pizza intocado dela.

Jane fixou os olhos nele, tremendo

— O que é? — perguntou Tony.

— Você é o gênio.

Ele resmungou baixinho.

— Quer saber? Você está certa. E fiz meus testes e sei que consigo avançar, mas gostaria de ter sua experiência. Eu ia preferir.

— Avançar com o quê? — perguntou Jane. Ela temia a resposta.

Tony olhou para sua assistente, que deu de ombros.

— Ela assinou o contrato de confidencialidade — falou Pepper.

— Garantia — respondeu Tony para ela, observando sua reação. — Estou avançando com uma garantia.

A garganta de Jane secou.

— Para?

— Não me parece certo que possamos ser atacados assim do nada — retrucou Tony. — Os nova-iorquinos não aceitam esse tipo de merda de braços cruzados. Vou pegar a tecnologia e os materiais deles e tornar tudo maior. Melhor. Maior e melhor, para que nunca mais aconteça a mesma coisa. — Ele pegou o metal uru e agarrou-o com o punho. Emitiu um gemido agudo, como uma nota crescente de zumbido. Foi doloroso. Cortante. — E, se a proteção não for boa o suficiente, então, com sua ajuda, vou fazer algo que possa levar a luta até eles. Até os *alienígenas*. Eu não me importaria de me vingar um pouco pela cidade de Nova York.

O gemido do metal atingiu seu grito mais alto e depois silenciou. Tony Stark, ele queria dizer, não a cidade de Nova York. Isso era pessoal. Jane assentiu e olhou para o celular em seu colo. Sua filha havia mandado uma mensagem de texto com uma foto dela e da babá preparando uma torta congelada tarde da noite.

Uau, vamos comer pizza também! Boincs!

Boincs era como elas diziam: "Eu amo você".

Eu também perdi alguém, Jane teve vontade de dizer a ele. *Você não tem ideia do que eu perdi.*

— E se eu recusar? — perguntou Jane. De repente ela ficou com medo, mas sabia que não deveria fugir.

Tony relaxou, recostando-se na cadeira. Ele não parecia um homem que acabara de sofrer um ataque cardíaco, mas provavelmente tinha ido para a Suécia para reciclar o sangue ou algo do tipo.

— Você não é nossa única opção. Ouvi falar que Trevor Flowers, na Universidade Culver, está fazendo um trabalho pioneiro em astrofísica teórica.

Flowers trabalhava no Novo México e era um picareta, mas sabia o suficiente para ser um picareta perigoso caso Tony pusesse suas garras nele. Se Jane ficasse perto disso, ela pensou, talvez pudesse atrapalhar Stark o bastante para fazê-lo perder o interesse no projeto. No mínimo, poderia ao menos protelar. Jane mexeu no garfo, observando a luz da lâmpada brilhar no metal uru ondulante.

Foi a vez de Pepper se apoiar na mesa e se aproximar de Jane.

— O que você quis dizer no auditório? Você perguntou a Jax para onde "ele" tinha sido levado. De quem você estava falando?

Jane balançou a cabeça. Ela usou a mentira que havia contado a Dean e a todos os outros amigos que tinham começado a insistir.

— Eu também perdi alguém. Não sobrou… nada para eu enterrar.

Pepper fechou os olhos e soltou um longo suspiro.

— Sinto muito, dra. Foster. Isso é impensável.

Ela podia imaginar Thor parado atrás deles, o olhar de divertida descrença que estaria em seu rosto. Manter os segredos dele era doloroso, mas foi uma dor que ela tinha escolhido. Vinha acompanhada por tanta alegria que o custo sempre pareceu suportável.

Eu já deveria saber que acabaria assim. É o que eu mereço por amar um deus.

As consequências desse amor foram um tanto divertidas no início, da forma como todas as coisas parecem bobas e suportáveis por trás do escudo irreverente da juventude. Eles sobreviveram à convivência na caixa de fósforos superfaturada que era o apartamento dela por seis meses, um feito herculeo de paciência da parte dela, considerando o espaço que Thor por si só ocupava. Eles se mudaram para um apartamento decadente de dois quartos quando ficou claro que a paixão inicial não estava passando; mesmo que Thor não pudesse estar nos Estados Unidos 24 horas por dia, sete dias por semana, eles precisavam de mais metros quadrados para os momentos em que ele estivesse presente, e Jane queria um escritório em casa para começar a trabalhar em sua nova obsessão: buracos de minhoca e Bifrost. Thor não vinha com as coisas habituais de um solteiro, nada de coleção de DVDs extensa e nostálgica, nada de talheres sem pares roubados de dormitórios e amigos, nenhum saco aleatório de bicarbonato de sódio, cuecas samba-canção de estampa de queijo suíço ou copos engraçados, mas o que ele tinha era igualmente desconcertante.

Ele deixava o Mjolnir distraidamente em qualquer lugar, causando inúmeras topadas nos dedos dos pés de Jane e ocasionais amassados no chão que sairiam do depósito caução. Muitas coisas sobre morar em um apartamento agradaram muito a Thor: a placa que ela comprou em um brechó que dizia "abençoada seja esta bagunça"; pedir comida (e dar uma gorjeta de 35%, para tristeza empobrecida de Jane); buscar correspondência e pacotes em seu pequeno cubículo no saguão; tentar adivinhar pelo cheiro o que os vizinhos estavam cozinhando; parar todos os cães no corredor para uma saudação prolongada; assistir ao pôr do sol no telhado; a vasta quantidade de programas divertidos e dramas humanos disponíveis para assistir a qualquer hora e, em particular, os longos e épicos históricos e os *reality shows* de competição.

Ele tinha menos entusiasmo para aprender a soletrar Albuquerque.

Enquanto suas antigas amigas da enfermagem enchiam o grupo de mensagens e bombardeavam as redes sociais com closes de seus anéis de noivado radiantes, Jane estava envolvida em uma discussão interminável com Thor sobre sua necessidade de exibir um troféu específico de suas aventuras.

No primeiro dia em sua nova casa, um piercing de septo do tamanho do punho de um homem adulto apareceu na mesa de centro. Jane quase deixou cair a caixa de pratos e tigelas embrulhados em plástico-bolha que tinha nos braços quando o cheiro a atingiu.

— Não pode colocar isso aí — falou para ele, largando a caixa e indo tirar o anel. Ela pensou bem quando viu que ainda havia pedaços de carne seca presos na dobradiça. Fedia a curral, com notas de esterco e feno. Thor o pendurou em um suporte de latão e madeira, um dispositivo obviamente feito especificamente para exibir o piercing de nariz.

— Jane, isso não é um símbolo comum. Foi o prêmio que recebi do próprio Minotauro quando ele tombou diante de mim em batalha. Duelamos em frente aos portões de Gjallarbru por dezesseis dias e dezesseis noites; aquele anel é um testemunho da minha resistência, dos lugares profundos e sombrios que os guerreiros vão dentro de si mesmos quando a derrota parece não apenas inevitável, mas paradoxalmente bem-vinda. Mas eu persisti, bani esses pensamentos e ganhei.

— Ótimo, então o anel pode dar testemunho disso no armário.

— Impensável, meu doce amor.

— O cheiro. — Ela tentou não se engasgar. — Está fazendo meus olhos lacrimejarem.

— Essa é apenas a reação natural do seu corpo ao profundo significado.

Depois disso, o piercing de nariz do Minotauro aparecia "misteriosamente" em vários locais do apartamento. Thor nunca desistia, achando uma graça infinita nas reações de Jane quando ela o encontrava na gaveta de roupas íntimas, na estante de livros ou no micro-ondas. Era a primeira piada deles, talvez a favorita dela. Deve ter se perdido na confusão quando finalmente se mudaram para a casa, pois nunca mais apareceu. No pânico e na angústia de perdê-lo, ela tinha se esquecido completamente do anel.

O silêncio se estendeu. Tony se recostou na cadeira e assobiou para a garçonete, depois se virou para Pepper.

— Ligue para o tal Flowers.

Ele pegou o metal uru e colocou-o de volta na bolsa.

Ela queria afastar a pizza e rir, chorar e vomitar. Mas não o fez.

A voz de Thor, doce e forte, visitou-a. *"Não é quem tem o maior poder que é importante, mas aquele que usa seu poder com sabedoria."* Ele falou isso para ela depois de encerrar outra reprise de *Lei e Ordem: SVU*. Céus, ele amava aquele show. Os mocinhos venciam e os bandidos perdiam. Não era como o noticiário, que Thor sempre assistia com uma careta; havia injustiça por toda parte e nem mesmo um deus era capaz de consertar tudo. Na televisão, tudo fazia sentido. A mão de Jane se estendeu, parando a de Tony, o polegar roçou a sucata de metal uru. O metal cantou para ela.

Suplicou.

A cidade de Nova York estava cheia de inocentes, mas Asgard também. Os assuntos dos deuses raramente se espalhavam pela Terra, e ela sabia que Thor nunca quis que houvesse carnificina nas ruas naquele dia. Apesar de todo o seu tamanho, força e domínio sobre a própria fúria da natureza, ele era uma alma gentil e protetora até o último suspiro. Ela tinha visto as imagens daquele dia horrível e, mesmo através do desfoque artificial, sabia que Thor havia se colocado em perigo para proteger os civis.

Com todo o seu poder e dinheiro, Tony Stark poderia muito bem ser um deus na Terra. Jane nunca tinha lutado contra um deus, apenas ousara amar um.

— Eu vou ajudá-lo — sussurrou, jurando fazer o oposto. — Vou contar o que sei.

10

— **Essa é a oficina dela. Não vejo nenhuma alma passar há dias.**
— Rei Eitri era duas cabeças mais baixo que Rūna, mas também dois corpos mais largo. Ele se recostou, apoiando as mãos esfumadas na barriga enquanto observava a porta diante deles. Rūna encontrou os salões de forja azul-cobalto de Nidavellir tomados pelas habituais canções de martelar. Bigornas eram golpeadas, faíscas voavam e anões artesãos disparavam pelo espaço, o trabalho prosseguindo enquanto sua passagem deixava um rastro de chamas prateadas e safiras através das estrelas. Ela havia deixado Loki para trás por algum tempo, enquanto ele viajava até a cidade de Nova York, a metrópole amaldiçoada que havia ceifado a vida de Thor. Viagens terrestres eram, no mínimo, desconcertantes, pois ele afirmara que a viagem de sua casa até a cidade levaria pelo menos "oito horas de ônibus". Seja lá o que isso quisesse dizer. Ela não tinha tempo nem disposição para se importar. Despediu-se dele na rodoviária, observando-o subir no longo tubo prateado com seu lagarto e uma bolsa cheia de pertences.

Ela esperava que Loki implorasse e suplicasse para se juntar a ela em Nidavellir, mas ele não pediu, e ela não sugeriu. A fúria de Odin era lei, e ela não ia arriscar seu relacionamento com a coroa de Asgard por um detalhe técnico. Talvez Loki tenha tido permissão para viajar até Nidavellir, talvez não; não tinham tempo para solicitar uma dispensa. Não, era mais rápido Rūna fazer isso sozinha, convencendo facilmente o rei dos anões, Eitri, a mostrar-lhe o caminho até a oficina de Kvisa Röksdóttir. A casa dela era escavada sob a grande escadaria situada na rocha azul-claro do asteroide. Partículas de poeira cintilante pairavam no ar quando o rei Eitri abriu a porta com um chute, revelando uma residência austera de um cômodo, uma cama simples em frente à porta, um baú para itens pessoais ao lado e uma mesa de trabalho encostada na parede oposta.

— O que sabe sobre a origem dela? — perguntou Rūna. Loki tinha entregado a ela uma lista de perguntas a serem feitas durante a investigação. Ela havia hesitado, mas ele insistiu.

— Confie em mim — falou ele. (Ela não confiou.) — Praticamente sou formado pela Universidade de NCIS; Investigação Naval.

Isso foi bobagem, e confuso, pois como ele poderia ter conquistado qualquer distinção educacional em apenas um mês? No entanto, Rūna examinou as perguntas e considerou-as bastante perspicazes. A contragosto, aceitou que a ajuda dele tornaria mais fácil encontrar Kvisa.

O rei Eitri entrou na frente dela, cutucando-a com o martelo real que trazia pendurado às costas. Ele usava uma túnica roxa bordada, sem mangas, exibindo uma impressionante variedade de tatuagens de nós em ambos os braços musculosos. Uma cota de malha perfeita e intrincada estava presa por um cinto por cima da túnica, o metal alternava entre turquesa, laranja ou cinza, dependendo da luz. Um chifre enrolado e esmaltado pendia de uma alça em seu cinto. Pequenos amuletos em forma de martelo estavam presos às argolas e aos fios amarrados em seu cabelo preto trançado e em sua espessa barba preta. Ele caminhou até a mesa de trabalho e passou o polegar calejado pelo tampo, levantando uma mancha de poeira.

— Sim, pouco, pouco. Talvez Kindra ou Brokk possam lhe dar mais informações, mas duvido. Röksdóttir, Röksdóttir... — ele repetiu o nome baixinho. — Não me lembra nada. Mas também, Kindra aceita dezenas de aprendizes a cada temporada. Não é incomum que passem despercebidos até que provem seu valor ou desistam.

Rūna se conteve antes de mencionar que Loki a havia indicado essa direção. O nome dele agora era execrado em todos os reinos ligados a Asgard. Ela acendeu um pequeno braseiro perto da porta, uma luz fria e da cor de um hematoma se elevando em direção ao teto baixo.

— Soube que ela apresentou à rainha uma invenção, um novo tipo de cristal para controlar o Destruidor.

Não havia muito o que investigar no cômodo. Parecia completamente abandonado, mas também carecia do inefável aconchego de um lugar que tinha sido muito amado e bem vivido. Possuía outra atmosfera, não exatamente um desconforto de tristeza, mas algo sombrio, frio e repulsivo. Rūna se ajoelhou e abriu o baú. Estava vazio. Seu temperamento se inflamou. Será que Loki a tinha mandado até um beco sem saída?

— Ela apresentou, foi? — murmurou Eitri, olhando ao redor com olhos negros cintilantes. Ele bufou, limpando a poeira da bainha da túnica. — Não me contaram sobre isso. Humpf. Tais propostas devem passar por mim primeiro... Há alguma trapaça, enganação ou bizarrice nisso.

Rūna estava prestes a deixar o baú vazio para trás, mas pressionou o fundo dele primeiro. Estava torto, estranhamente arredondado, e ela encontrou as bordas, puxando com as unhas até que uma base falsa se soltou. Enganação, de fato. Ela ergueu a fina cobertura, revelando um pequeno espaço e um cristal de formato irregular lá dentro.

— Encontrei algo — murmurou. — Um cristal...

— Não toque nele! — comandou Eitri. Ele correu até onde ela estava ajoelhada, pondo a palma da mão sobre o cristal inerte, fechou os olhos e cantarolou. Um poder semelhante a fumaça emergiu de sua mão, banhando a pedra, cobrindo-a. Rūna meio que esperava que brilhasse ou explodisse, mas não houve reação.

— É bastante inofensivo — declarou ele, sacudindo a cabeça.

Rūna pegou o cristal. Estava quente devido à magia que tinha se acumulado ao seu redor. Ela o virou na mão, levantando-se e segurando-o contra a luz gélida do braseiro. Assim que a luz atingiu o cristal, cores caíram em cascata contra a parede oposta, um caleidoscópio sinistro e fraturado. As pedras atrás da mesa de trabalho reluziram e depois desapareceram, etéreas como uma miragem.

— Magia de ilusão? — arquejou Eitri. — Quem é essa garota?

— Não é uma trabalhadora comum, creio eu — respondeu Rūna. — Mova a mesa para o lado, por favor, majestade.

Eitri empurrou-a para o lado, permitindo acesso a uma passagem estreita que levava mais fundo na rocha.

— Vá com cuidado — acrescentou ela. — Kvisa claramente não queria que isso fosse encontrado. Pode estar cheia de truques e armadilhas.

— Sim — murmurou o rei anão, entrando no corredor com olhos penetrantes e saltitantes. A magia quente e esfumaçada jorrou de suas mãos de novo, serpenteando pela passagem. — Essa Kvisa Rōksdóttir é mais do que aparenta.

— Há quanto tempo ela trabalhava nas forjas? — perguntou Rūna. Outra das perguntas preparadas por Loki. Eles avançaram devagar pelo corredor, Rūna segurava o cristal no alto enquanto vigiava suas laterais.

— Seis meses, talvez — respondeu o rei. — Posso pedir para Kindra pesquisar nos anais. Ela teria sido transferida de outra forja para cá, pois ninguém, exceto a linhagem real, inicia sua maestria em nossos bancos. Quem a treinou primeiro pode saber mais sobre sua história...

Conforme deixaram o corredor estreito para trás, Rūna começou a duvidar que haveria vestígios dela antes de seu tempo nas forjas, pois o que encontraram agora não parecia ser o trabalho de uma ferreira e inventora desprezada, porém ambiciosa. Imediatamente, Rūna notou que a mobília não serviria confortavelmente para o corpo de um anão. As cadeiras eram altas demais; a cama, alta e longa demais.

— Pela luz pálida de Máni — ofegou Eitri. — Que tipo de ilusão é essa?

— Não é ilusão — declarou Rūna, apressando-se na frente dele. — Mas evidências de não sei o quê...

Entregou-lhe o cristal para que ele o mantivesse a salvo e examinou o cômodo, *o verdadeiro lar* de Kvisa. Ele tinha a presença fantasmagórica de um antigo ocupante, uma essência vivida — cobertores dobrados e empilhados na cama, uma mesa cheia de papéis e tecnologia e um dispositivo aninhado igual ao que Loki usou para encontrar a resposta para o enigma de Thor. Havia fios e lâmpadas por toda parte, luzes pulsando com um clarão verde neon.

O que ela encontrou na mesa a lembrou da confusão de linhas conectadas e pedaços de papel na parede de Loki. Ali estava mais arrumado, talvez, mas não menos enlouquecido. Rūna parou diante da superfície de trabalho e cuidadosamente pegou o pergaminho mais alto de uma pilha organizada. A caligrafia era apertada, mas legível e, aos olhos dela, tinha um estilo masculino. Esboços e diagramas de diversas pedras e uma manopla magnífica decoravam a metade inferior da página.

— O que tem aí, moça? — perguntou Eitri, juntando-se a ela.

— Planos, creio eu — respondeu Rūna. — Pesquisas. Aqui — acrescentou, lendo em voz alta. A voz dela saiu em um sussurro, em respeito ao esconderijo secreto que estavam saqueando. — "Uma solução óbvia, porém, talvez demorada demais. Localização de três pedras, desconhecida. Escapam até mesmo de minhas inigualáveis habilidades de dedução. Por último, o pior cenário. — Ela pegou outra página. Era uma lista. — "O Vórtice Negro? O pior dos piores cenários. A submissão necessária não é interessante. O Livro dos Condenados? O Cajado do Absoluto? A Varinha de Watoomb? O que a trará de volta para mim?" E há mais planos aqui. — A página seguinte continha o esboço de um cristal, um cristal mais delicado do que aquele que ela tinha usado para descobrir a sala escondida nos fundos.

— O que é? — Eitri perguntou, franzindo a testa.

— Algum tipo de cristal concentrador — respondeu ela, mostrando a ele. Loki havia deixado claro que o único interesse de Kvisa nos últimos tempos era uma nova forma de controlar o Destruidor, mantida em um cristal roxo esfumaçado. Parecia ser a ideia original do foco. — "Encontrei. Viagens pelo multiverso serão fundamentais para obter o melhor resultado. A teoria está certa e a matemática também — leu. — "Mesmo fragmentos do cristal M'kraan contêm a fórmula da realidade; não é, portanto, um salto considerar que são capazes de desfazê-la. Ela está mais próxima de mim do que nunca".

— Ora, esses são presságios sombrios. Presságios sombrios, de fato. — Eitri passou a mão trêmula sobre os olhos.

Loki, com quais forças hediondas você conspirou?

A terceira página era uma compilação de nomes e números, sem sentido para Rūna, mas não menos preocupante.

~~Boltagon 1610~~

~~Rogers 267~~

~~Rogers 522~~ *(Rogers acabado. Inútil.)*

~~Estranho 685~~

~~Estranho 1089~~

~~Carol 669~~

~~Danvers 669~~

~~Namor 917~~ *(Falhou, mas satisfatório)*

— Thor — suspirou ela, encontrando o nome do príncipe listado por último. — Aqui está o nome dele. Por toda a ruína de Ragnarok, ele estava certo. Loki não engendrou esse esquema sozinho, e o parceiro dele estava interessado apenas na morte de Thor. Mas por quê?

Atrás dela, Eitri gritou:

— Valquíria! Não estamos sozinhos!

Eles foram emboscados.

Reflexos elétricos saltaram à tona. A experiência combinada de eras se elevou dentro dela, membros treinados agiram sem sua ordem ou pensamento. E lá estava, o formigamento na pele antes que o relâmpago caísse — a previsão, o presságio, a Percepção da Morte. Sendo uma Valquíria, ela era capaz de sentir o corte do fio de uma vida antes que as lâminas da tesoura se encontrassem. Agora tinha apenas que evitar aquela morte. A própria morte. Ela desembainhou o machado Jarnbjorn em um movimento fluido, girando, observando uma figura encapuzada aparecer no corredor, uma mão estendida, um raio brilhante de magia roxa surgindo da palma e paralisando Eitri onde ele estava. O martelo que ele estava puxando caiu inutilmente no chão.

Portanto, ela teria que enfrentar esse inimigo sozinha. Era capaz de fazer isso. Jarnbjorn reluzia em sua mão, feliz por ser empunhado, seu aço asgardiano banhado em sangue que surrou trasgos, dragões e gigantes nas mãos capazes de Thor. Agora ela o passou para a mão esquerda, permitindo que o topo largo desviasse outro jato de magia roxa lançado contra sua cabeça.

A figura encapuzada era apenas uma mancha preta contra as sombras do salão. Disparou para a frente, com a forma e o tamanho de um homem comum, mas visivelmente possuindo habilidades sobre-humanas. Aquela não era a anã comum de estatura baixa que Loki havia descrito.

Mais magia, pensou ela. *As perversas ilusões de um poderoso adversário.*

— Revele-se! — trovejou ela, avançando em direção à figura e golpeando para cima com as duas mãos. Acertou o capuz e fez o vilão cambalear. Ele se recuperou depressa, afastando-se da parede perto do arco do corredor. — Que não haja segredos em batalha, que nossa coragem seja testada abertamente, como guerreiros devem fazer! — Grunhiu quando ele se esquivou de outro golpe cruel que poderia ter quebrado seu pescoço caso ele fosse mais lento ou menos alerta.

Uma risada baixa e mecânica saiu do capuz e das sombras inquietantes dentro dele. Olhos faiscaram ali, ligeiros, aparentemente inteligentes, e focados no rosto de Rūna quando ele atacou com a mão direita, um arco mercurial de magia atirado ao redor da cabeça de Jarnbjorn e atingindo-a nos olhos. Rūna gritou, mas continuou segurando o machado. Seus olhos ardiam. Ela não conseguia ver nada quando caiu no chão com uma dor

E SE... LOKI FOSSE DIGNO?

lancinante, tapando os olhos com uma das mãos, enquanto eles queimavam e ardiam e pareciam que iam derreter e cair das órbitas.

Outra explosão ricocheteou acima de sua cabeça, explodindo a mesa atrás dela. Ela conseguia sentir lascas e cinzas caindo ao seu redor. Ela rastejou rapidamente até o lado do pobre e congelado Eitri e estendeu a mão em direção ao cinto dele. Conforme piscava depressa, sua visão começou a retornar aos poucos. Ela avistou o chifre curvo preso ao cinto de Eitri e cortou a tira de couro com o machado, depois agarrou o chifre quando ele caiu. Com o metal frio do bocal do chifre nos lábios, respirou fundo, desesperadamente, e fez soar o chamado profundo da montanha dos anões. A reverberação fez a sala estremecer, sacudiu os ossos dela, fazendo o aço asgardiano em sua mão zumbir em nobre concordância.

Pareceu, também, despertar Eitri de seu sono mágico, e ele tossiu, rosnou, pegou seu martelo e avançou. A visão de Rūna voltou a tempo de ela ver o rei dos anões disparar como uma bala de canhão pela pequena sala, acertando o intruso na cintura. Eles voaram para dentro do túnel por alguns metros antes que a figura encapuzada recuperasse o equilíbrio e os sentidos e saltasse por cima dos ombros de Eitri.

O vilão olhou para ela por apenas um instante antes de o chifre soar de novo, sinalizando sua perdição.

— Argh! — gritou ele, exasperado. Na verdade, era a voz de um homem, áspera pelo esforço e pela raiva, distorcida por algum mecanismo. Um redemoinho de magia roxa zuniu na direção dela, mas Rūna estava pronta e se abaixou, embora isso significasse que ainda mais pertences dele foram pegos pela explosão. — Você não sabe de nada, criança. Você não conquistou nada. Lute e se esforce, não pode impedir o que eu coloquei em marcha.

Ele pareceu se fundir à silhueta esfarrapada de sua capa e desaparecer, primeiro uma poça no chão, depois nada.

Rūna se ergueu, olhando para a destruição ao redor. Manchas de fogo verde e cinzas caíam até o chão de pedra. A escrivaninha e o trabalho do estranho não existiam mais. Ela soltou um suspiro gutural de frustração, com ombros caídos. Foi verificar se Eitri estava ferido, mas sentiu algo pegajoso deslizar pelo chão com sua bota. Papel rasgado. Rūna o inspecionou, descobrindo que a figura encapuzada tinha conseguido incinerar tudo, exceto a lista de nomes.

— Escorregadio como uma foca recém-nascida — resmungou Eitri.

— Devo partir imediatamente, rei Eitri — murmurou ela, encarando os nomes. Seus olhos permaneceram fixos no nome de Thor. *Protetor da Terra, remova uma peça, o que acontece?* O coração de Rūna estremeceu, pois ela temia que fossem descobrir em breve o que significava remover aquela peça. Já havia provocado caos e destruição, mas era tudo intencional. Thor era mais do que apenas o protetor de Midgard, pois Asgard era seu principal reino, mas isso devia significar que o vilão estava focado em eventos terrestres. Sua mandíbula se projetou para frente com raiva mal contida. — Proteja tudo o que ainda permanece aqui. Voltarei para conversar com você quando puder. Outra coisa exige minha atenção com maior urgência.

— Sim, moça, é digno de nosso tempo, e irei garantir que nenhum ser pise neste terreno sem que saibamos — declarou o anão, observando, envergonhado, conforme cerca de uma dúzia de seus mestres de forja mais leais e armados marchavam prontamente para dentro da casa cavernosa. — Devo informar o rei Odin sobre o que descobrimos aqui?

Rūna se remexeu.

— Ainda não, não quero preocupá-lo até que haja mais para contar.

Ao ouvir isso, Eitri franziu a testa.

— Ele não deveria saber dessa invasão?

— Ele vai — assegurou-lhe Rūna. — Contudo, há outra pessoa que pode esclarecer este mistério nebuloso.

O formigamento em seus braços diminuiu, sua Percepção da Morte foi recuando. Uma brasa de magia verde pousou em seu ombro, chiando. Sim, sua Percepção da Morte se esvaiu, mas foi por pouco, e Loki Laufeyson, Senhor da Trapaça, tinha muito pelo que responder.

O ônibus havia parado em Elmira, uma cidade toda plana, com uma ponte e um lago plácido. Já era tarde da noite, as rãs e os grilos coaxavam a plenos pulmões. De acordo com os panfletos disponíveis na loja, Elmira era conhecida por ser o destino de verão favorito do autor americano Mark Twain, o que era um charme, e famosa por um grande reformatório, o que era bem menos charmoso. Ele já havia entrado na loja de conveniência perto da parada em busca de mais anéis de goma e para usar o banheiro. Agora, respirava o ar úmido do verão, pegando insetos na grama alta para Brian. A motorista do ônibus mexia no telefone perto das bombas de gasolina, cantarolando baixinho. O barulho do ônibus parado, os sapos, o barulho rítmico dos carros voando pela rodovia I-86 e o manto luminoso de estrelas no alto tornavam ser humano brevemente suportável.

Loki apreciava esses raros momentos em que não ansiava pela lâmina em sua mão e o fervilhar de uma provocação em seus lábios. Não podia deixar de sentir o peso do céu pressionando-o, e a saudade de casa tornou-se nauseante por um momento.

Não, não havia como voltar atrás.

Ele não se humilharia entregando-se a fantasias baixas.

Com seu pequeno terrário iluminado por insetos luminosos, Loki ergueu Brian em direção às estrelas e pressionou um dedo gentilmente contra a barreira de plástico.

— Me conte no que está pensando, meu amigo de sangue frio. — Os olhos de Loki se voltaram para cima. — Sua mente minúscula e insuficiente consegue entender que seu mestre já foi um imortal que criava tramas entre as estrelas? Eu viajei pela Bifrost entre reinos, deslizando ao longo de uma estrada de pura energia cósmica, eu mesmo já fui um cometa cruzando lindamente os céus.

Brian piscou e vagou sob um caramanchão de galhos.

Nesse momento, um clarão de luz irrompeu a alguns metros de distância e, um instante depois, um punho com manoplas de metal se fechou em volta de seu pescoço como uma garra. Ele foi içado no ar, o terrário de Brian caiu na grama, enquanto as mãos de Loki ficaram moles. Esse corpo mortal arruinado era tão frágil quanto uma enguia gelatinosa.

Ele encarou os olhos radiantes de uma Valquíria.

— Você é um traidor ainda pior do que eu pensava — sibilou ela, sacudindo-o. *Enforcando-o*. — Como pôde se aliar a esse vilão que buscava alterar os fios do próprio destino?

— D-diminua seu aperto e talvez eu consiga me explicar...

— Nenhuma explicação irá satisfazer, verme, mas muito bem, eu vou soltar.

Os pés de Loki tocaram o chão e sua primeira preocupação, surpreendentemente, foi Brian. Ele recuperou o terrário, descobrindo que o gecko tinha sido apenas sacudido e não tinha sofrido nenhum mal. Loki abraçou protetoramente a caixa de plástico contra o peito, esperando que ela pelo menos pensasse duas vezes antes de destruir uma vida inocente. Provavelmente não, no entanto.

Ele apontou por cima do ombro dela.

— Meu ônibus está saindo.

— Vou levá-lo no resto do percurso — declarou Rūna, as palavras impregnadas de ameaça. — Implore para que eu não arraste seu rosto pontudo de demônio pela estrada enquanto o faço. — Ela ergueu um pedaço de papel rasgado e chamuscado. — Isso estava no escritório secreto de Kvisa Röksdóttir. O que significa?

O sistema hidráulico do ônibus sibilou, os freios gritaram e o veículo tranquilo e confortável de Loki até a cidade de Nova York prosseguiu pela interestadual sem ele. Ele ficaria preso com a Valquíria, a menos que conseguisse encontrar outro ônibus, mas isso seria horas e horas mais tarde. Suspirando, ele arrancou a folha da mão dela, ainda segurando Brian.

— Nunca vi isso — insistiu Loki. Mas era alarmante, pois ele sabia que Kvisa era uma manipulável, sempre obcecada por seu único projeto para o Destruidor. — Duvido um pouco que ela tenha conhecido tantos Steves em Asgard ou Nidavellir.

— Bem observado — grunhiu Rūna. — Quem era essa sua parceira? Há quanto tempo ela planejava assassinar nosso príncipe? E, mais do que isso, como ela consegue comandar magia de ilusão? Não lutei e quase perdi a vida para uma anã; era uma pessoa muito mais alta e com voz de homem.

O sangue sumiu do rosto de Loki. Ele mordeu o interior da bochecha, furioso.

— O que foi? — exigiu ela depois de um longo silêncio agonizante. — Fale.

NCIS não me preparou para isso, droga.

O céu parecia mais pesado sobre os ombros dele. Até a leve maleta de Brian ameaçava cair de suas mãos. Era uma sensação tão estranha que roubou o fôlego de seus pulmões. Ele sacudiu a cabeça, tonto.

— Eu acho... não, eu sei... que o impossível aconteceu — falou Loki. Seu olhar cintilou para as estrelas. — Fui enganado na minha própria trama diabolicamente planejada. Eu não fui o ludibriador, mas o ludibriado.

11

Eles chegaram à cidade depois da meia-noite, Rūna os depositou no topo de um prédio quadrado de tijolos em meio a um borrão de luzes e telas que piscavam. Assim que pararam, Rūna foi até a beirada do prédio e cheirou o ar. Com as mãos nos quadris, examinou a rede de ruas que se estendiam por quilômetros ao redor, escurecidas apenas onde a água penetrava na terra. Ele tinha visto muito desse lugar na televisão, já que os humanos pareciam obcecados em ambientar suas histórias na cidade de Nova York.

— O que está fazendo? — esbravejou ela, virando-se na altura da cintura, observando-o enfiar a mão no bolso em busca do celular. Ele estava no plano familiar de Donna até conseguir ganhar dinheiro suficiente.

— Procurando um lugar para ficarmos — respondeu ele, digitando com o polegar.

— Viemos procurar a tal doutora...

Loki conseguiu dar uma risada seca.

— Ela já deve estar dormindo. Vamos ter que esperar até de manhã.

— Eu não preciso descansar — declarou Rūna.

— Bem, eu preciso. E, de qualquer forma, será muito mais provável que a dra. Foster fale conosco se a localizarmos em um horário decente. Ah. Aqui estamos. Vamos ao nível da rua, por favor, eu cuido do restante. E tente não parecer tão... tão...

Rūna ergueu uma sobrancelha para ele.

— Deixa pra lá. Conseguimos roupas diferentes para você pela manhã.

— O que há de errado com essa? — ela exigiu saber, levantando-o sob um braço.

— Os terráqueos não andam para lá e para cá prontos para a batalha.

— Então, eles são tolos.

Loki a conduziu até um beco sombrio sem nada além de latas de lixo, pilhas de paletes de madeira e uma massa fervilhante de ratos que pareciam ondular como uma entidade só. O cheiro era terrível. Ele se engasgou um pouco, abraçando Brian contra o peito.

— Não sinto um odor como esse desde o banquete de meio do inverno de Volstagg — murmurou.

— Você foi convidado? — Ela parecia compreensivelmente incrédula.

— Não, claro que não, mas por acaso passei pelo salão dourado na manhã seguinte e encontrei o resultado.

Rūna sorriu enquanto eles caminhavam lado a lado para fora do beco.

— Foi um banquete inesquecível.

Mesmo tão tarde, civis enchiam as ruas. Eles estavam em uma praça tecnicolor lotada, com telas do tamanho de Titãs exibindo mulheres fazendo beicinho com lábios cor de cerejas maduras e pequenos esquadrões de soldados animados perseguindo e explodindo uns aos outros. Veículos xadrez amarelos obstruíam a calçada. Vapor de origem desconcertante jorrava de recortes circulares nas estradas. Vendedores alinhavam seus carrinhos diante de vitrines, oferecendo sanduíches, pães e todo tipo de delícias de dar água na boca.

— Como encontraremos a doutora? — perguntou Rūna, olhando ao redor alternando entre surpresa e nojo. Suas emoções inconstantes refletiam as dele. Loki nunca tinha visto um lugar tão quixotesco, tão paradoxalmente cheio de vida, enquanto estava aprisionado por todos os lados pelo frio, pela sujeira e pelo antinatural. Excedia em muito os vislumbres que ele tinha tido pela televisão. O olhar dele foi atraído para o alto quando começaram a descer a calçada de pedestres, seu olhar passava das telas reluzentes acima para a bem menor em sua mão.

— Com isso — respondeu Loki, apontando para seu celular.

— É uma bússola rudimentar?

— Muito melhor — afirmou ele, sorrindo. — É como ter Heimdall no bolso.

— Humpf. — Rūna fez um gesto dispensando o pequeno dispositivo. — Eu preferia o próprio Heimdall. Eu preferia estar em casa.

— Cadê seu senso de aventura, Valquíria? Não se cansa das mesmas paisagens? As mesmas pastagens, planícies e palácios antigos?

— Meu senso de aventura retornará quando os enigmas terminarem. — O rosto dela endureceu. Havia algo que ela não estava contando. Loki logo percebeu que a magia da cidade estava desaparecendo e ficou ressentido com ela por isso. Thor estava morto. O que poderiam fazer para mudar isso? Nada. A lista que Rūna encontrou no estranho esconderijo da pessoa que não era Kvisa não listava mais nomes além do dele. Qualquer que fosse o esquema do qual ele tinha sido parte, aparentemente, não eram necessárias mais mortes.

Sentiu um amargor no estômago ao pensar em Kvisa. Ao pensar nela o superando. Ele deveria tê-la atirado aos lobos quando teve a chance. Arrependia-se de ter mantido o nome dela longe da própria boca quando foi sentenciado perante Odin. Sem dúvidas, havia participado da trapaça que matou seu irmão, mas agora estava claro que Kvisa era a verdadeira engenheira e motivadora da queda dele. Estava começando a duvidar que fosse a própria Kvisa, pois Rūna tinha certeza de ter encontrado um homem. Parecia, então, que a morte de Thor fazia parte de algum plano maior. Por um momento, ele quase se sentiu aliviado; talvez essa culpa que sentia não fosse sua. Talvez, houvesse um futuro no qual pudesse se livrar desse manto esmagador ou, então, voltar sua mente para sentimentos mais familiares, o profundo desejo de retribuição.

Se ele pudesse convocar suas lâminas para as mãos e se vingar, ele o faria.

Infelizmente, em vez disso, ele os conduziu para um lugar palaciano e marrom com portas giratórias. A ilusão de luxo terminou no momento em que passaram por aquelas portas, saindo em um piso descascado sob um teto descascado, um jovem de aparência entediada largado em cima de um balcão de recepção, um rádio antigo tocando os destaques de uma competição esportiva ocorrida mais cedo naquele dia.

Uma mulher no canto, em um vestido amarrotado, chorava ao telefone, com lágrimas pretas escorrendo pelo rosto. Alguém havia desmaiado de bêbado em uma cadeira manchada e almofadada perto das janelas da frente. Era bom o bastante. Loki não tinha dinheiro para nada melhor. Na verdade, também não tinha dinheiro para isso.

— Me deixe cuidar disso — sussurrou para Rūna.

— Como vai pagar pela nossa hospedagem? — perguntou ela em voz baixa.

— Com isso — respondeu ele, tirando um cartão do bolso traseiro da calça jeans. Rūna semicerrou os olhos para ver a pequena escrita branca nele.

— Você não é Donna M. Gorzynski.

— Não, mas você poderia ser. — Loki deu uma piscadela e se apoiou casualmente na mesa da recepção.

O jovem que estava relaxando ali se ergueu, atento, sacudindo a cabeça por um momento antes de avaliá-los e se voltar para o computador.

— Sem animais de estimação — informou ele.

— Ah, isso? — Loki sacudiu a casa de Brian. — Está morto.

— Sem problema, então. — O garoto digitou furiosamente no teclado e bocejou. — Quero dizer, sinto muito pela sua perda. Efetuando check-in?

— Estamos. Minha esposa e eu precisaríamos de um quarto por algumas noites — respondeu Loki, sua voz foi sumindo enquanto ele estalava a língua, pensativo. — O que acha, querida, dois? Três?

Rūna cruzou os braços sobre o peitoral e o encarou carrancuda.

— Serão dois, então — declarou Loki, batendo o cartão na mesa. Ele tinha visto as tarifas noturnas quando encontrou o hotel no celular e tinha bastante certeza de que Donna poderia pagar. Ela sempre tinha dado tudo o que ele pedia, nunca disse não, então por que reclamaria agora? Ele não sentiu a menor pontada de culpa ao empurrar o cartão para frente.

— Documento — falou o rapaz, bocejando ruidosamente de novo.

— Receio ter esquecido o meu. — suspirou Loki, apalpando-se com uma das mãos.

— Não o seu, o dela. — Ele olhou para Rūna. — Você é Donna. Se estiver pagando, preciso da sua identidade.

— Ouça, criança, e ouça bem...

Ela estava pegando o machado. Loki deslizou suavemente na frente dela, empurrando-a para fora do caminho e rindo.

— Perdoe-a, ela tem um teste pela manhã. Você conhece o tipo, atuação de método. — Loki fez careta, compartilhando a piada com o garoto. O crachá dele dizia: Brian. — Brian, é isso? Meu lagarto se chamava Brian.

Ruídos audíveis de movimento vieram de dentro do terrário.

— Seu lagarto *morto*? — esclareceu Brian.

— Esse mesmo. — Loki fez um complexo movimento cruzado sobre o peito, tentando lembrar como os terráqueos faziam isso em seus shows. Isso significava que você estava triste ou arrependido ou algo assim, então ele tentou. — Descanse em paz, Brian.

— Aham.

— Por favor, tenha piedade de duas almas muito cansadas e desoladas, sim? — Loki se apoiou na mesa mais uma vez, apenas o suficiente para ver que Brian estava olhando algumas imagens ousadas na outra metade da tela do computador do hotel. — Passamos a noite toda em um ônibus, Donna aqui está ansiosa por causa do teste de amanhã e esqueceu a carteira em Buffalo, perdi tragicamente meu pequeno melhor amigo e sinto que você podia esquecer a pequena questão da identidade dela da mesma forma que vou esquecer que você baixou material *peculiar* no trabalho, *Brian*.

Brian empalideceu. Apenas seus olhos azuis lacrimejantes se moveram, passando do rosto de Loki lenta e inevitavelmente para a tela. Ele engoliu em seco e digitou.

— Vocês vão ficar no 212. Aproveitem sua estadia, sr. Gorzynski.

Loki acenou com a cabeça, sorriu e pegou os cartões-chave.

— Saúde.

Eles seguiram até os elevadores, esperando sob o brilho de lâmpadas cuja cor só poderia ser descrita como presunto cozido. Rūna girou para encará-lo, intencionalmente colocando distância entre eles enquanto a música eletrônica suave tocava. Loki oscilou, impaciente, sobre os calcanhares.

— Não pareça tão satisfeito consigo mesmo. Uma criança poderia tê-lo enganado. Esses mortais são suaves de corpo e espírito. Deuses, roubar e mentir sem sequer respirar. — Rūna grunhiu. — Selvagem. Você já sentiu remorso? Arrependimento?

Loki a ignorou, passando o polegar pela borda do cartão-chave quando as portas do elevador se abriram, convidando-os a entrar.

— Não. Eu sou o que sou.

Eles chegaram ao quarto em um silêncio frio. Lá dentro, ele acendeu as luzes e tomou posse de uma cama de casal com sua mochila e a gaiola de Brian. A luz amarela inundou as paredes bege, o piso bege e as capas de edredom bege. Passavam a sensação de que tinham sido de cores diferentes antes, talvez tons de rosa e bege acinzentado, mas tempo e negligência deram às acomodações um tom sépia. As camas estavam dispostas lado a lado ao longo da parede direita, logo após o pequeno cômodo separado para o banheiro e o chuveiro. Uma televisão quadrada ficava em frente às camas, com um controle remoto ao lado. Rūna foi até a janela além das camas, escancarando as cortinas e revelando a vista deslumbrante de uma parede de tijolos. Loki pegou uma calça de pijama e uma camiseta, trocou de roupa no banheiro e ligou a televisão, sentando apoiado nos travesseiros e deixando Brian esticar as pernas na cama.

A maioria dos canais havia passado para infomerciais, mas ele encontrou reprises de um homem gritando sobre clientes de restaurante e se acomodou para deixar que isso o distraísse até que seus olhos se fechassem. Rūna movia-se pela sala com a energia agitada de uma mosca presa. Ele não teve vontade de inventar uma comparação pior; havia um buraco dentro dele, um vazio, onde antes habitavam a astúcia e a ambição. Agora havia simplesmente… nada. O que era um peixe sem barbatanas, um pássaro sem asas, um Loki sem magia?

Ele não conseguia nem reunir o desejo de se vingar de Kvisa e de seu manipulador, nem o desejo rancoroso de se elevar entre os humanos e prosperar. Não, ele ia desvendar esse enigma sem sentido de Thor e depois voltaria para Buffalo e deixaria que as correntes sem rumo da vida humana o empurrassem como um barco de papel flutuando rio abaixo.

Ele conhecia Odin. Mesmo que outros compartilhassem a culpa pela morte de Thor, ele jamais iria perdoar Loki.

— Seu silêncio é uma companhia desconfortável, Príncipe da Trapaça. — Rūna parou e sentou-se na beirada da outra cama. — Ouso perguntar no que está pensando?

Loki desenterrou um sorriso sombrio.

— Vai gostar disso: eu estava maravilhado com minha própria estupidez. Não posso acreditar que permiti que você me arrastasse nessa perseguição inútil.

— Eu não permiti nada a você — retrucou Rūna, severa. — Você não teve escolha a não ser me acompanhar.

Ele deu de ombros e deixou Brian passear em cima de suas pernas.

— Isso é quase reconfortante.

Rūna enrijeceu.

— Espero que não seja. Espero que nada disso o conforte e que você nunca mais conheça tranquilidade. Embora eu me pergunte: como é habitar um corpo mortal? Sempre imaginei a fome, a sede e a exaustão como impedimentos terríveis.

Loki olhou para ela na penumbra.

— São, gentileza sua perguntar.

Ela bufou e desviou o olhar.

— Não confunda minhas perguntas com preocupação ou cuidado. São mera curiosidade. Você merece cada momento da punição imposta por Odin.

— E como *está* o querido pai?

Rūna voltou a se levantar e foi até a janela, sem observar nada.

— Ele está profundamente aflito. O reino está de luto com ele, um rei sem herdeiro.

Loki sorriu de verdade, sentindo uma oportunidade.

— Por que você não poderia fazer isso?

— Fazer o quê? — Ela virou a cabeça para o lado.

— Assumir. Ser rainha. Por que não você? Acaso você não serviu lealmente por milênios? Não merece reconhecimento?

— Esse não é o meu lugar.

— É mesmo? Entendo. Bem. Como qualquer um de nós pode saber qual é o nosso lugar agora? — Ele suspirou e esticou os braços atrás da cabeça. — O príncipe está morto, mas o Ragnarok ainda não começou. De que nos servem profecias, ciclos e destino quando se desfazem diante de nossos olhos? Não, Valquíria, devemos decidir nosso próprio futuro agora.

Rūna girou totalmente em direção a ele.

— Cuidado. Você está soando perigosamente como sua parceira.

— Excelente, assim talvez eu consiga fugir de você com a mesma facilidade.

Ela bufou e atravessou o quarto, remexendo na mochila dele sem pedir. Encontrando uma camiseta limpa, ela a inspecionou antes de ir ao banheiro.

— Suas palavras são lâminas, mas apenas arranham. Você não é nada sem seus poderes, Príncipe das Mentiras, já provou isso.

12

Stark enviou um carro para buscar Jane logo cedo, tão cedo que os faróis eram como esmeraldas deslumbrantes na semi-escuridão. O café gelado rugia pelas suas veias. Ela odiava deixar Quinn antes mesmo de a filha acordar, mas a babá estava lá, tinha passado a noite na verdade, e elas tinham se unido como dois ímãs. Foi uma péssima piada de física, Jane resmungou consigo mesma, ainda que para cinco da manhã.

Ela tinha dormido? Não conseguia lembrar. A temperatura no apartamento sempre parecia estar abaixo de zero. Matt havia ajustado o termostato antes de Jane e Quinn se apossarem do lugar durante o verão, e nenhuma das duas conseguia descobrir como mudá-lo, então viviam de roupa de lã e moletons em agosto, em Nova York. Que luxo! Jane também odiava isso, sentir frio o tempo todo. E o luxo. Elas não eram assim. Seu estilo era camarão e birria no Tacos La Mordida, passar o dia no Festival do Balão até ficarem queimadas de sol; perseguir libélulas no BioPark e acordar cedo para pegar as melhores pimentas na feira de produtores. Meu Deus, ela sentia falta do Novo México. Sentia falta das cores, do ar seco, do pôr do sol pintado à mão e da mão suada de Thor na sua.

As mãos dele estavam sempre, sempre suando, encharcadas até que ele as enxugasse na calça jeans; a temperatura dele era sempre cerca de mil graus mais quente que a dela.

Ele provavelmente adoraria o ar-condicionado ártico do apartamento. Jane riu sozinha na traseira do carro preto conduzido pelo motorista.

— Tudo bem aí atrás, senhorita? Frio bastante para seu gosto? — perguntou o motorista, observando-a pelo retrovisor.

Tudo está uma bagunça, muito obrigada, estou rachando sob a tensão. Mal estou sobrevivendo, na verdade. Pendurada por um fio.

— Está perfeito — respondeu ela por reflexo.

A Torre Stark era exatamente o que ela esperava. Uma ponta prateada que se elevava da paisagem, furando o ar, anunciando-se com a confiança audaciosa de seu criador. Havia um pavor turbulento em seu estômago, que não se explicava pelo café gelado que ela tinha tomado. Jane devorou tudo o que estava assombrando sua bolsa — amêndoas, meia barra de proteína e alguns Skittles soltos de Quinn — agarrando-os como um guaxinim curvado sobre uma lata de lixo. O motorista a observou de novo, atônito. Ele provavelmente não conduzia tanto mães solteiras privadas de sono, embora ela duvidasse que a busca dela fosse a coisa mais escandalosa que ele tinha testemunhado tendo Stark como seu chefe.

— Tem suco verde na bolsa térmica — comentou o motorista.

E havia mesmo. Jane pegou um e tomou um gole. Tinha aparência de água de pântano, mas tinha um gosto decente, forte de maçã. Ela recolou a tampa branca e guardou-o na bolsa para mais tarde. Havia um evento literário ao meio-dia, e não havia como saber se Stark iria alimentá-la depois da reunião agendada. Ela tentou escapar, mas ele insistiu e se ofereceu para pagar a babá de novo. Esse projeto dele estava avançando depressa, apenas aumentando a urgência do desejo dela de vê-lo fracassar.

Tony Stark não falhava. Ela podia imaginá-lo dizendo isso.

Pepper Potts estava esperando por ela no saguão, alegre e fresca como uma margarida às cinco e meia da manhã. Seu terno com saia lápis era de um agradável azul pervinca, perfeitamente passado, sem um pelo de gato à vista, seu cabelo louro-avermelhado penteado para trás em um rabo de cavalo que qualquer dominatrix admiraria. Jane costumava invejar secretamente mulheres que conseguiam parecer estar arrumadas sem esforço, não importava o momento ou a circunstância, mas a experiência lhe mostrara que isso era falso. Havia uma rachadura no sorriso de Pepper. Jane não precisava ver para saber que estava lá.

— Suco verde? — ofereceu Pepper, mandando uma estagiária que carregava uma bandeja avançar.

— Tomei no carro, obrigada — respondeu Jane. — Eu mataria por uma bagel.

— Emery? Você ouviu a mulher — declarou Pepper no mesmo instante, virando seu sorriso fixo para a estagiária. Ah, ali estava a rachadura.

— Completa? Integral? Semente de papoula? Mirtilo? Asiago? Sem glúten? — perguntou Emery. Ela era pequena e primorosamente tatuada, com cabelo rosa elétrico que contrastava com seu terno preto amplo. Linda, pensou Jane. Mas já não havia nada por trás dos olhos dela. Esse lugar, essas pessoas, já haviam sugado a vida da pobre garota.

— Estou bem — Jane se apressou em dizer. — Foi uma piada.

— Emery pode fazer qualquer uma, ela aguenta ir comprar bagel — falou Pepper. — Você aguenta, não é, Emery?

Emery assentiu.

— Não seria problema, dra. Foster.

— Sério, eu estava brincando. — Jane começou a olhar para um grupo de elevadores na extremidade do saguão arejado e cheio de arte moderna. — Podemos começar.

Emery foi dispensada silenciosamente para refrigerar seus sucos verdes. Pepper assumiu o controle, o tablet apoiado na palma da mão esquerda, disparando pelo mármore legítimo como se houvesse foguetes amarrados em seus calcanhares. A Torre Stark estava vazia, exceto pelos seguranças postados nas portas e nos elevadores, e um concierge esperando na longa recepção prateada. Uma tela plana pendurada entre dois mísseis habilmente desmontados reproduzia repetidamente a história da família Stark.

Jane a observou, curiosa, enquanto seguia Pepper em direção aos elevadores.

— Não precisa fazer isso — observou Pepper com um suspiro.

— Fazer o quê?

— Tentar não incomodar — respondeu ela. — Ser boazinha para se dar bem. Ser tudo menos um incômodo. Deus o livre, certo? Não precisamos fazer isso agora. Podemos ter tudo.

Tudo. Ela ruminou essa palavra. Por "nós" Jane percebeu que Pepper se referia às mulheres em geral. Jane possuía vários diplomas das instituições mais proeminentes do país. Ela havia sido publicada e premiada por isso aos vinte e seis anos. Ela era uma palestrante, convidada e professora muito requisitada. Até algumas semanas atrás, ela era a amada de Thor, Deus do Trovão. Durante uma década, ela navegou habilmente pelo circo da física, da academia e do mercado editorial sem se esgotar, cometer assassinato ou se envolver em escândalos. Quinn, sua filha, já falava espanhol quase fluente.

Jane assentiu.

— Hum.

— Aceite a maldita bagel, querida, é o que estou dizendo.

— Você está certa mesmo — falou Jane. — O que gosta de tomar no café da manhã?

O elevador soou para elas agradavelmente, e Pepper instruiu-o em voz alta para onde levá-las. Em seguida, bateu uma garra brilhante contra o lábio inferior.

— Ovo pochê e rúcula com suco de limão.

— Café?

— Nossa, não.

— Hum.

Eles chegaram ao nível subterrâneo da oficina privativa de Stark. Pepper parou na frente da porta do elevador, evitando que fechasse. Seus olhos varreram Jane de cima a baixo.

— Você acha que sou ridícula, não é?

— Não — negou Jane com tom leve. — Não, não acho. Acho que levamos vidas muito diferentes.

— A sua foi cheia de aventuras.

A nuca de Jane formigou.

— O que exatamente quer dizer com isso?

— Ah, acabei de dar uma olhada em sua biografia esta manhã. Fascinante. Passar da área médica para a física e depois conquistar prestígio na sua área; é um grande salto. O que inspirou a mudança?

— Eu... conheci alguém. Ele despertou meu interesse por fenômenos do espaço-tempo. — Jane deu-lhe um sorriso fulminante. — Não foi tão difícil. Estudei muito, trabalhei muito e criei a vida que queria, sabe, porque nós podemos ter tudo.

— Depois de você. — Pepper pareceu se fechar, colocando uma armadura que não havia antes. Ela gesticulou em direção ao andar.

Era mais um covil do que uma oficina. A iluminação, baixa e sombria, não se parecia em nada com o lobby arejado e de teto alto ou com a tela que exibia palavras como inovação e transparência. Este era o lar dos segredos, pensou Jane, este era o recinto privado e escuro de um homem. Ela avançou devagar, com cuidado, como se esperasse uma emboscada. Não havia seguranças ali, mas não era necessário; ela podia sentir e perceber as câmeras detectando e gravando cada um de seus movimentos. Caixas de vidro em pedestais protegiam os primeiros protótipos, criando uma passarela com pilares em direção a escadas curtas. Aquelas escadas

E SE... LOKI FOSSE DIGNO?

levavam a uma área em forma de lua crescente, repleta de máquinas, mesas, teclados e telas suficientes para parecer uma cirurgia.

Os olhos dela deslizaram entre as vitrines conforme ela avançava. A maioria dos dispositivos expostos não faziam sentido para ela, as entranhas esotéricas que ajudavam armas a matar melhor e mais rápido. Poças de luz ovais caíam precisamente sobre as vitrines, e os memoriais sombrios reluziam, os ovos brilhantes e cobiçados deste incubatório de segredos.

Alguma coisa estava passando em um monitor suspenso acima do maquinário na extremidade elevada da oficina. Tony Stark estava sentado embaixo dele, sem prestar atenção, usando uma camiseta de gola portuguesa vermelha e calça de moletom preta, com as mãos ocupadas com uma placa de plástico cheia de fios multicoloridos. Ele estava colocando pequenos parafusos nela. A reprodução no monitor congelou. Outra tela ao lado pulsava com linhas azuis e brancas, como um eletrocardiograma, e uma voz emanava dela, com sotaque suave, a voz de um britânico elegante tomando a oficina. Uma etiqueta de plástico na parte inferior do monitor dizia J.A.R.V.I.S.

— Ponto de dados, zero — falou.

— De novo — murmurou Tony, ainda focado no que estava construindo. — Do começo.

Um esquema holográfico tridimensional girava do outro lado da mesa de Tony. Continuamente, montava-se peça por peça, linhas de texto surgindo à medida que cada parte se conectava à outra.

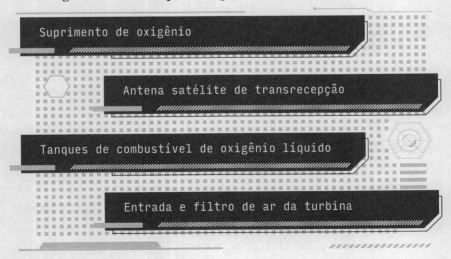

Suprimento de oxigênio

Antena satélite de transrecepção

Tanques de combustível de oxigênio líquido

Entrada e filtro de ar da turbina

Geradores de plasma

Era uma sobrecarga sensorial — a voz robótica britânica, o maquinário, a repetição da filmagem, o esquema brilhante em azul e branco, o zumbido de impressoras 3D não visíveis em funcionamento. Um monitor mostrava um quadro congelado de uma gravação de câmera de celular, mas ela nunca tinha visto isso antes; era em um ginásio, um homem encharcado de alguma coisa segurando um isqueiro inerte acima da cabeça. Jane parou perto da escada curta. Tony não pareceu notá-la. Ela assistiu ao noticiário na tela, uma versão sem censura da agora infame gravação da carnificina em Manhattan. Lá estava Thor, entrando e saindo de quadro, Mjolnir pouco mais que um borrão cinza e marrom enquanto ricocheteava pelo cruzamento. Os passos do Destruidor estremeciam a câmera. A pessoa que gravava tudo, escondida, provavelmente encolhida debaixo de um carro, balbuciava, choramingava e rezava para não ser vista.

— J.A.R.V.I.S., limpe o áudio. Não vou aguentar ouvir esse idiota chorando outra vez.

— Um momento, senhor, executando filtro auditivo, isolando os indicadores de aflição…

Jane não percebeu que sua boca estava ligeiramente entreaberta. Quantas vezes ele tinha ficado sentado ali e escutado o amigo morrer?

No monitor, ela assistiu ao Destruidor aquecer, a cabeça do capacete incandescente, preparando-se para liberar a explosão que mataria o amor de sua vida.

— Desligue — sussurrou Jane, cobrindo o rosto. — Pode apenas desligar isso?

— Esqueça o filtro, interrompa o vídeo, J.A.R.V.I.S.

Ela baixou as mãos. Tony olhou para ela, com olhos duros e injetados. Depois, deu um sorriso vacilante para ela e largou o aparelho que estava consertando. De pé, cumprimentou-a com os braços estendidos.

— Dra. Foster, você aqui! O que acha?

É chocante.

— É... impressionante — conseguiu dizer Jane. Eles estavam sozinhos. Pepper havia desaparecido.

— O aparelho está pronto, mais ou menos — declarou Tony, balançando a cabeça como se estivesse envergonhado. Ele apontou para o esquema holográfico. — Eu resolvo as entranhas, o chassi será feito assim que Rhodey trouxer o restante do Destruidor aqui. Os Manda chuvas estão interessados no que posso fazer com isso. Prometi um teste, mas não fui muito específico.

Ele deu uma piscadela.

— O Destruidor? — perguntou Jane, fingindo que não sabia o que significava, fazendo seu papel.

Tony estalou os dedos algumas vezes e assentiu.

— Certo, certo, certo. Tenho que informá-la. O desenvolvimento está avançando rapidamente, mocinha, a todo vapor. É incrível o que se pode fazer no setor privado, sem a burocracia. A máquina que os invasores trouxeram se chama Destruidor, é assim que o grandalhão chama na gravação — declarou Tony. O grandalhão. *Thor*. O coração de Jane se apertou. — Estou unindo duas ideias para isso, pegando algumas partes de um projeto pessoal que já estava em andamento e aplicando a este. Uma mistura, por assim dizer, do velho mundo e do novo mundo. Nossa tecnologia e a deles. Acho que vou chamá-lo de Destruidor de Ferro.

Ele se virou e pegou o metal uru, dando-lhe um peteleco carinhoso com o polegar e o indicador.

— Mal posso esperar para colocar as mãos em mais disso. É incrível. O calor que é capaz e suportar? A força? — Stark tropeçou nas palavras, tonto como um menino fazendo aniversário. — Mas, o mais importante, preciso saber se é capaz de sobreviver à explosão de energia dimensional que precisarei para uma viagem instantânea. Não posso levar a luta até eles se não puder *alcançá-los*, certo? É aí que você entra. Tenho teorias, mas é claro, quero ouvir as suas primeiro.

Jane agarrou a própria bolsa. Tentou não deixar a voz vacilar.

— Chegar até eles — repetiu ela. — Achei que se tratava de proteger os americanos. Para onde exatamente está tentando ir?

— Proteção! Certo, sim. Bem, a coisa toda evoluiu para uma missão dupla. — Tony gesticulou vagamente em direção ao monitor. — Essa gravação? Nela, você consegue ouvir um deles chamar o lugar de Asgard. J.A.R.V.I.S., abra a apresentação. Rascunho. Versão três.

— Agora mesmo, senhor.

O assistente invisível mudou a exibição holográfica, que deixou de mostrar um esquema giratório do projeto de Tony, mas uma roda, um diagrama ilustrado dos deuses nórdicos. No topo estava escrito: Asgard – nórdico antigo: aesir.

Jane controlou a expressão. O que uma pessoa normal diria em resposta a isso? Tony a observava, ávido por qualquer indício de reconhecimento. Quanto ele sabia? Até que ponto ele se aprofundara na vida dela? Ela engoliu em seco.

— Deuses nórdicos? — perguntou ela. — Você está dizendo que eles são reais.

— Você não parece tão surpresa, dra. Foster.

— É uma grande declaração, uma declaração grande e ousada. Isso é só... muita coisa para digerir.

Tony deu de ombros.

— Eles vieram de algum lugar. É tecnologia alienígena. Se podem chegar até nós, então, em tese, podemos chegar até eles.

— Usando um buraco de minhoca — falou Jane devagar. Com cautela. — Você acha que pode viajar da Terra para esse outro lugar, essa Asgard.

— Outra dimensão.

Jane lambeu os lábios.

— E é bem inteligente invadir outra dimensão? — questionou ela. — Uma sobre a qual você só tem teorias? Uma povoada por — os olhos dela se voltaram de novo para o fluxograma — deuses nórdicos?

A boa notícia era que ele não conseguiria. Nem agora, nem nunca. A menos que tivesse de alguma forma construído em segredo uma máquina de buraco de minhoca interdimensional nas oito horas desde que ela o vira pela última vez, ele ia permanecer onde estava. Não havia como ele viajar para Asgard sem usar a Bifrost, e não havia como comandar a Bifrost sem o auxílio de Heimdall ou algo como o martelo de Thor, Mjolnir. Como o próprio Tony havia admitido, o Mjolnir tinha sido chamado de volta à sua terra natal. Enquanto o martelo permanecesse lá, em segurança, Tony poderia divagar e reclamar sobre Asgard o quanto desejasse, construir o que quisesse, mas jamais pisaria em outra dimensão para começar uma guerra. Ele não fazia ideia do que ele queria causar a si mesmo, causar à Terra. Ele não fazia ideia do que provocaria, da destruição e do terror que causaria. Ou inocentes em Asgard sofreriam e morreriam, ou inocentes na Terra sofreriam. Se ela o mantivesse longe do martelo, se o fizesse andar em círculos, ele nunca teria a chance.

— Viagem interdimensional — ofereceu Jane, abaixando a bolsa para o lado. *Pareça interessada, pareça entusiasmada. Sem pressão, apenas seja mais esperta que o autoproclamado homem mais inteligente do mundo.*
— É *teoricamente* possível. Quero dizer, hum, e as consequências de absorver esse tipo de energia com uma substância, deixe-me pensar…
— Ela fingiu estar refletindo.

— Sim, absorção. Se vou a algum lugar, prefiro chegar inteiro. Gostei do seu vídeo para crianças, sabe, *Você sobreviveria a um buraco de minhoca de pijama? E outras perguntas bobas.* Muito informativo. Mas não vou estar de pijama. Assim espero.

Ela tinha um juramento. *Primeiro, não causar danos.* Se ele se disparasse para o espaço sem a devida proteção e se desintegrasse, isso com certeza seria classificado como dano na maioria das definições. Ela teria que andar no limite entre a "não interferência" e "culpabilidade técnica".

Jane disse a si mesma para assentir como um bruxo sonolento, para criar o efeito adequado de reflexão.

— Talvez esse metal que você tem aí seja a chave. Talvez seja o que torna possível. Nunca tivemos a oportunidade de estudá-lo.

— Até agora — murmurou Tony, com a respiração pesada. Devagar, ele estendeu o metal uru para ela. — É todo seu, dra. Foster. Traga-me o horizonte, me leve até Asgard.

13

Panfletos empilhados na cômoda do hotel atraíam os hóspedes para algo chamado "café da manhã continental", que interessou muito a Loki, talvez uma recompensa por suportar uma noite inteira de ronco da donzela escudeira. Ele se vestiu silenciosamente no escuro e saiu do quarto, seguindo as indicações até o saguão e a área de banquetes. Um banquete? Ainda mais atraente. O hotel estava mais animado com o nascer do sol, lotado de turistas que saíam cedo, embora ninguém lhe prestasse muita atenção enquanto ele se dirigia para o café da manhã.

Atravessando as portas duplas indicadas como salão de baile 2, Loki descobriu uma sala longa e alta com carpete vermelho-escuro e mesas estilo cafeteria com toalhas de plástico. Ao longo da parede oposta, quiosques abobadados continham pratos de comida, com outros hóspedes do hotel fazendo fila para se servir. Loki suspirou. Essas não eram as altas mesas de banquete do salão de prata, onde mesas lotadas prometiam uma viagem suntuária pelas regiões agrícolas mais férteis de Asgard, cada montanha de comida disposta para representar uma experiência particular, sendo a sua favorita um guisado de ervas selvagens e queijo envelhecido com nabos assados no meio, cujo sabor combinado tinha a intenção de evocar a sensação de acordar bem descansado em uma manhã gelada de inverno.

Loki entrou na fila, faminto demais para ser exigente, tamborilando preguiçosamente os dedos na bandeja rosa-claro que segurava contra a parte superior da coxa. Pelo menos haveria café, algo que nem mesmo os humanos eram capazes de estragar. Uma mulher baixa que se arrastava ao longo da fila do bufê atrás dele aconselhou baixinho que ele evitasse o molho holandês. Ela apertou a barriga e estremeceu para ilustrar os possíveis resultados. Loki serviu uma pilha de batatas fumegantes em seu prato e franziu a testa. O corpo humano era um mistério delicado; o guerreiro Volstagg conseguia beber um barril de hidromel, a cada hora, por dias a fio, e ainda atirar um machado no alvo, caso necessário. Loki uma vez comeu uma víbora, com veneno e tudo, sorvendo-a feito um macarrão, com um sorriso no rosto, porque Hogun o acusara de ser um covarde.

Ele levou sua refeição para uma mesa vazia, sentando-se no centro dela e voltado para a porta. A luz entrava pela direita, onde janelas que iam do chão ao teto davam para a confusão do trânsito da Times Square. Na mesa ao lado, ele observou um grupo reunido, todos vestidos com roupas pretas de luto. Uma mulher estava sentada, encarando-o daquela mesa, na mesma posição central que ele havia escolhido, os olhos vermelhos e a maquiagem escorria pelas bochechas marrons. Ela estava perfeitamente imóvel. Todos com ela se reuniram como moscas, tocando seu ombro, limpando a maquiagem, abaixando para beijar o topo de sua cabeça. Os olhos negros lacrimejantes dela encontraram os dele, e Loki sentiu um choque percorrer seu corpo. Lembrou-se de sua adolescência, de quando ficou obcecado com a ideia do próprio funeral, de enganar o irmão e os pais, fazendo-os pensar que ele havia morrido; queria saber se sentiriam falta dele, e o quanto, certo de que aprenderia algo sobre si mesmo através da força da tristeza deles. Ele imaginou todas as coisas que eles falariam, todos os discursos que fariam, todas as maneiras como ele seria descrito, e depois se perguntaria se alguma parte era verdade.

Eles não poderiam descrever sua realidade, poderiam? *Estamos reunidos aqui hoje para lembrar um moleque malcriado.* Eles não podiam chorar e lamentar por um menino cujo coração ficava mais sombrio a cada minuto. Ele sabia que era diferente, mesmo antes de saber que era adotado, pois nunca houve um segundo em sua vida em que se sentisse em pé de igualdade com o irmão. Era como se um boato tivesse se espalhado antes mesmo de ele nascer, como se algum conselho cósmico tivesse se reunido para determinar que ele seria menos amável e, portanto, amado um pouco menos, como se alguma figura sombria tivesse se curvado sobre seu berço, aninhando uma faca faminta na mão de um bebê.

Loki havia congelado, um pedaço de ovo mexido borrachudo pendurado na ponta do garfo. Ele deu de ombros para a mulher enlutada, franzindo os lábios, como se dissesse: *Aqui estamos. O que se pode fazer?* Suas sobrancelhas se uniram em simpatia.

Ela devolveu um sorriso irônico e pegou sua xícara de café. Alguém da sua família colocou um lenço de seda no bolso do terno da mulher. Ela havia perdido um marido? Um irmão? Um pai? Ele não sabia e não importava. A vida seguia em frente diante da morte.

Loki retornou brevemente ao bufê, pegando uma laranja e uma banana para comer mais tarde. Seus olhos encontraram os da mulher enlutada de novo enquanto ele saía, mas algo já havia mudado para ela. Ela não sorriu desta vez.

Rūna estava acordada e tinha recolocado sua armadura quando ele voltou. Ela o encontrou na porta, furiosa.

— Aonde você foi? — Ela fungou. — Você comeu sem mim?

Loki entregou-lhe a laranja e ela a jogou no chão com um grunhido.

— Não vamos mais demorar aqui. Consulte seu Heimdall de bolso, quero saber onde encontramos Jane Foster hoje. — Claramente lhe doeu pronunciar as palavras *Heimdall de bolso*.

— Já está feito. Pesquisei a agenda de palestras dela — respondeu Loki, recuperando a laranja. Ele mostrou o celular a ela, que o segurou entre dedos nervosos e tensos, como se pudesse quebrá-lo ao mais leve toque. — Há uma livraria não muito longe daqui, ela tem um evento nessa loja hoje mais tarde. Temos algumas horas antes de começar e Brian precisa de grilos. — Loki passou o dedo pela tela do celular. — Então podemos caminhar até esse fornecedor de animais de estimação primeiro e depois retornar para interceptar a dra. Foster.

Os lábios dela se curvaram à menção de comida para Brian, mas em seguida ela foi até a porta sem dizer uma palavra. Ele sabia que era apenas por questão de eficiência, e porque ele tinha um melhor controle sobre a vida e os costumes humanoides. Com toda certeza, permitir que Loki assumisse a liderança fazia a Valquíria querer arrancar os próprios olhos.

Lá fora, o calor era nauseante. Corpos atravancavam as áreas de pedestres, e o barulho das buzinas dos carros e das sinetas das bicicletas de mensageiros aumentava a crescente sensação de claustrofobia. Energizou Loki, mas ele sentiu Rūna mantendo-se perto. A boca dela se contorcia sempre que alguém esbarrava nela, sem se importar com seu espaço. Ele observou as mãos dela se fecharem em punhos, cada transeunte agressivo evitando por pouco a ira de seus ataques.

— Como eles vivem assim? — murmurou ela. O chão estremeceu e ninguém pareceu notar. — Pelo elmo cornudo de Hela, o que faz o chão tremer tanto?

— O metrô — respondeu Loki, rindo e apontando para as escadas cavadas na calçada, desaparecendo no subsolo. — É um trem que passa por baixo das ruas, transportando pessoas para partes remotas da cidade. — O bolso dele vibrou. Loki olhou para a tela de bloqueio e para o texto brilhando ali. Era Donna.

ENCONTREI SEU BILHETE. CADÊ VOCÊ??

Ele estremeceu internamente. Quando voltasse, se voltasse, talvez pudesse tentar comer uma víbora na frente de Donna também, por ser um covarde. Tinha deixado um bilhete colado na sua porta da frente, no qual se lia: *Emergência familiar. Volto em breve.*

O fato de não ser uma explicação boa o bastante para sua empregadora e amiga não era surpreendente. Donna provavelmente tinha acordado com uma dúzia de perguntas frenéticas de clientes querendo saber por que seus cachorros não tinham sido levados para passear. Ela não ia puni-lo, ia? Iria demiti-lo? Não, Donna precisava dele. Tinha ficado claro para Loki que ela era uma mulher com muitos conhecidos, mas poucos amigos de verdade. Todos pareciam conhecê-la e gostar dela, mas essas pessoas orbitavam-na como luas, presentes, visíveis, mas, no fim das contas, distantes e frias.

Quantas vezes os dois se sentaram no sofá dele para comer lanches juntos, enquanto tentavam adivinhar o assassino de seu programa favorito? Ela não ia demiti-lo. Ela não ousaria.

— Algum problema? — perguntou Rūna, observando-o.

— Não é nada — assegurou a ela. Ele puxou a frente pegajosa de sua camiseta. Deuses, mas estava terrivelmente quente. Os edifícios brilhantes e o concreto pareciam refletir o sol sem nuvens, assando todos lá dentro como papel alumínio ao redor de uma batata assada. Ele pegou o telefone de novo, ignorou propositalmente a mensagem de Donna e os levou até a loja de animais de estimação. — Talvez devêssemos tentar o metrô…

— Não, obrigada.

— É uma longa caminhada...

— Demônio — murmurou ela, agarrando-o com força pelo cotovelo. Eles tinham que continuar andando, parte do verme vivo que rastejava pela calçada da cidade. Mudar de direção ou parar seria mais difícil do que simplesmente continuar. — Não podemos correr o risco de perder a dra. Foster.

— Temos bastante tempo — respondeu ele. *Provavelmente.* Sua raiva estava aumentando. Ele precisava de uma distração. — O que acha que meu irmão queria que você encontrasse com ela, afinal?

— Não é meu dever especular sobre as intenções do príncipe — declarou Rūna, soltando o braço dele. Já estava machucado. — É meu dever observar suas palavras.

— Certo. Apenas uma soldadinha boa e tediosa.

— Tediosa? Dificilmente. Responsabilidade, honra, respeito: esses ideais trazem suas próprias recompensas — respondeu ela com firmeza. — Não esperaria que você compreendesse.

Ele pensou na mensagem de Donna e em todos os cães que não foram levados para passear naquela manhã. Pobre Guinness, ele sempre ficava muito turbulento se não conseguisse andar alguns quarteirões logo cedo. Mas manteve a boca fechada. Afinal, não havia responsabilidade ou honra em deixar Donna na mão sem aviso. Ela ficaria impiedosamente ocupada pelo restante da tarde tentando dar conta do que ele tinha deixado por fazer. *Eu sou o que sou.*

Quarenta e cinco minutos depois, chegaram à loja de animais. Ele calculou mal quanto tempo levaria para chegar ao local, e os dois entraram no abençoado ar-condicionado com o rosto e os braços molhados de suor. Uma sineta alegre soou acima de suas cabeças quando encontraram alívio dentro da Répteis, Rações e Mais. Não era um nome chamativo, mas era limpa e luminosa e cheirava levemente a lascas de madeira.

— Aqui, se precisarem de mim! — um homem mais velho chamou do balcão da frente. Seus óculos estavam empoleirados na ponta do nariz sardento, a maior parte do rosto escondida atrás de um jornal.

— Grilos?

— Insetos ficam lá atrás, Julie pode ajudá-lo.

Uma adolescente ruiva estava absorta em seu celular nos fundos da loja, os pés apoiados em uma escada, uma jiboia pendurada preguiçosamente nos ombros, enquanto ela rolava a tela. Sua camiseta dos Minnesota Vikings chamou a atenção de Loki; como vizinho e amigo de Donna, ele sabia que a lealdade regional ao futebol americano era tão séria quanto o juramento de Rūna à família real.

— Vai, Vikes — falou Loki, a título de saudação. Donna lhe ensinara muito. Outra pontada de culpa o atravessou.

— Com certeza, vai Vikes — respondeu Julie, iluminando-se. — Sou uma garota dos Jets, mas meu pai mandou isso, e acho que às vezes não tem problema ter dois times. Só não conte ao Rick.

— Rick? — Loki se apoiou no balcão, observando a parede de terrários de insetos com lâmpadas térmicas que se podia escolher para comprar. Um verdadeiro café da manhã continental para os sangue frio.

— O proprietário — informou ela, apontando para a recepção. — Ele tem ideias antiquadas sobre essas coisas.

— Seu segredo — ele levou a mão ao coração e baixou a cabeça — está seguro comigo, jovem Julie.

— Grilos?

— Sim, por favor.

Rūna se afastou para olhar os peixes, suada e hipnotizada por um peixe betta verde e dourado em seu aquário. Loki passou os grilos no cartão de Donna, agradeceu a Julie por sua coleta precisa e se juntou a Rūna diante do peixe. Um pequeno cartão amarelado estava colado no vidro, listando vários fatos sobre a criatura. Ele deslizava pela água, ziguezagueando entre tufos de algas falsas verde neon.

— Imagine viver apenas cinco anos — suspirou Rūna, sua boca embaçando o vidro. Ela estava lendo os fatos sobre o betta enquanto Loki fazia compras.

— Um piscar de olhos para um deus — comentou Loki. — Mas quão mais bonito e comovente é o efêmero. Aqui, apreciado, acabado, esquecido.

Rūna olhou para ele, semicerrando os olhos.

— O quê? Posso ser romântico e canalha. Além disso, este peixinho responde à sua pergunta.

— Que pergunta?

— Você perguntou antes como os humanos vivem assim — respondeu ele. Delicadamente, ele bateu na base do aquário com o dedo indicador. — Não moro aqui há muito tempo, mas sei que é verdade:

este peixe, Brian, os cães que levo para passear... uma criaturinha esperando por você no final de um longo dia. Um cinema perfeitamente frio em um dia escaldante. O picolé entregue pela janela do caminhão pelo vendedor de sorvete. Cem pequenas alegrias para distrair da sombra iminente. O peixe morrerá em cinco anos e partirá seu coração, mas esses cinco anos tiveram um pouco mais de cor. Cor, calor e essa sombra recedida.

Rūna franziu a testa e encarou-o por um momento agonizantemente longo. Ele não tinha certeza se ela concordava ou queria bater nele.

— Pare. Explique o homem do caminhão de sorvete.

Loki suspirou e começou a caminhar até a entrada da loja. Ele não queria sair do santuário do ar frio, mas iam se atrasar caso esperassem para voltar. Rick murmurou um adeus e um agradecimento quando os dois saíram, a sineta tocando de novo.

— Há um trabalho que exige que se viaje muito devagar pelos bairros, o veículo toca uma música atraente e as crianças, frenéticas, saem correndo de casa para comprar guloseimas do sorveteiro.

— Isso soa como um perigo, não uma alegria.

Loki riu, segurando a porta para ela.

— Admito que há um ar um tanto sinistro nisso para os não iniciados. — Ele encontrou um vídeo para ela. Rūna recuou.

— Hum. Não. Não, eu não confio nele.

— Acho que meu argumento ainda permanece — argumentou Loki, irritado com ela.

— Você se apega a essas ideias, porque agora também é mortal. Sem as bênçãos de Asgard, com seus poderes entregues a Odin, você definhará aqui e morrerá. Assim como Brian.

O saco de papel com os grilos de Brian já estava ficando um pouco encharcado em suas mãos. Ele tinha tentado ao máximo preencher seus dias com vinho em caixa, com a amizade de Donna e com a presença silenciosa e reconfortante de Brian, tudo isso em um esforço para embotar a lâmina do conhecimento, o fato de que estava atravessando o tempo em direção à mortalidade. As distrações funcionavam, até certo ponto, ou até que alguém como Rūna aparecesse para expor as coisas claramente. Será que em Asgard saberiam quando ele morresse aqui na Terra? Eles se importariam? Quem marcaria a morte de um príncipe exilado e traiçoeiro? Ele pensou em Brian, em de alguma forma partir antes que o lagarto morresse. A ideia o encheu de pavor; o quanto aquela coisa pequena e indefesa ficaria solitária; no entanto, talvez sua ausência passasse despercebida até para Brian ou fosse reduzida apenas aos grilos que não vinham mais.

— Nenhuma réplica mordaz? — provocou ela.

Ele se apressou em esconder seu desconforto conforme entravam no fluxo de pessoas que voltavam para Times Square.

— E a que você se apega, condutora de espíritos? Não responda, pois já sei: aos enigmas de um homem morto.

Eles escorreram pela calçada em silêncio com o resto da população superaquecida. Não parecia incomodar os nova-iorquinos, que ainda se moviam com rapidez e determinação, mesmo quando o calor tentava derretê-los na calçada. A caminhada de volta foi mais rápida agora que Loki estava familiarizado com o trajeto. O evento da dra. Foster seria realizado em um amplo armazém de livros, sua arquitetura alta, clara, cor de areia e com iluminação dourada lembrava um antigo templo semelhante a um oráculo. As bibliotecas reais de Asgard eram talvez mais refinadas e grandiosas, mas ele ficou surpreso ao encontrar semelhanças até mesmo básicas.

— Cedo — declarou ele, triunfante, bem na cara de Rūna. — Agora você não precisa torcer meu pescoço.

— Que pena.

Duas meninas escaparam do fluxo de pedestres e avançaram até a vitrine da livraria. Uma delas, mais velha, adolescente ou jovem adulta, usando uma blusa rosa e short branco, com um desenho nas costas da camiseta que dizia: gentileza é punk. Seus braços estavam cobertos por uma colcha de retalhos de tatuagens: um par de baquetas cruzadas, uma nota de um dólar com a cara de um cachorro no meio e outros desenhos que ele não conseguia discernir. Um par de sapatilhas de balé azuis aparecia de uma bolsa entreaberta pendurada no ombro dela. A outra garota era muito mais nova, apenas uma criança, com uma juba curta e rebelde de cabelo loiro flutuando ao redor das orelhas, enquanto ela fazia uma pose flexionando os braços logo abaixo do pôster anunciando a leitura da dra. Foster. Seus olhos eram surpreendentes, de um azul elétrico. Uma camisa grande demais para ela, de flanela, estava amarrada na cintura, estranha para a estação e o calor.

— Adorei — falou a garota mais velha com uma risada. Ela também era loira, embora seu cabelo estivesse cortado em um ângulo severo e elegante na altura do queixo. — Flexione-os, Quinn! Você é uma estrela do rock igual a sua mãe! — Ela tirou uma foto da criança, que soprou uma poeira invisível de seu pequeno ombro.

Foi isso, talvez, a facilidade irreverente dela ou apenas uma sensação, uma insistência no sangue, que informou a Loki que aquela não era uma criança comum. As duas garotas caíram na risada e foram embora, conversando uma com a outra. Sem dizer uma palavra, ele se afastou das portas e as seguiu.

— O que foi? — exigiu saber Rūna. — Aonde está indo? Este é o nosso destino.

Ela o agarrou pelo braço de novo, mas Loki se soltou.

Enquanto seguia as garotas, sua mente ardia com lembranças. Ele já tinha feito isso antes, seguido aquele cabelo loiro, sentido a mesma vontade de entender... Era como estar enfeitiçado. Sitiado. Mas precisava saber. Elas andavam rápido, porém Loki fez questão de não perdê-las, mantendo um olhar atento na camiseta rosa e nas sapatilhas de balé. Depois de mais ou menos um quarteirão, elas viraram para uma praça aberta, triangular, com uma enorme escadaria vermelha inclinada que brilhava fracamente, mesmo sob o forte sol do meio-dia. Os manifestantes se reuniam, segurando cartazes dizendo: "o governo mente", "americanos morrendo" e "contem a verdade". Havia um sentimento crescente de raiva na cidade; Loki não podia culpá-los, visto que uma força aparentemente de outro mundo havia chegado no meio de uma grande cidade, causado morte e devastação e desaparecido. Não havia ninguém a quem responsabilizar. Ninguém contra a quem contra-atacar. Asgard, os invasores involuntários, eram desconhecidos e invisíveis para esse mundo.

Artistas de rua obstruíam o espaço aberto. Um homem tocava todos os instrumentos imagináveis presos a uma engenhoca que saía de suas costas. Personagens em fantasias vermelhas vagavam, suas cabeças carmim e bulbosas pendendo em cima de corpos exaustos, bocas bem abertas, escancaradas, mãos felpudas seguravam enquanto gritavam em vozes estridentes, oferecendo fotos. As duas garotas passaram por eles e subiram correndo os degraus vermelhos. Loki parou na base da escada, observando-as passar, o coração martelando no peito.

— Quer tirar foto com Elmo? — Um dos personagens vermelhos se aproximou de Loki, soltando uma risada insana e cobrindo a boca com as mãos peludas. — Elmo ama você!

— Não, obrigado — murmurou Loki, virando-se. Ele observou a garota mais nova com a camisa de flanela cair feio. Ela arranhou os cotovelos, ficou de joelhos e jogou a cabeça para trás, divertida com a própria falta de jeito.

Eu conheço essa risada. Eu conheço esse olhar.

Loki se aproximou dela como se estivesse em um sonho. Rūna o alcançou, empurrando turistas para fora do caminho com força, enquanto chegava ao lado dele de novo.

— Olha — sussurrou ele, e ela seguiu seu olhar. — Está vendo? Está vendo?

— Nunca mais fuja assim — rosnou Rūna. — Está louco?

— A garota — falou Loki mais uma vez. — *Olha.*

Ela obedeceu e, a julgar pelo seu silêncio instantâneo, viu exatamente o que ele viu. Era o irmão dele em miniatura. Os olhos. A postura. A estrutura robusta e cheia de energia. O cabelo dourado. As lembranças dele quando criança eram distantes, mas não tinham desaparecido por completo.

— Benditos sejam os deuses — murmurou Rūna. — Não é possível.

Mas Loki já tentava se aproximar da garota. Ele se sentou em um dos degraus vermelhos, quieto, porém, agitado. Os grilos dentro do saco de papel faziam barulho na mão dele. Queriam sair. Queriam liberdade. *Cri-cri-cri.* Parecendo provar sua teoria maluca, a garota o notou, hesitante a princípio, mas depois curiosa. Ela não se afastou, mas marchou até Loki, estudando-o. Os olhos dela pousaram no saco de papel no colo dele, o papel ondulando com os grilos furiosos.

— O que você tem aí? — perguntou. Ele percebeu que ela queria apenas estender a mão e pegar a sacola dele, assim como seu irmão faria naquela idade.

— Grilos para meu gecko — respondeu Loki.

— Nossa, que nojento. E legal.

— Posso perguntar seu nome?

— Quinn — afirmou com orgulho. — Mas esse é meu nome do meio, meu nome verdadeiro é estranho, então não o uso muito.

— Ah é? — Ele não pôde deixar de rir. — Meu nome também é estranho. Se eu lhe disser meu nome, posso ficar com o seu outro?

— Como uma troca! — Os olhos azuis dela se iluminaram.

— Exato. — Loki tocou peito com a mão livre. — Meu nome é Loki. Os olhos dela se arregalaram em reconhecimento.

— Espere, de jeito nenhum! Isso é tão legal, esse é o nome do meu tio!

Loki mordeu a parte interna do lábio inferior. Isso era incrível. Era *perfeito*. Thor, o Menino de Ouro. Thor, o Filho Perfeito. Não. Thor, o Detentor de Segredos. Era por isso que ele queria que encontrassem a doutora? Esse era o verdadeiro enigma o tempo todo? Somente na morte ele poderia expor seus enganos mais preciosos. Thor tinha a própria família na Terra, completamente escondida de todos em Asgard.

— Não se esqueça do nosso acordo — acrescentou ele.

— Ah! Sim. Meu nome verdadeiro é Frigga, mas não conte para ninguém. É para ser um segredo. — Ela o silenciou com um dedo pressionado nos lábios. Frigga. Isso ia além de uma coincidência, além de suposições. Atingiu-o como um tapa frio, o som do nome de sua mãe nos lábios de uma criança inocente, e não de qualquer criança, mas da filha de seu irmão. Eles eram tão parecidos que era como olhar para um passado distante através de uma janela. Era como a chance impossível de falar com os mortos.

Loki pigarreou.

— Por que você não gosta?

Quinn deu de ombros.

— Parece um palavrão, e eu não queria que me zoassem. É meio divertido assim, ter isso como meu segredo.

— Segredos são importantes, mas também são perigosos — falou Loki para ela. — Alguém já disse isso para você?

— Quem é? Quinn! Meu Deus! Não deve sair correndo na minha frente desse jeito, sua mãe me mataria… — A jovem os alcançou, descendo até eles do topo da escada vermelha. — Nós não falamos com estranhos, Quinn, lembra?

— Ah, mas não sou um estranho — declarou Loki, sorrindo para a jovem. — Por mais estranho que possa parecer, sou tio desta criança. — Seu olhar se voltou para Quinn. Para sua sobrinha. — Finalmente nos encontramos. Finalmente, nos conhecemos.

14

Rūna não estava acreditando no que estava ouvindo. Era direito de Thor se comportar como quisesse, e não era incomum que belos jovens de Asgard viajassem por toda parte em busca de amor e aventura. No entanto, ter um filho e uma família por tanto tempo e nunca ter contado a ninguém? Esperar até a própria morte para revelar um possível herdeiro? O rei e a rainha sabiam? Heimdall? Era um desastre.

Ela avançou, puxando Loki pelas axilas.

— Levante. Isto é... Não devemos tirar conclusões precipitadas. Não estamos aqui para interrogar a criança, viemos em nome de Thor, não devemos perder de vista nossa missão...

— Ah, cara. — Ela ouviu a mulher de rosa gemer, pouco antes de a criança loira, Quinn, sentar-se em um degrau e agarrar as mangas da camisa penduradas e amarradas em sua cintura.

— Thor! — exclamou ela, depois, mais suave: — Você conhece Thor? — Era um tom de euforia e devastação misturadas. Era esperança seguida por arrependimento. A garota estufou uma bochecha. — Mas, Gwen! Ela não se parece com as mulheres das histórias dele? As donzelas escudeiras!

— Sim, sim, você só me contou sobre elas uma centena de vezes, mas isso não vem ao caso — respondeu a jovem, pondo as mãos protetoramente sobre os ombros da garota. — Esqueça as histórias, certo? A gente devia ir encontrar sua mãe. Não me sinto confortável com nada disso. Vamos, vamos sair daqui.

Não precisaram ir longe.

Uma mulher subia as escadas em direção a eles, uma que Rūna reconheceu instantaneamente do Heimdall de bolso. Bonita, sofisticada, com cabelos castanhos cor de mel fluindo ao redor do rosto em camadas suaves, com olhos inteligentes que, conforme ela se aproximava, disparavam fogo. Loki ficou de pé e depois completamente imóvel. Ele estava agindo de modo bizarro. Sua pele aparentava cera, seus membros rígidos como os de uma estátua. Parecia que ele estava prestes a trocar de pele, outra versão pronta para sair da casca.

— Quinn? O que está acontecendo? A dra. Foster foi primeiro até a filha, se ajoelhando, com uma bolsa balançando desajeitadamente no cotovelo. Então ela olhou para cima, notou Loki e pegou algo na bolsa. — Você — falou agitada, ficando de pé. — *Você*.

O juramento de Rūna era, literalmente, proteger os membros da família real. Loki não era mais considerado parte da família, portanto, ela não fez nada, afastando-se quando a dra. Foster puxou um frasquinho preto e esguichou bem no rosto e no peito de Loki enquanto o empurrava escada abaixo. Rūna sentiu gosto de pimenta e fogo infernal no vento e se abaixou para evitar ser acertada pelo spray.

Loki desabou, gritando, arranhando o rosto, os joelhos esmagando o saco de insetos. O papel explodiu, grilos caíram nos degraus. Ninguém por perto piscou, ou mesmo notou o rompante repentino. Um garoto entediado, a alguns passos de distância, pegou o celular para filmar.

— Afaste-se da minha filha! — Jane Foster estava gritando, não mais borrifando a lata de enxofre, mas batendo na cabeça de Loki com ela.

— Espere um momento, dra. Foster, espere! — Rūna finalmente interveio, enquanto Quinn era puxada alguns degraus acima por sua cuidadora.

— Quem é você? — exigiu ela, a voz crua e rasgada. Um grilo pousou em seu nariz e ela pulou de novo, xingando, afastando o inseto. Mais uma vez, a dra. Foster brandiu o frasco de espirrar, desta vez mirando em Rūna. — O que é isso? Você está com ele?

O primeiro instinto de Rūna foi subjugar aquela mulher que nunca conhecera batalha ou conflito entre guerreiros, mas o olhar terno no rosto de Thor quando ele disse: *Procure a doutora que é uma ponte entre mundos,* pairou próximo. Quaisquer que fossem os sentimentos dela sobre as escolhas e mentiras dele, não cabia a ela atacar a sua pessoa. Ela ergueu as mãos em sinal de rendição, controlando os músculos, controlando a respiração.

— Ninguém poderia julgá-la por sua reação ao Deus da Trapaça — disse Rūna para ela, cuidadosamente.

— *Como é?* — Loki estremeceu no chão, enxugando o rosto com a barra da camisa. — Eu julgo! Eu com certeza julgo!

Jane Foster manteve o borrifador erguido, dando um passo enorme para cima e para trás, colocando-se entre os dois asgardianos e sua filha.

— Você deve ter muitas perguntas — acrescentou Rūna. — Terei prazer em responder, caso permitido.

— Permitido? — desdenhou ela. — Ótimo. Mais segredos. É exatamente disso que esta família precisa. — Jane Foster apontou para o homem que chorava e se contorcia no chão aos pés de Rūna. — O que há de errado com ele? Por que isso o está ferindo tanto? Vocês não são… *vocês não deveriam ser deuses?* — A voz passou para um sussurro tenso.

Rūna ainda estava se esforçando para compreender a magnitude do que haviam descoberto momentos antes. Parte dela rejeitava. Parte dela não conseguia aceitar que o príncipe escondesse tanto de sua vida. Entretanto, caso fosse real, caso fosse verdade, sabia que Thor esperaria que ela estendesse a proteção e a graça de Asgard à sua família secreta. — Após o incidente que ceifou a vida de Thor, Loki foi punido por sua participação. Ele foi destituído de seus poderes e exilado em Midgard. Na Terra.

Os olhos de Jane se arregalaram de terror.

— Não, de jeito nenhum, eu ouvi *tudo* sobre você. Está me dizendo que a raposa foi condenada ao galinheiro?

— Ele não pode causar nenhum dano real enquanto eu for sua vigia.

— Fazer nenhum mal? Claro, senhora. Ele estava brincando com minha filha! — À menção da própria filha, Jane finalmente abaixou o spray e se virou, tentando desesperadamente localizar a filha. Rūna não tinha notado, mas Quinn não estava mais encolhida no topo da gigantesca escada vermelha com sua acompanhante. — Quinn? Quinn!

Não demorou muito para encontrá-la. Ela havia retornado discretamente, alternando entre resgatar grilos fugitivos e em pânico e usando a grande camisa de flanela amarrada na cintura para limpar o gel laranja-avermelhado espalhado pelo rosto de Loki. Rūna nunca tinha visto nada parecido. O Príncipe das Mentiras estava sentado perfeitamente imóvel, dócil, o peito subindo e descendo fundo, enquanto a garotinha contava os grilos que havia resgatado, segurando-os na palma da mão, dando-lhes nomes conforme prosseguia, enquanto com cuidado limpava o veneno dos olhos dele.

— Quinn! Não com a camisa do papai! — Jane se aproximou, puxando Quinn para longe, estalando os lábios exasperada ao ver o punho arruinado da camisa. — Não... não por ele.

— Eu só estava ajudando — a garota ficou amuada, franzindo a testa. Ela empurrou os grilos em direção a Loki. — Isso é o que heróis fazem.

— Você não é uma heroína — disse Jane baixinho, com gentileza. Ela afastou as mechas de cabelo loiro do rosto da filha, mais uma vez se posicionando fisicamente entre Quinn e Loki. — E está tudo bem. Você não é uma heroína, você é uma aluna da quarta série.

— Não vejo por que não posso fazer as duas coisas — murmurou Quinn. Ela lançou olhares para Rūna e Loki. Depois, apontou para Rūna, dando-lhe um sorriso torto. — Eu gosto da sua roupa. É como uma princesa guerreira. É isso que quero ser quando eu crescer.

Rūna se odiou por isso, mas seu coração se encheu de orgulho. Essa garota podia ser pequena e terráquea, fraca, destreinada e terrivelmente indisciplinada, mas já demonstrava a alma de uma donzela escudeira. Isso era o principal.

— Treinar a filha do príncipe seria minha maior honra — declarou ela, baixando a cabeça.

— Não! Não. Não. Nada de treinamento, nada de príncipes, nada de honra, nada de besteiras asgardianas, não para nós, obrigada — falou Jane, sacudindo a cabeça com vigor. — Temos que entrar, Quinn, está bem? Vou cuidar disso mais tarde. Vou me atrasar para minha própria leitura. Cadê a Gwen, pelo amor de Deus?

— Aqui, dra. Foster. — A jovem tatuada e de camiseta rosa apareceu atrás da criança. — Desculpe por isso, ela é muito rápida quando quer.

— Eu sei. É assustador. — Jane suspirou e colocou uma mecha de cabelo atrás da orelha, depois gesticulou para que as duas fossem embora. — Leve-a para a loja, por favor, e fique de olho nela. *Realmente* fique de olho nela. — Quinn bufou, irritada, mas obedeceu, dando alguns passos antes de se virar e abaixar a cabeça em direção à mãe. A dra. Foster cerrou o punho e depois tocou de leve o nó do dedo no topo da cabeça da menina, como se estivesse golpeando-a com um pequeno martelo. — Boincs.

— Boincs — repetiu Quinn, dando uma cabeçada suave no quadril de Jane. — Até mais, tio Loki. Foi legal conhecer você, princesa guerreira!

Rūna sorriu.

— Valquíria.

—Uau! *Uau*. Uma verdadeira Valquíria? Nossa, você está falando sério?

— Quinn — ralhou a mãe, com a fúria contida e exclusiva de uma mãe.

— Certo. Chata. Estou indo. — Quinn acenou, arrastada pela mulher de camiseta rosa.

— Meu Deus, ela dá trabalho. — A dra. Foster suspirou, escondendo o rosto com as duas mãos. Apenas por um momento. Ela afastou as mesmas mãos, apontando uma para Rūna e outra para Loki. Ele estava de costas para ela, ainda sentado no degrau vermelho, os joelhos encostados no peito, os braços ao redor dos tornozelos. A quietude do seu corpo era assustadora; lembrava Rūna do silêncio desconfortável que ele manteve na noite anterior. Sempre que ele estava externamente quieto, ela presumia que sua mente perigosa estava trabalhando sem parar. Quem poderia dizer quais tramas tortuosas estavam surgindo naquele momento dentro de seu crânio notavelmente esmagável?

— Uma pergunta e depois eu vou embora — falou a dra. Foster, dirigindo-se a Rūna. Ela não parecia compartilhar o medo de Rūna de um Loki silencioso, na verdade, parecia aliviada por ele não a estar incomodando. — E depois que eu receber minha resposta, nunca mais quero ver nenhum de vocês, entendido?

Havia algo desesperado em sua voz, desafinado, não apenas um desejo protetor de mãe, mas uma dor, um medo, que Rūna ainda não conseguia identificar. Rūna cruzou os braços sobre o peito e segurou a língua. Thor tinha escolhido uma mulher forte; o mínimo que ela podia fazer era ouvir a pergunta da dra. Foster.

— O corpo dele — falou Jane. Sua voz falhou. — Posso vê-lo?

Rūna balançou a cabeça apenas uma vez, compondo sua resposta com prudência.

— Eu mesma o acompanhei até Valhalla. Ele está em paz, caminhando pelos corredores dourados do salão eterno dos guerreiros.

— Mas ninguém… ninguém está com *ele,* certo?

— Não — assegurou-lhe Rūna. — Não permitiríamos isso.

Jane Foster cerrou a mandíbula e virou o rosto para o céu. O sol ardia, segurando-a.

— Bom. Certo. Eu consigo viver com isso. — Ela se virou para ir embora, andando devagar, colocando o spray de volta na bolsa ao partir.

— Ele pediu que procurássemos você — falou Rūna às costas dela. Havia tantas coisas que ela queria perguntar à mulher. — Você era a resposta para um enigma que ele propôs.

Dando passos largos e desajeitados pelos degraus vermelhos, Jane deu de ombros.

— Bem, você resolveu. Você me encontrou. Agora saia da minha vida, por favor, tenho que me manter nos trilhos.

— Mas…

A mulher não parou. Ela se misturou de novo à multidão, e Rūna observou-a virar a esquina, saindo rapidamente de vista. Um vazio se instalou em seu peito. Vazio, depois raiva. Ela girou nos calcanhares, encarando Loki, encharcado de névoa de pimenta e pernas de grilos. Seria fácil destruí-lo. Ele estava impotente, ela podia acabar com ele. Isso era culpa dele. A mulher obviamente conhecia sua reputação e temia, com razão, a influência que ele poderia ter sobre a filha de Thor. Se ele fosse diferente do que era, Rūna poderia ter permissão para conhecer a única herdeira ao trono de Asgard. Poderia treiná-la. Poderia guiá-la. Poderia amá-la. Poderia levar histórias de suas proezas e de seus feitos para o pai.

— A dor dela — sussurrou Rūna para si mesma — deve ser realmente grande.

E ali diante dela, rebaixado e abatido, estava o arquiteto de todo o tremendo sofrimento delas.

Rūna estendeu a mão, abrindo os dedos, colocando-os acima da nuca de Loki, testando o ajuste, imaginando a sensação, fantasiando, por um momento indulgente, o estalo doentio e gratificante que o crânio dele faria quando por fim se partisse sob seu aperto, o cérebro transformado em polpa, o sangue jorrando das rachaduras como água explodindo de um casco rompido. Sangue, sangue quente, fragmentos de osso arranhando de um jeito satisfatório a carne dela mesma, a pele, a máscara perversa dele, mole em volta de uma estrutura quebrada.

Levaria apenas um instante. Iria lhes poupar uma vida inteira de miséria. Princesa guerreira, foi como Quinn a chamara.

Eu estava apenas ajudando. É isso que heróis fazem.

A quem realmente ajudaria matá-lo? O que ela faria com o corpo físico dele pouco importava. Sabia disso do fundo da alma, sentia isso como uma farpa alojada fundo, ele já estava partido além de qualquer possibilidade de reparo.

E aos pés dela, Loki esperou. Ele ficou sentado placidamente com trilhas de lágrimas nas manchas alaranjadas do rosto. E, ainda assim, sorriu. O que quer que estivesse fermentando nos tanques corroídos de sua mente insidiosa, ela temia saber.

— Elas vão se abrir aos asgardianos com o tempo — falou Rūna. Ela recuperou o controle, um pouco envergonhada pela crueldade de seus pensamentos. — Thor não me enviaria aqui apenas para ser mandada embora. Há mais neste enigma e minha paciência é necessária.

Suspirando, Loki se levantou, espanando a camisa e a calça. Ele pegou um punhado de grilos mortos e esmagados e os enfiou no bolso.

— Desejo-lhe boa sorte — disse ele, deixando-a. — Vou voltar para Buffalo.

Quer dizer que o príncipe exilado não ajudaria em nada. Rūna teria que defender o futuro de Asgard sozinha.

15

Cada novo dia era exatamente como o anterior. Frigga permitiu que suas criadas a vestissem, sentou-se à janela e tomou um gole de chá, pressionou dois dedos de água de rosas nas cavidades sob as orelhas, leu uma ou duas passagens das sagas que mais a confortavam e depois deixou os tristes confins de seus aposentos para fazer a longa caminhada pela Ponte Arco-Íris.

A ponte conectava seu reino a uma torre abobadada onde Heimdall, com seu elmo dourado, governava a Bifrost, guardando o portão e vigiando. Quando Thor morreu, ela sentiu a raiva jorrar em todas as direções. Primeiro contra Odin, depois contra Heimdall, depois contra Loki e depois contra si mesma. Muitos caminhos lhe haviam sido fechados naquele dia, muitas escolhas haviam sido removidas. Ficar deitada e silenciosa na cama pelo resto de seus dias era tentador, mas não era o seu estilo. Ela escolheu acordar e se vestir todos os dias, e escolheu fazer a árdua caminhada do palácio à ponte e à torre.

Era uma espécie de ritual e havia consolo nele.

Ela observou o cosmos se agitar sob as cores radiantes e translúcidas da ponte, aqui uma estrela cadente, ali uma erupção repentina e acolá outra vez um novo sol nascendo. Naquele dia, sentiu vontade de avançar um pouco mais rápido. Ela tomou consciência de uma vaga agitação do destino, um brilho no limite de seus horizontes que não existia antes. Talvez fosse esperança regressando ou, talvez, fosse sua imaginação, os desejos sinceros de um coração sedento de alegria.

Frigga deixou as mãos caírem frouxamente ao lado do corpo, com as palmas abertas, e ergueu o queixo em direção ao vasto universo acima e ao redor.

— Tudo foi tirado de mim — sussurrou. — Que destino, para quem deseja apenas doar. O que posso doar? O que me resta?

O cosmos não lhe respondeu.

Um clarão irrompeu de dentro da torre e Frigga segurou suas saias pesadas e longas e correu.

Odin estava lá, ocupando seu lugar habitual sob as lâmpadas cristalinas de uma porta em arco. Lá ele assumira um posto, tão previsível e diário quanto a caminhada dela para observá-lo, e lá o rei ficava esperando. O peso da sua tristeza o tornara menor e encurvado, e ele parecia encolher mais a cada hora que passava. Com um olhar cego e desinteressado, observava as idas e vindas da ponte, de costas para ela, com o olhar desfocado entre as estrelas. Ele não estava sem companhia. Heimdall estava lá, é claro, com as mãos apoiadas firmemente na guarda de sua espada, os olhos dourados se movendo apenas de modo lento e cuidadoso. Se o marido dela falava com Heimdall, não era quando ela estava presente.

E havia Mjolnir.

Tinha sido necessário todo o considerável poder de Odin para arrancar o martelo de Midgard e recuperá-lo. Uma vez retornado, o martelo não se moveu do local onde pousou, em frente a Heimdall, centralizado diante de uma janela em arco, a íris focalizadora da Bifrost entre o martelo e o guardião do portal. Mjolnir era a própria presença pesada. Uma arma sem portador. Um lembrete constante e incômodo de tudo o que haviam perdido.

Contudo, havia uma quarta presença naquele dia. Rūna, vassala do Pai de Todos Bor, Valquíria jurada e donzela escudeira do reino, havia vindo. Frigga sempre gostara dela. Era obstinada e decidida e não se curvava com facilidade. Listras douradas, vermelhas, azuis e verdes reluziam da armadura e da pele marrom e lisa da Valquíria, demorando-se ao longo da borda curva de Jarnbjorn preso às suas costas. Suas tranças balançavam ao redor do queixo e dos ombros quando ela avançou imediatamente. Então, parou de forma abrupta quando notou Frigga parada na porta.

— Vossas Majestades — saudou Rūna, ajoelhando-se.

— Levante-se — falou Frigga para ela no mesmo instante. A intuição lhe dizia que a mulher tinha vindo com urgência. — Seus olhos estão perturbados, Rūna. Que outra calamidade poderia visitar este reino?

Rūna esfregou as mãos no topo das pernas. Ela hesitou.

E SE... LOKI FOSSE DIGNO?

— Ha. — Odin tossiu o som. Sua voz estava rouca, seca como uma cova. — Vamos, vamos, garota, dê suas más notícias. Sua mira terá que ser realmente impressionante para acertar os pedaços pulverizados do coração deste velho. — Ele enrijeceu e levantou a cabeça com grande esforço. — Os corredores da minha casa estão vazios; não soam com gritos de vitória ou derrota. Meus filhos se foram. Aqui estou eu, mais pó do que rei, um soberano cuja linhagem terminou.

Algo estranho passou pelo rosto de Rūna. Frigga foi até ela e segurou a mão da mulher.

— Eu venho do reino da cidade de Nova York, em Midgard — informou Rūna, encarando a rainha nos olhos. O que ela estava procurando? — E saí de perto de Loki com notícias urgentes para compartilhar.

— Não fale o nome dele! Ele é uma maldição! Uma blasfêmia! — trovejou Odin, girando para encará-las. Ele recuperou o fôlego e lhes deu as costas de novo. — Veio aqui para nos provocar? Ainda há poder em mim. Não me provoque a usá-lo, serva de Bor!

A rainha rapidamente se colocou entre o marido e Rūna. Ele estava fora de si. Esse não era o marido dela. A dor o havia mudado, destruindo a mente outrora paciente e majestosa.

— Deve perdoá-lo — falou ela para Rūna sem fôlego.

Odin ficou quieto por um momento e depois caiu de lado, apoiando-se com força no arco. Ele parecia pouco mais que uma capa vermelha, elmo e metal martelado envolvendo carne de papel.

— Venho aqui todos os dias para comungar com o espírito do meu filho. Thor, meu garoto, ele permanece no metal do Mjolnir; ah, eu o sinto nele. Embora ele tenha partido para Valhalla, uma parte dele permanece inquieta, e aqui, com o martelo, sinto-me mais próximo dele. Se eu fechar os olhos, ele está ali. Sim, ouço a voz dele. Conheço sua presença. Sua devoção, seu amor permanecem nesta arma tão preciosa.

Os olhos âmbar de Rūna fitaram cada um deles. De sua parte, Heimdall sustentou o olhar dela por mais tempo. Curioso. Em seguida, ela apertou as mãos de Frigga e assentiu uma vez, talvez apenas para si mesma, tomando uma decisão.

— Há algo que devo contar a todos vocês e diz respeito a Thor.

— Fale. — A voz dele as atingiu como um gongo. A mão de Frigga voou para seu peito.

A Valquíria respirou fundo.

— Quando o acompanhei até sua paz final, ele pediu que eu cuidasse de seu irmão. Que eu... que eu decifrasse uma espécie de enigma, um enigma caro ao coração de Thor.

— Como é? — exigiu Odin em um sussurro assombrado. — Que enigma? O que ele escondeu de nós? Diga, garota! Fale logo!

— Calma, Odin, deixe-a terminar — pediu Frigga.

Os olhos de Rūna se arregalaram, sem dúvida com medo, pois o temperamento de Odin fez o ar entre eles crepitar. Foi sutil, repentino, mas a rainha viu no rosto da mulher outra decisão silenciosa sendo tomada. Sob suas manoplas, os dedos de Rūna se fecharam em punhos.

— Thor acredita que o irmão não agiu sozinho, que outro cometeu o assassinato de fato. Eu... duvidei no começo, mas fiz o que o príncipe ordenou. Parece que Loki teve ajuda para interferir no Destruidor, mas nós dois acreditamos que ele foi enganado, que outra pessoa planejou e desejou a morte de Thor. — Aqui ela fez uma pausa e voltou-se para Heimdall. — Encarreguei o rei Eitri de Nidavellir de perseguir esse conspirador, pois ele parece realmente formidável; contudo, talvez seja hora de contarmos com a ajuda de Heimdall e de outros. Seu olhar errante pode ser uma bênção para capturar alguém que aparentemente pode desaparecer à vontade.

Um raio de luz perfurou a distância. O peso constante que esmagava o peito de Frigga desde a perda de seus filhos diminuiu ligeiramente. Isso confirmava o que ela suspeitava há semanas: que tinham agido depressa demais, que a punição de Loki tinha sido abrupta e mal pensada demais. Havia força na temperança, na paciência, mas a raiva prevalecera sobre o bom senso.

Odin tentou se levantar e Heimdall foi ajudá-lo. O grande rei havia se transformado em uma relíquia mofada, o seu belo marido havia se transformado em uma casca escura, levantou-se um pouco, com dificuldade, estremecendo e balançando a cabeça.

— Você e o menino são moles demais. Influenciados com facilidade demais. Loki vai enganar vocês dois e rir enquanto puxa as cordas de suas marionetes. Assim diz Odin. Assim diz o rei. Não se deve acreditar em Loki Laufeyson.

— Marido...

Foi a vez de ela receber o peso da raiva dele.

— Não! Isso é loucura. Um estratagema. A cobra está adormecida, não sem as presas.

— Há mais — interrompeu Rūna. Seus olhos cintilavam de medo. O silêncio caiu. O que quer que ela tivesse para compartilhar exigia muita coragem para ser pronunciado. — Thor foi pai de uma criança na Terra.

Odin se pôs de pé.

— Uma criança? Um herdeiro? No entanto, ele escondeu isso de nós. Nos negou... Por quê?

— Que seu coração não seja levado à paranoia, marido, não quando, em vez disso, pode estar cheio de alegria.

Mas Odin não pareceu ouvi-la.

— Thor revelou a última esperança de Asgard para uma Valquíria e o irmão venenoso, mas não para o próprio pai! Para seu rei! Deve haver uma razão. Ele não esconderia isso de mim. Ele não... ele não mentiria para mim.

Rūna e Frigga trocaram olhares. Ela não era tão ingênua a ponto de presumir que os filhos eram completamente francos com os pais.

— Thor é um homem de eras e séculos, não um garotinho que rouba doces. Talvez nosso filho tivesse bons motivos para escondê-lo de nós.

— Ela — corrigiu Rūna gentilmente. — A criança é uma menina e carrega seu nome, grande rainha.

Frigga cobriu a boca com as mãos. Um fogo protetor se acendeu dentro dela.

— Qual a idade dela?

— Muito jovem — respondeu a Valquíria. — Ela não viu dez verões, creio eu.

— Terna como um broto de primavera — sussurrou a rainha. Sua atenção então recaiu sobre Heimdall. Ele observava tudo, e nada estava além de sua visão divina. — Heimdall... você a viu?

O guardião do portal se remexeu desconfortável em sua armadura dourada, as mãos apoiadas na guarda de sua espada.

— Sim.

Odin cambaleou em direção ao Mjolnir, andando de um lado para o outro e arrancando os cabelos.

— Traidores! Traidores e mentirosos! Estou cercado por traidores!

— É meu dever vigiar e observar — declarou Heimdall. — Não é minha responsabilidade julgar.

Rūna deu um passo, afastando-se de Frigga. Seu olhar estava cheio de pânico quando ela viu o que sua informação havia desencadeado. Uma neta viva... Isso poderia deixar Odin totalmente louco. A dor de perder os filhos roubara-lhe toda a temperança e razão. Certamente, havia uma mãe envolvida, a quem Thor amava, e não cabia a eles arrancarem uma criança de seu lar.

— Nem mesmo dez verões — repetiu Frigga, falando mais alto. A situação deveria ser conduzida com cuidado, para impedir que a tempestade da fúria de Odin acabasse caindo. — Ela não é a resposta para nossos problemas, não é uma princesa crescida, treinada ou preparada. Permita que a existência dela seja um bálsamo para seu espírito, Odin. Nosso filho não está de todo perdido. Sua força e bondade podem perseverar nela.

— Se ela é filha dele, então, será minha herdeira, e Asgard irá reivindicá-la — declarou o rei. Agora seu olhar furioso estava fixo em Frigga, mas ela não se encolheu.

— Talvez um dia, mas ainda não — respondeu ela.

— Não! Agora! — trovejou Odin. — Agora, antes que nosso reino ressequido entre em colapso.

— Ela não tem treinamento, tem apenas a educação midgardiana — interveio Rūna, talvez se arrependendo do que havia feito. Frigga não a abandonaria nesse ponto.

— Reflita bem, Pai de Todos, não aja com pressa, mas com amor. Devemos agir com cuidado, para não levarmos outra criança para nossa casa e repetirmos os erros do passado. — Antes que ele pudesse discutir, ela continuou depressa. — Sim, erros. Erros que podemos tentar corrigir ganhando tanto o que foi encontrado quanto o que foi perdido.

— Argh — cuspiu o rei. — Eu sei o que tem em mente e desprezo.

A tristeza avassaladora e invernal que mantinha Frigga como refém se dissipou. Já era demais. Ela praticamente saltou a distância entre ela e Odin para agarrá-lo pelos ombros e sacudi-lo até que ele cedesse. Em vez disso, virou-se na direção de Heimdall e dominou a fúria. Era disso que precisavam agora; não de mais reações impetuosas, mas da prevalência de cabeças mais frias. Esse era o dever de uma rainha e o fardo de uma mãe: defender crianças consideradas perdidas e devoradas por seus monstros internos.

— Heimdall — ordenou a rainha, com firmeza. — Mostre-me Loki. Mostre-me meu filho.

— Não faça isso — murmurou Odin. — Isso é... distração. Desespero. Falsa esperança.

Heimdall considerou os dois, então, um sorrisinho, quase suave, surgiu em seus lábios. Sob seu elmo alto e alado, seus olhos roxos cintilaram. O espaço acima da íris focal oscilou, ondulando como uma piscina perturbada por chuvas solares, e em seguida, gradualmente, as ondas se separaram, revelando um homem de cabelos escuros sentado sozinho em um sofá sujo. Um pequeno lagarto estava empoleirado em seu antebraço, olhando para ele. A luz passava por seu rosto, deixando sua pele da cor de osso. Ele estava observando alguma coisa, embora sua expressão não revelasse nada. Sua pele era como cera, seu cabelo estava sem volume e comprido demais. Pilhas de livros erguiam-se perto dos pés dele, amontoando-se na mesa que continha três xícaras diferentes com três líquidos diferentes.

Os tomos eram decorados com títulos como: *Até logo e obrigado pelo trauma: escapando do sistema familiar tóxico; Está tudo bem se você não está bem* e *Filhos adultos de pais emocionalmente imaturos*. Uma tradução de *Beowulf* estava aberta no sofá ao lado dele. Heimdall, como se estivesse lendo a mente dela, abençoado seja, aproximou o foco, revelando uma passagem de *Beowulf* que Loki havia sublinhado e circulado.

"Era uma terrível aflição para o amigo dos Escildingos
O rei e seu conselho deliberam em vão.
Pesar esmagador. Não raramente em privado
Sentava o rei em seu conselho"

A mão de Loki tocava o livro, a ponta dos dedos se movendo sobre as linhas destacadas como se tentasse absorvê-las através da pele. Ele parecia enrugado. Murcho. Distraidamente, ao que parecia, ele ergueu a mão, levantando o lagarto mais alto, e beijou-o no nariz pontudo. Frigga levou a mão ao peito.

— Chega — murmurou, balançando a cabeça. — Não aguento mais.

— Isso deveria me comover? — grunhiu Odin, soltando uma risada seca. — Punições não foram feitas para serem prazerosas.

— Onde estão as legiões de soldados? Onde estão os enredos e esquemas? Onde está a ambição que fez uma criança quieta se tornar um homem precocemente? — Frigga foi até a íris da Bifrost, agarrando-se à grade baixa e dourada que a protegia. Seu queixo tremeu quando ela olhou para o marido, ressentida com sua amargura, ressentida ainda mais por ter deixado isso vazar dele e penetrá-la, corrompendo um coração de rainha. — Não enxerga, Odin Pai de Todos, que nossa punição trouxe aquilo que todos os juízes mais desejam: reforma. Olhe aqui e olhe com atenção: eis aqui seu filho, que agora é de Midgard e de Asgard. Ele anda por ambos os reinos e pode se tornar um guardião para nossa neta.

— Precipitada — murmurou Odin, tremendo. — Não, não, minha esposa, tome cuidado para não colocar sua ternura feminina acima de sua sabedoria soberana.

Ao lado dela, Rūna engasgou, rígida.

— A rainha está certa. Thor acha que o irmão pode ser redimido e, enquanto eu estava na presença dele, Loki não fez nenhum movimento contra mim. Acredite, sinto nojo em dizer isso, pois também o desprezo, mas o príncipe acredita que há dignidade nele.

— Dignidade? — perguntou Frigga. — Ele usou essa palavra?

Rūna assentiu. Frigga tocou com delicadeza a manopla da guerreira. Odin era responsabilidade sua. Ela tinha que lidar com isso. Rūna deu um passo educado para trás. Repetidas vezes, na prisão silenciosa e solitária de seus aposentos, Frigga retornara às palavras que seu filho Loki cuspira para ela com tanta dor.

Onde eu devia ter guardado todo esse assim chamado amor? Como iria recebê-lo quando minhas mãos já estavam ocupadas com tanta vergonha?

Ela havia tentado muito com Loki. Ele não era uma criança fácil. No entanto... Frigga não conseguia se lembrar se tinha sido a primeira a pensar isso, ou se uma ama havia expressado tal ideia, plantando uma semente contaminada. Loki era difícil ou ela parava um pouco antes quando acariciava sua bochecha, sentia uma pontada de incerteza quando tentava abraçá-lo e consolá-lo? Será que ela tinha sorrido para Thor com mais frequência, rido mais de suas travessuras de infância, e Loki, sendo apenas uma criança, sentiu aquelas ondulações quase imperceptíveis, e elas se acumularam, até que pequenas lapidações se transformaram em ondas...

Quando tudo começou? Quem o criou?

O salão de banquete de Valaskjalf ostentava um extenso mural da profecia que destruía e recriava os deuses, Ragnarok. Ela não sabia quem o havia colocado ali, cuja mão havia pintado a roda do tempo girando, os deuses de Asgard caindo no abismo, o Grande Inverno chegando para mergulhá-los todos na aniquilação e na fome, antes que os lobos Skoll e Hati finalmente capturassem o sol e a lua, suas presas eternas. A própria Frigga estava retratada no mural, perdendo o equilíbrio e despencando da extremidade leste da roda. Isso nunca a havia incomodado. Tudo acabava. Uma profecia era uma profecia, e tentar fugir ou escapar do Crepúsculo dos Deuses era teimosia que gerava orgulho. Após a morte deles vinha renascimento, uma chance de uma nova vida. No entanto, seus filhos também estavam pintados naquela parede, o martelo de Thor erguido, incandescente com relâmpagos, mesmo enquanto ele voava em direção ao seu destino, e Loki abaixo dele, mãos ao lado do corpo, palmas para cima, rosto como uma máscara de aceitação sombria ao chegarem ao fim. As vestes dele, naquela obra de arte, eram decoradas com serpentes e adagas.

Quem escolheu isso para nós? Por que isso nunca a encheu de ressentimento? Não havia como mudar o ciclo? Não havia maneira de rompê-lo...

Quantos anos tinha o menino quando ouviu pela primeira vez as palavras *Deus da Trapaça* e se viu naquele mural? Se uma imagem diferente, feita por outras mãos anônimas, tivesse predito a morte prematura dele, ou a de Thor, ela teria ficado parada e tolerado? Ou ela, armada com presciência, lutaria, lutaria e se revoltaria contra tal injustiça?

Eles não repetiriam os erros do passado. Ela jurou.

Frigga passou apressada por Rūna, empurrando o marido para o lado. Ela parou acima de Mjolnir, como sempre atordoada por sua presença e poder, e em um movimento suave, com uma exalação extática, segurou o cabo envolto em couro. Odin gritou em choque ferido. O ar cantou com relâmpagos, uma carga os cercou enchendo a cúpula, os pelos finos dos braços de Frigga arrepiaram-se em atenção. Ainda assim, Mjolnir... soltou-se. Ela se lembraria desta forma: que o martelo *queria* se mover. Ele não cedeu, mas insistiu, com a pressão tranquila e segura de um general em comando.

— Se formos sábios, se formos pacientes, se protegermos nossos corações contra as impulsividades das almas mais fracas, recuperaremos um filho e conheceremos nossa neta — declarou a rainha. — Asgard não reivindicará a filha de Thor até que ela assuma seu lugar por vontade própria.

— Não! O que está fazendo? — gritou Odin, cambaleando em direção a ela. — O trono de Asgard terá sua herdeira, eu juro! Vou garantir isso!

Frigga ergueu o martelo, prontamente, pesado, e muito, mas a escolha estava feita. Quando havia começado? Ela não podia voltar atrás. Eles recomeçariam e recomeçariam agora.

Agora, sussurrou Mjolnir.

Nervosa e ansiosa, Frigga respondeu com palavras e ações:

— Aquele que empunhar este martelo — declarou —, se for digno, possuirá o poder de Thor.

E Frigga atirou o martelo no chão, enviando-o para Midgard. Heimdall auxiliou em sua trajetória: ela sentiu assim que a arma saiu de sua mão. Os relâmpagos reunidos na torre acompanharam-no, uma cauda branca escaldante, conforme Mjolnir os deixava, o espírito de Thor partia, qualquer parte dele que pudesse ter permanecido se foi com ele.

Frigga se virou, esfregou as mãos e encarou o marido furioso.

— O que acha, meu senhor, dessa ternura feminina?

16

O olhar dela agora se voltou para o cristal M'kraan, algo mais velho que a própria história, talvez mais antigo até mesmo que a ideia de Vigias. O cristal rosa pendia como uma joia no cosmos, com uma beleza única, contendo uma cidade que se estendia muito além do que deveria ser possível, dado o tamanho aparente do M'kraan. Tempo e espaço não existiam dentro do Cristal. Ainda mais curioso, no seu centro havia um núcleo de realidades. Era um lugar lindo e assustador, aquela cidade de nada e de ninguém, cujo coração batia no ritmo da existência em si.

A Vigia lembrou-se de estar diante de uma engenhoca semelhante a uma caixa, com a expectativa percorrendo seus dedos como eletricidade. Era um fragmento, mas de onde? De quem? Por que observar o Cristal M'kraan a levava até aquela engenhoca, até a garra que pendia do teto dela e descia, fechava-se, escolhendo. Em seguida, escolhido o destino daquele dia, voltava a subir, deslizava para frente e depositava uma bola translúcida. A bola saía de uma fenda na parte inferior da máquina. Ela se lembrava de segurar o prêmio nas mãos, ansiosa para descobrir o que havia dentro, todas as maravilhas do universo encerradas em um recipiente redondo do tamanho de uma bola de golfe.

Ela sentiu cheiro de café, depois de chá, chá verde, amargo, terroso e selvagem. Folhas caíram mais uma vez, desta vez não da Árvore do Mundo, mas de alguma origem invisível, de uma altura, das Alturas. Flutuando, flutuando, tocando as mãozinhas marrons que seguravam a bola do universo...

As folhas diurnas crescem sem cessar.
As folhas diurnas crescem sem cessar.

— O Ás de Pentáculos — falou uma voz cansada e doce. — Eu sempre tiro o Ás de Pentáculos para você, *mija*. Você nasceu sob uma estrela de sorte.

O Cristal. A voz. Folhas. Aromas. *Recordações.*

Memórias, mas como?

A Vigia se lembrava de ter aberto aquele recipiente redondo, e uma figura roxa e pegajosa caindo para fora. Ela a atirou de volta na máquina, e a geleia se espalhou feito uma mão, batendo no vidro e segurando-o. Ela riu. *Meu irmão vai adorar isso, mal posso esperar para bater no pulso dele com isso.*

Por que agora? Por que isso?

*Junte tudo. Assista. Observe. Não, **veja**.*

Uma figura encapuzada foi até M'kraan em busca de um poder que pudesse desfazer e reformar a realidade. Depois tinha ido até Loki, até Asgard, escolhendo aquele reino e aquela realidade específica, infiltrando-se, tramando, conspirando, mentindo para o Senhor das Mentiras e depois assassinando Thor Odinson. Algo estava errado. Algo estava mudando. A grande máquina de garras do universo tinha escolhido uma nova configuração, pegou-a, carregou-a e jogou-a na fenda. Agora a Vigia quebrou aquela bola de plástico, encontrando apenas caos dentro dela.

Vigias devem ser imparciais. Vigias não tinham sentimentos pessoais, nem objetivos. Mas essa Vigia não conseguia afastar a sensação de que seu estranho despertar estava ligado àqueles acontecimentos. Sua atenção foi atraída de volta para a Árvore do Mundo. Desta vez, não era uma folha que caía de Asgard, mas sim uma estrela. Um cometa sagrado flamejava de um reino para outro, ganhando velocidade, encontrando seu alvo.

Brilha, brilha, estrelinha…

A Vigia convocou seu catálogo de universos e voltou sua atenção para o drama que se desenrolava na Terra, onde Loki Laufeyson não sabia, não tinha como saber, o que agora se aproximava dele.

*Como me pergunto **o que** você é!*

Ela observou o martelo cair. Ela esperou pelo impacto.

*Como me pergunto o que você **é**!*

Como me pergunto o que você é!

A Vigia observou Loki, prendendo a respiração.

O que é você?

O que é você?

Quem sou eu?

E SE... LOKI FOSSE DIGNO?

J.A.R.V.I.S. detectou o pico de energia às 3h03 da manhã, horário padrão do Leste. Tony estava apenas semiadormecido quando o alarme soou, inquieto e com coceira nos olhos, na zona liminar onde os sonhos podiam ser manipulados e a mente nunca cedia o controle.

A IA já tinha sido apenas um sistema de computador complexo, uma invenção inteligente de Tony, à qual ele deu o nome de um querido mordomo da família, Edwin Jarvis. Mas agora era um sistema totalmente autônomo e integrado, sem o qual Tony não seria capaz de administrar seu negócio. Ironicamente, seu homônimo, Edwin, era um rabugento e um tecnófobo, totalmente perplexo até mesmo com um celular de flip. Contudo, ele preparava um martini fenomenal.

Um por um, os holofotes da oficina foram se acendendo. Tony pressionou a palma da mão contra o olho direito e gemeu, rolando para fora da cama dobrável que saía da parede. Ela lhe permitia tirar uma soneca ou passar a noite a poucos metros do sistema nervoso central de toda a sua operação. Ultimamente, ele não estava voltando para casa.

— Pode desligar essa coisa agora — reclamou Tony com o seu assistente de IA. — Estou acordado.

— Peço desculpas, senhor — J.A.R.V.I.S. respondeu, afavelmente. — Devo apenas apontar que você definiu os limites para meu sistema de alerta. Seus próprios parâmetros designados exigem que eu responda.

— E? — Tony arrastou-se até a cadeira da escrivaninha, afundando-se nela. — Vamos, me dê algo bom, algo que vai me despertar.

— Acho que ficará satisfeito, senhor. E talvez surpreso.

Tony bufou.

— Ah, é?

Ele ligou o computador também, que felizmente recuperou a consciência muito mais rápido do que ele. Um novo e-mail urgente apareceu em sua área de trabalho. Pepper havia sinalizado algo que precisava de sua atenção, uma mensagem de sua última estagiária.

Podemos fazer algo em relação ao seu escritório, sr. Stark? Warren Worthington e o clube de boxe de Happy Hogan não param de enviar flores. Está parecendo um jardim botânico.

Então, ele não tinha estado em casa *nem* em seu escritório executivo nos últimos dias. Seu mundo, sua paisagem mental, cabiam no espaço de trabalho de nove por nove metros onde ele podia atualizar o esquema do Destruidor, terceirizar a fabricação do que poderia ser terceirizado e executar testes repetidos nas capacidades bélicas da máquina, na funcionalidade de voo e capacidade de manobra. Pepper acrescentou uma observação no final do e-mail. *Ela está certa,* dizia. *Não posso pisar lá. Sabe como minhas alergias ficam.*

— Jogue-as fora, doe-as, faça o que for melhor para nossa imagem — digitou Tony, bocejando contra as costas do pulso. Quatro latas estreitas de energético estavam enfileiradas perto de seu teclado. Ele pegou cada uma até encontrar uma que estava meio cheia e depois bebeu. O gosto de bala de goma quente com ardência química desceu por sua garganta. O avanço tinha passado a se arrastar. Bem, não para os padrões de outra pessoa, mas para os dele. Ainda estavam esperando a entrega do chassi principal do Destruidor, e ele iria xingar seus contatos do Departamento de Defesa naquela manhã se não recebesse uma atualização promissora sobre a remessa. Essa máquina devia estar na Torre Stark. Devia estar no laboratório de engenharia daquela mesma oficina. Era dele. Era o meio pelo qual ele ia corrigir um erro grave. Seus dedos se contraíram. Ele olhou para o relógio no monitor: 3h06. Estava cedo demais para ligar para a dra. Foster? Ele precisava dela ali. Precisavam conversar sobre seus planos para um motor de energia escura o mais rápido possível. A usinagem das peças seria demorada, pois exigia muita precisão e vários protótipos caros que precisariam de testes rigorosos — e muito provavelmente de reconstrução e recalibração do zero com base nos dados coletados.

Havia muito a fazer. O tempo estava escapando por entre seus dedos.

Tony suspirou. Ligar para ela seria rude. Em vez disso, enviou uma mensagem. Ela poderia chegar antes do meio-dia?

— J.A.R.V.I.S.? Estou esperando. — Tony se recostou na cadeira, espreguiçando-se.

— Imediatamente, senhor.

Ele esperava que um gráfico simples aparecesse em sua área de trabalho. Em vez disso, a tela holográfica que pairava atrás de seu monitor principal acendeu, inundando a oficina penumbrosa com luz azul. Um mapa topográfico altamente detalhado apareceu, girando devagar, uma região urbana relativamente plana, pontilhada de residências individuais, pequenos negócios e trailers. O texto na parte inferior do mapa fornecia coordenadas, localizando essa fatia de terra em algum lugar ao sul de Buffalo, Nova York.

— O que estou vendo? — perguntou. — Além de um lugar aonde os sonhos vão para morrer.

— Esta gravação foi feita há aproximadamente dez minutos, senhor.

Tony esfregou os olhos, observando um clarão quase imperceptível ocorrer na paisagem, devastando um único trailer, e depois nada.

— Mostre-me de novo — ordenou. — Devagar.

J.A.R.V.I.S. fez o que ele pediu, mas Tony ainda não conseguia entender a filmagem.

— Só me explique, estou quase dormindo.

— Com todo prazer, senhor. Conforme a maior parte dos cálculos, isto parece ser uma tempestade elétrica; é o que as leituras de energia sugeririam caso essas leituras fossem normais. Nossos drones ambientais detectaram níveis peculiares de energia eletromagnética, muito maiores do que qualquer sistema de tempestade seria capaz de produzir. Foi registrada e se dissipou em um instante, o que também é tecnicamente impossível.

Tony se sentou mais ereto, observando o clarão surgir e desaparecer, notando algo viajando através da tempestade, um pedaço de metal ou um asteroide.

— Está liberando continuamente um pulso inconfundível de energia escura — informou J.A.R.V.I.S. Suas palavras pairaram no ar como um feitiço. O peito de Tony doeu com a súbita onda de adrenalina que percorreu seu corpo. Era isso. Outro buraco de minhoca tinha aparecido, desta vez carregando algo consigo. Restava apenas uma pergunta.

— Você comparou com as assinaturas de energia do ataque?

A IA substituiu o mapa topográfico por uma série de equações matemáticas exibidas em linhas lado a lado.

— Comparei, senhor. Ficará satisfeito em saber que são idênticas.

17

Sirenes berraram à distância, uivando como gatos vira-lata protegendo uma pizza encontrada à noite, o som foi ficando mais próximo conforme a poeira baixava sobre o trailer de Loki. Ou o que restava dele. E tecnicamente pertencia a Donna, que também estava lá, boquiaberta diante dos danos e da disposição de Loki de mergulhar em direção a eles.

Algo havia caído do céu, indo em direção ao trailer e atingindo o meio do teto, como se tivesse sido mirado com cuidado. Atravessou o telhado, levando consigo parte do balcão da cozinha enquanto continuava passando pelo piso, enterrando-se no solo. O som foi incrível. Metal implodindo e um baque surdo, como uma bala de canhão atirada na areia. Toda a vizinhança tinha ouvido, as varandas reluziam, mostrando curiosos de chinelos e roupões.

A cabeça de Loki latejava, zumbindo de terror, choque, *curiosidade*. Uma vozinha atrevida lhe dizia o que era, mas ele se recusava a acreditar. E, de qualquer forma, havia coisas mais importantes com as quais se preocupar primeiro. Brian estava dormindo em seu terrário de plástico, e esse terrário estava na mesinha de centro. O ovni que entrou em sua casa sacudiu tanto o chão que a mesa saltou mais de um metro no ar, fazendo com que o terrário de Brian caísse no buraco e nos escombros.

Ele se abaixou na fenda fumegante.

— Cuidado! — gritava Donna. — O lugar inteiro pode ir pelos ares!

— As coisas não explodem do nada como na televisão. É Brian — sussurrou Loki. — Ele está lá...

— Pelo amor de Deus, vá buscá-lo! Eu lido com a polícia.

A polícia realmente tinha sido chamada. Pela porta aberta, luzes azuis e vermelhas entravam, pulsando contra a parede oposta do trailer. As sirenes finalmente pararam quando o reforço chegou. Loki ignorou,

E SE... LOKI FOSSE DIGNO?

deslizando com cuidado para dentro do buraco irregular, sibilando quando um pedaço de laminado levantado arranhou seu cotovelo. Ele encontrou primeiro o terrário virado e os pedaços de insetos e gravetos que tinham caído dele. Uma névoa estranha subia do objeto caído. A névoa ao redor girava e fervilhava, um calor intenso e sufocante irradiando da cratera. Ele sentiu o mesmo calor arder no peito, como se a mera proximidade fosse demais. O vapor se abriu, revelando um pedaço prateado de aço e um cabo de madeira. Incólume, Brian rastejou por cima do martelo, empoleirando-se ali e olhando ao redor.

— Meu amigo! Você está vivo — arquejou Loki, estendendo a mão. Brian subiu, agarrando-se ao polegar de Loki, e juntos ficaram parados em silêncio, contemplando o Mjolnir, martelo conquistador de trovão e tempestade, instrumento divino, tanto destruidor quanto abençoador.

— Ha. Ha — murmurou ele, encarando furioso. Ele olhou por um breve momento para o céu. — Muito engraçado.

Seu peito formigou de novo, mas ele se sacudiu e saiu do buraco. Carregando Brian até a porta da frente, descobriu outra chegada, desta vez no gramado da frente de sua casa. A Valquíria havia chegado e ela estava discutindo com Donna e a polícia, a Valquíria e Donna de um lado, a polícia do outro. Do outro lado da rua, Stella e alguns vizinhos distribuíam lanternas. A essa altura, Stella já havia feito café e buscado garrafas térmicas para assistir ao espetáculo.

Loki embalou Brian protetoramente na mão, aproximando-se da conversa a tempo de ouvir Donna apresentando sua teoria dos acontecimentos.

— Não sei o que dizer, oficial. Mas ouvi dizer que um tornado pode pegar um vagão de trem e jogá-lo a cem metros de distância. — Ela enfiou a mão no bolso do pijama para pegar o celular e, por cima do ombro dela, Loki a viu procurar por condições climáticas extremas próximas.

— Alguém nos chamou aqui — respondeu o policial, com uma das mãos apoiada no rádio preso ao uniforme. As luzes da viatura os pintavam alternadamente de vermelho e azul. Apenas um carro tinha respondido, e a parceira baixa do oficial andava ao redor do trailer, tentando espiar lá dentro. — Ajudaria muito se pudesse nos deixar dar uma olhada no seu trailer.

— Não — declararam Loki e Rūna em uníssono.

— Quero dizer... — riu Loki de leve, tentando evitar que o pânico transparecesse em seus olhos. Os cães hospedados na Cãezinhos da Donna estavam enlouquecidos, latindo por causa do estrondo e do barulho das sirenes. Ele conseguia ouvir a cerca de arame balançando quando eles saltavam contra ela. — É apenas um pedaço de rocha. Talvez um asteroide, ou, como disse Donna, trazido por uma tempestade estranha.

— Claro. — O oficial deu sua própria risada seca. Sua pele tinha uma textura pegajosa, seus olhos estavam pesados de cansaço. Mesmo assim, aqueles olhos não tinham problemas para observar Rūna. Pela sua expressão, ele achou as roupas dela suspeitas. — Uma tempestade estranha. Você mora aqui com ele?

Rūna se irritou.

— Claro que não. Essa é uma acusação absurda.

— Então por que estou falando com você?

— Não preciso coabitar com este homem para falar por ele — rosnou Rūna.

O policial não gostou disso. Sua mão perto do rádio roçou o crachá preso na jaqueta, onde se lia Sargento Fanning. — Senhora, se puder se afastar, iria me ajudar a identificar o proprietário e obter permissão para liberar o local.

— A permissão lhe foi negada, não há mais nada a ser dito sobre o assunto — continuou Rūna, recusando-se a se afastar.

Donna tinha encontrado uma tempestade a noventa quilômetros de distância e orgulhosamente mostrou a evidência ao oficial, que a ignorou. A atenção dele estava voltada para Rūna agora, que mantinha uma postura hostil. Loki sabia em quem apostaria caso fosse às vias de fato, mas ele morava na América há tempo bastante para entender que qualquer hostilidade aqui poderia terminar em balas voando em todas as direções. Entretanto, uma Valquíria conhecia a guerra, e este homem atraíra sua fúria. A mão direita dela se flexionou e Jarnbjorn saltou para seu aperto. O policial praguejou baixinho e tropeçou para trás.

O fulgor de calor que tinha corrido pelo peito de Loki voltou. Ele franziu a testa, intrigado, mas atribuiu à dieta constante de vinho e pizza congelada que vinha mantendo. Depressa e habilmente, empurrou Rūna para fora do caminho com o quadril, plantando-se bem na frente do policial, que já estava pegando sua arma de serviço. No entanto, Loki sorriu, bem-humorado e descolado, erguendo Brian para o sargento Fanning ver. A pistola se ergueu, apontada para Brian. Donna caiu no chão, cobrindo a cabeça com as duas mãos.

— Sua preocupação é apreciada, sargento, de verdade. Entendemos que é inconveniente para você vir aqui tão tarde da noite. Mas temo que esta situação seja apenas isso, um inconveniente. Há pouco para ser encontrado aqui além de um homem de cueca com seu lagarto. Um lagarto muito charmoso e bonito, acrescentaria eu, mas nada de sinistro, e sem dúvidas nada que justifique suas vastas habilidades. — O estranho calor em seu peito subiu até a garganta e depois tomou a boca. O cheiro de água de rosas encheu suas narinas e o gosto de mel permaneceu em seus lábios. Os olhos do oficial cintilaram fracamente, mas cintilaram apesar de tudo, brilhando de repente com energia verde.

Meus poderes... Como é possível?

A arma foi baixada. O sargento Fanning piscou com força, cambaleando como se estivesse subitamente bêbado. Loki empurrou a mão de Rūna para trás dela, escondendo o machado.

— Ele é impertinente e...

— Está sob controle — falou Loki para ela em um sussurro, com a mandíbula cerrada. — Só precisamos que eles desapareçam. — Depois, alegremente, dirigiu-se ao policial. — Está tudo sob controle. Você é bastante inteligente para ver isso. Com certeza você e sua parceira têm assuntos mais urgentes.

O sargento Fanning assentiu, saiu cambaleando, pegou o rádio e chamou sua parceira de volta ao carro.

— Está tudo sob controle. Temos assuntos mais urgentes.

Loki esperou até que o carro da polícia se afastasse antes de se abaixar para ajudar Donna a se levantar. Ele a segurou com o braço estendido.

— Você está bem?

— Mãe de Deus, *o que* está acontecendo aqui? — murmurou ela, um brilho assombrado em seus grandes olhos azuis. — E por que ela tem um machado? — Donna gesticulou com o celular na direção de Rūna. — Você é o quê? Namorada dele? Ex-mulher? Vai ajudá-lo a me pagar pela despesa do hotel? — Em seguida, ela se virou para encarar o trailer e riu enlouquecida. Na verdade, a noite tinha sido um choque para ela. — Se-será que o seguro cobre até martelos que caem do céu? — Voltando-se de novo para ele e Rūna. — Ou talvez eu devesse perguntar a vocês dois, já que parece que vocês vieram do maldito espaço sideral!

— Ela sabe? — perguntou Rūna, tensa, arqueando uma sobrancelha.

— Não — gemeu Loki.

— Sei o quê? — perguntou Donna, puxando a manga de Loki.

— É complicado. Eu sei que digo isso demais. Vamos, vocês duas, vamos voltar para dentro, onde poderemos discutir isso sem uma plateia. — Ele esboçou um sorriso e acenou para Stella e os outros que estavam na varanda do outro lado da rua. Eles retribuíram o gesto. Depois voltou para o trailer, onde a cratera na cozinha continuava a fumegar. A casa, que já estava torta, começava a desabar, cada extremidade mergulhava em direção ao meio. Não estava claro se o banheiro ainda existia, embora não houvesse água espirrando, o que era um sinal positivo. O sofá permanecia de pé, embora a mesa de centro tivesse tombado, espalhando livros e latas de refrigerante vazias pelo chão fortemente íngreme. A televisão tinha escorregado do suporte e agora estava de cabeça para baixo, com os pés para cima, os fios jogados e enrolados no tapete. Pedaços de detritos do teto e do isolamento obstruíam o que restava do caminho da porta até a cozinha. As bordas afiadas da cratera curvaram-se para dentro. Ele deu a volta, deixando Brian na bancada quebrada enquanto tirava três canecas do armário. Pelo menos o fogão não havia sido destruído, desse modo, ele colocou a chaleira no fogo.

Rūna entrou na cozinha, cercando-o.

— O que quer que você tenha feito com aquele homem horrível, faça com ela.

— O quê? — suspirou Loki e colocou um saquinho de chá para dormir em cada uma das canecas. — Não vou fazer isso. Ela não fez nada para merecer isso.

— Ela não deve saber da verdadeira importância do martelo — sibilou Rūna.

— E por que não? — Loki girou e encarou-a nariz contra nariz. Um rubor abrasador subiu por seu pescoço. — Por que não? Thor pode ter uma família inteira aqui e fazer o que quiser e tudo mais e nunca contar para mim ou para meus pais ou para qualquer outra pessoa, mas Donna, que não fez nada além de me apoiar desde o momento em que cheguei aqui, merece a ignorância? Não, Rūna, eu me recuso. Não vou interferir na mente dela. Eu... já a fiz passar por coisas demais.

Donna estava sentada, calma, no sofá, claramente fingindo não ouvir. Rūna esticou a cabeça para trás.

— Como você *conseguiu enfeitiçar* aquele homem? Os olhos dele se encheram com uma luz muito estranha.

— Não sei — respondeu Loki, genuinamente perplexo. — Mas se estamos começando o interrogatório, Mjolnir simplesmente caiu pelo meu maldito telhado. Por acaso você sabe alguma coisa sobre isso?

A chaleira assobiou. Loki encheu as canecas e entregou a de Donna, depois voltou para a cozinha. Seus olhos se desviaram para a cratera e o martelo; não pôde evitar. Como eles iam tirar aquela coisa do chão?

Rūna cheirou o chá e torceu o nariz, enojada. Havia um distinto ar de culpa nela, uma evasão em seu olhar, olhos que se distanciaram brevemente enquanto ela considerava a pergunta dele.

— A rainha decidiu enviar Mjolnir para Midgard, acreditando, suponho, que você não estaria completamente além da redenção.

Loki olhou além dela, observando silenciosamente o martelo.

— Ela pensa que eu...

Não, ele não diria a palavra. Rūna suspirou.

— Você discorda.

— Isso pouco importa — respondeu ela. — Não procurei o rei e a rainha apenas por sua causa. Mjolnir deve passar para o próximo portador e, quer ela saiba disso ou não, esse portador deve ser a filha de Thor. Ela vai precisar de orientação. Ela vai precisar de nós.

O estômago de Loki embrulhou em descrença.

— Você contou aos loucos dos meus pais sobre a família secreta do menino de ouro deles? A neta escondida? Você perdeu completamente o juízo? Conhece Odin. Ele vai invadir este reino para recuperar a herdeira se for necessário!

Ele olhou para Donna, que não havia tocado no chá, mas estava sentada ereta, com o ouvido voltado para eles para escutar com mais facilidade.

Rūna bateu a caneca no balcão.

— Você julga mal seus pais, como sempre fez. Odin foi... Odin, mas Frigga argumentou a favor da razão e da paciência, defendendo você, entre todas as coisas.

Ele a deixou e levou o chá até o buraco no chão. A presença pesada e silenciosa do Mjolnir apenas zombava dele.

— Ela o enviou para a menina — murmurou Loki, sombrio.

— Não, idiota, ela o enviou para você.

Era uma piada triste, doentia e distorcida. Não havia como voltar atrás. O que era um peixe sem barbatanas, um pássaro sem asas, um Loki sem magia?

O que era um Loki sem Thor?

O que eu sou?

— Não parem por minha causa — falou Donna, rindo, bebendo alegremente de sua caneca. — É como ter *Game of Thrones* na minha sala.

Loki deu um meio sorriso e ponderou o novo enigma diante de si. Era obscuro e talvez apenas o truque de um coração vilanesco, mas ele sentia que o irmão estava próximo. Isso não acontecia desde a morte dele. Despertou algo, trouxe de volta à vida um desejo morto, um anseio, uma fome, uma ambição que desabrochou em sua mente como uma nova flor negra. Uma garotinha que não o conhecia havia se sentado e limpado seu rosto, contente, seu toque gentil, seu comportamento caloroso, seus olhos azuis sonhadores da cor dos de seu irmão.

Poderia ela ser a arquiteta de sua redenção? Ele poderia realmente mudar?

— Jane Foster nunca vai permitir que você ou qualquer um de nossos parentes se aproxime daquela criança. E, talvez, ela esteja certa em não o fazer. — Ele virou as costas para Mjolnir. — Talvez ela esteja melhor sem nós, e a criança também. Talvez o único verdadeiro direito de nascença da linhagem real de Asgard seja a perda.

O que eu sou? perguntou-se.

Eu sei, respondeu o martelo.

18

Havia uma regra na casa Foster-Thorsdóttir: não existiam perguntas estúpidas, apenas um momento ruim. Era importante para Jane que Quinn permanecesse, acima de tudo, curiosa, e nunca sentisse que não podia pedir ajuda ou conselho a eles — a ela. Mas a regra também reconhecia que a mãe nem sempre estava preparada para 18 milhões de perguntas, subperguntas e dúvidas derivadas, que adultos também precisavam de cochilos e de tempo sozinhos, e era por isso que mantinham um pote de perguntas na mesa da cozinha. Não era nada sofisticado, apenas um pote de manteiga de amendoim de plástico, limpo, com uma fenda na tampa de rosca e decorações desbotadas que Quinn, com cinco anos, havia colado do lado de fora.

Não era fácil conciliar horários, principalmente quando ele insistia em manter seu trabalho terreno, e Jane fez a transição de enfermeira para acadêmica, mas, depois dos dias exaustivos, depois que Quinn ia dormir, havia alguém perto. O simples fato de ter outra pessoa ali, calorosa e disposta a ouvir, tornava tudo administrável. Na maior parte. Quinn tinha sido um furacão quase desde o primeiro minuto. Eles tinham que ser resolutivos com ela, por isso, se mamãe e papai não tivessem energia para perguntas naquele momento, prometiam que qualquer coisa colocada no pote seria abordada. Portanto, Jane não ficou surpresa ao encontrar cerca de trinta pedacinhos de papel enfiados no pote quando acordou no dia seguinte. Alguém esteve ocupada durante a noite.

O apartamento era arejado, pintado em tons suaves de azul e cinza, com colunas de aço preto e concreto aparente. Cortinas marfim dramáticas como as de novela ondulavam sobre as janelas que iam do chão ao teto. Uma luminária poliédrica desconstruída pendia acima da mesa da cozinha de conceito todo aberto. Quando ela e Quinn chegaram, Jane sentiu um leve pânico constante, intimidada pelo branco de museu em tudo, pelos sofás imaculados que custavam mais do que o programa de doutorado dela, pelos vasos e lustres altamente quebráveis que praticamente imploravam para serem destruídos pelo demônio do caos que era sua filha, arrumação perfeita de tudo.

Tudo isso deixou de ter importância no minuto em que Thor se foi. Ela não conseguia reunir energia para se preocupar com isso. Se Quinn deixasse uma mancha de geleia no sofá de couro Chesterfield, o mundo continuaria girando, um pouco mais pegajoso, talvez, mas sem entraves. Às seis em ponto, ela acordou com o pote de perguntas lotado e muitas mensagens de texto não respondidas no celular. Dean e Matt checando como ela estava; a terapeuta de Quinn precisava reagendar; uma ex-aluna descobriu que estava na cidade para a promoção do livro e queria sair para jantar; o sublocatário delas no Novo México queria saber se o WI-FI era sempre tão lento.

Jane pegou o Pote de Perguntas e desabou na mesa da cozinha. Seus soluços se transformaram em risadas, enquanto ela pressionava os joelhos no tapete macio e deixava a ficha cair, mais uma vez, de que *isso estava realmente acontecendo.* Thor não ia voltar. O traste do irmão dele estava tentando se intrometer na vida delas. Tony Stark queria que ela ajudasse a cometer crimes de guerra contra vikings espaciais. Ninguém mais ia ajudar com o Pote de Perguntas. Estava tudo por conta dela agora. Thor não estaria lá para colaborar. Todas as horas de sono, todas as manhãs de escola, todos os términos, eventos esportivos, bailes de formatura, eventos da vida, ela teria que administrar. A alegria e a tristeza, dela e somente dela. Parecia que a dor em seu coração iria matá-la.

Você é muito resistente, diziam os cartões de condolências. *Isto também vai passar.*

Ela não se sentia resiliente. Estava se afogando. Perdida.

Seu celular tocou, vibrando e deslizando pela mesa. Jane o pegou, grata pela distração, e atendeu sem checar o identificador de chamadas.

— Alô? — atendeu, fungando, de alguma forma bufando um som humano.

— Dra. Foster! Bom dia! — Era Pepper Potts. Pela tom de voz, parecia que ela estava em outro fuso horário, em outro planeta, em algum lugar de onde o sono vinha com facilidade e persistia. Ela queria saber por que Jane não estava respondendo às mensagens de Tony. As mensagens que ele tinha enviado às três e dez da manhã.

Nossa, por que será?

Era a falta de café que estava falando, Jane tinha certeza, mas por um instante ela se perguntou se aquelas pessoas eram reais ou apenas cérebros humanos alojados em corpos de robôs. Quando eles descansavam?

— Estamos enviando o carro — informou Pepper. — Pode estar pronta em trinta minutos? Traga sua filha! Estamos todos morrendo de vontade de conhecê-la.

Jane descansou de joelhos. *Não consigo fazer isso, não consigo fazer isso, não consigo fazer isso.*

— Claro, sim — murmurou Jane. — A babá dela tem que ir para o outro trabalho hoje.

— Ah, isso não é problema! Claro, temos creche na torre. Maravilha, maravilha. O carro está pronto, vai chegar em trinta minutos, está bem?

Pepper desligou. Lentamente, Jane se levantou do chão. Agarrando o pote, abriu a tampa e jogou todos os pedaços de papel dobrados na mesa de vidro da cozinha. Um caiu entreaberto, longo e estreito como se tirado de um biscoito da sorte.

Por que não posso conversar com a Princesa Guerreira?

Jane pegou a bolsa na bancada de granito da cozinha e jogou os papéis com as perguntas nela. Talvez pudessem comer uma fatia de pizza no almoço e passar algumas delas. Ela com certeza não ia tentar fazer isso a caminho da Torre Stark, já que imaginava que o carro estava cheio de microfones. Até mesmo fingir ajudar Tony Stark parecia uma traição. Já estavam enviando o carro. Tudo bem. Ela levaria Quinn com ela, faria uma parada rápida e avisaria Tony que não ia continuar no projeto. Era perigoso demais. Se não tomasse cuidado, ele ia descobrir o quanto ela realmente sabia sobre Thor, Asgard e buracos de minhoca. Se ele tinha alguém a observando, então definitivamente a viram conversando com a Valquíria e Loki. Ser vista com eles na Times Square era tão discreto quanto o arranha-céu de Stark.

E uma parte cada vez mais perturbada dela insistia que ele já sabia. Ela tinha que parar e recuperar o fôlego. Seu sistema nervoso não estava apenas desregulado, era um homem maluco acenando em um tornado.

— Essa é sua bagunça — murmurou para um Thor ausente. — E aqui estou eu, limpando tudo.

Ele nunca esteve tão longe ou tão distante.

Se Stark sabe... Não, ela tinha que seguir o plano. Em breve, Stark seria apenas uma história estranha para jantares futuros.

Quinn saiu do corredor mais à esquerda em seu pijama de dinossauro. Era hora de começar o dia. Ambas precisavam de algo para comer e Jane precisava de café. Enquanto se preparavam e comiam, Jane sentiu a filha se contendo, o rosto esticado como uma bolha prestes a estourar. Ela provavelmente já tinha mais seis perguntas prontas para jogar no pote. Tornou-se demais para conter, e Quinn, sentada à mesa da cozinha, balançando as pernas livremente, dobrou uma de suas panquecas igual a um taco, deu uma mordida e perguntou:

— Por que você odeia tanto o tio Loki?

Porque ele é literalmente o Deus da Trapaça. Porque ele matou seu pai. Porque ele é um carro de palhaço cheio de crimes. Porque ele nunca, jamais, demonstrou um pouco de bondade ou compreensão para com o irmão.

— Lembra como conversamos sobre o que significa ser uma pessoa em Asgard? — Jane, em vez disso, respondeu gentilmente.

— Aham.

— Certo. Seu pai e a família dele não são como nós e não são como seus amigos e as famílias deles. A família de Dom ou a família de Noah não são como eles. Os pais deles fazem coisas normais, como ser advogado, professor ou programador. A família do papai não é assim. Eles têm... coisas específicas em que são bons. Certas ideias que representam. — Jane já tinha praticado esse discurso antes e ainda bem que havia feito isso. Era cedo demais para ter Conversas Importantes. Em algum momento, Quinn ia precisar saber toda a verdade, mas por enquanto ela tinha uma versão resumida da realidade. Papai viaja a trabalho. A família do papai mora longe, mas eles amam muito você. E tudo mais.

— Bem, sim, papai é o Deus do Trovão — declarou Quinn, terminando sua panqueca.

— E seu tio é bom em coisas que não são muito legais — completou Jane.

— Ah. Como peidar e bater? — Quinn se levantou, gritando a pergunta enquanto desaparecia para tirar o pijama.

Jane sorriu para o café enquanto limpava o balcão e guardava os ingredientes do café da manhã. Quando Quinn apareceu usando camiseta e shorts jeans, Jane estava pronta para dar uma resposta.

— Pior que isso, querida.

— *Ah.*

— Sim.

— E ele queria fazer essas coisas? — perguntou Quinn. Ela avaliou acertadamente que era hora ir, pegou a mochila do sofá, a camisa de flanela lavada do pai e foi para perto da porta.

— Bem... eu não sei. Não sei exatamente como isso funciona — respondeu Jane. Sua bolsa farfalhava com os pedaços de papel dentro, como se ela estivesse carregando uma bolsa cheia de folhas secas. — Quer ele tenha escolhido ou não, é assim que as coisas são. Em Asgard, na terra do papai, ele é o Deus da Trapaça.

Quinn franziu a testa. Ela já tinha um vocabulário irritantemente grande.

— A trapaça não é de todo ruim. Não significa ilusão também?

— Ele prefere uma interpretação bem liberal da palavra.

— O que quer dizer? — perguntou a filha, correndo para o corredor na frente de Jane.

— Que ele não apenas cria ilusões, ele é mau. Muito mau.

— Tio Loki é mau? — Quinn ofegou.

— Sim — confirmou Jane, cansada. — E é por isso que temos que ficar longe dele.

Quinn refletiu sobre isso enquanto as duas desciam juntas até o carro. Já estava lá, adiantado. Quando entraram, com o motorista segurando a porta, havia uma caixa com diversos bagels no banco do meio. Eram da Lanchonete Mike. Alguém tinha ido até Washington Heights comprar. Jane lançou um sorriso pálido para o motorista.

— Você quer um? — perguntou.

Ele se escondeu atrás do boné e deslizou para o banco da frente.

— Não, obrigado, senhora. Por favor, aproveite.

— Bagels! — exclamou Quinn, mergulhando em direção a eles.

Sua filha devorava um bagel de mirtilo feito uma hiena selvagem, enquanto Jane olhava pela janela, perdida em pensamentos. Essa era a coisa certa a fazer, ir até lá e falar pessoalmente para Tony que não estava mais disposta a prestar consultoria. Depois que fizesse isso, levaria Quinn para algum lugar fora da cidade para umas longas férias, exatamente como Dean havia sugerido. Seu editor entenderia que ela precisava terminar a divulgação mais cedo. Isso era urgente. Elas iam se esconder por algum tempo, só até Tony Stark e tio Loki perderem o interesse.

Quinn adorava a praia. Elas podiam apenas alugar uma casinha ou uma cabana em algum lugar quente. Ia ficar tudo bem.

Jane não se sentia bem em deixar a filha no grupo de recreação das Indústrias Stark, mas também estava ficando desconfortável com a quantidade de dinheiro que ele tinha lhe dado para a babá. Até agora, não havia assinado nada mais forte do que um contrato de confidencialidade e pretendia continuar assim. Gwen estava trabalhando meio período naquele dia, e Jane não ia apresentar a filha ao megalomaníaco esquisito que construía máquinas apocalípticas no porão. A porta de correr de vidro da creche se abriu e um jovem arrumado, em um agasalho, cumprimentou-as com um sorriso radiante. Ele se ajoelhou, apresentando-se a Quinn, e entregou-lhe um tablet em uma capa prateada das Indústrias Stark.

— Ficamos muito contentes por você estar aqui — falou ele. — Vamos nos divertir muito. Entre, estávamos apenas começando a construir um mundo colaborativo usando aprendizado de máquina e a boa e velha imaginação!

— Certo, isso parece estranho — disse Quinn, dando de ombros. Ela não parecia entusiasmada. — Acho que meu mundo deveria ter Darth Vader como presidente, mas dessa vez ele também é um mestre em artes marciais, talvez faixa preta, mas além disso? Ele é o Deus do Trovão e tem doutorado. Ciência *e* magia. *Sim*. Mas ele também é sensível e seu gabinete é administrado por animais resgatados.

— Boa sorte — disse Jane para ele, e deu um tapinha na cabeça de Quinn antes de encontrar Pepper perto da recepção do lobby.

— Como estavam os bagels? — perguntou Pepper, acompanhando-a até os elevadores.

— Quinn amou, obrigada.

— Ela é adorável. Aqueles olhos! Ela pratica esportes? Parece uma atleta nata. As futuras Olimpíadas devem ficar de olho!

Jane franziu a testa. A menina já era enorme para sua faixa etária e devorava tudo o que podia.

— Só estou tentando mantê-la viva a esta altura.

— Não se preocupe, dra. Foster. Ela vai se divertir muito com Jason, ele é tão, tão bom com crianças. Nossa creche foi eleita o melhor cuidado infantil corporativo por dois anos consecutivos e estamos excepcionalmente orgulhosos disso — declarou Pepper, radiante pela conquista. O elevador chegou e Jane sentiu um aperto no estômago quando entraram. Tony Stark não lhe parecia alguém que ouvia *não* com muita frequência.

Pepper a acompanhou apenas até a parada na oficina.

— Haverá alguma papelada para você depois da reunião de hoje. Tudo está acontecendo muito rápido nesse projeto. Típico de Tony. Mas realmente peço desculpas por nossos advogados terem demorado tanto para aprovar o contrato.

Não deveria ter se dado ao trabalho.

Desta vez, Tony não estava sozinho em sua caverna de trabalho. Havia uma agitação, principalmente na entrada de serviço à direita do elevador. Funcionários de carregamento transportavam enormes caixotes de plástico preto. Não tinham nenhum rótulo. Tony supervisionava a distribuição dessas caixas, orientando os trabalhadores aqui e ali como um maestro de orquestra. Ou ele tinha muitas roupas iguais ou não tinha se trocado desde a última vez que ela o viu.

— Dra. Foster! Excelente, excelente, excelente. — Ele a viu andando devagar pela passarela iluminada em direção aos computadores, monitores e hologramas no piso elevado na parte de trás do espaço de trabalho. Com um fone sem fio no ouvido, Tony ergueu uma das mãos em direção a ela enquanto girava em círculos em meio ao caos. — Não, ouvi, sim, mas acho que precisamos reestruturar o cronograma disso. Já houve uma resposta enérgica dos mercados estrangeiros, mas podemos esperar até a demonstração. Quando? Como eu disse, a linha do tempo sempre muda. Ajustes a cada hora. A todo minuto. — Neste ponto ele fez uma pausa e piscou para Jane. — Devemos saber mais nos próximos quinze minutos ou mais. Sim, sim, sim, diga aos idiotas do alto escalão para tomarem um suco e tirarem uma soneca, podemos nos reunir com eles no final da tarde.

Ele arrancou o aparelho da orelha e desceu a escada curta em direção a ela.

— Simplesmente a mulher que eu esperava ver. A mulher do momento, na verdade!

— O que está acontecendo? — perguntou ela, observando ansiosamente conforme mais e mais caixas eram empilhadas atrás dele. Seu coração foi parar na garganta.

— Um avanço — disse Tony. — *Avanços*, na verdade. O Chefão finalmente entregou a mercadoria. — Ele a conduziu de volta pelo caminho por onde viera, subindo as escadas até uma caixa que já estava aberta com um pé de cabra, com flocos de isopor transbordando da borda, espalhados pelo chão. Abrindo a tampa, Jane sentiu a respiração presa na garganta. A cabeça de metal vazia e sem vida do Destruidor asgardiano a encarou. — Mas espere! — ele gritou, rindo. — Tem mais!

— Ai, caramba — respondeu ela, em voz baixa.

— Deleite seus olhos — sussurrou Tony, apontando para o visor holográfico azul neon que girava além de sua mesa — com o poder que me permitirá criar meu próprio buraco de minhoca. Teremos que reformular isso após a demonstração. Há algo meio desagradável na expressão *buraco de minhoca*, sabe? Mas podemos pensar nisso mais tarde...

Jane estava ignorando-o e olhando para um mapa topográfico e algum tipo de drone que atualizava sem parar com leituras e flutuações de energia. Seu cérebro forneceu todas as centenas de milhares de razões pelas quais Tony Stark nunca seria capaz de fazer engenharia reversa em um buraco de minhoca, não importava quanto dinheiro ele gastasse nisso, mas nesse momento notou os diferentes balões quadrados ao longo das bordas do holograma.

ENERGIA ELETROMAGNÉTICA
ENERGIA ESCURA

Inclinando-se para ele, não precisou fingir estar atordoada.

— O que você acha que está gerando esse tipo de energia?

— Isso. É isso. — Tony virou-se em direção a um dos monitores suspensos acima de sua mesa. — J.A.R.V.I.S., mostre o clipe para ela.

— Imediatamente, senhor — disse a voz roboticamente educada de seu mordomo de IA.

Jane estava familiarizada com o dia em si, mas não com aquela filmagem. Era um trecho isolado de uma gravação feita por uma câmera profissional. Provavelmente, coisa do governo, pensou, estável e nítida demais para ser de uma câmera de celular ou de um canal de notícias. Mostrava o martelo de Thor, Mjolnir, no chão, não muito longe do próprio Tony. Em câmera lenta, um vórtice de energia girou em volta do martelo, formando um túnel, fractais de luz dançavam ao redor do cilindro antes que Mjolnir fosse sugado para o céu. Ela se perguntou se Tony conseguia de fato ouvir quão forte seu coração batia contra as costelas.

— Exatamente as mesmas leituras de energia — murmurou Tony. — Temos dados no local, do Departamento de Defesa e de satélite confirmando isso. É esse martelo. Ele viajou para algum lugar em um buraco de minhoca e depois retornou.

Ruim. Isso era Ruim com R maiúsculo. Mjolnir tinha retornado ao reino deles. Era a única coisa que ela precisava que ficasse longe, muito longe, em segurança em Asgard, protegida das pessoas que perguntavam: *Podemos?* em vez de *Devemos?* Pessoas como Tony Stark.

De alguma forma, ela sabia que Loki tinha algo a ver com isso.

Jane prendeu o gemido antes que escapasse de sua garganta. Estava ali apenas para desistir, mas também para garantir que Tony não obtivesse sucesso. Esses objetivos agora andavam de mãos dadas. O que vinha primeiro, ela teria que reconsiderar.

— Sem dúvidas, esse objeto não está gerando o próprio campo de energia forte o bastante para viajar espontaneamente pelo espaço-tempo. Deve haver algo movendo-o de um lugar para outro.

Algo como, digamos, a Bifrost controlada por alguém como Heimdall.

Jane deu de ombros de leve, mas decorou as coordenadas no mapa, gravando-as no cérebro. Conseguia sentir a respiração dele em seu ombro, em seu pescoço, enquanto ele observava o holograma.

— É a chave — falou ele. — Eu sei que é.

Ela lançou um olhar para a cabeça do Destruidor aninhada, inerte, na caixa. O que um homem como Tony Stark faria quando percebesse que era impossível mover Mjolnir, empunhável apenas por aqueles que são dignos? Ele moveria céus e terra. As caixas finalmente tinham sido todas descarregadas no espaço de trabalho dele. Com poder, com dinheiro, com influência, ele tinha espoliado o governo de tecnologia alienígena nunca vista. Ele nunca ia parar.

— A chave — Jane repetiu suavemente. — E agora?

— Aproveitamos o poder desta coisa para o projeto — declarou ele, afastando-se. Girando até a mesa, abriu uma gaveta de cima e tirou uma bolsa de náilon vermelha. Abrindo o zíper, ele verificou o conteúdo e entregou a bolsa para Jane. — Vou enviar você para Buffalo para cuidar da recuperação. Quero que você seja a primeira a pôr os olhos nisso e que sua experiência lidere nossa abordagem. Presumo que tenha um tablet? O que estou falando? Você tem uma filha, claro que tem um.

Jane assentiu, entorpecida.

— Há um chip aqui, coloque-o no USB do seu tablet e lhe dará uma conexão com o J.A.R.V.I.S. Há mais tecnologias na bolsa, ele irá orientá-la. O que achou de Kevin?

Ela ficou olhando.

— Kevin?

— O motorista. Aquele a quem você ofereceu um bagel? O cara que vai buscar você todas as manhãs? Kevin?

— Kevin! Ele é ótimo, acho, por quê?

— Vou mandá-lo com você por segurança. Meus drones não detectaram nenhuma atividade no local que exigisse uma presença maior. Na verdade, acho que quanto mais discretos formos nisso, melhor. Você tem um toque leve, use-o. Se algum dos moradores causar problema, Kevin estará lá. — Tony tocou o ombro dela, inspirando fundo. — É isso, certo? O ápice do trabalho da sua vida. O ápice do meu. Estamos fazendo algo especial juntos aqui. Está empolgada? Eu estou… Olha, não durmo há dias, para ser honesto, então, sei que está tudo… — Ele fez um movimento como se esfregasse uma mão no rosto e emitiu um som de vômito. — *Blergh!* Horrível, tenho certeza. De qualquer forma. Está empolgada, Jane?

Ele a pegou pelos ombros e a sacudiu, rindo.

Jane separou os lábios e mostrou os dentes.

— É… uau. Ainda não caiu a ficha. Tenho certeza de que parecerá mais real quando eu colocar os olhos nessa coisa. Empolgada é pouco.

— Aí está minha garota, esse é o espírito. — Tony ergueu o punho. — Fale com Pepper sobre os preparativos para sua filha, tenho certeza de que ela consegue encontrar uma pessoa ótima em pouco tempo.

Jane pegou dele a bolsa de náilon vermelha e hesitou.

— Prefiro levá-la comigo.

Tony levantou uma sobrancelha.

— Ah. Tem certeza?

— Sim — respondeu Jane. Ela ia chegar até o martelo antes de Tony Stark, eles iam descobrir o que fazer com ele, e depois ela ia desaparecer com Quinn até os confins da terra. Se tudo corresse conforme o planejado, nunca mais veria o rosto presunçoso dele. Nem teriam internet para onde quer que fossem, apenas sumiriam.

Era uma esperança fraca, mas parte dela se perguntava se Asgard as aceitaria.

— Sim — repetiu ela. — É um momento difícil para nós agora. Não gosto de ficar longe dela.

— Entendo. — Tony recolocou o fone no ouvido e virou-se para a caixa aberta. Reverente, ergueu a cabeça do Destruidor para fora da caixa, grunhindo com o esforço. — Pepper vai reservar um assento para ela. É isso, Jane. Está pronta? É isso.

— Estou pronta — respondeu ela. *Para impedir você. Para proteger o legado e a segurança de um lugar que nunca sequer reconheceu que existimos. Talvez eles não saibam. Talvez não importe.* A presença do Destruidor a enervava. Ela enfiou a bolsa de náilon na própria bolsa e correu de volta para os elevadores.

———

Jane não viu o pedaço de papel dobrado que caiu no chão quando ela saiu, mas Tony viu. Ele colocou a cabeça do Destruidor de volta na caixa. Pegando o papel dobrado, ele brincou, distraído, com as bordas duras, sentindo-se curiosamente em paz.

Tudo estava caminhando como deveria. Progresso. Sucessos.

Está acontecendo, Happy. Não vou deixá-los escapar impunes pelo que fizeram a você.

Sentia-se melhor agora que o Destruidor estava no lugar ao qual pertencia. Não poderia machucar as pessoas erradas nunca mais. Tony se certificaria disso. Apoiando-se em uma das pesadas caixas de entrega, abriu o pedaço de papel da bolsa de Jane, curioso. Havia um rabisco infantil e uma única pergunta:

Se papai era o Deus do Trovão, ele está conosco sempre que há uma tempestade?

19

Loki acordou no sofá, com as pernas para fora, chutando demônios invisíveis.

— Calem-se! — gritou, terminando uma discussão que havia começado nos sonhos. Na cabeça dele. Ele rolou parcialmente para o chão. Os espectros iminentes haviam desaparecido e ele se viu sozinho no florescer amarelo-manteiga do início da manhã que se erguia contra as sombras.

Ainda aqui. Não vou a lugar nenhum.

Ele estava imaginando as vozes. Tinha que estar. Não era Rūna, ela estava sabe-se lá onde fazendo sabe-se lá o quê. A garganta dele estava seca. A cabeça dele latejava. Rūna e Donna tinham conseguido colocar uma lona em cima do buraco gigantesco no teto, mas isso não ajudava em nada para impedir a entrada dos sons dos carros que passavam e dos latidos dos cães. Era difícil dizer se ele havia dormido, mas com certeza sonhara.

Chutando os livros e revistas para fora do caminho, ele foi até a cozinha, servindo um copo grande de água da torneira e bebendo, enquanto os pássaros começavam a chamar uns aos outros ruidosamente. Era o início de mais um dia, mas para ele parecia outra coisa, talvez o início de um tipo diferente de encarceramento, um castigo mais cruel.

Mjolnir esteve aqui. O martelo de seu irmão.

Não podia simplesmente ficar ali. Implorava para que algo fosse feito com ele.

A maldita coisa era tanto seu irmão quanto a arma escolhida pelo deus. Os dois não podiam ser separados. O fato de agora estar fumegando no que restava de sua sala era incrivelmente irritante. Não tinha chegado ali por acidente. Os deuses não faziam nada de forma arbitrária. De forma estúpida? Com certeza, o tempo todo. Mas não de forma arbitrária. A mãe dele acreditava mesmo que ele era digno de empunhá-lo? Por acaso ela esqueceu cada momento da vida dele até aquele? Ela estava, ora, *bem*?

Loki largou a caneca na pia e caminhou até a cratera, pairando acima do martelo.

— Tem a ver com aquela criança. A mera possibilidade de uma neta já está causando apodrecimento cerebral. Não o quero aqui — rosnou ele. — Zombaria. Você está aqui apenas para zombar de mim.

E, zombeteiramente, o martelo permaneceu. Inerte. Pomposo.

— Vá — mandou ele, furioso. — Volte para Asgard e aguarde a vinda da Preciosa Filha do Escolhido. Essa degradação não basta? As feridas devem ser esfregadas e salgadas?

Parecia apenas rir dele. Ele precisava dormir. Estava imaginando coisas.

— Vai ficar satisfeito se eu tentar e falhar? É isso que você quer? Foi por isso que veio? Para completar minha humilhação? Muito bem. Observe. Aproveite, não vou tentar de novo.

Loki deslizou para dentro do buraco, sem se importar com os cacos de piso laminado que rasgaram sua camisa. O martelo se ofereceu. Vulnerável. Tentador. O cabo parecia pedir uma mão, sussurrar possibilidades e poder, portanto, Loki atendeu. Inclinando-se, grunhindo, agarrou Mjolnir, sabendo que este lhe resistiria, e puxou. Uma voz maldosa em sua cabeça sugeriu que talvez pudesse funcionar, pudesse se mover, mas é claro que não funcionou. O martelo não era apenas pesado demais para ser erguido, não era apenas impossível de mover, mas também se esforçava ativamente contra ele.

Mas e se...?

Não, nunca.

— Entretanto, todas as coisas que eu poderia realizar com você — sussurrou Loki. O suor se acumulava em suas têmporas. — Não fica curioso?

Depois de semanas de observação, ele sabia quais eram as pequenas mágoas anestesiantes que motivavam a maioria dos midgardianos. Eles ansiavam pela doce complacência do conforto. Ainda mais, desejavam autoridade, sempre buscando heróis e salvadores, um deus carismático que prometesse que eles estavam seguros, que estavam fazendo tudo certo. Loki poderia lhes dar isso com facilidade, mesmo sem seus poderes asgardianos, mas imaginar seu trono de serpente e as massas suplicantes mal despertava seu interesse. Evocou, na melhor das hipóteses, um meio sorriso vacilante.

Loki segurou o martelo de novo, puxou, praguejou e lutou, mas ele resistiu com firmeza.

O que era a vitória, o que era a dominação, se não houvesse Thor para vê-lo obtê-la? Se não houvesse uma força igual e oposta que agisse contra ele? Quem seria seu rival agora? Uma garotinha?

— Estou farto de você — murmurou ele, saindo da cratera e ajeitando a camisa. Pegou um cobertor de lã do Buffalo Bills do sofá e usou-o para cobrir o martelo. O que os olhos não veem o coração não sente. — Se for embora, e deveria ir, deixe o cobertor. Já tirei o suficiente de Donna.

Loki tirou o pijama e colocou um jeans surrado e uma camisa verde de brechó que dizia Lewiston Jazz Festival com um design simplificado de trompete atrás. Ele calçou os tênis e arrastou o corpo sem cafeína pelo gramado da frente de Donna até o portão do quintal dos cachorros. Vários rostos peludos o encontraram na cerca, abanando o rabo, suas opiniões sobre ele inalteradas. Havia consolo nisso, nos olhos escuros e brilhantes das feras que confiavam nele. No quintal, ele renovou as tigelas de água e jogou cordas e bolas para os cachorros por um tempo, esperando até a hora habitual de alimentá-los para pegar a ração do galpão dos fundos de Donna e servir comida para todos. O ASMR contente de mastigação e mordidas tomou o quintal, e Loki se permitiu aproveitá-lo por um momento, antes que a porta traseira de correr do trailer de Donna se abrisse e ela gesticulasse para que ele se juntasse a ela lá dentro.

O trailer de Donna era maior, mais aconchegante e mais limpo do que a casa de hóspedes que ele ocupava na propriedade dela. O interior cheirava a bacon cozido, um rádio no balcão emitia um murmúrio baixo de vozes discutindo a atual temporada de esportes e as próximas. Dois grandes sofás de couro formavam um L na frente da televisão na parede. As paredes vermelho-maçã estavam cobertas com molduras de madeira, rostos sorridentes mostravam Donna com seus irmãos.

Havia café quente esperando por ele no bar-barra-balcão que cercava a cozinha. Ele se sentou em um dos bancos de madeira desgastados e deixou que ela servisse um pouco. A juba selvagem de cabelo azul de Donna estava puxada para cima com um frufru de cabelo, criando uma nuvem macia no topo da cabeça. Seu pug, Thurman Thomas, roncava no sofá, enrolado feito um croissant amassado. Pelo silêncio e pelas olheiras de Donna, ficou claro que ela também não tinha dormido.

— Acho que você me deve uma explicação — disse ela, preparando sua própria caneca de café. Muito açúcar, uma pitada de leite de avelã. — Talvez várias explicações...

Loki assentiu, olhando para a poça preta na própria caneca. Uma película quase iridescente de óleo girava no meio dela com o puxão hipnotizante do caldeirão de uma bruxa Völva. Ele não tentou mentir. Não resistiu ao olhar insistente de Donna.

— Sente-se — instruiu-a gentilmente. — Pois tenho muito que contar...

Ele começou do início, com o ciclo de nascimento e morte chamado Ragnarok. E depois, falou livremente sobre a própria vida no atual ciclo, sobre seus pais adotivos, Odin e Frigga, sobre seu irmão, Thor, e sobre a guerra contra os Gigantes de Gelo, que o levou a ficar órfão para começar. Tudo o que conseguiu lembrar, bom e ruim, contou para ela. E sem malícia ou orgulho, explicou a série de acontecimentos que levaram ao seu exílio na Terra.

— Na noite em que você me encontrou no bar eu estava perdido, um bebê vagando por uma floresta escura — declarou ele, finalizando. — Ah bem. Tenho certeza de que você tem dúvidas — falou.

Donna encheu seu café novamente.

— Hum. Algumas.

Loki sorriu.

— Só algumas, é? Então, responderei algumas.

— Bem, para começar, por que matar seu irmão? — perguntou ela, sem rodeios, no verdadeiro estilo Donna.

— Eu não queria que ele morresse — respondeu Loki. — Humilhá-lo? Feri-lo? Sem dúvida.

— Mas você tinha que saber que ele *poderia* morrer.

A declaração o assustou um pouco.

— Isso nunca tinha acontecido antes, nem em mil anos de rivalidade. — E havia o Ragnarok a considerar; nenhum dos outros sinais da profecia havia aparecido. Parecia impossível que o ciclo fosse mudar desta vez.

Donna franziu a testa.

— Hum. Certo. E quanto a isto: se você é o grande malvadão, por que sua mãe atirou o martelo do seu irmão no meu telhado? — perguntou ela. — Parece que ele era do tipo heroico, e você é...

O vilão. Loki não falou nada, tomando café, interessado na conclusão dela.

— E você é você — completou Donna. — Qual é o jogo deles?

— Segundo Rūna, minha mãe acha que eu poderia empunhá-lo — respondeu ele. — Mas tenho minhas dúvidas. Talvez ela considere meu desalento como prova de culpa. Ou talvez ela tenha descoberto um amor por mim que não conseguia acessar antes. — *Quando importava.* — Não sei. A dor enlouquece todos nós.

Donna bebeu de sua caneca.

— Para mim, parece uma jogada desesperada.

Ele já tinha assistido a futebol americano universitário e gravações de Super Bowls antigos com ela o bastante para estar familiarizado com o conceito.

— Um teste — murmurou ele. — Em vez de um insulto?

— Pode ser. — Ela deu de ombros e encostou-se pesadamente no balcão. — Você disse que a anã que lhe ajudou não é quem disse que era, certo? E Rūna pensa que ela é problema ou está trabalhando com o problema. Talvez queiram que você erga o martelo para lutar contra ela. Talvez queiram que a tal neta deles tenha mais poder do lado dela. Ou, não sei, um amigo. Um mentor. Uma família grande e feliz, sabe?

— Eu causo confusão, Donna. Não costumo acabar com elas.

— Sim, querido, quanto a isso ... Se você é o Deus da Trapaça, ou algo do tipo, não pode simplesmente deixar de ser isso?

— Não, Donna — respondeu em voz baixa. — Eu sou o que sou.

Ela ficou calada por um momento. Ele podia senti-la refletindo.

— Falando nisso — disse ela com um suspiro. — Entre faltar ao trabalho, roubar meu cartão de crédito e arruinar meu trailer, acho que não posso mais ter você por perto, Loki. Desculpe. Lamento por você, mesmo, mas se esse martelo veio para ficar, então preciso encontrar uma maneira de construir em torno dele. Não serei eu quem vai se mudar, será você.

Mesmo que ele previsse isso, doeu mais do que esperava.

— Donna, pessoas virão buscar aquele martelo em algum momento. É poderoso demais para passar despercebido. Como um cadáver se decompondo, vai atrair moscas. Tenho medo de pensar em quem possa desejá-lo, e temo também que você não tenha proteção adequada contra eles — falou ele.

Ela piscou para ele.

— Isso não me pareceu muito vilanesco.

— Eu a considero uma amiga, Donna. Aprendi a confiar em você.

— E eu queria confiar em você. Eu perdoo bastante, querido, mas você está sem chances comigo. Lamento por isso, muito mesmo, mas se você é um amigo, então sabe que tenho que me manter firme. Se você fosse um amigo de verdade, não teria roubado meu cartão de crédito. Você cresceu em um palácio, por isso, talvez não entenda que, para alguém como eu, cada dólar importa. Sua pequena viagem a Nova York fez um rombo grande na minha conta bancária. Não costumo operar com muita margem de manobra. A creche de cães é fixa, funciona para mim, mas estou a uma emergência grave de fechar as portas, entende? — Donna abaixou a cabeça e foi até a pia, olhando pela janela para os cachorros descansando no quintal. — Você pode… pode terminar seu café. Preciso dar um pulo na cidade para comprar mais ração, isso vai lhe dar algumas horas para fazer as malas e seguir seu caminho.

— Donna…

— Lamento, Loki. De verdade. Mas tenho um negócio para administrar e uma vida para viver — falou ela, indo até a porta da frente e tirando as chaves do gancho que havia ali. — Deus ou não, uma garota precisa ter critérios.

A porta se abriu e fechou. Loki deixou o banco e foi até a parede que corria ao longo do corredor curto que abrigava a porta da frente. As molduras de madeira na parede tinham pequenas frases pintadas como "valorize as memórias" e "sempre unidos". Não havia fotografias dos pais de Donna ali. Ele se lembrou de uma noite, duas semanas antes, quando se sentaram no sofá dela com alguns hambúrgueres de fast-food e assistiram a um filme sobre patinação artística. Algo na dinâmica familiar do filme incomodou Donna, e ela se levantou de repente, saiu da sala e voltou com o rosto mais vermelho e coberto de manchas. Ela se sentou com as pernas cruzadas, o cabelo azul caindo sobre um dos ombros, e contou roboticamente sobre sua infância sob o teto do pai. Ele bebia constantemente, às vezes desaparecendo por dias a fio, enquanto os irmãos mais velhos dela cozinhavam um para o outro e para ela, e às vezes iam até as casas vizinhas implorar por lanches quando os armários estavam vazios. Os professores da escola sabiam que deviam prestar especial atenção às crianças da família dela e notificavam a administração quando eles iam às aulas muitos dias seguidos com as mesmas roupas, sujos e mal alimentados. Depois que o pai ficou sóbrio, a mãe voltou, ficou um pouco, mas depois os dois descobriram os cassinos, havendo ainda menos comida em casa, e o sentimento vazio de amor que deveria existir, mas nunca viera.

— Nós nos criamos — contou ela para ele. — Mamãe se recompôs por algum tempo no final, começou a creche para cães, mas ela a teria arruinado se eu não tivesse assumido.

Depois que seus pais tinham morrido, ela arrancou a antiga placa da creche e a renomeou como Cãezinhos da Donna, porque eram seu sangue, suor e lágrimas que mantinham o negócio funcionando, portanto, era hora de ter o nome dela. Um poço de vergonha escura se abriu no estômago dele. Uma coisa era agir contra os deuses ricos e poderosos de Asgard; outra era minar alguém como Donna. Ela já estava em dificuldades, mas compartilhou sem hesitar o pouco que tinha com ele.

E como ele retribuíra sua generosidade?

No sofá, Thurman Thomas resmungou, peidou e se virou no sono. Loki se aproximou e coçou a barriga do pug, olhando para o quintal com os ouvidos zumbindo. Donna estava certa. Ele não havia trazido nada além de caos e problemas para a vida dela.

Havia, no entanto, o problema do Mjolnir. Embora ele tivesse tentado explicar com clareza a ela que ele simplesmente não poderia ser movido, por mais que ela tentasse, ele teve a sensação de que Donna ainda sentia que poderia dar um jeito de tirar o martelo de sua propriedade. Ela não conseguia imaginar o que era realmente capaz de trazer até sua casa; caos e problemas eram apenas o começo. O problema do Mjolnir. Ou poderia ser a solução de que ele precisava?

Loki saiu pela porta de correr dos fundos, aceitou ofertas de carinho dos cães no quintal e correu até o trailer de hóspedes. Determinação, não vergonha, era disso que ele precisava agora. Seu irmão estava sempre falando sobre a capacidade de construção do Mjolnir, alegando que correspondia ou superava sua aptidão para a destruição. Ele caminhou até o cobertor que cobria Mjolnir, puxou-o e saltou no buraco, apoiando um pé contra a terra endurecida sob o martelo, ambas as mãos ao redor do cabo.

— Donna não me mostrou nada além de gentileza — falou ele, fechando os olhos. — O que é mais digno do que o desejo de reparar os erros que cometi contra ela?

Ele respirou fundo e puxou.

Mjolnir resistiu. Ele tentou de novo.

— Mas sinto que mudei — resmungou ele. — Você não consegue ver dentro do meu coração?

Nada. O martelo permaneceu no lugar. Loki se afastou, atacando-o com o pé, enquanto seu temperamento se inflamava.

— Você é um lixo! Um desperdício de metal! Uma vergonha para os ferreiros que o forjaram!

— O martelo julga a pessoa como um todo, não ações individuais.

Loki se virou, surpreso. Rūna estava observando-o sabe-se lá há quanto tempo. Ou ele estava imaginando coisas ou havia um leve toque de decepção na voz dela. Ele podia muito bem acreditar que a mãe de coração mole queria vê-lo empunhar o martelo, mas ele nunca considerou que Rūna pudesse querer o mesmo.

— Ele deveria saber que minhas razões para erguê-lo são nobres — retrucou Loki, saindo da cratera. — Quem é mais digna do que Donna? Ela merece a ajuda que o Mjolnir poderia dar.

Rūna inclinou a cabeça para o lado, sorrindo de leve.

— Estou inclinada a concordar. Talvez ela mesma devesse tentar empunhar o martelo.

— Ah, você gosta de Donna agora? Vocês duas conversaram enquanto eu dormia? — Ele recolocou o cobertor em cima do martelo e esfregou o rosto, frustrado.

— Você nunca o empunhará se rejeitá-lo de cara — falou ela, e suspirou.

— Parece que não vou empunhá-lo e ponto. Preciso conversar com você — disse ele. — Preciso de sua ajuda.

Rūna ergueu uma sobrancelha e se virou na direção dele.

— Essa eu tenho que ouvir.

— Precisamos consertar o trailer, *eu* preciso, e preciso encontrar uma forma de pagar a Donna pelo hotel — explicou ele. — Se não, ela vai me forçar a ir embora.

— Bom para ela. Ela acolhe muitos animais perdidos.

— Você não está ouvindo — murmurou Loki, indo até o terrário de Brian. Ele verificou se o gecko tinha comida suficiente e depois o levou para um local mais ensolarado no trailer. — Se nós dois formos embora, o que acontecerá com o martelo?

— Ah. Você é sábio em fazer a pergunta — disse ela.

Loki assentiu sombriamente.

— Não podemos apenas abandoná-la cuidando dele. Como você tão gentilmente apontou, ela já tem animais abandonados suficientes com o quais se preocupar.

— Sim, não é seguro partir até que o martelo seja devolvido a Asgard ou movido por outros meios. — Rūna esfregou o queixo preguiçosamente. — O que você teria em mente?

— Você tem sua superforça; não pode erguer o trailer e recolocá-lo no outro lado do martelo? Depois, poderíamos pelo menos remendar o chão e o telhado, e talvez construir algum galpão ou caixa para esconder o Mjolnir — falou Loki, pensando em voz alta. Ele estava prestes a continuar as sugestões quando o som de pneus cantando e freios gritando interrompeu seus pensamentos. Levantando-se de um salto, ele e Rūna foram até a janela. Abrindo a cortina, ele esperava ver a caminhonete de Donna lá fora, mas era um veículo todo preto com vidros escuros.

Seu coração apertou.

— Já começou.

— O que quer dizer? — exigiu Rūna. — O que começou?

— Na Terra, vans como essa são sempre um mau presságio — explicou ele.

A porta da frente da van se abriu e uma mulher pequena tropeçou para o gramado.

— Pela caneta de pena afiada de Bragi, aquela é *Jane*?

Eles a observaram correr para o outro lado da van, abrir a porta de passageiros e tirar Quinn. Jane pegou a filha pela mão, olhando para os dois lados da estrada freneticamente antes de correr em direção ao trailer e bater na porta à frente.

Rūna entrou em ação, passando por ele para abrir a porta para elas.

— Cadê? — perguntou Jane, sem fôlego. Ao seu lado, Quinn acenou. — Mjolnir! Cadê? Me diga que o esconderam em algum lugar seguro! — Seus olhos deslizaram do rosto de Rūna para o buraco no teto, e para o cobertor de lã do Buffalo Bills que mal escondia a cratera no chão. — Ai, meu Deus! Não podem estar falando sério!

— Como sabia que o martelo estava aqui? — perguntou Loki, espiando por trás do ombro largo de Rūna.

— Escute, há um homem amarrado naquela van. O nome dele é Kevin e ele é muito gentil, explico mais tarde, mas não temos muito tempo para resolver as coisas antes que o inferno comece. Tony Stark sabe que o Mjolnir está aqui e ele o quer. Vai por mim: quando Tony Stark quer alguma coisa, ele consegue.

20

Tudo saiu em uma confusão. Tony Stark. Gênio. Bilionário. Playboy. Filantropo. Ele era um gênio das armas e o menino de ouro da tecnologia de Nova York, perdeu um amigo para o Destruidor asgardiano defeituoso, o que desencadeou uma busca obsessiva por vingança e uma sede terrível de sangue asgardiano. Ah, e buracos de minhoca. Foi aí que Jane entrou. E, claro, seu relacionamento com Thor, embora ela não fizesse ideia do quanto Tony sabia sobre sua vida pessoal e seu passado. Agora, ele tinha o Destruidor só para ele e, com o Mjolnir na Terra, tinha tudo de que precisava para tornar seu sonho insano uma realidade.

— Em uma escala de um a dez, sendo dez confusão e um compreensão total, onde estamos? — questionou Jane, olhando rapidamente de Rūna para Loki. Para seu crédito, ambos pareciam estar ouvindo com atenção, enquanto Jane vomitava todas as suas palavras em pânico.

— Três — respondeu Loki.

— Oito — respondeu a Valquíria. Eles ainda estavam parados na porta do trailer arruinado. Quinn encontrou o caminho até o sofá e o gecko em sua gaiola não muito longe dele. Ela conseguia perceber que a filha de Jane estava espiando o máximo que podia. — Mas não importa — continuou Rūna em voz baixa. — Ele é apenas um homem, uma trivialidade. Se ele tentar apreender o martelo, não viverá para se arrepender.

Jane devia ter esperado isso. Era quase palavra por palavra do que Thor teria dito. Ela balançou a cabeça, caminhando em direção à óbvia inclinação e ao buraco no chão, puxando o cobertor de lã que o cobria. O martelo parecia comicamente imaculado perto da destruição que sua chegada causou.

— Ai, meu Deus — falou ela. — Uau. Está aqui. Certo, certo, podemos recuperar isso. Tem que haver uma maneira de esconder isso dele…

Ele está aqui.

Não, Thor se foi. Ela não podia contar com ele para chegar e salvar o dia.

— Sim, há um meio — falou Rūna, juntando-se a ela ao lado da cratera. — Meu machado. Meus punhos. E, se Loki conseguir, como diz o seu povo, se manter no prumo, protegerá o martelo também.

O bolso de Jane se iluminou. Ela pegou o celular, chocada por não ser ligação de Stark, mas sim sua advogada . O momento era coincidência demais. Assustador demais. Quinn rolou impacientemente no sofá, fazendo uma careta.

— Mãe, posso sair e brincar? — perguntou ela. — Estou ouvindo cães na casa ao lado.

— Não! — exclamou Jane, levando o celular ao rosto. Stark provavelmente tinha um bando inteiro de drones pairando acima do trailer, esperando que fizessem algo suspeito. Kevin. Kevin! Tinham que fazer algo a respeito de Kevin. Talvez a advogada dela tivesse algumas ideias, ou algumas estimativas sobre quanto tempo de prisão ela pegaria por amarrar o motorista...

— Argh, posso pelo menos brincar aqui dentro? Com tio Loki? — choramingou Quinn.

— Não. Quer dizer, acho que sim, tudo bem. Pode. Apenas fique onde eu possa ver você, está bem?

Quinn se alegrou, saltando no ar antes de correr três círculos ao redor da mesa de café. Com a testa muito franzida, o irmão de Thor observou a garotinha vasculhar os livros e o lixo espalhados pelo chão. Encontrando um pedaço de piso quebrado, ela o ergueu em triunfo.

— Sabre de luz — declarou ela.

Loki hesitou. Seu olhar se dirigiu para Jane, pedindo permissão silenciosa. Foi um gesto inesperado, mas bem-vindo. Em suma, ele não era a presença ameaçadora que ela imaginara. Thor fez parecer que ele era a encarnação da escuridão e do perigo. Ela suspirou e acenou com a cabeça uma vez, depois recuou para a pequena área da cozinha para atender à ligação da advogada. A linha se conectou e, antes que Jane pudesse dizer uma palavra, sua amiga e advogada de longa data, Jennifer Walters, disparou.

— Aah, olha só, a autora importante atendendo ao meu telefonema, me sinto honrada — bufou Jen. Não houve tempo para entrar na conversa. — Brincadeira! Não me mate. Sinto muito por interromper sua turnê de divulgação, sei que é um pesadelo e que você provavelmente está funcionando só com duas horas sono, três cafés com leite e uma oração, mas algo importante aconteceu. E, antes que você surte, eu teria ligado para falar disso mais cedo, mas estou lidando com um cliente idiota que tem, tipo, a missão divina de me dar um aneurisma, juro por Deus, ele vai acabar comigo. Ele comprou uma fantasia de urso amaldiçoada em um mercado de pulgas ou algo do tipo e, toda vez que a veste, acaba na prisão. *Bing, bang, bong!* Não sei se preciso ligar para o *Show de Antiguidades* ou para um exorcista ou ambos. De qualquer forma, desta vez o prenderam por roubo e, veja só, eu tive que ir dirigindo até *Calabasas* às quatro da tarde de uma sexta-feira. A 405 estava igual à abertura de *La La Land*, mas de algum modo mais insuportável. Quero dizer, há algum feriado do qual eu não saiba? Mas veja só, ele está liberado e os policiais estão ferrados porque o álibi dele é sólido. Tenho um TikTok dele na época do roubo lutando boxe contra adolescentes em Hollywood Boulevard. E sei como isso soa, mas você odiaria *esses* garotos. O vídeo já tem um milhão de visualizações, então, na verdade, eles deveriam agradecer a Maxwell. — Jane abriu a boca para interromper, mas Jen ainda não havia respirado. Jane beliscou as têmporas entre o polegar e o indicador; ela amava Jen, mas não por sua brevidade. — Então, o negócio é o seguinte: quando voltei do centro da cidade, entrei no meu escritório e encontrei um envelope pardo grosso em minha mesa. Parece, bem, que houve algum tipo de plano de contingência em vigor.

O cérebro de Jane parou em *plano de contingência*. Ela se apoiou no balcão, os joelhos quase cedendo.

— Plano de contingência. O que quer dizer com plano de contingência?

— Acho que… não há… não há uma boa maneira de dizer isso, Jane, há um testamento. Ele preparou um testamento. Você sabia de algo sobre isso? Ele contou para você?

— Não — ofegou Jane. — Não, eu não sabia. Eu teria dito alguma coisa, Jen. Você é minha advogada.

Achei que contássemos tudo um para o outro. Então, ela olhou para Quinn, brincando de luta de espadas com o tio, o tio que não sabia sobre ela até agora. Rūna tinha se juntado aos dois, ensinando a ambos sobre a postura correta. Todo mundo guardava segredos, disse a si mesma, só doía mais na morte, porque ele não estava ali para se explicar, para fazer tudo parecer compreensível e benigno. Não havia defesa, apenas as mil perguntas amargas que surgiam na mente.

— Sinto muito, Jane. Minha assistente disse que um pássaro bateu na janela dela por uma hora até que ela tentou espantá-lo, mas estava com o envelope. Uma gralha, talvez, ou um corvo? Qual é a diferença? De qualquer forma, havia um pergaminho dentro dele, selado com cera. Quer que eu leia? — perguntou Jen. Ela podia ouvir a porta de um carro se abrindo e fechando ao lado de Jen, em seguida, o som de um carro ligando antes de parar.

Isso apenas a fez se lembrar de Kevin. Ai, meu Deus, Kevin. Onde ela estava com a cabeça, atacando-o com o spray de pimenta e amarrando-o daquele jeito? Ela até enfiou uma meia enrolada na boca dele para mantê-lo calado.

Eu vou para o inferno e para a cadeia.

— Claro — respondeu Jane. — Vá em frente.

Delicadamente, Jen pigarreou. A voz dela ficou mais baixa, então, solene e séria.

— Eu, Thor Odinson, legítimo detentor do Mjolnir, orgulhoso filho de Asgard, passo meu título e herança divina de poder e responsabilidade para minha única prole viva, minha filha, Frigga Quinn Foster-Thorsdóttir. Desse modo, Mjolnir passa para ela, e é dela para fazer com ele o que desejar. Que ela o empunhe com a força de seu pai, a sabedoria de sua mãe e o discernimento de sua própria mente perspicaz.

Os olhos de Jane deslizaram até o martelo enterrado no chão. Resplandecente. Esperando.

— É pesado, Jane. Desculpe. E obviamente há a questão do martelo em si; não tenho ideia de onde ele está. Ele não deixou instruções com o pergaminho nem nada.

— Ah. Sem problema — falou Jane. Sua boca parecia estar cheia de cinzas. — Eu tenho uma suspeita.

——

— **Você quer ser o Darth Vader?** — **perguntou Loki, rindo.** — **Ele não** é o vilão da história?

Não se permitindo ser dissuadida, Quinn deu de ombros. Sempre que um cachorro latia lá fora, ela olhava naquela direção, esperançosa.

— Só porque o Lorde Ovaltine o corrompeu e não sobrou ninguém legal na vida dele. Ele não tem amigos, então fica infeliz até o fim, quando tem Luke.

Loki sorriu.

— Entendo. É uma observação sábia para alguém da sua idade.

— Mamãe diz que sou *precoce*.

— Você é isso também. — Loki fingiu testar o peso de sua espada falsa. Quinn estava atribuindo papéis a eles para a luta de espadas. Rūna já havia sido designada como Princesa Guerreira, o que, Loki teve que explicar, era basicamente quem ela já era, apenas com uma saia de couro ainda mais curta e um intrépido companheiro loiro.

— E qual papel devo desempenhar? — perguntou Loki, genuinamente intrigado.

Sentando-se sobre os calcanhares, Quinn franziu a testa e bateu com um dedo no queixo.

— Hum. Não sei. Quem você quer ser?

— Sim, Loki, conte — acrescentou Rūna. Ele sabia o que Rūna queria: que ele se tornasse espontaneamente o irmão, erguesse Mjolnir e resolvesse seus problemas. Loki olhou carrancudo para ela antes de voltar uma expressão decididamente mais alegre para Quinn. Ele não sabia se gostava de crianças, mas até agora estava descobrindo que não as detestava. Ou pelo menos aquela. Essa garota tinha uma esperteza ingênua, honesta sem ser cruel. E dessa mesma forma, ele entendeu que sua resposta à pergunta dela era importante. Seus olhos azuis o seguiram, intensos. Isto era um teste, um teste para o malvado tio Loki.

O que ela deve pensar de mim?

Loki se lembrou da forma carinhosa como ela limpou o gel de pimenta do rosto dele e decidiu que nunca conseguiria pensar uma palavra dura sobre ela, mesmo que o pai dela fosse um valentão e um idiota. Não era culpa dela. Ninguém escolhia os próprios pais, e apenas algumas pessoas, as mais sortudas, escolhiam o próprio destino.

— Você podia ser o Deus do Trovão — sugeriu Quinn por fim. — Igual ao papai!

Loki tentou não a deixar ver o gelo se espalhando pelo rosto dele à mera sugestão. A hesitação dele a estava entediando, e Quinn começou a cortar aleatoriamente o nada com sua espada. Ela torceu o nariz e olhou para Rūna.

— Como é ser um deus? Papai disse que era difícil, porque você pode fazer qualquer coisa, mas deve fazer a coisa certa. — Depois, ela voltou sua atenção para Loki. — Deve ser mais fácil quando você só precisa fazer coisas ruins.

Ele riu.

— É mais divertido, talvez, porém, não mais fácil. Imagine... imagine que você está começando em uma escola nova e assim que chega todo mundo despreza você. Eles esperam que você minta para eles, que os engane, e o problema é que é quase certo que você o fará. Mas você não pode evitar. É como você foi feito. Eles estão errados? Você está? Eles deveriam confiar em você implicitamente ou estão certos em se proteger?

Rūna soltou um grunhido suave de reprovação. Mas a boca de Quinn se moveu para o lado, estufando a bochecha como a de um esquilo.

— Todos estariam errados e certos ao mesmo tempo, isso é possível?

— Com certeza — suspirou Loki. — O Deus do Trovão, o Deus da Trapaça... Já ouvi isso ser descrito da seguinte forma: um herói sacrificaria a quem ama para salvar o mundo; um vilão incendiaria o mundo inteiro para salvar a quem ama.

Quinn sacudiu a espada mais algumas vezes e depois se sentou em uma pilha de livros ao lado do suporte da TV.

— Não sei. Eu faria isso, trocaria todo mundo para ter meu pai de volta.

— Não, você não faria isso — afirmou Rūna categoricamente.

— Sim, eu faria — retrucou Quinn. Ela jogou seu pedaço de piso no chão e suspirou. — Queria poder ir lá fora.

Loki sempre foi uma criança que gostava de ficar dentro de casa, talvez gostasse mais de ler livros do que de subir em árvores, e por um tempo viveu sem se incomodar com essa distinção, diagnosticado desde cedo como vagamente frágil e menor, com a tez cor de cera e sem sardas de um nabo descascado. Mais tarde, quando soube de sua natureza adotiva, ele se perguntou se talvez os curandeiros asgardianos apenas não soubessem qual deveria ser a aparência de um jovem gigante de

E SE... LOKI FOSSE DIGNO?

gelo e o considerassem inadequado para brincadeiras turbulentas por pura dedução. Alguns joelhos esfolados e quedas provavelmente não o teriam matado, afinal. Frigga ouviu os curandeiros e o isolou conforme orientada, mas isso significava separá-lo de Thor, que estava sempre chapinhando em um riacho ou rolando por uma berma. Frigga corria atrás de Thor, ela mesma apreciadora do sol e amante da natureza desde a juventude, e Loki passava a maior parte do tempo com os tutores, Svela e Arnul, que faziam o melhor que podiam, mas não estavam preparados para lidar com uma mente precoce e repleta de ideias para brincadeiras inofensivas ainda que diabólicas.

Havia um número limitado de maneiras de esconder um sapo em um sapato, mas Loki descobriu todas, para desespero de Arnul. Certa vez, o garoto colocou um peixe-rei atrás de uma tábua solta na seção de ictiologia da biblioteca real. A subsequente invasão de gatos e moscas que se reuniram conforme o peixe apodrecia fez Svela surtar. Ninguém conseguia localizar a origem do fedor, mas os gatos continuavam a aparecer.

Loki riu baixinho para si mesmo.

— O que é tão engraçado? — perguntou Quinn, animando-se.

— Você já escondeu um sapo no sapato de alguém?

A mãe dela, Jane Foster, ouviu isso, juntando-se a eles, aparecendo feito um fantasma atrás de Rūna, o rosto branco como um lençol. Ela estava tão distraída que nem mencionou a coisa do sapo. Em vez disso, Jane ficou lançando olhares para o celular. Na terceira vez, ela estremeceu.

— Stark quer que eu apresente um relatório — falou. Isso não era tudo, Loki sabia; ela estava escondendo alguma coisa. — E precisamos fazer algo em relação a Kevin.

Loki, Deus da Trapaça, sorriu.

— Eu tenho uma sugestão.

21

Depois que Jane tirou todas as suas coisas da van preta, Loki encostou-se na porta aberta do motorista, observando o homem chamado Kevin. Ele era um homem de meia-idade, de cabelo preto e ralo penteado por cima de uma careca com sardas. Seus olhos estavam vermelhos e lacrimosos por causa do spray de pimenta, embora Jane tivesse preparado uma mistura de leite e limpado a maior parte do rosto dele. A meia colada em volta de sua boca permaneceu no lugar até que Loki, sorrindo, estendeu a mão para segurá-la, sustentando o olhar turvo de Kevin.

Calor percorreu o peito de Loki até seus braços, reunindo forças antes de voltar para sua garganta e subir até sua boca. Uma fumaça verde-clara saiu de suas narinas e a atenção desconfiada de Kevin se transformou em algo mais alerta. A magia de Loki o fascinou, e ele começou a assentir, enquanto Loki falava.

— Kevin, meu bom amigo Kevin, acredito que chegou a hora de você tirar longas, longas férias. Na verdade, não é hora de você parar de trabalhar para Tony Stark? — perguntou Loki. Quando Kevin acenou com a cabeça em concordância, Loki continuou com tom doce: — Liberte-se desse vil Midas, renuncie à lealdade, Kevin, seja livre.

Ele cuidadosamente tirou a meia da boca de Kevin.

— Diga, o que você queria ser quando criança? — perguntou Loki. — Com o que sonhava?

Timidamente, Kevin abaixou a cabeça e colocou as mãos no volante.

— Um piloto de corrida. Fórmula Um. Caramba, esses caras realmente arrasam na pista.

— Não sei, Kevin, mas acredito em você. — Ele colocou a mão no ombro esquerdo do motorista de forma tranquilizadora. — Você está livre agora. Livre das restrições arbitrárias que amarravam a sua alma às exigências irracionais de um senhor burguês. Você não é uma gota em um balde, Kevin, você é um oceano inteiro. Expanda-se. Vá. *Corra. Arrase na pista.*

Lágrimas brilharam nas bochechas de Kevin. Ele assentiu com veemência, segurando o volante. Chorando o choro exultante dos libertos, Kevin deixou Loki fechar a porta do lado do motorista, depois ligou o motor da van preta e pisou no acelerador.

Rūna fungou, observando o carro desaparecer na estrada.

— Não gosto que seus poderes pareçam estar retornando.

— E ainda assim você quer que eu empunhe o Mjolnir — retrucou ele, suspirando. — Se decida.

— Sim, que o empunhe como um homem mudado, não como um Thor sombrio.

Loki revirou os olhos, acenando para a van que desaparecia, antes de se virar para voltar para dentro. O velho Loki teria convencido Kevin de um futuro muito menos otimista. Na verdade, ele não o teria deixado partir. Um homem tão obediente seria um servo útil. À frente dele, Jane entrava no trailer, carregando uma pequena bolsa de náilon debaixo do braço. Foi nesse momento que Donna decidiu voltar, sua ida até a cidade para comprar comida de cachorro concluída, sua caminhonete agora parando devagar ao lado da propriedade.

— Parece que você não se mexeu um centímetro nem empacotou nada — gritou Donna, saltando da caminhonete. Ela foi até os fundos e colocou um enorme saco de ração no ombro. — Você sabe que odeio policiais, mas vou trazê-los aqui se me obrigar.

— Há um novo problema, Donna — falou Loki, interceptando-a. Ele tentou tirar o saco do ombro dela, mas ela se esquivou. Deixando-o deslizar para o chão, Donna cruzou os braços, um quadril se projetou para o lado. Se ele pudesse ter um pouco mais de tempo, talvez protelar agora que Jane e Quinn estavam envolvidas… — Deixe-me explicar…

— Deixar o Deus da Trapaça me ludibriar, você quer dizer — bufou Donna. Ela pegou o saco de comida. Desta vez, Rūna ofereceu sua ajuda depressa, e Donna aceitou. *Já entendi.* Donna de fato preferia mulheres, e Rūna era escandalosamente bela e escultural, mesmo para os padrões asgardianos. E, notou ele com interesse, fazia o tipo de Donna. Talvez pudessem aproveitar isso a seu favor…

Não, não, isso é o que você teria feito no passado.

Rūna seguiu Donna de volta até a casa dela e o pátio dos cachorros, Loki se apressou para acompanhá-la.

— As histórias sobre minhas trapaças são extremamente exageradas — gritou ele atrás dela. — Donna, espere...

— Você tem que ir — declarou Donna, com firmeza.

— Não há exagero — acrescentou Rūna. Aparentemente, ela não conseguiu evitar. Ou ela estava gostando demais da atenção de Donna. — Uma vez você transformou o príncipe Thor em um sapo nos jardins reais e uma garça quase o cortou ao meio.

Donna praguejou baixinho e abriu o portão do quintal para Rūna. O pesado saco de ração não passava de um travesseiro para a Valquíria. Os cachorros vieram correndo, entusiasmados, latindo e dando voltas, entusiasmados pelas pessoas, radiantes pela ração. Atrás dele, ele ouviu a porta da frente de seu trailer bater se fechando. Um momento depois, Quinn estava logo atrás deles, quase frenética para visitar os animais.

— Está bem — falou Loki com um suspiro, seguindo atrás de Rūna. — Eu fiz isso. Mas rimos disso depois, não foi? Acho que sim.

— E quando você cortou o cabelo de Sif, porque era muito longo e bonito, e você achou que ela tinha orgulho demais dele — continuou Rūna. Ela caminhou confiante em direção aos cercados no fundo do quintal, para onde Donna havia indicado.

— Cabelo cresce — retrucou Loki.

— E também houve aquela vez que você convenceu Volstagg de que cavalos botam ovos.

— Sim! Tudo bem! Quem ia acreditar em uma coisa dessas? Essa mal me parece culpa minha.

— E o banquete de Aegir, lembra disso? Você ficou com ciúmes dos servos dele estarem recebendo todos os elogios, por isso saltou em uma mesa e começou a atirar insultos contra todos os presentes. Lembro que você chamou Thor de covarde, Odin de herege e Fandral de tonto...

— Acho que entendi, Rūna — interrompeu Loki, poupando Quinn do restante da história. — Embora eu ache que está faltando um pouco de contexto nisso, mas tudo bem.

— Pilha de cães! — gritou Quinn, deitando-se no meio da grama. Os cachorros obedeceram, reunindo-se para lamber as mãos e o rosto pegajosos da garotinha.

— Quem é essa criança? Onde estão os pais dela? — gritou Donna, depois se virou para apontar o dedo na cara de Loki. — Esse é o problema? Uma criança?

Loki estremeceu.

— E a mãe dela, Jane, que está...

— Lá dentro, fazendo leituras eletromagnéticas e de energia escura no martelo — forneceu Quinn, prestativa, antes de se dissolver em um ataque de risadas enquanto oito cachorros fuçavam seus bolsos em busca de guloseimas.

— Eu contei a você sobre elas, lembra? — perguntou Loki, adotando um tom suplicante. — A viúva do meu irmão e a filha dela. Foi por isso que fui para Nova York, foi por isso que roubei seu dinheiro. Eu não sabia na época, mas Quinn e Jane estavam lá e nossos destinos se entrelaçaram. Elas não estão seguras aqui e você também não, não enquanto Mjolnir permanecer enterrado no chão. — Ele apontou para Rūna, que depositou o saco de ração em cima da mesa do galpão com excepcional facilidade. — Meus poderes estão voltando, porém devagar, e eu seria praticamente inútil em uma luta. Rūna é uma Valquíria, um ser de força e velocidade superiores. O machado nas costas dela foi forjado por anões espaciais em um cometa que atravessava o cosmos. Ela lutou e venceu batalhas contra inimigos do tamanho do planeta em que estamos. Confie em mim, Donna, você a quer aqui.

As sobrancelhas de Donna subiram lentamente.

— Ela é forte assim, é? Isso significa que meu trailer vai ser consertado?

— Você terá abrigado uma futura princesa de Asgard — interveio Rūna, juntando-se a eles. — Por seu sacrifício e hospitalidade, você será recompensada.

Ela acreditava em Rūna, o que era justo. Ele tinha acabado de passar a manhã explicando a história de seu povo e onde ele se encaixava.

— Tudo bem. Você pode ficar. Por enquanto. Mas é melhor acreditar que vocês três vão trabalhar.

— Sim! — gritou Quinn, ainda deitada de costas na grama. — Trabalho de cachorro!

— Levem eles para passear, alimentem eles — listou Donna, levantando as mãos e marchando em direção à porta traseira de seu trailer. — E depois tirem aquela porcaria de martelo estúpido da minha propriedade!

Rūna estufou o lábio inferior.

— Ela é forte. Gostei.

— Vamos, pombinha apaixonada, ganhamos um breve adiamento, é hora de honrá-lo.

— Falou como um homem que mal reconheço — disse Rūna.

— Diga isso ao Mjolnir. — Loki reuniu as coleiras, Quinn e os cachorros, que estavam animados para se comportar da melhor forma possível para a criança. Eles pararam brevemente no trailer de hóspedes para avisar Jane que iam dar um passeio, depois seguiram o caminho habitual pela vizinhança. Stella apareceu em sua varanda, oferecendo limonada, e Quinn os regalou com uma história sobre sua primeira barraca de limonada no Novo México. Nenhum dos corredores queria parar até que o pai saiu para se sentar com ela, sem camisa no calor extremo do verão, depois disso, muitos corredores quiseram gastar cinquenta centavos em limonada de pozinho morna.

— Acho que de repente eles ficaram com sede — concluiu Quinn, esmagando o copo de papel na mão antes de oferecê-lo a Stella.

— Com certeza — murmurou Loki.

— Não há nada de errado em exibir um físico conquistado com muito esforço — declarou Rūna. — Não que você saiba.

— Eu tenho meus encantos — insistiu Loki, sem se abalar. — Certo, Stella?

Ela beliscou a bochecha dele e carregou a jarra de plástico para dentro. Eles estavam na reta final, à vista da placa do negócio de Donna, quando o barulho alto e rítmico de hélices de helicóptero soou acima. Uma forma preta caiu do céu, voando baixo, agitando a grama e fazendo os cães ladrarem em coro, enquanto o helicóptero circulava uma, duas vezes e depois pousava no terreno baldio, diagonalmente em frente ao de Donna. As crianças no parque de trailers o usavam para jogos de futebol, e as famílias às vezes se reuniam ali para festas ou vendas de garagem. Agora, a quadra de cimento rachado e cheio de ervas daninhas tornou-se uma plataforma de pouso improvisada.

Uma figura saltou do veículo, abotoando um terno, abaixando a cabeça contra o forte impacto das hélices enquanto o motor do helicóptero era desligado. O homem segurava uma pasta e tudo, desde óculos escuros até sapatos, parecia caro.

— Leve os cachorros para o quintal e leve Quinn para dentro — murmurou Loki, seu sangue congelando nas veias. — Faça isso, Rūna. Diga a Donna para se esconder com a garota.

— Qual é o problema? — perguntou Quinn, arrastada por Rūna. Ela franziu a testa e tentou arrastar os calcanhares, mas a Valquíria era mais forte. Por enquanto. — Quem é aquele?

Jane encontrou Loki no gramado da frente, bem a tempo de Tony Stark abrir os braços para eles, a pasta pendurada na mão direita.

— Senhor Stark — cumprimentou Jane, nervosa. Ela parecia que ia passar mal, mas esboçou um sorriso e acenou com um tablet acima da cabeça. — Eu estava transmitindo minhas primeiras leituras. Demorou um minuto para configurar o J.A.R.V.I.S. nesse aparelho. É antigo, às vezes mal inicializa.

Era difícil dizer para onde ele estava olhando — seus óculos eram escuros o suficiente para esconder seus olhos — mas Loki sentiu o homem avaliando-o conforme se aproximava de Jane.

Tony Stark parou no meio do gramado e depois assentiu devagar, com os lábios contraídos e o queixo empinado.

— Agora, o problema é o seguinte, mentirosa: finalmente consegui que nosso amigo Kevin atendesse. J.A.R.V.I.S. detectou seu sinal de GPS em Detroit, e, quando o coloquei na linha, a coisa mais louca aconteceu! Ele me informou que estava livre. Livre! E que não ia mais viver sob jugo e abuso como um escravo assalariado Stark. Presumo que você tenha algo a ver com essa inexplicável mudança de opinião.

Loki engoliu em seco o pico de ansiedade em sua garganta e pesou suas opções. Aquele homem era perigoso, mas estava sozinho. Talvez ele estivesse disposto a conversar. Loki gostava de conversar.

— Fui eu — confirmou com uma risada alegre. — Kevin e eu tivemos uma conversa estimulante sobre a inevitabilidade esmagadora do autoabandono sob o capitalismo. Antes que nos déssemos conta, ele estava indo embora. Nunca se pode prever como essas coisas vão acontecer.

— E você é? — perguntou Tony Stark, sem rodeios e com raiva.

— L...Luke — gaguejou Loki. — Tio de Quinn.

— Que comovente. O tio marxista de Quinn. — Tony abaixou os óculos para examiná-los, os olhos de tubarão desviaram-se para Jane. — Isso é verdade, Jane? Este é o irmão de Thor? O irmão de Thor, Luke? Isso seria estranho. Porque de acordo com minha extensa pesquisa, o irmão do Deus do Trovão é *Loki*. Sabe, igual ao cara que Thor culpa na filmagem do ataque por sua vinda?

O sorriso de Jane desapareceu. Ela baixou o tablet e enfiou nervosamente uma mão no bolso traseiro da calça jeans.

— Calma, sr. Stark. Podemos ser adultos sobre isso? Eu realmente não quero envolver advogados.

— Não, você não quer envolver advogados — disse ele com uma voz calma e perigosa. A expressão de Tony endureceu. — Realmente não quer envolver especificamente os meus advogados. Sem ofensa, dra. Foster, mas qualquer advogadozinho que você seria capaz de pagar seria comido vivo pelo meu departamento jurídico. Estamos muito além de advogados agora. — Ele soltou as travas da pasta, abrindo a metade superior para revelar fileiras e mais fileiras de dinheiro cuidadosamente amarrado. — Entregue o que está dentro do trailer e todos seguiremos caminhos separados em paz. Vou até ignorar que você está de conchavo com esse tal Loki. Esta é a minha última folga.

Um mortal normal poderia ter considerado isso, poderia ter deixado a tentação de todo aquele dinheiro desencadear pelo menos um momento de hesitação. Mas Jane deu um passo sutil para a esquerda, bloqueando o avanço de Tony até a porta.

— Eu não posso permitir que você faça isso. Nunca vou deixar você fazer isso. Esse martelo pertence à minha filha. Não é seu. Loki… Loki não é quem você pensa que ele é.

Loki tocou o ombro dela de leve.

— Última chance — desdenhou Tony. — Sou um cara razoável, Jane.

— Um homem razoável aceitaria um não como resposta — interveio Loki, entrando na frente dela.

— Ser razoável não transformou quinhentas toneladas de aço e alumínio na Torre Stark. Ser razoável não me tornou um bilionário… — Stark fechou a pasta e a atirou no gramado aos próprios pés. Depois, com a mão trêmula, segurou o relógio inteligente preso ao pulso. Ele apertou um botão ali, liberando algum tipo de mecanismo. Loki nunca tinha visto tecnologia humana assim antes. Pareceu *crescer* das roupas, pulsos e tornozelos viraram manoplas prateadas, faixas de metal ao redor de seus dedos até que as palmas de suas mãos segurassem discos azuis reluzentes. Jatos crepitantes de chamas e energia dispararam da parte de trás de seus calcanhares, e os dois observaram-no erguer-se lentamente no ar.

— Ser razoável não vai vingar a cidade de Nova York, não montou o Destruidor de Ferro. Ser razoável não construiu esse protótipo, *meu* protótipo: o Homem de Ferro. E ser razoável não vai perdoá-lo pelo assassinato de meu amigo. Eles falaram seu nome. *Seu* nome. Loki. — Tony respirou fundo. — Não sei o que estava pensando antes, fingindo que poderia ser razoável. Não devia ser uma opção, não depois que você fez minha cidade sangrar.

22

Rūna saiu da casa de Donna e encontrou a grande irritação Stark pairando a seis metros de altura. Ele ousava colocar a esposa e a filha de Thor em perigo. Loki tinha tendência a provocar essa reação nas pessoas, mas mesmo assim, ela não gostou de ver Stark atacando um asgardiano. Jarnbjorn saltou para a mão direita dela, ansioso pela batalha. A Valquíria voou pelo gramado, saltando por cima de Jane e Loki, seu machado inclinado e pronto para acertar a cabeça de Stark.

Ele disparou para a esquerda, evitando por pouco o golpe dela. Os propulsores em suas botas brilharam, enviando-o em direção ao trailer de Loki e à pesada lona pendurada no buraco no teto. Stark flutuou ali por um instante, depois, mergulhou para arrancar a cobertura.

— Aí está você. — Ela o ouviu murmurar para si mesmo antes de desaparecer no trailer. Rūna deu início à perseguição, a casa sacudiu quando ela pousou no telhado, correndo atrás de Stark. Através do buraco no teto, ela o encontrou apontando uma de suas armas para Mjolnir. A luz que irradiava de sua palma parecia agir como uma espécie de vento sugador, um vórtice que puxava toda e qualquer coisa para ele.

Toda e qualquer coisa, menos o Mjolnir.

— Ah! — Stark desistiu desse método, segurando o cabo do Mjolnir com as duas mãos e usando o poder de suas botas propulsoras para puxar contra a vontade inabalável do martelo. — POR QUE VOCÊ NÃO SE MOVE?!

Ele avistou Rūna no telhado um instante antes de ela se lançar em direção a ele, cortando com o machado. Stark saiu da abertura no chão, depois disparou para cima, com os braços erguidos, perfurando o teto do trailer, destroços caindo em seu rastro. Aquela batalha seria dela e somente dela. Com seus poderes despojados e enfraquecidos, Loki não seria capaz de ajudá-la. Os olhos dela pousaram no martelo, seu coração clamando por ele. Suplicando. Ela estendeu a mão, mas Mjolnir não a ajudou.

Stark precisaria ser derrotado à moda antiga. Que seja. Ela sabia o que estava em jogo; guerra entre reinos devia ser evitada a todo custo. A futura princesa de Asgard não podia ser ferida e o martelo dos deuses tinha que ser protegido dos que não eram dignos de confiança.

Rūna entrou correndo pela porta da frente. Loki puxou Jane para longe do gramado da frente, correndo com ela em direção à porta da frente de Donna. Por um momento, ela pensou que Stark poderia estar recuando enquanto voava em direção ao helicóptero estacionado do outro lado da rua. Mas então ele fez uma pausa, tocando algo em seu ouvido.

— J.A.R.V.I.S., lance o pacote de festa — gritou ele.

O helicóptero ganhou vida. As hélices giraram e uma porta na lateral do veículo se abriu, lançando quatro pequenas naves prateadas que pareciam o helicóptero em miniatura. Elas zumbiam como insetos furiosos, posicionando-se ao redor de Stark. Uma se destacou, virando para a esquerda de Stark, uma pequena torre se estendendo antes de disparar contra ela. Terra e grama explodiram ao redor de seus pés, vergões profundos na terra e na calçada provando o quão mortal o armamento podia ser.

Enquanto ela se esquivava e desviava, um sussurro frio passou por sua mente. Ardeu, deixando um rastro de gelo. Era mais que medo, mais que apenas um arrepio; era uma premonição. Sua Percepção da Morte.

Eu não, prometeu ela. *Hoje não.*

Era o presságio da queda de Stark, ela decidiu. Iam derrotá-lo aqui e agora, e nunca permitiriam que ele acessasse o poder que buscava indevidamente. Outro drone mergulhou na direção dela, soltando um clarão de luz intensa o bastante para fazê-la cambalear. A visão dela ficou turva, revelando-lhe nada além de faíscas e lantejoulas. Em seguida, uma mão fria agarrou-lhe pela garganta, atirando-a no chão destruído. Rūna atacou com seu machado, mas a pressão se intensificou, seus pulmões sugando desesperadamente nada, enquanto suas vias respiratórias eram esmagadas.

— Como faço para movê-lo? — perguntou Stark em um sussurro mortal. — Conte. Conte e você viverá.

Bang.

— Ah! Mas que… — O punho com manopla cedeu, libertando Rūna. Sua visão estava começando a retornar, e ela viu Stark cambalear para trás, um buraco em seu traje fumegando. Ele estava usando algum tipo de armadura por baixo, e isso o salvou de uma bala no coração. Recuando em direção ao trailer de Donna, Rūna arriscou um olhar por cima do ombro. Loki e Donna tinham vindo, a mulher ajoelhada atrás da placa da creche, um rifle apoiado no ombro.

— Entrem! — gritou Rūna para eles. — Esse inseto é meu para ser esmagado.

— Claro — respondeu Loki, desobedecendo sua ordem, indo ficar ao seu lado. — Logo depois de terminarmos de salvar sua vida.

— Cuidado! — avisou Donna. Os dois se dispersaram, evitando por pouco outros disparos do drone de artilharia de Stark.

— Me diga o que eu quero saber — berrou Stark, estendendo a mão esquerda. A abertura circular na palma da mão pulsava com luz, um zumbido alto acompanhando os clarões. — Não quer que eu volte com meus brinquedos de verdade.

Rūna gritou, sendo levantada do chão e puxada em direção à arma de vórtice na palma dele, enquanto Tony voava no ar. Ele a agarrou pela garganta de novo, apertando com intenção mortífera. Ela o chutou com força no estômago e ele grunhiu, girando para o lado.

— O poder de Asgard cairá sobre sua cabeça, inseto — grunhiu ela. Ele sorriu na cara dela.

— Bom. Estou esperando. Ataquem minha cidade de novo; não sobreviverão desta vez.

Jarnbjorn estava faminto, e Rūna obedeceu ao machado, usando o que restava de força em seus braços para soltar a arma, prendendo a ponta larga do machado entre as botas e chutando mais uma vez. Desta vez, conseguiu fazer um corte fundo na panturrilha de Stark. Ele gritou e recuou, mas conseguiu mantê-la em seu aperto. Os dois se debateram e lutaram, girando em círculos sem direção no ar.

— Não consigo um bom ângulo! — Ela ouviu Donna gritar. Os raios do drone de artilharia atingiram a placa da creche, mirando em Donna, cada explosão acompanhada por um *baque* de madeira e lascas.

— Diga — sibilou Stark, apertando a garganta de Rūna. — Por que não se move?

— Você nunca possuirá o martelo — ofegou ela. — Não pode ser seu, pois você nunca será digno o suficiente para empunhá-lo.

Lá estava ele de novo. O sussurro frio. O brilho da intuição em todo o cérebro. Morte. A morte estava próxima.

Não será a minha, jurou ela de novo. *Este rosto cruel não será a última imagem diante dos meus olhos vivos.*

———

— Consegui!

O drone de artilharia se estilhaçou em uma chuva de peças de metal quando o tiro de Donna acertou em cheio, a maior parte de sua estrutura caiu no gramado, enquanto Loki observava, indefeso, a dança mortal que se desenrolava acima de seu trailer. Uma vez, ele chamou mentalmente pelo Mjolnir. Quando o martelo não veio, abriu as mãos e as esticou para o lado.

Pelas feitiçarias dos jötnar contadas pelos skalds, e com fúria monstruosa, invoco a magia de meu sangue e os fogos místicos de Surtur; pela graça de Frigga e pelas ondas violentas de Njörðr, reivindico meu poder.

Nuvens fracas de fumaça verde percorreram seus pulsos, desaparecendo antes mesmo de chegarem às pontas dos dedos. Nenhuma adaga de luz esmeralda apareceu, nada além da sugestão do que ele costumava ser capaz de realizar. Como, então, seus poderes retornaram de outras formas? Era enlouquecedor. Ele fechou os olhos, rosnou e tentou mais uma vez.

Pelas feitiçarias dos jötnar contadas pelos skalds, e com fúria monstruosa, invoco a magia de meu sangue e os fogos místicos de Surtur; pela graça de Frigga e pelas ondas violentas de Njörðr, reivindico meu poder.

Ele não imaginou a ferroada afiada de suas adagas. Ele apenas pediu, de coração aberto, preparado para o que quer que pudesse virar a maré a favor deles. Um peso singular surgiu em sua mão direita e, quando ele abriu os olhos, viu um poderoso martelo verde, espectral, cintilando com o brilho semelhante a escamas das armas de seu passado.

Loki estendeu o martelo, testando seu peso, então girou-o depressa, gritando ao soltar o cabo e observando-o voar em direção a Stark e Rūna. O raio de luz verde atingiu Stark no ombro esquerdo, surpreendendo-o por tempo suficiente para a Valquíria se libertar e cair, aterrissando graciosamente, Jarnbjorn voltando para a mão dela.

O martelo espectral verde retornou, leve e ágil quando ele o recuperou.

Sem uma palavra entre eles, Rūna voltou à ação, soltando um grito de guerra horripilante de donzela escudeira, ao arremessar Jarnbjorn no alto, um assobio misterioso acompanhando o machado em seu voo. Ele rasgou o pé direito de Stark, faíscas, fogo e sangue jorraram de seu sapato. Ele praguejou e caiu no ar, aterrissando com um rugido doloroso.

Loki levantou o próprio martelo, pronto para fazê-lo voar, mas o drone de atordoamento voou em direção a eles, vibrando e zumbindo, o clarão repentino da lente fez Loki arranhar os olhos. Rūna previra isso, rolando pelo gramado em direção à estrada para atingir Stark de outra posição e evitar a luz do drone.

— É inútil, Stark! — trovejou Loki, sentindo o peso do martelo deixar sua mão enquanto lutava para enxergar pelo menos trinta centímetros à sua frente. — Você não pode erguer o Mjolnir! Nenhum de nós pode!

Pessoas e estruturas que haviam perdido a forma gradualmente voltaram a se formar de novo. Pelo canto de sua visão aquosa, Loki viu Rūna saltar em direção a Stark, com o machado erguido. O tempo pareceu desacelerar. Stark voou no ar entre a estrada e o trailer, depois, virou-se, usando sua manopla magnetizada para sugar o trailer de hóspedes e todos os escassos pertences de Loki em sua direção. O metal corrugado do telhado apareceu primeiro, mas depois o resto do edifício se ergueu da terra, com raízes e terra agarradas a ele, as paredes rangendo quando o trailer desabava sobre si mesmo. A cratera e o contorno da casa permaneceram.

E, teimosamente intocado pelo caos, Mjolnir.

— Argh. Eu não costumo ouvir muitos *nãos*. Não é agradável — murmurou Tony, atirando o trailer direto em Rūna. Ainda saltando em direção a ele, ela o segurou parcialmente, mas o impulso era grande demais na outra direção, e o objeto se chocou contra ela, prendendo-a contra a estrada. Livros, canecas, cortinas deslizaram pela calçada, uma Rūna imóvel presa sob os destroços.

— Não! — Loki correu até ela.

Na névoa de pânico, ele percebeu outros sons. Outros perigos. Donna e Jane estavam fora de si, e Loki, ajoelhado ao lado de sua asgardiana caída, espiou por cima do ombro. Um pequeno borrão loiro correu pelos dois gramados. Ela corria com a determinação e velocidade do pai, poderosamente rápida, mesmo no corpo de uma criança. Não havia dúvida de que era descendente de um deus e que sua bravura era verdadeira. Jane correu atrás dela, mas não conseguia alcançar a garota fugitiva, que ouviu o estrondo e saiu para fazer o que os heróis fazem.

— Quinn! Pare! Volte para dentro! — A voz de Jane saiu rouca.

Loki se levantou para ajudar, para interceptar a criança antes que ela pudesse se arriscar ainda mais. Ele percebeu tarde demais que ela estava indo até o martelo. Ainda assim, ele correu em direção a ela, observando em horror mudo Quinn alcançar o Mjolnir, pegar a arma do pai e, com uma facilidade maravilhosa, içá-la acima de sua cabeça. Com a mesma rapidez, ela mudou de curso, avançando em direção a Tony Stark com Mjolnir, imitando o grito de guerreiro de Rūna ao fazê-lo.

— Tão simples que chega a ser estúpido — ouviu Stark dizer, rindo para si mesmo. Mesmo com seus sapatos-foguete meio danificados, ele alcançou Quinn antes deles. Desceu, pegando-a pela cintura e levando-a embora. O helicóptero decolou em sincronia quase perfeita.

Loki o seguiu, conjurando seu martelo espectral, mas seria fácil demais acertar Quinn junto com Stark. E se ele acertasse e Stark a deixasse cair? Não havia como saber se ela conseguiria controlar intuitivamente os poderes que Mjolnir oferecia. Ele observou os pezinhos dela chutando o vazio, enquanto os dois voavam para longe. Dois drones os seguiram, entrando em ação, projeções holográficas criaram múltiplos Stark, enganando a vista. Era um truque que Loki conhecia bem, o que tornava tudo ainda mais enfurecedor. Ele amaldiçoou seus poderes semiformados, suas deficiências roubando-lhe a verdadeira visão que os ajudaria. Loki não sabia dizer qual era o homem de verdade e quais eram os conjurados, e logo o ladrão e seus drones se fundiram ao helicóptero, lâminas negras batendo contra um céu sem nuvens, levando Quinn e Mjolnir em direção ao horizonte.

Ele foi primeiro a chegar até Jane, que já estava de joelhos no buraco deixado pelo Mjolnir. Donna se juntou a eles, esfregando as costas de Jane enquanto ela gritava sem parar.

— Cheque sua amiga — murmurou Donna, apontando para a estrada. — Ela está...?

O coração de Loki desabou. Ele nunca esperou se importar com o destino da Valquíria, mas ela lutou muito para defender todos eles, entrando na batalha sozinha, sem hesitar um momento. Uma sensação de vazio tomou seu peito, conforme ele se arrastava até o trailer em ruínas e a asgardiana embaixo dele. À medida que se aproximava, preparado para o pior, os destroços estremeceram uma, duas vezes e depois se moveram para cima e para o lado em uma pilha enorme. Ofegante, suja, ferida, desgrenhada, Rūna rastejou e depois se ajoelhou, olhando carrancuda para longe.

— Ele levou Quinn e o martelo — informou Loki. — Nem você conseguiria alcançá-los agora.

— Agora não — respondeu ela, dura. — Mas não ficaremos ociosos e lambendo nossas feridas por muito tempo.

Embora Rūna estivesse viva e houvesse alegria nisso, o sentimento de vazio permanecia.

— Ah. — Ele a ouviu dizer. — Loki, desculpe-me.

Ele franziu a testa.

— Este fracasso foi meu também.

— Não é isso — falou ela. — Não estou falando da criança. Nós a resgataremos, juro, mas não creio que seu amigo possa ser salvo. — Devagar, claramente dolorida, Rūna se inclinou para a frente, recolhendo com delicadeza o corpo de Brian da calçada. Ele conseguia se lembrar de como ela revirava os olhos para cada gentileza que Loki fazia para Brian, à mera presença do gecko na vida de Loki. Mas a criatura era seu único amigo além de Donna. Era dele para cuidar, dele e somente dele.

Rūna não zombou dele agora. Ela ergueu Brian com as duas mãos, o queixo contraído por uma emoção que a dominava. Era a derrota em geral, e não Brian, que a comovia, mas Loki apreciou isso de qualquer maneira. Certa vez, havia pensado em como seria se abandonasse seu trailer em Buffalo, deixando Brian para trás. Uma criatura tão pequena não conseguia sentir dor ou traição, mas a imagem de Brian sozinho em sua gaiola, esperando por um homem que não voltaria, o assombrava. Se tivesse que sair por alguma razão, ele falava para Brian quando voltaria. Uma bobagem, mas não queria que o lagarto temesse o abandono. O próprio Loki tinha conhecido o abandono, por outros, por si mesmo, e não podia tratar com tamanha frieza um inocente. Havia decidido que, se algum dia fosse embora, Brian ia com ele. Agora, o lagartinho nunca veria as torres douradas de Asgard ou sentiria a grama macia dos jardins do palácio sob os dedinhos dos pés. Brian partiu primeiro e, embora fosse o fim mais provável, não era menos injusto.

Alegria passageira. Cor breve. Ele havia tornado a solidão do exílio um pouco mais fácil de suportar.

— Vamos dar-lhe um enterro de guerreiro — declarou ela. — Minha Percepção da Morte... a morte dele foi prevista.

Loki foi pegar a criatura caída dela. Ele era tão pequeno que não pesava quase nada. Ele fechou os olhos com força contra uma onda de emoção.

— Se Heimdall contar a Odin o que aconteceu aqui hoje...

— Ele invadirá o reino — sussurrou Rūna. — Fique aqui com Donna. Irei até nosso rei. Mais do que isso, levarei a única outra mulher que conheço que pode ser capaz de suportar sua fúria.

23

E era por isso que ele nunca teria filhos.

— Eu poderia derrubar esse helicóptero inteiro com um raio! — A garotinha não tinha parado para respirar desde que deixaram o espaço aéreo de Buffalo. — Zing! Bam! E caímos!

— Mas você não vai — murmurou Tony, irritado. O gel de primeiros socorros só ia até certo ponto. Ele arrancou o sapato, sangue escorrendo como se estivesse derramando água de uma jarra. Seus olhos ardiam. Ele não conseguia se lembrar da última vez que dormiu mais de duas ou três horas. Deixar Foster ir até Buffalo antes dele foi um erro. (Kevin não contava. Que idiota patético e triste aquele cara tinha se tornado.) Foi edificante? Claro. E esclarecedor. No entanto, isso era uma bagunça. Ele tinha levado uma criança.

Os fins justificam os meios. Era um clichê e Tony nunca queria ser um clichê. Ele apenas garantiria que nada de ruim acontecesse com ela. Se ela não se machucasse, isso seria um trauma, mas seria suportável. Inferno, ele sofreu quando criança e isso o tornou mais forte.

— Mas eu poderia! — Quinn Foster bateu de volta no assento de couro macio. Ela manteve o martelo no colo, embalando-o como um gatinho. No teste final, sua manopla a vácuo foi avaliada em doze mil libras. Tanto poder de sucção não moveu a coisa nem um centímetro, depois, essa pequena e indisciplinada pirralha ergueu-o como se fosse feito de balões.

— Mas você não vai. — J.A.R.V.I.S. os levaria de volta à cidade de Nova York. Tony abriu o armário de primeiros socorros na lateral do helicóptero. Eles estavam gritando um com o outro por causa do barulho das pás. — Olha, garota, acalme-se, está bem? Nossa. Não vou machucar você.

Sibilando de dor, Tony pulou na cabine, pegou dois fones de ouvido e jogou um no banco ao lado de Quinn.

Ela olhou carrancuda para ele.

— Os caras maus sempre dizem isso e estão sempre mentindo.

— Bem, eu não sou um cara mau, então não conta. — Ele voltou a se sentar em frente a ela e acenou com a cabeça para os fones de ouvido. — Coloque isso e coloque o cinto de segurança, você está me deixando nervoso.

— Você me sequestrou!

— Sob pressão, sob… há muita coisa aqui que você não entende e você tem, tipo, seis anos, então, não vou me preocupar em explicar. — Tony colocou o fone de ouvido, esperando que os abafadores de ruído fizessem alguma coisa pela dor de cabeça brutal que ele estava começando a sentir.

— Eu tenho nove anos. — Ela se irritou e abraçou o martelo contra o peito. — Então por que não tenta me explicar. Posso surpreendê-lo.

— Sim, verdade. Você já fez isso. Acho que é um voo longo para Nova York, então acomode-se. — Ele apontou para o fone de ouvido de novo. — E coloque isso. Coloque o cinto de segurança. Está vendo? Não sou um cara mau.

— Pfft.— Ela revirou os olhos e fez o que ele pediu. Meu Deus, ele mal podia esperar para largar essa pirralha com Pepper e nunca mais pensar nela. Ele não precisaria dela por muito mais tempo; havia geradores de energia escura na torre, todos preparados para extrair energia do martelo. Era apenas um dos vários métodos que ele queria tentar. Assim que ele tivesse uma maneira confiável de atacar os portões do inimigo, Quinn Foster poderia correr de volta para a mãe para ser enterrada sob uma montanha de processos judiciais. A dra. Foster claramente tinha violado seu contrato de confidencialidade, portanto, começariam por aí.

A manga da camisa de Tony estava rasgada e ensanguentada, mas ele enrolou o que restava dela e tocou no relógio inteligente. Frank Sinatra cantou pelo fone de ouvido. A criança até revirou os olhos para isso. Para Sinatra! Que ousadia.

— Um pouco clichê, não acha? — comentou ela com um suspiro.

— Não — retrucou Tony. — Não acho. Você ia calar a boca e escutar, lembra?

As sobrancelhas claras dela se ergueram. Ainda segurando o martelo com firmeza com os dois braços, ela olhou devagar para o céu. Ela não podia fazer um raio atravessar o helicóptero de verdade, podia? Sutilmente, ela começou a tremer. Tony se inclinou para a frente.

— *Buu.* — Ela disparou para frente, apenas o bastante para fazê-lo congelar no assento.

— Isso é zoado — falou ele. — Você é uma garota estranha.

— E você é um sequestrador nojento, Fajuto Stark.

Por alguma razão, as palavras *"Vou contar para sua mãe que você falou isso"* vieram à mente dele. Provavelmente porque era isso que as babás sempre gritavam quando Tony se comportava mal na juventude. Sorrindo, ele enxugou o calcanhar cortado com uma toalha, jogou-a no chão e depois cobriu o ferimento com medigel selante, material militar exclusivo. Isso colaria seu pé de novo até que ele pudesse receber atendimento médico de verdade.

— Estamos ouvindo Sinatra porque era o favorito de Happy.

— Quem é esse? — perguntou ela.

— Meu amigo — explicou ele. — Meu *melhor* amigo. Ele morreu quando um bando de alienígenas caiu do céu e começou a assassinar civis no centro de Nova York.

— E você matou minha amiga — respondeu Quinn. — Rūna.

— Tenho certeza de que ela está bem. Ela é mais um dos seus deuses, não é? Provavelmente apenas deu uma volta e passou. Meu melhor amigo era apenas um mortal sem graça, incapaz de se recuperar de um laser de plasma na cabeça.

Isso a calou. Ele podia ver as engrenagens girando em sua cabeça. Tony tinha visto o suficiente das gravações limpas do governo para saber que o pai dela, de alguma forma um verdadeiro deus do raio (Tony ainda estava se acostumando a, bem, *deuses*), tinha empunhado o martelo, tentando ao máximo parar a máquina que haviam trazido. Quando sentiu sua fúria diminuir, ele pegou o celular e colocou-o em cima da coxa, deixando a filmagem do funeral de Happy sem som. William. William estava disposto a morrer para obter respostas, para entender o espelho distorcido em que a realidade havia se tornado. Tony não estava fazendo isso apenas por si mesmo e não era apenas por Happy; havia questões maiores que precisavam de respostas definitivas.

Ele nunca havia dito nada a Pepper, mas entendia William. Reconhecera o desespero e o medo nos olhos do homem; ele via aquele mesmo olhar assombrado refletido sempre que se olhava no espelho.

— Estou com raiva — falou Tony baixinho. Ele pausou a filmagem e guardou o celular. Um vislumbre de William teve um efeito inflamador. — Você não está? O Destruidor matou meu amigo e matou seu pai também. Eu vi acontecer. Eu vi tudo acontecer.

— Claro que estou com raiva, mas não vou sequestrar ninguém por causa disso.

Tony bufou, apontando um dedo para ela.

— Não há nada mais perigoso do que tecnologia que não pode ser controlada. A única coisa pior? Tecnologia que está fora de controle, perigosa e pela qual ninguém assume responsabilidade. Mas isso vai acabar logo. Vai acabar comigo. — Não estavam nem perto da cidade, mas ele apontou para a janela e para o que havia além. — Você é uma garota inteligente. Tenho certeza de que viu as notícias, viu os protestos. O governo está mentindo. O governo está encobrindo tudo porque estão de mãos atadas, porque não sabem como lutar contra um inimigo do espaço sideral. Os americanos clamam por justiça, clamam por respostas, e vou dar-lhes ambas.

— Você não poderia simplesmente pedir com educação?

Tony bufou.

— Pedir o que a quem?

— Pedir para falar com os asgardianos. Rei Odin e rainha Frigga. Talvez eles escutem, sabe. Talvez peçam desculpas.

— Ah, garota, estamos além das "desculpas".

Ela cruzou os bracinhos surpreendentemente fortes sobre o peito.

— Valentões falam assim.

— Talvez sim. — Tony fechou os olhos, exasperado. Estava aprendendo todos os tipos de coisas sobre si mesmo neste passeio. — Talvez sim.

As engrenagens estavam rodando em sua cabeça de novo, seus olhos azuis cuspiam fogo, mas Quinn Foster permaneceu calada. Ela olhou pela janela que ele havia indicado, mas não parecia estar prestando atenção em nada. Tudo bem. Isso era ótimo. Era estranhamente ruim ser tão odiado e julgado por uma criança, mas ele não podia culpá-la. Haveria tempo para fazer as pazes mais tarde. Tudo o que ela quisesse — pôneis, videogames, robôs — ele daria. Ou, Plano A, processá-la com sua mãe mentirosa até acabar com elas.

Valia a pena. Não importava. Seu pé estava latejando junto com as batidas de seu coração, o ritmo se unindo à sua dor de cabeça nascente e ecoando ali. A música que inundava os fones de ouvido piorava a situação, mas ele se recusou a desligá-la. Happy precisava estar em destaque. Isto era para ele, para a cidade que ele amava, para a cidade *que eles* amavam. Nova York. Era fedor, calor, neblina, agitação e movimento. Todos trabalhando duro. Era arte, arte em todos os lugares, tanta gente desesperada para fazer arte, lotando os metrôs, as calçadas, os parques, os teatros. Era sentir uma brisa de verão no West Side Piers, tomar café no Washington Square Park em um sábado, passar uma tarde inteira nos Cloisters do Met, na paz religiosa da sala de leitura da NYPL. O murmúrio de motores de caminhões parados. Gaivotas gritando acima de barcaças de lixo. Um saxofone solitário à meia-noite chorando para uma cidade cruel. Um flashmob cantando músicas para uma multidão que passa.

Eram 19 milhões de pessoas feridas e com medo, esperando que alguém revidasse depois de levarem um forte golpe no estômago.

Resiliente. A cidade era resiliente. E ele seria o ícone de resistência deles.

Uma hora e meia depois, o helicóptero pousou na plataforma de pouso que coroava a Torre Stark. Pepper, graças a Deus, estava esperando por ele. Seu rosto estava contraído, seu comportamento geralmente imperturbável, um tanto abalado. Talvez tivesse sido a mensagem que ele enviou no helicóptero, avisando-a de que as coisas não tinham corrido bem, que agora havia uma criança envolvida. O médico pessoal de Tony, Rahul Banerjee, ficou ao lado de Pepper. Ele era atlético e bonito, com uma confiança reconfortante e sobrancelhas grossas e expressivas.

— Você não estava brincando — sussurrou Pepper, com os olhos arregalados de horror ao ver Quinn Foster encolhida no assento. Ela havia tirado os sapatos, as meias listradas visíveis, enquanto ela se sentava com as pernas cruzadas como um Buda. Muda, ela balançou a cabeça de um lado para o outro.

— O que foi? — bradou ele. Em seguida, colocou o dedo indicador no ar e o girou. — Tire-a do helicóptero. Doutor, você pode me costurar na caverna de trabalho. Estamos caminhando, estamos caminhando, estamos caminhando, pessoal.

— Como assim "o que foi"? — questionou Pepper, esfregando o rosto, exasperada. O vento gritava no alto do arranha-céu, destruindo-os. Fitas roxas envolviam a cidade, a noite caindo. — Só estou tentando imaginar o que nosso departamento jurídico dirá quando isso vier à tona. Qual é o neologismo corporativo preferido para colocar crianças em risco?

— Tenho certeza de que você vai pensar em alguma coisa — falou ele, tocando-a de leve no ombro.

— Tony, espere, eu estive ao seu lado em algumas coisas malucas, mas...

— Agradeço por isso de todo o coração, Pepper, e acho que seu salário reflete adequadamente esse fato. Agora tire aquela criança e sua tecnologia alienígena do meu helicóptero e leve-a para o escritório. Podemos carregar o elevador de manutenção com a tecnologia de sifão e trazê-lo até aqui em cima. Não gosto da ideia de ter um buraco de minhoca escavando a ambição da minha vida.

— Certo — disse Pepper com os dentes cerrados. — Não queremos isso.

— E mande seguranças para cá — gritou Tony para ela a caminho dos elevadores, com o médico logo atrás. — Vários. Ela é briguenta.

Mesmo com o pé totalmente quebrado, Tony correu até os elevadores. O dr. Banerjee estava enchendo o ar vazio com sugestões extremamente razoáveis para tratar seu ferimento. Estava ótimo. Tony estava a 380 mil quilômetros de distância, ou seja lá quão longe estivesse da misteriosa terra alienígena, Asgard. Longe. Tão longe. Mas estava mais perto agora. Perto o bastante para que não conseguisse parar de suar com a possibilidade selvagem e absoluta de tudo isso. Quem era Neil Armstrong? Tony Stark abriria caminho até o lar dos vikings espaciais e lhes ensinaria uma lição valiosa sobre política interestelar.

— Parece haver uma quantidade não insignificante de sangue no elevador, sr. Stark — dizia o médico, enquanto eles disparavam pela extensão da Torre Stark até seu porão. As portas soaram e se abriram. Tony avançou depressa, entusiasmado com a agitação e os gritos inebriantes dos construtores que redimensionavam as peças do Destruidor e com o cheiro de plástico derretido do filamento quente que emanava das impressoras 3D. Era o perfume da indústria. A sinfonia do progresso.

Tony pulou em uma perna só em direção à sua mesa, sentou-se na cadeira e apoiou o pé machucado em uma das caixas de transporte abertas e descartadas. Com alguns olhares furtivos para o trabalho que acontecia ao seu redor, o dr. Banerjee se ajoelhou para atender seu paciente.

—J.A.R.V.I.S., leve os geradores para o escritório — ordenou Tony, torcendo-se desconfortavelmente para manter a perna esticada e acessar o gerenciador de fluxo de trabalho em sua área de trabalho. Ele tinha um talento especial para estar sempre dez passos à frente, da concorrência, de seus funcionários, de todos, mas Tony havia se superado com o projeto Destruidor. Não era um processo contínuo, é claro, mas a eficiência era impressionante. Surpreendeu até a si mesmo. Qualquer outro fabricante teria levado de seis meses a um ano apenas para preparar um protótipo, e lá estava ele, a menos de dois meses da concepção, com um traje funcional promissor. O fato de a máquina asgardiana já ser elegante em seu design e forma tinha ajudado, lindamente simples, uma fruta grande e madura implorando para ser colhida por um inventor mais ambicioso.

A caixa de entrada dele estava repleta de respostas de colegas. Ele havia enviado algumas perguntas sobre seus planos, sobre diferentes fontes de energia para o Destruidor e sobre o sistema de refrigeração necessário para um homem integrar suas partes mais cruciais em um traje utilizável. Tony não teve receio de incluir planos técnicos completos, já que mesmo as estrelas mais brilhantes de sua área não tinham os recursos ou a coragem para de fato fabricar a coisa.

DR. OTTO OCTAVIUS
RE: quero checar uma coisa com você, rápido

WARREN WORTHINGTON III
Squash na sexta?

HANK PYM
RE: quero checar uma coisa com você, rápido

J.A.R.V.I.S.
Relatório de manutenção automatizada

DRA. KAVITA RAO
Isso é um pedido de ajuda?

E SE... LOKI FOSSE DIGNO?

VICTOR

RE: quero checar uma coisa com você, rápido

PEPPER POTTS

assine isso até quinta (é sério)

A maioria de seus colegas respondeu algo como: isso é provável, mas com certeza não é aconselhável. Houve alguns que negaram, mas sempre havia. Não conseguia se lembrar de ter feito planos com Warren para fazer as pazes, mas Tony andava bastante disperso ultimamente. Os dias viravam borrões de cores se misturando. Cada minuto era programado, mas, de alguma forma, sempre havia algo a fazer: um e-mail esquecido, uma reunião cancelada, comida japonesa intocada em sua mesa. Uma corrente indefinida, mas real, de energia frenética fazia com que parecesse que nunca havia tempo suficiente, prometendo que ele podia se mover mais rápido se quisesse.

Tony encontrou uma barrinha de proteína pela metade em meio aos detritos em sua mesa e a devorou, faminto. Uma chuva de migalhas caiu em cima do médico, que lhe lançou um olhar furioso. Tony sorriu, de boca cheia, e segurou os lados da cabeça de brincadeira.

— Protetores de ouvido, doutor. Você não ouviu nada.

Banerjee resmungou alguma coisa e voltou ao trabalho.

Rindo, Tony se inclinou em direção ao monitor.

— É isso, está me dando arrepios, J.A.R.V.I.S. Os modelos estão corretos?

— Estão, senhor. A montagem inicial será concluída ao redor das 4h.

Tony coçou, pensativo, o cavanhaque.

— Não gosto muito do sistema de abastecimento exposto nessas botas, J.A.R.V.I.S.

— Um subproduto lamentável da integração de seu projeto com o da máquina. Absolutamente necessário, senhor, se quisermos cumprir o seu cronograma rigoroso para o Destruidor de Ferro.

O Destruidor de Ferro.

O Destruidor de Ferro.

Graças ao medigel, Tony não sentiu nada enquanto o dr. Banerjee costurava seu pé. A adrenalina o manteria quando o efeito dos analgésicos passasse.

— Então, amanhã de manhã estarei em Asgard — murmurou Tony, surpreso. — Serei indestrutível. Serei vingança.

Até J.A.R.V.I.S., uma IA, parecia extremamente satisfeito.

— Parece que sim, senhor. Parece que sim.

24

Do outro lado da ponte do arco-íris, as vanguardas de prata e ouro de Asgard se preparavam para a guerra. Além dos portões, ao longo das muralhas, pontas de lanças cobriam as proteções, tambores soavam, convocando soldados para suas fileiras. Em circunstâncias diferentes, teria enchido Rūna de admiração, mas, do jeito que as coisas estavam, enviou uma onda elétrica de medo por suas costas.

— *Isso* foi emocionante — disse a dra. Foster, meio atordoada enquanto dava os primeiros passos sob a cúpula que protegia a abertura da Bifrost. Ela se agarrou firmemente a Rūna enquanto viajavam pela Bifrost até Asgard. — Thor sempre prometia me trazer. É muito melhor do que ele descreveu.

— Saudações, Jane Foster.

Heimdall estava lá, é claro, em seu posto habitual. Suas palavras foram calorosas, mas Rūna rapidamente percebeu a preocupação gravada fundo em seu rosto.

— Você é Heimdall — falou Jane, alisando seu paletó amassado e estendendo a mão. O alto guardião do portal dourado olhou para aquela mão por um momento antes de pegá-la com cautela.

— Eu sou ele — respondeu Heimdall. — E você está ficando sem tempo. Odin Pai de Todos vem de hora em hora perguntar pela neta. Não consegui esconder a verdade sobre a captura dela.

— Ela está bem? — perguntou Jane, largando a manopla de Heimdall para agarrar seu antebraço com as duas mãos. — Diga que minha garotinha está bem.

Heimdall abaixou a cabeça, consolando-a gentilmente.

— Ela está ilesa, Jane Foster.

Rūna pegou Jane pelo cotovelo, levando-a embora.

— Por enquanto. Mas não há como dizer quantos inocentes morrerão se Asgard for invadida por causa da arrogância de Stark.

— Nosso destino agora recai sobre você, Rūna. Deve influenciar o rei, embora eu tema que não será fácil. A dor nublou a mente dele — informou Heimdall, virando-se para vê-las partir. — Pensamentos de guerra o acalmam e o desviam do caminho da temperança. Ele não tem sido o mesmo desde que perdeu os filhos.

Elas não podiam mais ficar ali, embora Rūna não estivesse interessada em seguir adiante; ela havia feito um voto solene de servir ao trono de Asgard e, como Valquíria, era seu orgulho e sua honra fazê-lo. Nunca o rei lhe pedira algo que ela não desse de boa vontade. Ela não tinha o próprio pai. Valquírias ganhavam vida totalmente formadas, criadas com escudo e lança nas mãos. Alguns acreditavam que as Valquírias nasciam dos sonhos de uma vidente itinerante; outros alegavam que o lúgubre lamento das almas perdidas tentando encontrar Valhalla as trouxe à existência. Qualquer que fosse a verdade, Rūna nunca tinha conhecido a ternura do toque de uma mãe, apenas a camaradagem e a devoção de suas companheiras donzelas escudeiras. Como Odin era seu comandante e seu soberano, era natural que ela olhasse para ele em busca da aceitação que um pai poderia oferecer. Estava bem ali no título dele: Pai de Todos. Ele era um guardião de todos, não apenas de seus nobres filhos.

Rūna conduziu Jane atravessando a ponte. Podia sentir a exaustão da mulher. Jane estava de pé por pura força de vontade, por puro amor e preocupação pela filha. Ainda assim, ela encontrou tempo para se maravilhar com as paisagens que a saudavam — as altas torres de Valaskjalf serpenteando acima da cidade; as águas límpidas do Mar de Neytr derramando-se sobre os penhascos circundantes, fluindo sempre em direção às estrelas; as torres encantadas flutuando acima do horizonte como diamantes pendurados em arame de fada. Rūna tentou imaginar ver isso pelos olhos mortais de Jane e seu peito se apertou de emoção, de admiração e amor por seu lar. Os portões se abriram para elas, os degraus que levavam à cidade propriamente dita estavam tomados por soldados que se reuniam.

Um murmúrio sombrio as seguiu. Rūna podia sentir seus olhos curiosos e espreitadores.

— Isso é ruim — sussurrou Jane. Seus olhos estavam arregalados conforme ela olhava ao redor para o número de asgardianos armados. — Como você vai impedir isso?

Elas pararam no topo da escada, o palácio assomando à frente. Rūna pigarreou, mudando de posição.

— Não acho que posso. Mas você, Jane Foster, talvez possa persuadir meus soberanos.

O rosto de Jane empalideceu.

— Eu? Está brincando? Achei que só estava me trazendo aqui para me manter a salvo de Stark!

— Esse foi um dos motivos, sim — respondeu Rūna. — O outro era trazê-la diante de Odin e Frigga e lhes implorar por compreensão. Por tempo.

— Não, não, não. — Jane sacudiu a cabeça. — Não posso... eu não... — Ela passou a mão na boca e girou Rūna de costas para a multidão que escutava abaixo, baixando a voz. — Eles provavelmente me desprezam! Provavelmente desprezam a mera *ideia* de mim. Eles nem sabiam que eu existia! Nossa família era o grande segredo do filho deles, e olha, eu sei que você ainda não passou muito tempo na Terra, mas acredite em mim quando digo que a culpa de tudo é da nora. Tudo. Eles nunca vão acreditar que esconder tudo isso, manter esse segredo, foi ideia de seu precioso filho.

— Fale isso para eles — insistiu Rūna, arrastando-a em direção às portas do palácio. — Mas de um jeito melhor. E não sorria. E faça uma reverência sempre que puder. E tente não xingar.

— *Rūna.*

Ela se recusou a diminuir o passo. Heimdall estava certo; estavam sem tempo. Ela estava relativamente confiante de que ela e Loki seriam capazes de resgatar Quinn e Mjolnir da posse de Stark, mas isso ficaria significativamente mais complicado se Odin decidisse invadir Midgard. A guerra gerava calamidade, caos e vítimas inocentes. Os sentinelas de plantão observavam em silêncio por trás de capacetes altos e obscuros. Cada um deu à Valquíria um aceno solene e sutil de reconhecimento.

— Aconteça o que acontecer, o que quer que eles decidam, ficarei ao seu lado e de Loki e faremos com que sua filha retorne em segurança.

— Realmente confiaria em Loki para ajudar? — perguntou Jane. Rūna reprimiu um arrepio de desgosto.

— Confiaria. Eu confio. Algo está mudando nele.

— Não sei. Thor nunca teve coisas elogiosas a falar sobre o irmão.

— Nem eu — afirmou Rūna sem rodeios. — Mas ele entrou na batalha sem egoísmo, abandonou todas as ambições de conquista, e, quando lutou ao meu lado, o escasso poder que possui conjurou um martelo quase à imagem do Mjolnir. E, mais do que isso, vejo nos olhos dele: ele tem um carinho verdadeiro por sua filha.

Jane lambeu os lábios, nervosa, limpando uma sujeira invisível da manga.

— Provavelmente porque ele quer achar uma maneira de pôr as mãos no Mjolnir.

Rūna parou de repente. Elas estavam fora da sala do trono. As portas estavam fechadas, os sentinelas com escudos flanqueando a entrada encaravam-na à espera de uma ordem. Ela encarou Jane, com a testa ligeiramente franzida enquanto olhava para ela.

— É isso que você teme? Que o manto do pai seja negado à sua filha?

Jane recuou, nervosa.

— Não, eu… não. Nunca quis nada disso. Eu nunca quis que ela seguisse os passos de Thor, só queria que ela fosse uma criança normal com uma vida normal.

Inesperadamente, Rūna viu-se se importando. Não apenas com a futura princesa de Asgard, Quinn, mas com Jane também. Até aquele momento, as pessoas da Terra a tinham chocado com sua tenacidade e, sim, seu principal inimigo também era um terráqueo, mas o humor e a força que ela viu em Jane, Donna e Quinn a surpreenderam. O lugar aparentemente também havia transformado Loki, que se tornara quase palatável. Com as suas vidas curtas e frágeis, não é de admirar que tantos mortais caíssem nas tentações da ganância e da corrupção; eles levantavam a cada dia com o Trasgo de Rocha da mortalidade pressionando-os.

E com esse medo e brevidade a considerar, Jane só queria algo simples e bom para a filha. Como seria, perguntou-se, ser tão amada? Ser o centro do universo de alguém?

Rūna suspirou.

— Sinto muito, Jane. Acho que já ultrapassamos essa fase.

Elas entraram.

Sif e os Três Guerreiros estavam presentes, ajoelhados ao longo do amplo tapete que conduzia aos tronos. O cão de caça de Loki, Thori, despertou com a chegada delas, a papada balançando com baba, enquanto ele corria até ficar ao lado de Rūna e enterrava o focinho em sua coxa.

Os corvos mantinham vigília atrás de Odin, que estava neste momento terminando um discurso para seus generais escolhidos, que o escutavam de joelhos. Dois skalds cantores estavam atrás da rainha, envolvidos em vestes roxas, cobrindo os rostos com as mãos enluvadas e murmurando uma nota sombria, enquanto Odin dava seu comando.

— Protetores do reino, ouçam! Dirigimo-nos agora até Midgard, uma vanguarda com um só coração. É uma tristeza termos que marchar para o campo distante e estrangeiro que reivindicou o querido filho de Asgard, mas também é com a alegria futura em mente, pois retornaremos com uma princesa. E Mjolnir... o precioso Mjolnir. Embora eu o tenha convocado, Mjolnir não me atende, ele não retornará a este reino apenas pelo meu desejo, mas também será recuperado. Garantiremos o futuro do Reino Eterno. — Com precisão, ele bateu a ponta da lança uma vez contra o chão de pedra, e o som ecoou bem acima dos skalds cantores. Frigga estremeceu.

Quando seu único olho pousou em Rūna e Jane, ele caiu na gargalhada.

— Agora aqui está mais uma defensora para nossa causa! — exclamou Odin, abrindo os braços em gesto de amizade para Rūna. — Bom! Isso é bom. E aqui está alguém que não conheço, mas suspeito que seja a mãe da princesa de Asgard. Não tema, mortal, você é bem-vinda aqui e fique tranquila: em breve esmagaremos o vilão que ousou pôr alguém da família em perigo.

Jane se encolheu quando Odin desceu os degraus do estrado em direção a elas. Ele era um homem formidável, nevado, escarpado e sólido. O olhar da rainha se enterrou na testa de Rūna. Por fim, hesitante, ela deixou que seus olhos se encontrassem. Imediatamente ela absorveu o medo da rainha. Um dos corvos de Odin grasnou, chamando sua atenção, e ele notou o olhar tenso que Rūna compartilhava com sua esposa.

Os braços de Odin caíram ao lado do corpo.

— Ah. Ah, entendo. Você não veio me abraçar em amizade, veio? Não importa. Nós vamos marchar. — Ele lançou um único olhar fulminante para Jane Foster antes de continuar avançando pelo tapete. Parando perto de Sif e dos outros, ergueu a lança como se fosse ungi-los. — Venham, defensores leais. Vamos marchar.

A sala do trono começou a esvaziar, um êxodo liderado por Odin. Frigga permaneceu, todas as suas partes ricas e diáfanas embotadas no corredor escuro. Ela mantinha as mãos firmemente entrelaçadas enquanto se aproximava de Jane e Rūna.

— Ele deve ser detido — sussurrou Rūna para a rainha após uma reverência curta. Todas as tradições esquecidas no pânico do momento. — Minha rainha, por favor, guerra contra Midgard é um erro. Esta é a provocação deliberada de apenas um homem. Não há necessidade disso. Loki e eu...

Sif e os Três Guerreiros ficaram de pé. Embora estivessem ao lado de Odin, seus rostos exibiam o mesmo ceticismo congelado que o da rainha. Odin ouviu Rūna e bateu sua lança implacavelmente no chão. Erguendo um braço trêmulo, ele apontou para Rūna.

— *Loki.* Você é de fato uma tola, Valquíria, por colocar sua fé tão levianamente. Arrancado do sono de Odin, mergulhado na escuridão inquieta, acordo agora para ouvir os tambores da guerra. Eu tinha me esquecido de mim. Tinha esquecido a força vital de nosso povo. A lança, o martelo, o escudo, o corvo que arranca olhos e o cão que rasga a garganta, esses são os símbolos dos asgardianos. Eu tinha esquecido, mas agora, com a lança na mão, eu me lembro e, portanto, marchamos. Um arrogante procura usar nossa própria arma contra nós, esforça-se para invadir nossas terras e sangrar nossas ruas, e nenhum rei de imaginação e comando permitiria isso. — Sua capa vermelha arrastava atrás dele enquanto prosseguia pelo salão em direção às portas abertas. Rūna segurou Jane pela mão, correndo atrás dele.

— Por favor, Pai de Todos, deve acreditar em mim. Não estará invadindo uma vila solitária. Vidas inocentes serão perdidas, e esse Stark... Ele é imprevisível. Irresponsável. Não há como dizer o que ele fará caso se sinta ameaçado pelo poder de nossos exércitos... — Quando ele não parou, ela fez o impensável: o tocou, puxando-o para que parasse.

Odin retaliou imediatamente, golpeando com o braço. Ainda havia muita força no deus, e Rūna voou com força contra o arco das portas, grunhindo, enquanto deslizava até o chão, com a capa amontoada por cima dela.

— Ei! — ofegou Jane, indo até Rūna e apoiando-a.

— A garota deve ser trazida para cá. Ela deve ser ensinada — declarou Odin, como se não tivesse ouvido uma única palavra.

Rūna viu o relâmpago serpenteando nos olhos de Jane.

— Fale, Jane. Eu estou bem.

Ela ficou de pé sozinha e Jane se afastou. A humana lançou um olhar de Rūna para Frigga, esperando por algum tipo de consenso. Mas Odin não estava diminuindo a velocidade, e seus passos determinados e pesados o levaram para fora do salão, depois para baixo, em direção aos portões do palácio e aos soldados ali reunidos. Havia um murmúrio crescendo lá, inquietação, anseio por ordens, por ação. Jane avançou correndo, saindo para a luz prateada, Rūna e a rainha não muito atrás.

— Se ele a atacar, vai matá-la — murmurou a rainha, abalada.

Rūna segurou o braço da soberana. A pele dela estava igual a gelo. Jane se colocou entre Odin e a multidão que esperava as ordens dele.

— Minha filha está lá embaixo — falou ela, parando. Seus olhos se encheram de lágrimas, mas seus ombros estavam retos e altos, enquanto ela encarava o deus-rei. — Quinn. Filha de Thor. Sua neta. O que acha que fará com ela, colocando tudo isso sobre seus ombros? Como acha que ela vai se sentir quando descobrir que uma guerra foi travada por causa dela?

Odin fez uma pausa, observando Jane com atenção pela primeira vez. Rūna congelou. Jane falou com bom senso; Odin com certeza lhe daria ouvidos.

— Se ela for uma verdadeira filha de Asgard, ela aceitará o custo.

Um grito de celebração se elevou dos soldados. Eles queriam lutar pelo reino. Queriam resgatar a princesa.

— Você não sabe nada sobre ela — sussurrou Jane cruelmente. — Sempre me perguntei por que Thor queria nos esconder de você. Agora faz total sentido.

A ira de Odin faiscou, seus olhos brilhavam, uma luz poderosa inundava seu corpo e sua lança. Era agora ou nunca, o momento de honrar a promessa que fizera aos mortos. Rūna avançou, jogando-se na frente de Jane antes que o golpe da lança acertasse, absorvendo o golpe do rei antes que pudesse ferir ou matar Jane. Uma onda de dor, uma onda de trovão, explodiu do ponto de contato. Rūna foi lançada no ar, fazendo um arco acima dos degraus, caindo de costas, olhando para os rostos surpresos dos guerreiros de Asgard.

— Você esquece seu lugar, Valquíria! — rugiu Odin. — Você ultrapassa os limites.

A dor tinha que ser ignorada. Tinha que ser esquecida. Jane ficou boquiaberta enquanto olhava para Rūna, com as mãos para cima e abertas, congelada ali em defesa. Foi necessária a força que restava nela para ficar de pé e enfrentar seu rei mais uma vez.

— O príncipe Thor está morto, farei meus votos e manterei meu juramento, mas para a filha dele, para o futuro de Asgard e para o bem de nosso reino.

Odin cortou o ar com a lança e depois a inclinou em direção a ela. Cordas de energia cuspida se reuniram ali, esperando que o comando de Odin fosse dado.

— Você vai cessar essa traição inútil. Ocupará seu lugar na vanguarda, Valquíria, a qual pertence.

Cuidadosamente, notou o movimento astuto de Frigga em direção ao rei. A mente de Rūna corria disparada, um plano improvisado se concretizando em segundos. Conhecia as intenções da rainha. Melhor do que isso, conhecia as próprias. Considerou Loki ridículo quando ele sugeriu que deveriam se livrar dos ciclos que os aprisionavam e definiam, mas agora a verdade era evidente. Aquela guerra não era justa; os generais oponentes agiam por paixão, não por sabedoria.

Devemos decidir nosso próprio futuro agora.

Essas tinham sido as palavras de Loki. Ela as manteve como um talismã próximas ao coração, enquanto acenava uma vez, sutilmente, para a rainha. Frigga era uma feiticeira talentosa e, com as mãos recém-firmadas, ela deixou laços roxos e dourados de sua magia voarem em direção a Odin, enrolando-se na lança e puxando-a para o lado. A explosão da lança de Odin disparou, inofensiva, na direção do éter. Jane saltou para trás, pega pelos Três Guerreiros em volta dela. Rūna esticou o lábio inferior e cerrou os dentes, depois deu um assobio longo e alto convocando seu corcel.

O cavalo alado branco surgiu acima das torres de Valaskjalf. Era Skæva, e o animal mais magnífico e leal que Rūna conhecera. Os dois compartilhavam mil anos de feitos e mil noites de Rūna escondida sob suas asas sedosas enquanto dormiam. O coração dela disparou ao vê-lo. Skæva chutou o ar, depois mergulhou, deslizando suavemente pelos portões até onde Rūna esperava, pronta para montar.

— Vá! Salve a criança! — Ela ouviu a rainha Frigga gritar. — Eu protegerei a mãe dela!

E SE... LOKI FOSSE DIGNO?

Odin havia se recuperado e cambaleava em direção às escadas, depois se apoiou em sua lança, observando, enquanto a Valquíria montava no cavalo e voava a toda velocidade em direção à Ponte Arco-Íris.

25

Depois que os bombeiros, os policiais e a equipe de reboque partiram, bem depois de escurecer, Donna e Loki atenderam ao chamado de seus estômagos que roncavam. Por telefone, ela convenceu um garçom de seu pub favorito a vir lhes trazer um pedido urgente de sanduíches de rosbife. Era uma obsessão local e uma que Donna lhe apresentara logo após o início de seu exílio: uma pilha de carne malpassada em um pãozinho especial polvilhado com sal e sementes de cominho. Donna agora tinha uma mala cheia de dinheiro, uma impressionante reivindicação de seguro para dar entrada e não tinha Mjolnir ocupando sua propriedade. Com suas novas riquezas, ela deu uma gorjeta de duzentos dólares à garçonete atormentada que tinha vindo entregar a comida.

Eles cavaram uma cova para Brian, cobriram-na com pedras, acenderam uma fogueira ao lado, puxaram cadeiras de jardim arruinadas e comeram o jantar à meia-noite. Thurman Thomas, o pug, cochilava no colo de Donna.

— Deuses, bilionários, tiroteios e nada supera a glória atemporal deste bebê aqui — declarou Donna, dando um beijo amoroso na crosta salgada de seu sanduíche. Era um alimento adequado para a barriga de guerreiros asgardianos. — Onde quer que seu espírito esteja, Brian, espero que haja muitos grilos para mastigar com seus amigos.

Loki olhou para as chamas, segurando seu sanduíche com ambas as mãos.

— Se ele fosse do meu povo, estaria em Valhalla, o eterno salão de hidromel dos guerreiros. Lá os skalds cantam para sempre sobre feitos bons demais para serem esquecidos, entoando nomes para mantê-los vivos.

— Talvez haja uma versão para geckos — sugeriu Donna.

— Espero que sim.

Ele não conseguia parar de pensar em sua sobrinha sendo levada para o céu. Era uma derrota que ele não conseguia sofrer levianamente. A ociosidade, a espera, davam-lhe vontade de arrancar a própria pele. Onde estavam Jane e Rūna? Por que estavam demorando tanto?

Seu pai ridículo e teimoso, é por isso que estão demorando tanto.

— Vamos resgatá-la — afirmou Donna, lendo a expressão dele. Ela estendeu a mão por cima das cadeiras e a apoiou no pulso dele. As chamas estalaram e arderam, a fumaça foi girando até o céu. Os veículos de emergência já haviam partido há horas, os restos do trailer de hóspedes estavam empilhados em algum aterro sanitário. Havia muitas testemunhas para que o hipnotismo de Loki fosse útil, e ele tinha a sensação de que Stark se livraria da responsabilidade pelos danos de alguma forma.

Não se ele estiver morto.

Loki afastou o pensamento; o que importava era encontrar Quinn antes que Stark fizesse algo irreversível. Apertando o pulso dele, Donna suspirou. Ela parecia estranhamente calma. Pacífica.

— Quer saber? Estou feliz por você ter ficado — declarou ela. — Você estava certo, ha. Eu não ia conseguir lidar com aquele idiota sozinha. Aquela garota, Rūna, sabe lutar mesmo. Nunca vi ninguém levar um golpe tão forte e continuar andando.

— E agora você tem dinheiro para reconstruir.

Ela acenou para ele.

— Não, cale a boca. Não é isso que importa aqui. Seja qual for o próximo passo, vamos superar juntos. — Loki olhou para ela, perplexo com a gentileza. Donna bufou. — Alguém já lhe disse que você não é tão ruim assim?

— Não.

— Ah! Você é um bom amigo. Demorou um pouco para você chegar nesse ponto, admito, mas chegou. Não se tratava de dinheiro, mas de se esgueirar, de roubar. Mas você protegeu a mim e aos cães. Nem todo mundo muda, a maioria das pessoas fica acomodada no próprio traseiro para sempre. — Ela faz uma pausa. Respirou. — Brian teve sorte de ter você. *Eu tenho* sorte de ter você.

Um sorriso lento se espalhou pelo rosto dele.

— Ah! Que triunfo! Ser tolerado.

— Ser apreciado — corrigiu ela. — Amado até.

O nariz de Loki coçou; ele olhou para ela, essa pessoa que ele achava ridícula, que planejava usar, manipular e descartar.

— Não assim — gemeu Donna. — Amor entre amigos, é uma ideia tão complicada?

— Sim — respondeu Loki, dando de ombros. — Ou melhor, era.

— Hum. Bem, vou brindar a isso — disse ela. Ela tinha terminado o sanduíche, limpou a boca com a manga da blusa e se levantou, segurando Thurman Thomas debaixo do braço. — Quer chá para dormir ou algo do tipo? Essa fumaça está acabando com minha garganta, preciso de um descanso.

— Vou ficar aqui fora mais algum tempo — respondeu ele, balançando a cabeça.

— Como quiser. Não fique sentado a noite toda, a fumaça faz mal. — A poucos passos do fogo, ela parou, sentindo o cheiro de madeira queimada no ar. — Eu adoro esse cheiro. Faz com que eu me sinta uma criança de novo. Sempre significava que o ano letivo e do futebol estavam chegando.

Ela o deixou, atravessando a propriedade vazia até o próprio trailer. Os cães no pátio cercado dormiam no galpão dos fundos, trancados ali para a noite. Sozinho, Loki balançou a perna, enquanto segurava os braços da cadeira. *Amor.* O amor de uma amizade verdadeira. Isso era algo a se proteger. Ele já havia protegido coisas antes: seu ego, quer dizer, e sua posição como principal rival de Thor. Agora devia haver um Loki sem Thor, mas ele não precisava ser o mesmo de antes. Livre do ciclo que o criara, o que ele poderia se tornar?

Um galho se partiu no mato atrás dele. Os cabelos de sua nuca se arrepiaram. Loki virou a cabeça, escutando. O pátio ficou silencioso por um momento, mas Loki percebeu o que estava errado. Levantou-se e piscou para a escuridão que invadia o poço de luz criado pela fogueira. As árvores nos limites da propriedade tinham seu formato habitual, mas uma sombra se aproximava, seu contorno mais nítido à medida que chegava perto, permanecendo um pouco tímido em relação à luz.

Loki ignorou a sensação de frio em suas mãos. A magia nele se agitou, uma nova luz deu força às chamas, enquanto um martelo verde brilhante se materializava em sua mão direita.

— Revele-se — rosnou. — Eu sei que você está aí.

— Minhas condolências, príncipe Loki. — A voz era ricamente feminina, familiar, e a altura da sombra a denunciava. Kvisa. Ela ficou cada vez mais alta, não mais do tamanho de uma anã, mas de um homem humano. Ele se aproximou mais uma vez e Loki viu que ele estava pesadamente envolto em uma capa preta texturizada. Escondia o rosto, mascarando sua identidade. — Ou devo dar meus parabéns? Afinal, você devia estar me agradecendo; seu maior rival se foi e logo Asgard repousará em cinzas.

Havia algo em sua mão enluvada, um livro, mas era um erro considerá-lo desarmado. Segundo Rūna, o adversário tinha acesso a magia poderosa.

O estranho riu baixinho e acenou com a cabeça em direção ao martelo espectral.

— Pode dispensar isso. Não estou aqui para atacar, e mesmo com todos os seus poderes de volta, você não seria páreo para mim.

Quem quer que fosse, enganou o trapaceiro, usou o disfarce de Kvisa e depois Loki para os próprios fins e assassinou Thor por algum grande esquema que nenhum deles conseguia compreender. Loki sorriu, assentiu, esperou até sentir a tranquilidade do homem retornar e então partiu para cima dele, golpeando com o martelo.

A arma conjurada sempre tinha sido leve para ele, mas se transformou em nada ao errar por pouco a cabeça do desconhecido. Ele se esquivou do golpe, movendo-se como névoa, recuando, a mão livre deslizou ao longo do cabo verde do martelo antes de arrancá-lo das mãos de Loki. Ele se reconstituiu de vapor roxo na mão do homem e, antes que Loki pudesse piscar, seu próprio martelo estava sob seu queixo.

O estranho empurrou com força suficiente para fazer Loki ofegar e engasgar.

— Viva o resto dos seus dias aqui, Loki — falou o homem, deixando o martelo cair e depois desaparecer por completo. Ele estava usando algo para alterar a voz, magia ou tecnologia, dando às suas palavras um tom distorcido e sussurrado. — Você está livre. Aproveite essa nova vida que encontrou, certo? Por favor, considere isso meu presente para você. Não resista ao que vem a seguir. Não lute contra o inevitável. — Ele voltou às sombras, apenas uma escuridão vaga entre trevas mais profundas. Jogou algo na direção de Loki; era o livro que estivera segurando. Loki o reconheceu, era um manual de autoajuda de seu trailer que havia sido jogado para longe pelo ataque de Stark. A capa estava gasta e torta, mas à luz do fogo Loki viu uma praia repleta de pedras lisas e água espumosa.

— Você é uma pedra no riacho. Apenas uma pedra no riacho. — O estranho, então, tirou um cristal roxo pulsante de dentro da capa, segurando-o até que as chamas capturassem a incrível miríade de fios que o atravessavam. Refletiu a luz. — Você, uma pedra, e eu, a corrente. Você, nada, e eu, praticamente um deus.

— Não vou receber sermões de um covarde que se recusa a se revelar — rosnou Loki, pegando o livro e atirando-o na fogueira. Ele cuspiu no chão. — Meus poderes retornarão e, então, veremos quem está destinado à grandeza e quem não é nada.

Houve um som suave e sibilante ao longe e acima, e o berro agudo de um cavalo relinchando. Loki franziu a testa, olhando para o céu e em direção ao som, um cavalo branco desceu da noite como um punhado de nuvem, se destacando de uma grande margem. Aterrissou num trote gracioso, conduzido habilmente por sua condutora, que estava vestida de azul. Rūna. Ele sentiu uma onda de gratidão pelos reforços, mas até registrar a chegada dela, o estranho havia desaparecido, escapando silenciosamente.

Loki disparou para frente, conjurando seu martelo, iluminando a área, revelando nada além de arbustos e detritos espalhados. As árvores tremeram. As chamas se elevaram. Rūna saltou de sua montaria e se juntou a ele na escuridão.

— Aquele mago astuto me fez uma visita — murmurou ele. Provavelmente parecia louco lutando sozinho nas sombras

— Com qual propósito?

— Para entregar uma mensagem — respondeu Loki. Ele deixou o martelo desaparecer com um movimento frustrado dos dedos antes de voltar para a fogueira. Lá encontrou os restos carbonizados do livro morrendo nas chamas. — Para ordenar que eu faça… nada. Tentei apreendê-lo, mas ele roubou o martelo conjurado da minha mão sem nenhum problema. A voz dele estava distorcida quando você o encontrou?

— Estava.

— Como um sussurro metálico frio?

— Exatamente.

Loki rosnou.

— Ele era poderoso. E arrogante.

— Seja qual for o objetivo dele, vai ter que esperar — disse Rūna, um pouco sem fôlego.

— Cadê a Jane? — perguntou Loki, surpreso ao descobrir que Rūna havia retornado sozinha.

Rūna balançou a cabeça.

— Eu não pude trazê-la, mas consegui ajuda.

— O cavalo? — bufou Loki. Seus olhos continuavam vagando até os limites da propriedade. Temia que o estranho permanecesse ali, escutando-os. Quem era ele? O que queria? — Meu pai não poderia enviar mais nada?

— Eu o desafio mesmo agora, estando aqui com você. A rainha cuidará de Jane e, conhecendo nossa amiga humana, reunirá aliados em torno de si. — Bufando, Rūna desabou em uma das cadeiras vazias. Seu cavalo se aproximou, apoiando o focinho em seu ombro. — Um momento de descanso e depois partiremos em Skæva.

Loki a encarou boquiaberto e lentamente começou a aplaudir.

— O que foi? — perguntou Rūna, curvando-se defensivamente. Não conseguia enxergá-lo, mas sentia claramente que ele a estava observando.

— Estou apenas… impressionado, é sério. Nunca pensei que viveria para ver o dia em que uma leal Valquíria se opusesse ao governante de Asgard.

Com a recuperação chegando ao fim, Rūna ficou de pé e tirou a capa. Mantendo a cabeça erguida, ela disse:

— Thor era um ser de dois mundos, dois mundos que ele amava. Não vou ver os dois destruídos em sua ausência. Venha, chega de conversa. Vamos começar a busca por Quinn e Mjolnir.

— Odin já chamou Mjolnir de volta para Asgard uma vez. Ele não pode fazer isso de novo? — perguntou Loki. Resolveria ao menos um problema, embora eles ainda fossem precisar encontrar Quinn.

— Ele tentou chamá-lo — explicou Rūna. — Infelizmente, ele se recusa a retornar. Acho que já se ligou a outro. Seu novo proprietário foi escolhido e, portanto, não responderá a nenhum outro.

Loki estava exausto, mas sabia que cada momento desperdiçado representava um perigo maior para Quinn e para a terra distante que um dia ela poderia vir a governar. Era uma ideia louca, uma meio-humana criada em Midgard presidindo o ciclo sagrado e eterno das eras, mas sem dúvidas o último mês tinha sido estranho o suficiente para livrá-lo de qualquer noção do que era "normal" ou "esperado".

O Deus da Trapaça resgatando a filha de Thor, a Valquíria Rūna desafiando seu rei… Talvez chuva fosse cair do chão e lava do céu. Donna saiu de casa, luz se acendeu na sala antes que a porta deslizante dos fundos se abrisse e fechasse. Carregando seu cachorro, ela veio correndo pela grama, vestida com uma camiseta de futebol até os joelhos e chinelos azuis. Seu rosto estava coberto por um creme verde e espesso.

Ao avistar Skæva, Donna parou.

— Ah, oi, Rūna, não sabia se algum dia veria você de novo. Também não posso dizer que esperava o cavalo.

— De fato. Saudações mais uma vez, Donna — saudou Rūna, curvando-se galantemente.

Mesmo na penumbra bruxuleante do fogo, Loki viu Donna ficar vermelha nas bordas da máscara verde. Ela pigarreou e imitou desajeitadamente o gesto de Rūna, depois estendeu o celular na direção deles. Era uma videochamada, sem som. Uma mulher ruiva com olhos nervosos esperava, congelada, do outro lado da linha.

— Essa senhora tem ligado sem parar tentando encontrar um de vocês. Parecia estranho no início. Ela trabalha para Stark, mas acho que vocês vão querer ouvir o que ela tem a dizer.

Loki pegou com cuidado o celular de Donna. Atrás da mulher, apenas visível no canto da sala, estava Quinn, cochilando em um sofá de couro branco, com Mjolnir de lado, embalado contra ela como um ursinho de pelúcia, um cobertor puxado sobre os dois enquanto a criança dormia.

Ele ativou o som da chamada, segurando-a para Rūna ver.

— Olá — falou a mulher, um pouco tensa. — Eu sou Pepper Potts. Sou o braço direito de Tony Stark, e é hora de termos uma conversa franca.

E SE... LOKI FOSSE DIGNO?

— O que você quer? — disse Rūna com desdém, mostrando os dentes.

Pepper Potts parecia tão exausta quanto Loki. Ela respirou fundo, baixando a voz para um sussurro.

— Quero fazer a coisa certa — falou ela. — Eu quero ajudá-los a impedir Tony Stark.

26

Pepper parou à beira do céu e observou o Sol se separar da fatia
irregular da cidade do outro lado do East River. Fitas douradas e roxas
desvaneciam-se na névoa azul-escura que manchava as estrelas. Carros
como formigas rastejavam sonolentos pela ponte Wiliamsburg, um helicóptero de meteorologia matinal passando como um tordo madrugador
pronto para sorvê-los.

Era manhã de sexta. Ela adorava as manhãs de sexta. Normalmente.
Começar uma manhã de sexta no topo da Torre Stark, onde o ar e o vidro
pareciam rarefeitos, deveria ter sido particularmente especial. Não havia
como escapar do burburinho de alegria e possibilidade que uma grande
altura como aquela proporcionava. Quem trabalhava em um lugar como
este? Se ela quisesse, Pepper poderia ir até o tablet pessoal de Tony na
mesa e ler seus e-mails pessoais. Ela poderia pegar toda a confusão, raiva e
frustração reprimidas em seu peito, fingir ser Tony e enviar um e-mail para
um dignitário estrangeiro ou alguém do Departamento de Defesa ou Deus,
talvez, até mesmo para o presidente, e chamá-los de palhaços. Ela poderia
desenterrar a foto mais embaraçosa, de ressaca e ainda festejando às 6 da
manhã de Tony em seu telefone e mandá-la para toda sua lista de contatos.

Ela poderia fazer qualquer coisa.

Qualquer coisa.

Se ao menos não houvesse um segurança do tamanho de um jo-
gador de defesa de futebol americano entre ela e a garota. Jax era um
cara legal; ela tinha que se perguntar se ele se sentia bem em pairar
ameaçadoramente acima de uma criança adormecida. Ele estava de
costas para ela, imóvel como uma estátua, movendo-se tão pouco que
era difícil dizer se estava acordado.

Pepper tirou os sapatos, ainda observando a cidade a Leste, e encostou-se na mesa de Tony para esfregar seu pé latejante. Seu nariz coçou

E SE... LOKI FOSSE DIGNO?

violentamente por alguns segundos antes que ela percebesse o impulso que se aproximava e espirrou contra o cotovelo. As flores ainda estavam por toda parte. Um mês depois, os arranjos continuavam chegando. Os amigos do clube de boxe de Happy Hogan tinham entregado em pessoa um troféu que encomendaram à imagem dele. Era uma caricatura, sinceramente, horrível, mas a ideia estava lá. Gravado na base estava "nosso cara número 1". Uma coroa de flores falsas estava pendurada no pescoço do Happy no troféu, notavelmente cafona da forma como coisas falsas eram quando comparadas às verdadeiras. Rosas de plástico branco bregas em folhas de plástico verde bregas ao lado de vasos cilíndricos limpos repletos de rosas "brancas de neve", verônicas "dedos brancos", solômios e eucaliptos. Warren tinha mandado um arranjo surpreendentemente lindo de anêmonas brancas e pretas, simples e impressionantes em seu contraste.

Estava ficando cada vez mais difícil não ver as flores como tributo, oferendas apaziguadoras espalhadas sobre o altar de um deus irado. Tony havia entrado em quase reclusão. Ele não estava participando de reuniões ou atendendo ligações como faria normalmente, a menos que se referissem diretamente ao seu projeto, seu Destruidor.

Pepper se virou e olhou através do aquário para a garota dormindo no sofá do escritório. Seu cabelo loiro claro caía sobre a almofada em que ela repousava, os lábios abertos e franzidos, cuspindo e sibilando como alguém que havia apagado e apagado com tudo. Havia uma qualidade angelical na garota, mesmo que ela pudesse ter um acesso de raiva sem igual. Ela estava enrolada protetoramente ao redor do martelo, seus dedos formando pequenas garras enquanto o segurava.

Eu já fui tão infantil? Eu já fui doce?

Pepper arranhou o rosto com as unhas. Isso ia deixar marcas.

Tony ia comentar.

O que diabos você fez com seu rosto? Perguntaria ele, rindo.

Pepper poderia fazer qualquer coisa agora. Qualquer coisa. Mas não com Jax ali. Ela já havia contribuído, de certa forma. Ela já havia avisado "o inimigo" sobre o paradeiro exato da garota. Tony não ia — não podia — mover o martelo sozinho, portanto, a próxima fase de seu plano teria que acontecer onde quer que a menina estivesse. Sem mencionar que Pepper não achava que Tony transferiria a operação para sua oficina subterrânea e arriscaria explodir um rombo na Torre Stark com seu buraco de minhoca teórico. A pobre garota não sabia que, mesmo protegendo veementemente o martelo, não importava: a equipe de manutenção de Tony já havia movido os painéis circulares que concentrariam o poder da arma e, se ele estivesse certo, e normalmente ele estava, criar o portal que o levaria adiante em sua cruzada.

Buracos de minhoca. Destruidores. Vikings espaciais. Martelos que pesavam toneladas para um homem e nada para uma criança. O que era isso? Pepper tirou um pequeno dispositivo USB de sua bolsa na mesa de Tony e trotou ao redor do aquário, ficando a poucos metros de distância da parede usando terno preto que eram as costas de Jax. Ela tirou o telefone do bolso da saia e prendeu o dispositivo USB, que tinha quase o formato da cabeça de um tubarão-martelo. Com alguns toques, ela acessou o aplicativo certo em seu telefone, tecnologia Stark, é claro, e ligou o taser experimental. O acessório estalou e cuspiu pequenas faíscas, alto o suficiente para Jax inclinar a cabeça curiosamente na direção dela, porém, assim que o dispositivo atingiu a nuca dele, seu rosto relaxou, depois o resto de seu corpo, e ele caiu feito um saco de roupa suja no chão.

Pepper passou por cima dele, mantendo o celular e o acessório taser preparados por garantia, depois atravessou o chão correndo e se agachou ao lado do sofá com a garota. Ela sentia a pressão escaldante de um ataque de pânico crescendo no corpo, a sensação de alerta, de sufocamento, na garganta lhe dizendo que um episódio intenso e inevitável estava a caminho. Ela sentia falta dos dias em que dirigia uma equipe coerente. As pessoas a admiravam. Adorava promover trabalhadores esforçados. Adorava ver o brilho nos olhos deles no dia seguinte, a alegria que vinha com a validação. Ela sentia falta de quando tudo isso era uma operação mais fragmentada, ainda grande e poderosa, mas naquela época conseguir pizza para todo o prédio era uma espécie de extravagância ridícula; eles fizeram isso de qualquer maneira porque Tony adorava sua equipe. Ela sentia falta daquela primeira sensação de receber um salário gordo. Sentia falta de pedir um café com leite e de se preocupar com como isso afetaria seu orçamento do mês.

Parecia tê-lo visto pela primeira vez eras atrás, em uma conferência de engenharia em Fresno. Todos foram divididos em equipes e encarregados de construir um protótipo no Autodesk. Tony assumira a liderança em uma equipe diferente. Ela mal o vira e eles não se falaram, mas ela soube imediatamente que havia algo diferente nele, uma confiança e arrogância naturais. Havia dinheiro de subvenção em jogo, não que Tony precisasse ou quisesse; ele estava lá apenas pela experiência e pelo direito de se gabar. E, como ele próprio admitiu mais tarde, para encontrar "gatas espertas". Eles só se conheceriam de verdade anos depois, quando ela estava fazendo carreira na empresa que ele havia aberto. Ela notou um erro em um relatório contábil, estimativas para um projeto que seria proposto no dia seguinte. Foi um erro crítico e ela o corrigiu. Não esperava que Tony se importasse com a correção, mas ele se importou. Os detalhes importavam e ela lhe poupara muito dinheiro e vergonha. A promoção dela veio na semana seguinte.

Um erro crítico, e ela o corrigiu.

Pepper fez careta. Tinha que haver uma maneira de tirar a garota dali antes que Tony concluísse seus testes finais de engenharia e prosseguisse com seu plano maluco. E se funcionasse? E se ele conseguisse criar uma ponte entre o mundo deles e o outro? Ele não tinha a menor ideia do que poderia estar do outro lado; ele só queria fazer alguém pagar, distrair-se com punhos de metal, lasers e buracos de minhoca para que, deus o livre, não precisasse parar e se sentar no espaço escuro e frio que Happy Hogan havia deixado.

Happy não era seu único amigo, Tony. Você me tinha também.

Pense, Pepper, pense. O verdadeiro Tony precisa de você. Ela olhou para cima e para os lados, discretamente, identificando de imediato pelo menos três câmeras. Tony as monitoraria sem parar. Mas ele só precisava do martelo. Tecnicamente. Ela poderia tirar a garota do prédio, escondê-la em algum lugar e voltar a entrar em contato com aqueles vikings esquisitos para que a pegassem.

Ela poderia fazer qualquer coisa, apenas tinha que fazer *alguma coisa.* Pepper colocou o celular embaixo do sofá para não alarmar a garota.

— Sinto muito, Tony — sussurrou. — Você vai entender mais tarde.

Com delicadeza, estendeu a mão e sacudiu a garota pelos ombros. Quinn Foster piscou pesadamente, bocejando e depois gritando de surpresa com a proximidade de Pepper.

— Ei — sussurrou Pepper. — Ei, isso vai parecer confuso, mas acho que precisamos tirar você daqui.

Quinn franziu a testa e se afastou.

— Está bem, certo. Você trabalha para o Darth Vader. Não, para o *Imperador*.

Pepper suspirou.

— É por isso que eu falei que isso seria confuso. A questão é que ele não precisa necessariamente de você, ele só precisa desse martelo...

— Ele não pode ficar com isso — afirmou Quinn, puxando-o para o colo e se afastando pelo sofá.

— É apenas uma coisa, Quinn. As pessoas valem mais do que as coisas.

Ela ficou intrigada com isso por um breve momento.

— Mas ele quer fazer coisas malignas com isso. Ele quer invadir o mundo natal do meu pai e machucar as pessoas. Não posso deixá-lo fazer isso. Eu sei o que significa acreditar em algo, vi meu pai fazer isso o tempo todo.

— Seu pai gostaria que você estivesse a salvo — argumentou Pepper.
— Ele também acreditaria nisso. Você pode voltar para pegar o martelo mais tarde, certo? Eu prometo. Vou encontrar uma maneira de devolvê-lo para você, só acho que é importante que você esteja a salvo agora. Não me leve a mal, mas você é apenas uma criança.

Quinn sacudiu a cabeça com força.

— Isso não quer dizer nada. O que há com você, senhora? Você não acredita em nada? — Ela limpou o nariz na manga.

— Acabei de dar um choque naquele segurança por você, claramente acredito em alguma coisa — sussurrou Pepper, com ferocidade.
— Quando Tony chegar aqui, será necessário muito mais do que um estúpido taser de celular para detê-lo, e é por isso que precisamos que você vá embora agora.

— Eu mesma vou pará-lo — declarou Quinn, endireitando-se.
— Com o martelo.

— Você tem *nove anos*.

— E três quartos! — gritou Quinn, indignada.

As portas do elevador logo à direita de Pepper e à esquerda de Quinn soaram. Pepper procurou o celular, levantando-se e colocando-o às costas. Ela rezou para que um segurança, entregador ou qualquer pessoa que não fosse Tony aparecesse quando as portas se abrissem. Uma enorme massa de metal e chamas saiu do elevador, fazendo o chão estremecer a cada passo. Uma depressão circular levemente brilhante pulsava no centro do peito. Do peito dele. De Tony. Ele estava dentro daquela coisa, completamente envolto no metal uru ondulado e sinistro do Destruidor asgardiano. O coração de Pepper desabou até a ponta dos pés; ela se lembrou de quando Tony lhe mostrou a ideia original do design de seu traje do Homem de Ferro. Ele estava tão orgulhoso daquilo, e era essencialmente ele, um casamento elegante entre homem e tecnologia, mas não era nada disso. Não havia nada de humano nisso.

Nada de *Tony* nisso.

Dois robôs levantadores verticais o acompanhavam, a cada lado dele no elevador, mas rapidamente deram a volta no Destruidor e se dirigiram para os postes de drenagem de energia armazenados atrás do sofá. Com seus braços precisos de empilhadeira, começaram a carregar o equipamento.

A voz dele emergiu da coisa com uma reverberação oca e profunda. O capacete rangeu quando ele percebeu a cena diante dele. A abertura de disparo vazia que antes fizera parte da face da máquina foi adaptada e realocada para aquela abertura redonda e brilhante no peito dele. Uma aparência simplificada de rosto humano esculpida no espaço vazio, não muito longe de seu design anterior do Homem de Ferro, mas infinitamente mais sinistra nessa aplicação.

— Tony — respirou Pepper, seu sangue fugindo.

Ele deve ter visto Jax alguns passos atrás dela.

— Ah, Pepper. Sério?

Um aliado inesperado saltou em sua defesa. Quinn Foster saltou do sofá, parando com suas meias listradas na frente de Pepper, erguendo o martelo de forma protetora.

— Não a machuque, ela só estava tentando me ajudar.

— Abaixe isso, Quinn. Me deixe cuidar disso — murmurou, os olhos fixos em Tony.

Uma gargalhada embaralhada por tecnologia ressoou das profundezas do Destruidor.

— Eu devia saber que você no fundo era boazinha.

— Não sei se sou, Tony — respondeu Pepper, mantendo-se firme. Ela estava com medo do que poderia acontecer se alguma delas se movesse, então, apertou com força os ombros de Quinn. Nervosa, horrorizada com a máquina que olhava maliciosamente para as duas, ela lambeu os lábios. Podia sentir o calor escaldante emanando do metal. Como ele conseguia suportar aquilo? — Apenas sei que já detectei erros antes e consertei coisas antes que fosse tarde demais.

— Isto não é um erro administrativo — resmungou ele, o punho direito da máquina se abrindo e fechando em impaciência. — Produzimos tecnologias inteiramente novas para isso. Eu construí este traje, o primeiro do tipo. O que aconteceu, Pepper? Você estava comigo nisso antes, o que mudou?

Pepper decidiu que era um bom sinal que ele estava perguntando. *Ele ainda está ali dentro.*

— Antes você tinha visão; isso é simplesmente… loucura. Como isso vai salvar alguém? Como isso honra a memória de Happy?

— É *ação*. — Ele se inclinou para frente ao pronunciar a palavra, ambos os punhos se fechando com um forte *clangor*. — É proativo. É algo que eu… *nós* podemos fazer em vez de sofrer e nos afogar. A morte tem que significar alguma coisa, tem que importar. E o que fazemos aqui que importa? Máquinas. Máquinas perfeitas. Uma máquina que pode proteger esta cidade e as pessoas que vivem nela, uma máquina que pode ir até outro reino e provar que não estamos apenas indefesos aqui embaixo, esperando pelo impacto, esperando pela… — O capacete pontudo que envolvia a cabeça dele sacudiu de um lado para o outro.

— Colisão? — perguntou Pepper delicadamente. — Tony, se parte disso é por causa de seus pais…

— Não é. Trata-se de agir, e acho que já expliquei isso claramente para você a essa altura. — Ele suspirou e, através do retransmissor vocal do Destruidor, o som saiu como um feedback, como uma rajada de estática na TV. — Certo?

Pepper balançou a cabeça.

— Há sempre um limite, Tony, ético, moral, social, você sabe disso. Você está ultrapassando.

— É bom que ela e aquele martelo ainda estejam aqui. Mas você ainda está demitida, Potts. — Antes que ela pudesse pensar ou se mover,

E SE... LOKI FOSSE DIGNO?

o Destruidor de Ferro avançou, chamas queimavam na sola dos pés chatos. Quinn gritou, arrancada do chão com o martelo quando Tony os impulsionou pelo escritório por cima de sua mesa e através das janelas de vidro ao longo do heliponto do lado de fora. Cacos de vidro cintilante se estilhaçaram pelo chão, flores arrancadas da mesa lançaram uma pluma de pétalas voando pelo ar.

E com um zumbido baixo e contido, os robôs levaram o equipamento para fora do escritório, seguindo Tony.

Pepper caiu de joelhos para evitar ser atingida pelo Destruidor conforme ele disparava pela sala. Seu celular havia sido atirado para longe dela, fazendo barulho pelo chão. Ela rastejou em direção a ele, tremendo ao pegá-lo com mãos dormentes e inúteis e desbloquear a tela, acionando a função de chamada de emergência.

— Vamos, vamos, vamos — sussurrou, ouvindo o telefone chamar.

No mínimo, alguém poderia ouvi-los. No mínimo, ela poderia atrair uma audiência para sua loucura.

— Nove-um-um, qual é o local da sua emergência?

— Torre Stark — conseguiu dizer Pepper entre soluços. — Traga tudo, vocês têm que detê-lo.

27

Quatro cordas de relâmpago branco incandescente torcidos um no outro, trançando-se em uma estrutura enquanto se elevavam do topo da Torre Stark. Nuvens furiosas se aglomeravam sobre Nova York, lampejos prateados iluminavam a escuridão, conforme a tempestade se aproximava. Não havia como confundir seu destino enquanto Skæva deslizava logo abaixo daquelas nuvens pesadas e depois descia em direção à torre.

— Precisamos recuperar o martelo — falou Rūna, abaixando-se contra o pescoço do cavalo. O vento os arranhava, assobiando, a eletricidade crescente no ar beliscando a pele de Loki.

— Mais fácil falar do que fazer; Stark já nos derrotou uma vez e agora ele tem o Destruidor.

Rūna puxou Jarnbjorn das costas.

— Você duvida de nossa determinação?

Loki agarrou-se firmemente à cintura dela, o vento fazendo seus olhos arderem, enquanto ele tentava não vomitar por causa da descida repentina e acentuada.

— Eu sou um risco. Sem todos os meus poderes… — Ele cerrou os dentes e fechou os olhos.

O cavalo bateu as asas com força, preparando-se e diminuindo a velocidade à medida que a metrópole aumentava abaixo deles. Agora, podiam ver quarteirões individuais da cidade; então, o rastejar de carros ao longo das avenidas; ali, manchas verdes indicavam parques; acolá, um bloqueio quadrado que parecia cercar apenas a própria Torre Stark. Rūna ergueu o radiante Jarnbjorn no ar, o cheiro indelével de ozônio flutuava no heliponto e o pináculo de ofuscamento e luz começava a conectá-lo às nuvens.

— Eu falei antes que Mjolnir se vinculou a um novo portador — começou ela.

— Quinn — falou ele por cima do vento.

— Essa é uma teoria — disse Rūna. — Mas foi Thor quem iniciou a missão, quem me deu o enigma, e Thor quem se convenceu da sua dignidade.

Agora, Loki conseguia distinguir figuras no heliponto redondo e achatado que se projetava do nível executivo feito de vidro da torre. Dois dispositivos pretos e circulares sustentados por robôs tinham sido colocados no centro; entre eles estava uma figura menor segurando Mjolnir, um corpo prateado de máquina erguendo-se acima dela. O helicóptero de Stark estava estacionado na extremidade da zona de pouso, ele, Quinn e o maquinário bem no centro do H branco pintado no meio.

Os cabelos dele começaram a se arrepiar e flutuar com os relâmpagos que sibilavam e crepitavam entre o céu e a torre.

— Rūna, minha cara bárbara cabeça-dura, por acaso você conhece a definição de insanidade? Porque eu já tentei empunhá-lo duas vezes e ele atende ao chamado da criança — retrucou Loki. E, se fosse honesto consigo mesmo, não tinha certeza se seu orgulho conseguiria aguentar uma terceira tentativa fracassada. Não, era hora de aceitar suas limitações, aceitar qualquer magia que conseguisse conjurar e abandonar suas fantasias.

— Muito bem, então deixe Stark comigo — gritou Rūna, enquanto se aproximavam em um amplo círculo, espiralando em direção ao heliponto, em seguida, mergulhando mais diretamente, Jarnbjorn estendido feito uma lança antes do ataque. — Insanidade será a velocidade do meu machado! Insanidade será a certeza do nosso propósito e o furor em nossos corações! Loki! Entrego o nobre Skæva aos seus cuidados. Quando Quinn e Mjolnir forem nossos, leve-os para longe deste lugar. E agora, a tempestade!

Os cascos de Skæva cavalgavam no ar, sua crina ondulando quando ele gritou em uníssono com sua mestre. Uma explosão de energia vinda da torre os fez girar, os três em queda livre até que o cavalo recuperou o controle e fixou o rumo até a beirada do heliponto. A onda repentina que os empurrou para trás tinha vindo da coluna de luz azul, roxa e prateada criada pelo martelo e pelo maquinário que extraía energia dele. O som parecia se perder no buraco de minhoca à medida que este se formava, por enquanto, a cerca de vinte metros de distância. Loki podia ver Quinn agarrada ferozmente a Mjolnir, seus cabelos esvoaçando descontroladamente ao seu redor, os olhos dela cerrados, a boca aberta em um constante grito de medo.

Rūna tirou os pés dos estribos da sela e, segurando um punhado da crina do cavalo, agachou-se, pronta para saltar. Loki a soltou, abruptamente ciente de que ela estava armada e com armadura, e ele não tinha nada além de jeans, uma camisa preta, um par de confiáveis tênis All Star verdes e sua inteligência consigo. De dentro das paredes de vidro arruinadas do escritório veio uma figura de cabelos ruivos, o vendaval e a tempestade açoitando o heliponto arrancando o cabelo de seu penteado elegante.

— Essa é a mulher que nos ligou — gritou Loki acima do barulho.

— Uma inocente! — berrou Rūna de volta. — Leve-a para um lugar seguro!

Com isso, a Valquíria entrou em batalha, saltando das costas de sua montaria, ambas as mãos segurando Jarnbjorn acima da cabeça, enquanto ela pousava suavemente, abaixando-se, rolando e depois saltando para correr. Ele a observou disparar pelo heliponto, enquanto Skæva desviava-se bruscamente para a direita, levando-o até Pepper Potts, onde ela se encolheu contra a porta que dava para o escritório.

— Como podemos pará-lo? — perguntou Pepper, os olhos arregalados de terror.

Loki estendeu a mão para ela.

— Você não vai. Já fez a sua parte; Rūna e eu faremos o resto. Venha!

— Não! Eu não posso deixá-lo! Não vou desistir dele... — Ela se virou em direção a Stark, lágrimas se acumulando em seus olhos. — Por favor, vocês precisam entender, isso não é típico dele. Ele ainda está ali em algum lugar, eu juro. Debaixo de todo aquele metal, há um bom homem preso lá dentro.

Loki assentiu severamente e gesticulou de novo para que ela se juntasse a ele.

— Não é seguro para você aqui.

Por fim, ela cedeu, com um último olhar para Stark e o Destruidor. Loki puxou as rédeas do cavalo assim que Pepper montou atrás dele. Ele não gostava da ideia de deixar Rūna sozinha na luta, porém, mais inocentes apenas complicariam as coisas e tornariam mais difícil se concentrar em seu verdadeiro objetivo, Stark. Skæva trotou para fora do prédio, o impulso foi levando-os para baixo em uma espiral, Pepper Potts agarrando a camisa de Loki e xingando conforme eles mergulhavam e desciam, a rua, os carros e uma surpreendentemente robusta presença policial aproximando-se deles depressa. Skæva abriu suas asas de marfim no último momento, flutuando até a calçada perto de uma das barricadas e de um espaço aberto na rua.

— Lembre-se do que eu falei! — gritou Pepper, sua voz um tanto perdida quando Loki a deixou para trás para voar de volta para o topo da torre.

No momento em que chegaram ao topo do heliponto, o feixe de energia escura, desviado de Mjolnir para os dispositivos, havia cristalizado em algo que parecia quase sólido. Loki nunca havia considerado a Bifrost dessa forma, vista de fora, observando conforme o túnel entre Midgard e Asgard se formava e se estabilizava. Havia pouco tempo para observar sua beleza terrível; através da superfície oscilante e semelhante à água do buraco de minhoca, Loki viu a arma circular no peito do Destruidor começar a brilhar em um vermelho ardente. Parecia que o traje mecânico que Stark usava, reconstruído a partir dos restos mortais do Destruidor, também estava extraindo energia escura do martelo. Um estranho casulo de relâmpago emergiu de Mjolnir, envolvendo o martelo e Quinn, protegendo-os. No entanto, o martelo sacudia com força de um lado para o outro e, tal qual Stark, parecia estar deformado pela Bifrost. Mas também pareceu, aos olhos de Loki, que estava começando a se desintegrar.

Stark se elevava duas vezes mais alto que antes, suspenso na enorme carcaça do Destruidor. Montado no cavalo, Loki correu pelo heliponto. A abertura no peito de Stark disparou, rasgando o buraco de minhoca, perturbando-o e deixando um ferimento quando o feixe sólido de energia vermelha disparou em direção a Rūna. Ela se abaixou, achatando-se contra o chão. Stark deve tê-la mantido afastada dessa maneira, usando o laser para proteger a continuidade do buraco de minhoca à medida que se formava.

Agora, porém, ele tinha dois asgardianos para enfrentar.

— Tio Loki! — Ele ouviu Quinn gritar dentro das reviravoltas e estalos aquoso da Bifrost.

— Tarde demais — avisou Stark, uma voz distorcida e mecânica que vibrava do Destruidor. — Hora de invadir os portões. Darei meus cumprimentos à sua família.

— Não! — Rūna atacou mais uma vez. Stark havia integrado a mesma tecnologia de magnetização e repulsão de seu primeiro traje, enxertando sistemas semelhantes nas luvas pesadas do Destruidor. A imagem dele dobrou, triplicou, quadruplicou, enquanto a Bifrost se estabilizava, mas Loki viu a mão de Stark se estender, sugando o helicóptero antes de lançá-lo, fazendo o veículo dar cambalhotas em direção a Rūna. Desta vez, ela estava preparada, alumínio e titânio sendo rasgados, metal cortado, faíscas explodindo, Jarnbjorn partindo a coisa ao meio com um dos poderosos golpes descendentes da Valquíria. As duas metades do helicóptero giraram no vazio e depois caíram em direção à cidade.

Mais de seus poderes retornavam a cada segundo. Ele não questionou, apenas recorreu a eles com gratidão, imaginando-se em dois lugares ao mesmo tempo. Um Loki corria em direção a Stark, o segundo *verdadeiro* Loki correndo em direção a Quinn na Bifrost em um poderoso corcel. Ele alcançou a coluna de luz um piscar de olhos antes de Rūna, com o ousado Skæva abaixando a cabeça, preparando-se para atacar a máquina a toda velocidade. O cavalo não vacilou, batendo com a lateral e a asa esquerda no Destruidor. O impacto não afetou a máquina, mas a parada repentina lançou Loki para fora da sela.

O Destruidor o agarrou, passando o outro punho pela imagem espelhada de Loki. O barulho dentro do buraco de minhoca era inacreditável, doloroso de suportar, mas ele precisava se concentrar antes que Stark o partisse ao meio. Ele cerrou os dentes, magia vibrando em suas mãos. Os raios reunidos ao redor de Quinn e do Mjolnir atingiram sua carne exposta, chamuscando sua camisa, queimando seus cílios, ardendo em seus braços. Ele chamou o martelo espectral em seu auxílio e golpeou-o com força contra o braço direito do Destruidor.

O martelo conjurado deixou uma marca profunda e Stark grunhiu dentro da máquina. Ele puxou Loki para si com a força de sua manopla de vórtice. Rūna apareceu dentro das paredes móveis do buraco de minhoca, mas já era tarde demais. O portal estava pronto. Loki sentiu o puxão doentio e insistente da Bifrost conforme ela os carregava em direção a Asgard. Ele olhou freneticamente para Quinn, mas não havia sentido em dizer a ela para soltar o Mjolnir — o martelo a havia encerrado em seu escudo. Ela provavelmente não conseguiria soltar, mesmo que quisesse.

— Você não está convidado — murmurou Stark, largando Loki. Antes que o punho da máquina pudesse dispará-lo de volta para fora da Bifrost com o mecanismo de repulsão, Loki convocou uma explosão de magia, guiando-a para fora de seu peito, afrouxando o aperto do Destruidor o bastante para rastejar pela abertura. Ele grunhiu e jogou o peso para o lado, subindo nas costas do Destruidor.

Rūna saiu do buraco de minhoca um instante antes de os dispositivos de sifão atingirem a potência máxima. Enquanto Stark, Loki, Mjolnir e Quinn avançavam pelo túnel, ele viu o clarão de Jarnbjorn bem abaixo, Rūna atacando o maquinário do lado de fora do arrasto implacável da Bifrost. Eles estavam avançando rapidamente agora e chegariam a Asgard em instantes.

— Solte, Quinn! — gritou Loki para a sobrinha. Ele estava batendo na cabeça do Destruidor com seu martelo, enquanto Stark tentava inutilmente arrancar a praga de suas costas.

— Não consigo! — Ela estava chorando, dando os soluços enormes e profundos de uma criança. — Eu não consigo!

Pegue-me.

Era o martelo.

Loki agarrou-se desesperadamente ao metal quente e escorregadio do Destruidor.

Não consigo.

Ele rastejou mais alto nas costas de Stark, pairando acima de seu ombro, olhando para a gaiola de relâmpagos que crepitavam ao redor de Mjolnir e de Quinn. O martelo estava se despedaçando, fragmentos dele já flutuavam para longe do corpo principal. O que quer que Stark tenha usado para alimentar o buraco de minhoca através de Mjolnir o estava destruindo diante de seus olhos.

— Me solte. — Stark disparou a manopla repulsora repetidamente por cima do ombro, tentando derrubar Loki. Ele imaginou o raio escarlate do Destruidor rasgando a cúpula que protegia a Bifrost, a Ponte Arco-Íris desmoronando em poeira estelar, enquanto Stark invadia os portões de Asgard, ceifando as legiões que viriam enfrentá-lo. Ele tinha planejado a trapaça que matou Thor com a esperança de que o irmão fosse humilhado; em vez disso, ele morreu. Não sabia se amava Thor ou mesmo se gostava dele, mas isso pouco importava; ele o perdoava. Todas as brigas de infância, todas as muitas vezes que Thor vencera e Loki perdera, todos os golpes, os insultos e as críticas trocadas entre eles — os laços de oposição haviam sido escolhidos por eles.

Sinto muito, irmão, pela minha parte nisso tudo.

Loki soltou.

Ele caiu até o domo de raio que envolvia o martelo e Quinn aos pés de Stark. A ardência e queimação da eletricidade o fizeram sentir um breve arrependimento, mas ele aguentou e entrou. Pedaços de Mjolnir flutuavam, mas ele os segurou delicadamente com as duas mãos, juntando-os como uma criança que junta areia para construir um castelo, como uma garotinha na Times Square que resgata grilos caídos e os segura na palma da mão. E como aqueles frágeis insetos, ele abrigou o martelo com o corpo até sentir Mjolnir se ancorar à magia que cantava em seu sangue.

— Ei. *Ei.* O que você está fazendo? Afaste-se daí! — Stark estava observando, mas parecia hesitante em atirar no martelo e na criança.

Pelas feitiçarias dos jötnar contadas pelos skalds, e com fúria monstruosa, invoco a magia de meu sangue e os fogos místicos de Surtur; pela graça de Frigga e pelas ondas violentas de Njörðr, reivindico meu poder.

Os raios flamejantes ao redor deles se apagaram, atraídos para dentro pelo martelo. Loki os sentiu percorrendo-o enquanto ele se fundia à tempestade. Ele agarrou Quinn embaixo de um braço, o mesmo braço agora com novos músculos, volumosos, firmes como aço. E em torno desses músculos havia uma armadura, verde-escura com detalhes prateados, medalhões em forma de estrela presos sobre seu peito, uma capa dupla de veludo verde-esmeralda fluindo de suas costas como um par de asas de filhote.

Mjolnir se recompôs quando Loki segurou o cabo.

— Eu sou Loki de Asgard e reivindico o que é meu. — Ele chicoteou o martelo acima da cabeça, brandindo-o com firmeza. — Eu invoco a fúria e a tempestade, e eu, Loki, Deus dos Párias, retomo o poder do Mjolnir.

Ele se deslocou para o lado, libertando-se do túnel e acelerando-os em direção a Asgard. Quinn berrou, arranhando a lateral do corpo dele, esforçando-se para se segurar. O cosmos se espalhava acima, escuro e absoluto, o topo do céu, a coroa do firmamento coberta com finas nuvens douradas da manhã, radiantes abaixo.

Todos os três flutuaram por um momento, impulsionados pela energia que os lançava em direção às estrelas.

— O que você fez? — rugiu Stark, arrancado da Bifrost. A ofuscante abertura do laser vermelho no peito do Destruidor piscou, privada de sua fonte constante de energia. — O que você está fazendo?

— Tornando-me.

Loki sacudiu o martelo por instinto, convocando o raio para si. Ele sempre quis experimentar, e agora poderia usá-lo para atirá-los de volta à Terra.

— Segure-se — falou ele para Quinn, abraçando-a junto ao corpo. A lança de relâmpago branco atingiu Mjolnir de raspão, mas foi o suficiente para prendê-los no garfo e fazê-los voar alto. Ele não sabia dizer se a menina estava gritando de alegria, terror ou ambos. O próprio Loki mal podia acreditar na velocidade, na emoção, no fogo em seu sangue, enquanto viajavam por uma escada de raios, balançando entre eles com facilidade.

— É! Como! Um trepa-trepa! — gritou Quinn e riu.

— Acredito na sua palavra — disse Loki, rindo junto com ela.

A alegria deles durou pouco. Stark estava se aproximando, os foguetes nas botas do Destruidor foram falhando e parando, mas mesmo assim o impulsionavam. Ele fez uma curva em direção a eles como um cometa prateado, atingindo Loki no ombro. A tempestade negra que se formara sobre Nova York desencadeou toda a sua fúria. Ele teria que lidar com Stark mais cedo ou mais tarde, mas não podia arriscar enfrentá-lo com Quinn junto de si, e não podia jogá-la no éter enquanto caíam em direção à cidade.

Stark pairou a cerca de dez metros de distância, em pé, o olho vermelho em seu peito brilhava quando um amplo feixe de fogo explodiu em direção a eles.

Loki desviou com um rápido golpe de Mjolnir. Balançar o martelo os desequilibrava e eles dispararam em queda livre, dando cambalhotas.

Quando Stark disparou de novo, Loki não tinha certeza se conseguiria protegê-los da explosão. O Destruidor os perseguiu, caçando-os. Um pequeno brilho branco cresceu, vindo da direção da torre.

Rūna.

— Está vendo aquela mancha branca? — perguntou Loki, grunhindo, enquanto se esquivava, desajeitadamente, de outro raio de fogo. Finalmente ficaram de pé, ainda caindo, mas pelo menos com os pés apontados para a direção certa.

— Não consigo ver nada — lamentou Quinn. — Acho que vou vomitar!

Guarde para Rūna.

— Ali! — Ele apontou. Skæva batia as asas contra as rajadas de vento. Ele pareceu pegar uma corrente que o ajudou e a cavalgou, voando graciosamente ao lado deles. Rūna absorveu o que estava diante dela bem rápido — a nova aparência de Loki, o martelo seguro com força em sua mão, Stark em seu encalço e Quinn ficando verde.

— Comigo, criança! Você tem o coração e o sangue de um asgardiano, seja corajosa! — gritou Rūna.

Quinn lançou um olhar nervoso para baixo, choramingou, fechou os olhos e se soltou de Loki. Ela abriu os braços e as pernas, flutuando, Rūna a pegou pela cintura, lançou um olhar rápido e arrependido para Stark atrás dele, depois, incitou Skæva a se afastar da batalha iminente.

Loki enganchou o martelo em outra onda de raios, ganhando velocidade antes de se atirar de volta para Stark, virando Mjolnir para fazê-lo ser a primeira coisa a saudar o Destruidor quando se encontrassem.

E eles se encontraram.

Loki sentiu que seu peito poderia afundar quando o Deus dos Párias se chocou contra o Destruidor de Ferro. Era a única arma que poderia razoavelmente ter alguma chance contra a blindagem uru da máquina, mas duas eram sempre melhores que uma. Ele não era Thor, ele não era o Deus do Trovão, ele ainda estava *se tornando*. O martelo espectral, agora um velho amigo, saltou para a sua mão vazia. Ele mirou dois golpes no peito do Destruidor, focado em retirar o mecanismo de disparo. O invólucro era forte e Loki conseguiu apenas amassá-lo. Stark rugiu e golpeou-o ferozmente, acertando-o com o lado repulsor da manopla e atirando-o longe. O vento os jogou contra o chão, ou a torre, ou o que quer que viesse primeiro. Loki mergulhou de volta em direção ao Destruidor, girando os dois martelos em torno dos foguetes nas botas dele como pitons, arrancando os bicos presos nos calcanhares.

Mas Stark estava ansioso para retaliar, e, com Loki tão perto de seus pés, facilmente pisou com força no queixo dele. Loki viu estrelas, sentiu Mjolnir se afrouxar em sua mão, sentindo o gosto de sangue quando a realidade de sua descida surgiu para cumprimentá-lo; Loki atingiu a borda do heliponto de costas, destruindo-a, enquanto seus pensamentos e suas forças o abandonavam. Os dedos dilacerantes do Destruidor agarraram seus ombros, e homem, e deus, e máquina caíram rumo à Terra.

28

Tony Stark estava caindo.

Não era bom perder, e era pior quando não havia como escapar dessa situação. Pelo menos, pensou ele, com uma sensação de enjoo subindo pela garganta, era ele quem estava por cima.

Eles atingiram o concreto com um barulho ecoante, embora a área pavimentada de meditação e o jardim Zen do lado de fora da Torre Stark pudessem muito bem ser um sorvete pela maneira como cederam com o impacto deles. Os sensores dentro do traje se acenderam, comunicados a ele por meio de um conjunto holográfico curvado ao redor de seu rosto, avisando sobre o calor extremo que queimava ao redor deles. Já havia muitas falhas catastróficas dentro do Destruidor de Ferro, mas a arma incandescente presa ao seu peito ainda estava pronta para disparar. E ele precisaria dela. Não estava mais lutando contra um idiota de cabelo comprido e camiseta; estava batendo com o punho envolto em metal contra o rosto de um deus.

Ainda poderia funcionar. O plano ainda poderia funcionar. Ele agarrou o martelo frouxo na mão de Loki e tentou arrancá-lo. Foi infrutífero, é claro, ele já sabia disso a essa altura, mas, mesmo sem as sirenes, as leituras e os avisos distorcidos ao redor de seus olhos, ele estava enxergando por uma película vermelha.

Ainda podia funcionar. Tinha que funcionar. Ele não podia passar por tudo isso, trabalhar tanto, perder Happy e Pepper e a própria alma, para que não desse em *nada*. Não podia ser à toa.

— Nada — grunhiu ele, levantando-se devagar. O Destruidor respondeu como se fosse sua própria carne, embora agora detectasse um pequeno atraso. A máquina tinha sido espancada, então, naturalmente, teria problemas. Abaixo dele, Loki, Deus de Qualquer Coisa, estava esparramado de costas. A armadura nova e reluzente que havia surgido espontaneamente ao redor dele já estava queimada, quebrada e fumegante. A coroa prateada de duas pontas em sua cabeça estava torta. Um fio grosso de sangue escorria de seu nariz e entrava em sua boca, enquanto ele gemia, e tossia e conseguia segurar fracamente o martelo asgardiano.

Ele deveria ter sido quebrado em um milhão de pedaços. Deveria ter sido apenas uma mancha vermelha, pulverizado pela queda, mas lá estava ele, vivo, com um brilho nos olhos e um sorriso malicioso no rosto eminentemente socável.

Stark corrigiria isso.

— Nada — falou ele de novo, descartando a série constante e irritante de avisos sobre os quais as máquinas e J.A.R.V.I.S. queriam que ele estivesse ciente. Propulsores? Já eram. Emissor de pulso vórtex? Acabado. Arma de feixe? Vinte por cento. Bem, isso era mais que zero. Tinha sido suficiente para matar o irmão divino de Loki, teria que ser suficiente para terminar as coisas agora. Talvez nunca conseguisse o martelo, talvez nunca levasse a luta até o inimigo, mas poderia ter a vingança que vinha buscando com foco implacável. Esse canalha era um deles, seu nome aparecia na gravação do ataque. Se não conseguisse chegar a Asgard, então, poderia fazer desse intrometido um exemplo. A outra também, a mulher, poderia matar os dois e enviar uma mensagem com sangue asgardiano.

Venham para a Terra e morrerão.

Vinte por cento. Seria suficiente.

— J.A.R.V.I.S., encha essa coisa com tudo o que nos resta — murmurou, inflexível.

Sirenes, gritos, fumaça e poeira — tudo lembrava o maldito dia em que ele havia perdido Happy enquanto tagarelava ao telefone como um idiota egocêntrico. Se tivesse atendido, se ao menos tivesse tido tempo de desacelerar e atender. Pepper estava sempre dizendo para ele desacelerar, mas ele a ouvia? Sentiu o traje tremer ao seu redor, o ajuste um pouco mais apertado, o súbito influxo de poder foi percorrendo e puxando-o para dentro, o metal se contraindo, abraçando suas costelas com força suficiente para deixar hematomas.

— Senhor, peço que reconsidere — respondeu J.A.R.V.I.S. — A capacidade do Destruidor de Ferro ainda não foi testada e você já levou uma surra séria; um aumento descontrolado agora poderia ser catastrófico. Poderia colocá-lo em perigo, senhor. Matá-lo.

— Faça — rosnou Tony. Ele queria sentir no peito o zumbido que sentiu quando a armadura deslizou pela primeira vez ao seu redor, a satisfação quase extática das ranhuras encontrando suas companheiras, planejamento, engenharia e usinagem perfeitos fazendo a coisa se encaixar sem esforço. J.A.R.V.I.S. fez o que lhe foi ordenado, redirecionando todos os sistemas viáveis e meio quebrados para aumentar o feixe de fogo, a camada de resfriamento entre homem e traje tão prejudicada que ele podia sentir o imenso calor fluindo para a arma. Ele fez careta, aguentando a queimação.

Abaixo dele, ainda semiconsciente na cratera, Loki se mexeu. Hora de enviar uma mensagem. Os olhos dele se arregalaram em reconhecimento e medo quando a abertura disparou. A força arrancou um suspiro ofegante da boca de Tony, mas ele permaneceu firme e mirou a rajada. Dois martelos surgiram para bloquear o golpe mortal. Não, não bloquear, desviar.

Morto, ele pensou. *É isso.*

J.A.R.V.I.S. tentou apressar um aviso, mas sua voz estava desarticulada, falhando antes que uma palavra coerente pudesse viajar pelo fone de ouvido. O raio desviado, grosso como o tronco de uma sequoia, atingiu o Destruidor de Ferro no peito. Ele sentiu o traje se partir e a lente de disparo se estilhaçar, a onda de calor percorreu seu torso, tão intensa que foi registrada em seu cérebro como um mergulho em um banho fumegante. A sensação de umidade e coceira que se seguiu era sem dúvidas o suor e a pele derretendo em uma sopa rosada. Ele atingiu o chão em algum lugar longe do buraco que a descida deles havia feito. Estava difícil enxergar. A súbita perda de dor o assustou mais do que qualquer outra coisa. Certamente seu corpo estava entrando em choque.

Um borrão passou por seus olhos. Quando se fundiu em uma forma significativa, era Loki parado em cima dele, um pé no joelho do Destruidor e o outro em seu abdômen. Seu olhar era inescrutável, embora Tony pudesse jurar que havia pena nos olhos do deus.

Ainda assim, com pena ou não, dois martelos reluziram nas mãos dele. Os dois bateram em torno de seu capacete, as pontas rombas prenderam-se na leve borda entre a cabeça e o pescoço. Com um giro firme, Loki arrancou a máscara. Vapor sai jorrando em torno de seu rosto, desesperado por algum lugar para onde ir.

Ele não sabia se o traje ainda tinha energia suficiente, mas tinha certeza de que iria tentar. Não fazia sentido se apegar a quaisquer ilusões que tivesse sobre invadir os portões de um mundo alienígena, mas poderia salvar-se. Fracamente, ergueu a mão com a manopla repulsora. Nada aconteceu. Todo o poder do traje havia sido consumido na cartada final daquela explosão. Tony riu e tentou dar de ombros.

— Valia a pena tentar — sussurrou.

Loki franziu a testa e, com um único golpe do Mjolnir, fez a manopla e a luva voarem de sua mão. Chocaram-se ruidosamente contra o capô de um carro, disparando um alarme. Tony percebeu de novo as sirenes e as vozes. Esticando o pescoço, tentou se orientar, notando o que não havia percebido no calor do momento. Uma barricada contornava o quarteirão, carros de polícia parados com sirenes berrando, um helicóptero de notícias pairando ao lado do topo fumegante da Torre Stark. Atrás da barreira, atrás dos policiais uniformizados da Polícia de Nova York, lado a lado e ombro a ombro como uma corrente de papel, erguia-se uma parede de rostos. Ele não queria isso, o espetáculo, o terror, a imprensa; havia planejado orquestrar tudo isso quando retornasse, vitorioso, para entregar à sua cidade uma vitória, um sentimento de orgulho, uma sensação de que haviam acertado o vilão de volta onde era importante.

— Renda-se — falou Loki, seus lábios mal se movendo, enquanto olhava para Tony. — Posso portar o martelo de meu irmão, mas não sou ele. Não sou um deus de misericórdia, Stark, e não serei testado.

— Desculpe, garoto, não sou de me render. Terá que acabar com isso da forma suja.

— Em outra vida nada teria me dado maior prazer, porém fiz uma promessa. Você vai se render — continuou o deus. — Não como um favor; seu destino significa pouco para mim. Você se renderá como um favor a alguém que se importa, a alguém que implorou por sua vida. — Os olhos verde-claros se voltaram para uma das barricadas.

— Tony! — Um grito soou mais alto que os outros. Tony ficou mole dentro do traje. Pepper. — Saia... Saia do meu caminho! — Ele a ouviu resmungando, provavelmente para a polícia, depois comoção, em seguida, ela estava ao lado dele, mas sem o familiar *clique-clique* de seus saltos para carregá-la. Ela franziu os lábios com força e depois olhou para o deus que ainda estava sobre ele. — Obrigada — sussurrou ela.

— Não... *argh*... agradeça a ele. — Tony não conseguia mover as mãos para segurar a lateral do corpo. A mão fria de Pepper tocou sua bochecha, o polegar esfregando a ponta do nariz dele. Ela era tão linda, mais linda do que ele conseguia se lembrar. — Encontre algo duro e bata nele. Deve haver algum... *argh, argh*... vergalhão ou algo assim por perto. Faça isso e poderá ter seu emprego de volta, inferno, você pode ser diretora financeira.

Pepper deu uma risada seca e sacudiu a cabeça.

— Acabou, Tony.

— Não. Não, não acabou — ofegou ele. Seus dedos estavam gelados. Ele olhou em volta em busca de algo, qualquer coisa, para fazê-lo se sentir melhor. Só piorava à medida que se permitia absorver a insanidade que brotava ao seu redor. Não podia ser visto assim. Seu rosto tinha aparecido nas capas de *Forbes, The Economist, Foundr*... Como sobreviveria a isso? Como conseguiria superar isso? Preferiria estar morto, desaparecido, a ser visto dessa forma. Uma bagunça. Um vilão. *Um perdedor.* Que circo. Ele avistou Warren, angelicalmente bonito, de alguma forma ainda elegante, empoleirado em sua roupa branca de squash perto da barricada, uma bolsa de raquete pendurada casualmente no ombro. Ah. Certo. Sexta-feira. Eles haviam programado bater na bola preguiçosamente e ser simpáticos e depois beber martinis até que todas as coisas terríveis que haviam dito um ao outro fossem esquecidas.

— Não acabou — insistiu ele. Seria mais fácil e mais digno se ele não estivesse deitado de costas, indefeso como uma tartaruga tombada. — Não acabou. Não pode ter... — Tony procurou as palavras... o objetivo de tudo. Porque tinha que haver um. Tinha que haver outro objetivo além da dor esmagadora. — Eu quero... eu quero que pare — sussurrou, frenético, ansioso, *chorando*. O polegar de Pepper recolheu as lágrimas, afastando-as rapidamente e enxugando-as na saia. — Eu quero que isso acabe. Eu quero morrer. Eu não quero que ele se vá e não haja nada. Seja lá o que for, uma vida muito, muito longa encarando um corredor escuro. — Sentar-se não era uma opção, mas ele tentou mesmo assim, e Pepper se esforçou para ajudá-lo, lutando contra o peso impossível do Destruidor. O garoto-deus, Loki, saltou para ajudá-la, conseguindo com esforço empurrar o ombro atrás das costas de Tony e apoiá-lo.

Tony deu uma boa olhada ao redor. Parecia que toda a cidade tinha vindo para vê-lo cair em um buraco e ser despedaçado.

— Isso não pode ter acabado — balbuciava, mas não conseguia se conter. Estava tudo acabado, ele sabia, mas alguma coisa continuava a empurrá-lo, a estimulá-lo. — Eu quero... eu quero me levantar. Ha, sim, sem chance, Stark. — Ele bufou, um monte de ranho respingou na borda irregular do peito do Destruidor. — Mas eu quero, eu quero fazer isso. Quero me levantar, quero ficar de pé no meio da Quinta Avenida e gritar, quero gritar: *Happy Hogan foi meu amigo. Ele era meu melhor amigo. Eu o amava. Eu o amava e agora ele se foi. Ele se foi.*

Sirenes. Vozes. O barulho era interminável e avassalador até que foi interrompido abruptamente e ele ficou sozinho de novo. Não, não sozinho. Pepper gentilmente segurava seu rosto.

— Ele se foi, Tony, e todos nós sentimos muita saudade dele — falou ela, que agora também chorava. Ele não queria que isso acontecesse. — Tanto, tanto. Mas você tem amigos, você tem a mim, e podemos gritar juntos no meio da Quinta Avenida, está bem? Está bem? Está bem.

Tony assentiu, parou, piscou, uma dor rugiu ao longo de seu braço, pegando-o de surpresa. Aquilo era ruim. Aquilo era estranho. Estranho e ruim. Sua garganta se contraiu violentamente. Não conseguia alcançar o peito com o peso morto do braço direito.

— Pepper, acho... — Isso foi tudo o que ele conseguiu grunhir. O mundo estava ficando preto. Depois de tudo isso, seu corpo simplesmente não aguentou.

E Loki, mudado, tornando-se, recém-formado Deus dos Párias, ajoelhou-se sobre o Destruidor de Ferro e, com maravilhosa determinação, encontrou uma rachadura em seu peito, rasgando a máquina. Ele pegou Mjolnir, um martelo forjado no coração preso de uma tempestade, e o pressionou contra a ruína derretida do peito do humano. Com gentileza e todo cuidado, canalizou o raio da tempestade dentro do martelo e reiniciou o coração do seu inimigo caído.

Um pulsar, dois, e Tony Stark voltou a respirar.

29

Os jardins no pátio haviam sido plantados há séculos. As mãos seguras de uma mãe guiavam os dedos esquivos de um menino para fazer buracos no chão, colocar as mudas e rolar suavemente uma camada protetora sobre as raízes como teias de aranha. Água, cuidado, tempo e paciência. Thor logo ficou entediado com a atividade, mas ela observou Loki sentar-se sobre pernas, observar as mudas frágeis e fechar os olhos.

— Por que está tirando uma soneca? — disse Thor, empurrando o irmão de brincadeira. — Vamos correr e ver se Heimdall nos deixará segurar Hofund.

— Estou imaginando como elas ficarão depois de crescerem — respondeu o pequeno Loki, sorrindo. — Você não tem imaginação, irmão.

— Eu tenho músculos, cérebro de passarinho, é isso que importa.

— Vocês dois foram abençoados com muitos dons. — Mas nenhum dos meninos estava ouvindo, perseguindo um ao outro para fora do jardim, deixando pegadas sujas que, na época, a incomodaram. Agora ela daria tudo para ver as marcas de seus calcanhares e dedos estampadas nas pedras lisas e cinzentas do pátio. Apesar do plantio desajeitado, as flores desabrocharam. Ao redor dos bancos e treliças, flores amarelas e brancas inclinavam a cabeça orvalhada para o céu, buscando toda a luz solar que conseguiam ter nas alcovas protegidas.

Havia caules altos e amanteigados de verbasco e delicadas dríades--brancas, ramos de cor marfim de *skogsstjärna* e cachos de madressilva com suas línguas rosadas e curvas.

A beleza do jardim era apenas brevemente reconfortante. Havia trabalho a fazer.

As flores se encolheram e tentaram diminuir; uma tempestade estava chegando. O marido entrou no pátio com a obstinação de uma criança privada de sono. Permaneceu junto à porta da alcova, pronto para entrar no palácio. Pronto para a guerra.

— Você me convocou e eu estou aqui — rosnou Odin, cravando a ponta de sua lança em uma fenda entre as pedras do pavimento. Apoiou-se nela, inquieto. — Por causa do meu grande amor por você, eu vim, mas saiba que vejo o que está tramando e recuso.

Frigga colheu um ramo de flores brancas, movendo-se devagar pelo jardim. Cada centímetro dela queria ir *rápido, rápido, rápido,* mas ela deveria ser um modelo da temperança que esperava inspirar.

— O que estou tramando?

— Distrair-me — respondeu Odin, rude. — Para me atrasar. Os exércitos marcharão, meu amor, você conhece tão bem quanto eu os movimentos peculiares da guerra, quão específicos são os sons e a sensação. É o dia para isso. Ouça seu sangue de guerreira, seu sangue de rainha, e atenda ao chamado.

— E quando você deixar Asgard com seu exército reunido, quem nos defenderá? O terráqueo com seu Destruidor não é a única ameaça ao reino. E se os Gigantes de Gelo souberem da sua convocação? E se atacarem quando você esvaziar o quartel? — Ela se aproximou dele e gentilmente tentou colocar o ramo de flores em seu peitoral. Odin segurou a mão dela, recusando o gesto. O olhar dela era exortador, suplicante. — A filha de Thor não está sozinha. Rūna está com ela. Loki está com ela. Onde está o seu amor por eles? Sua confiança?

— Despedaçado, como o corpo de meu pobre filho.

Frigga abaixou as flores, tremendo.

— E se Loki pretendia matá-lo, por que ele lutaria tanto para proteger a filha de Thor? Não precisa perdoá-lo, Odin, ainda não, mas apenas permita que ele conquiste um lugar entre nós.

Ela tentou novamente colocar as flores no peitoral dele e desta vez ele não a impediu. Odin desviou o olhar, as linhas cansadas de seu rosto mais profundas nas sombras do pátio.

— Um rei não recua diante de uma declaração de guerra. Aquele homem pretende avançar contra nós, como posso deixar isso sem resposta?

Odin não foi o único asgardiano que ela havia convocado ao pátio. Uma figura imponente passou pelo marido, juntando-se a eles no jardim. Heimdall parou ao lado da rainha, com Hofund embainhada às costas.

Então, ajoelhou-se, prestando respeito ao rei, e se ergueu novamente para proferir as seguintes palavras:

— Se pretende invadir Midgard hoje, não vou ajudá-lo.

— Você abrirá a Bifrost, dará passagem segura aos nossos exércitos — rosnou Odin.

Heimdall ficou muito imóvel.

— Eu não vou ajudá-lo, grande rei.

Odin pegou sua lança, furioso.

— Existem outras maneiras.

—Talvez — disse Heimdall.— Contudo minha ausência será notada.

— Ah, será, de fato. Todos vocês estão arriscando muito pela insignificante chance de que eu possa ser movido ao perdão. — Odin se afastou deles, depois, decidiu não fazer isso e se virou. O coração de Frigga doeu por ele. Seu tormento, sua confusão eram óbvios. E ela sabia que havia uma possibilidade, por menor que fosse, de Loki e Rūna falharem. Ela não se curvaria; devia sua crença a Loki, por que outra razão desafiaria o marido para lançar Mjolnir na Terra por ele? — Odin marchou até Heimdall, encarando-o furioso. — Como ela convenceu você a ficar contra mim?

— Ela não convenceu — respondeu o guardião da Bifrost. — Nós apenas concordamos. Há uma mudança em Loki, eu testemunhei o bastante para saber. Vi sua confiança na Valquíria crescer. Eles estão alinhados e são a melhor esperança de sobrevivência da princesa, uma sobrevivência que não vem à custa de uma guerra declarada. — Heimdall abaixou a cabeça e piscou devagar. — Não me peça para abrir a Bifrost para os exércitos de Asgard, Pai de Todos, eu recusarei.

Odin ergueu a mão vazia com um grunhido.

— Um meio-termo, talvez — sugeriu Frigga, acenando para Heimdall. — Se você perceber que ela corre um perigo maior do que você esperava, se Heimdall observar Loki e Rūna falharem para com ela, então, irá nos alertar e concederá passagem rápida.

Heimdall respondeu sem hesitação.

— Posso concordar com isso.

— Meio-termo? Não há meios-termos na guerra — gritou Odin, batendo a lança.

Frigga se preparou.

— Há meios-termos em tudo.

Ele os deixou, arrancando o ramo de flores brancas de sua armadura e jogando-o no chão enquanto caminhava.

— Volte ao seu posto, Heimdall. Quando a natureza de Loki prevalecer, desejará ter escutado seu rei.

——

Assim que a porta que guardava a câmara de Thor se fechou, Jane desabou contra ela. Ela deslizou para o chão, soluçando mais do que respirando, ouvindo as duas vozes masculinas do outro lado.

— Não deveríamos entrar? — perguntou um deles. Era Volstagg, um dos amigos mais próximos de Thor. — Ela não deveria estar sozinha neste momento.

— Dê-lhe tempo — falou a outra voz, mais suave. Fandral. Ela tinha ouvido falar dos companheiros de Thor, mas nunca os conhecera até agora. — É melhor mantermos a vigilância e lhe darmos paz.

Paz. Paz! Uma palavra que perdera todo o significado. Ela havia conseguido se controlar, mas agora não via sentido; sua filha estava em perigo e ela tinha que confiar em um deus exilado e odiado para salvá-la. O pânico atingiu ondas trêmulas que surgiram de seu estômago. Outra desabou sobre ela enquanto rastejava pelo tapete, seguindo o desenho dourado e azul avançando mais pelo quarto. Tinha a qualidade inquietante e imóvel de um corredor de museu, tudo dentro dele preciosamente guardado, frágil, marcado pela memória. Ainda havia uma túnica jogada descuidadamente sobre a gigantesca cama, uma camisa imbuída de suor e sabonete, esperando pelas mãos de um criado que nunca viria buscá-la. Arandelas água-marinha brilhavam com luz baixa; alguém ainda estava indo e vindo, mantendo o quarto como fora deixado, cuidando dele como um guarda de cemitério varrendo caminhos e consertando marcos.

Jane se levantou e viu-se sozinha em um lugar que muitas vezes sonhara visitar. Era uma câmara grandiosa, dourada e abobadada no estilo asgardiano que ela estava começando a reconhecer. Combinava com ele e não combinava; ela sempre ficava impressionada com a capacidade de Thor de experimentar o luxo de modo totalmente despretensioso.

E SE... LOKI FOSSE DIGNO?

Ele saboreava uma taça de Dom Pérignon na festa de Ano-Novo chique de um amigo com o mesmo entusiasmo que tomava um La Cumbre gelado no churrasco de um vizinho. Sanduíches de carne moída enlatada ou ostras Rockefeller da Antiguidade? Por que não ambos? Por que não um depois do outro? Ele não notava nem se importava com as distinções pelas quais outras pessoas eram obcecadas. Quando ela e Thor começaram a namorar, algumas enfermeiras do turno os encontraram para ir a um karaokê e beber; depois, quando questionadas sobre sua primeira impressão, uma delas descreveu Thor, bêbado, como "um golden retriever lobotomizado". Tudo era bom, tudo era incrível.

Tudo está terrível, tudo está desmoronando.

Ela se moveu pelo quarto como uma turista, querendo pertencer, mas não tinha certeza se pertencia. Não importava. O terror cresceu dentro dela, e os azulejos, as cadeiras, o guarda-roupa, a cama, os quadros emoldurados, de repente pareceram uma alucinação, como um holograma que poderia piscar e desaparecer a qualquer segundo. As coisas estavam lá e eram tangíveis e em seguida não eram nem estavam. Thor estava vivo, mandando memes de sapos, mas não estava. Ela foi até a cama dourada, decorada com arabescos elaborados, e pegou a túnica dele. Ainda tinha o cheiro dele. Ela a segurou, e isso a ancorou, mesmo que ela ainda sentisse que o vômito de pânico sairia rugindo se ela deixasse.

Se ela deixasse. Jane correu para a varanda, ladeada por janelas do chão ao teto, e saiu. O ar fresco estava impregnado com o perfume das flores e acalmou seu estômago. Lá embaixo, no pequeno jardim abaixo da varanda, cidadãos e cortesãos asgardianos haviam deixado homenagens para Thor, um memorial empilhado para seu príncipe caído. Jane se afastou disso, oprimida, com um novo medo se instalando, de que todas essas coisas, essas coisas estranhas, alienígenas e reais, significavam que ela não conhecia Thor, não de verdade. Não parecia com ele do jeito que suas camisas de flanela e botas de trabalho surradas eram ele.

Segurando a camisa, permitindo que ela a ancorasse à realidade, Jane procurou pelo quarto, buscando algo, qualquer coisa, que lhe dissesse que ele havia trazido um pedaço delas para cá. Não era racional ou razoável; ele tinha deixado claro desde o início que o relacionamento deles era um segredo. Ele era um protetor de reinos, o perigo era imenso e ele não queria arrastar sua família para os emaranhados confusos das guerras interplanares e da política. Mas, com certeza, ele trouxera algo para cá. Algo. *Qualquer coisa.*

Havia uma escrivaninha imponente encostada na parede oposta à cama de quatro colunas. Fiel a Thor, não havia quase nada nela. Havia, no entanto, uma pequena pilha de livros e algumas bugigangas expostas. Tesouros. Lembranças. *Aqui vamos nós.* Ela sempre se perguntara o que tinha acontecido com aquele piercing nojento de nariz que ele tinha tirado do Minotauro, a primeira piada deles. Nunca mais apareceu na casa deles, e Jane tinha apenas se esquecido dele, relegando-o à miscelânea interdimensional de meias e garfos sem par que se perdiam na confusão do movimento e da vida.

Talvez estivesse ali. Ele se encaixaria perfeitamente entre as outras lembranças de suas aventuras, um pedacinho de seu amor escondido entre as coisas asgardianas esperadas, uma plantinha corajosa agarrada à encosta de uma montanha nevada. Ela procurou, tremendo, doente outra vez.

Mas não estava ali. Jane se deixou cair na cadeira da escrivaninha e deixou-se dominar. Não havia nada de Quinn ali, nada dela. Esse era apenas o lugar onde ele deitava a cabeça, uma parada antes da verdadeira casa que ele chamava de lar. Não, não era justo. Jane enxugou o rosto com a túnica. *Meu Deus, é tão macia, do que isso é feito?* Tudo era estranho ali; ele, mas não ele. A família dele era importante, a posição dele era importante, os poderes divinos dele eram importantes, Odin e Frigga eram importantes para ele. Ele só falava sobre o quanto eles o estimavam, mas onde estava esse amor para com Jane? Onde estava esse apoio?

Ela jogou a cabeça para trás e gritou a pior palavra que conseguiu pensar, depois deixou cair os dois braços sobre a mesa e apoiou o rosto ali. Quinn. Ela só queria a filha de volta. Ela tinha dado tudo o que possuía para manter suas vidas juntas, e para quê? Todo aquele esforço. Toda aquela dor. E mesmo que Quinn sobrevivesse, agora o avô queria roubá-la.

E, então, haverá uma coisa nossa em Asgard. Uma corajosa plantinha agarrada à encosta de uma montanha nevada...

Mais sons. Mais arquejos. *Mais, mais, mais.* Meses de atraso. Tudo tinha que acabar. Ela se sentia como um animal, ferido e faminto, arrastando-se. E, depois, pensou em uma delicada flor branca crescendo entre as fendas de rochas congeladas, e deixou que isso a fizesse ficar de pé, em vez de permitir que acabasse com ela.

Loki e Rūna eram a esperança de Quinn agora, mas havia uma coisa que ela poderia fazer para garantir o futuro de sua filha. Quando ela sobrevivesse. *Quando.*

Ela deixou a túnica escorregar de suas mãos e cair na cadeira da escrivaninha, depois voltou para a varanda, pegando o celular. Todo o choro insano devia ter penetrado pela porta de caixa-forte de banco, já que se abriu atrás dela.

— Olá. Está bem, minha senhora? O quê… o que exatamente você está fazendo?

Jane ergueu os olhos de onde estava pendurada no parapeito da varanda, o braço esquerdo balançando para frente e para trás. Um homem ruivo com a constituição de um barril olhava para ela da porta aberta. Volstagg.

— Tentando conseguir um sinal — respondeu ela, severamente determinada, mesmo com o rosto vermelho e úmido.

Volstagg franziu a testa e cruzou os braços sobre o peito.

— Para quem? Devo buscar uma tocha para você? Algo com folhagem verde, acho, pois deixa a fumaça mais visível.

— Não esse tipo de sinal. — Jane suspirou, descendo e voltando para dentro do quarto. Ela foi até a cama de Thor e se sentou na beira, batendo na superfície plana do celular, desejando que funcionasse. Embora nunca tivesse conhecido Volstagg, tinha uma boa ideia de sua personalidade e uma noção geral dos Três Guerreiros. Thor não tinha vergonha de compartilhar histórias de suas aventuras malucas. — Eu só… preciso mandar uma mensagem para alguém. É muito, muito urgente. Esta é a única coisa que posso fazer até Quinn voltar.

— Noiva do meu irmão, amor verdadeiro de Thor, se houver uma tarefa a ser realizada, permita-me executá-la — declarou Volstagg, ajoelhando-se diante dela. Sua magnífica barba ruiva estava torcida em várias tranças, anéis dourados decoravam-nas. Ele ainda estava vestido para a batalha, e sua armadura pesada chacoalhou quando ele se acomodou diante dela. — Se eu não puder fazer sozinho, reunirei Fandral e Hogun, pois a mulher do meu príncipe é a comandante de nossos corações.

Jane esboçou um sorriso pálido.

— De verdade?

— Da mais absoluta verdade — ofegou Volstagg, pressionando o punho no coração. — Se o que Rūna diz for verdade, Thor revelou seus desejos em seu novo assento em Valhalla. Teríamos orgulhosamente feito o que ele pediu, mas esse não é nosso papel agora, e por isso comprometo-me de bom grado a seu serviço. Sei… sei que isso não pode ser fácil para você, Jane Foster.

— Não — murmurou ela, tremendo novamente. — Não é.

Jane respirou fundo, abrindo o celular. Felizmente, ela não precisava de sinal para acessar seus contatos salvos.

— Tem certeza disso? — checou novamente. — Odin não ficará furioso?

— Ele já está furioso — falou Volstagg, despreocupado. — Mas esse é o jeito dele e a dor dele. Deixe-me aliviar seu coração, Jane Foster. Não deve se perder ou ser esquecida em toda essa história asgardiana.

Jane assentiu, emocionada. *Qualquer abrigo durante uma tempestade.*

— Aqui — disse ela, mostrando-lhe o contato no celular. — Pode… Como isso funciona exatamente? Você seria capaz de usar a Bifrost para entrar em contato com alguém em Midgard?

— Com certeza, sim.

— Qualquer um?

— Sem sombra de dúvida.

— Ótimo, maravilhoso. — Jane digitou o endereço. — Preciso que você vá a esse lugar — falou ela, depois passou as fotos salvas, procurando uma imagem específica. — E preciso que encontre essa mulher. Diga a ela que fui eu quem o enviou e traga-a aqui, pode fazer isso?

— Com imensa satisfação. — Volstagg examinou o endereço e a foto mais uma vez, memorizando-os, em seguida, fez uma reverência e foi depressa em direção à porta. Antes que pudesse chegar a ela, um som longo e rico correu pelo palácio. Parecia preencher todo o espaço ao seu redor.

Tambores. Trombetas.

Jane se endireitou, com o coração apertado.

— O que é que foi isso? O que isso significa? Ah, Deus, o que isso significa?

Passos rápidos e pesados aproximaram-se da porta aberta. As trombetas continuaram a soar. Fandral, usando cota de malha verde e dourada, havia retornado; ele parou do lado de fora, apoiando-se e recuperando o fôlego contra a porta.

— As notícias mais abençoadas de Heimdall! O guardião do portal relata que a princesa, Rūna e Loki vivem. Eles estão voltando para cá neste momento com Mjolnir!

Jane desabou, o medo crescente e a necessidade de permanecer proativa eram as únicas coisas que a mantinham de pé. Quinn estava segura. Quinn estava viva. Ela podia respirar de novo. Volstagg correu de volta para ela, pegou Jane em seus braços musculosos e girou-a em círculo. Bem, ela poderia respirar quando Volstagg soltasse.

— Jane Foster! — gritou Volstagg, quase ensurdecendo-se. — Oh, dia vitorioso!

— Uau! Certo! Uau! — Ela riu, emocionada, um pouco tonta quando ele a pôs no chão.

— Ah! Mas minha tarefa! Ainda devo ir? — perguntou Volstagg, inclinando-se para observá-la de sua altura. Ele a lembrava de um Papai Noel ruivo, ali parado, radiante, com as mãos apoiadas na barriga.

— Por favor — falou ela. — Ainda é muito urgente.

Volstagg se iluminou, as bochechas rosadas em chamas.

— Então, eu parto com toda pressa!

— Volstagg, irmão, companheiro, espere... — Fandral pegou-o pelo cotovelo, girando-o. — Aonde você está indo?

Acenando para ele e facilmente soltando seu braço, a voz de Volstagg trovejou pelo corredor enquanto ele desaparecia.

— Não há tempo para explicar para você, Fandral, só vai me atrasar. Cuide de Jane Foster, enquanto eu cuido da missão dela. Enxugue suas lágrimas de alegria e cante para ela uma canção antiga para acalmar seu espírito até que a princesa seja trazida diante dela e a alegria do banquete comece.

Jane não sabia se estava pronta para alegria ou banquete. Ela precisava ver Quinn, abraçá-la, ter certeza de que Heimdall estava falando a verdade. O pânico que zumbia em sua cabeça não desapareceria por completo até que ela tivesse a filha de volta nos braços e a garantia de que terminaria a escola primária onde pertencia, na Terra; ela tinha todos os motivos para acreditar que Odin tentaria manter Quinn lá em Asgard. Não. Ele tinha que ser impedido. Ela não desistiria de sua vida na Terra. Havia a carreira pela qual trabalhou por toda a sua vida para construir, e a casa delas, ainda repleta de todos os lembretes agridoces de sua existência antes da morte de Thor, e a escola de Quinn, e os amigos dela... Não, elas não iam se mudar para Asgard tão cedo.

Pelo menos não até falarem sobre universidade.

Fandral estava olhando para ela, bastante curioso. Todos faziam isso desde que ela chegou, os amigos de Thor, observavam com sorrisos distantes, como se ela fosse uma borboleta exótica em um terrário. Era compreensível, ela supôs, dada a sua proximidade e importância para o príncipe perdido. Ele ofereceu o braço.

— Não está contente, Jane Foster?

Ela aceitou o braço dele e os dois começaram a andar, descendo primeiro uma escada em espiral, afastando-se da câmara de Thor. Quando saíram, ela olhou para trás, tentando guardar tudo na memória. Algumas criadas reais estavam reunidas em um grupo de seda no patamar, sussurrando, animadas, umas com as outras. Elas também olharam furtivamente para Jane.

— Sim — respondeu para Fandral, distraída. — Claro que estou contente. É só que... não vou acreditar de verdade até que eu veja minha filha.

E havia um asterisco ali. Ela tinha a sensação de que sua luta estava apenas começando.

A rainha Frigga esperava por eles no final da escada em espiral. Pela primeira vez desde que se conheceram, a rainha pareceu genuinamente satisfeita. Ela usava um vestido branco drapeado simples, sem mangas, delicados fios de ouro e contas vermelhas descendo da gola, uma faixa de marfim amarrada frouxamente na cintura. Radiante, ela abriu as mãos para eles enquanto se aproximavam.

— Venha, toda Asgard se reúne para receber sua filha, para recebê-la em casa.

Os olhos de Jane tremeram. *Esta não é a casa dela.* Ela manteve a boca fechada, com um pânico trêmulo no peito. Se essas pessoas – deuses – decidissem que Quinn pertencia a eles, o que ela poderia fazer para intervir? A rainha pegou o outro braço dela e juntas viajaram pelo palácio, de volta ao amplo salão principal e às portas altas e ornamentadas que davam para os portões e escadas. A recepção de Frigga não tinha sido exatamente calorosa, mas ela também não diria que foi fria; enquanto os amigos de Thor olhavam para Jane com uma admiração quase infantil, a rainha manteve distância. Ali estava Jane, a nora secreta, uma parte da vida de Thor que ele escolheu manter escondida. Jane tentou imaginar o que faria no lugar de Frigga; e se ela perdesse a filha adulta apenas para descobrir que ela havia se casado e formado uma família sem que ela soubesse?

— Você, hum, vai a Midgard com frequência? — perguntou Jane sem jeito.

— Não — respondeu a rainha. — Na verdade, nunca estive lá.

— O Novo México é quente, se gosta desse tipo de coisa. M-mas é um calor seco… — Jane parou. Ela não achava que culinária tex-mex atrairia uma deusa antiga. — Certo. Vou calar a boca agora.

A rainha deu um tapinha cuidadoso na mão de Jane.

— O carinho do meu filho pelo lugar é toda a recomendação de que preciso. Hum. — Frigga fez um barulhinho engraçado. — Um calor seco. Interessante.

Jane baixou o olhar, sorrindo; talvez não fosse tão desesperador, afinal.

Quase nada mudou desde a última vez que Jane esteve nos degraus do palácio. As legiões de soldados reunidos para a guerra permaneciam. Ela sabia que os deuses eram diferentes, mas não conseguia acreditar que tivessem ficado ali a noite toda, rígidos, armados e eretos. Odin andava de um lado para o outro na base da escada, sua lança batendo no chão de pedra a cada passo furioso. A rainha estava tentando chamar a atenção dele, com uma expressão estranha de "eu avisei". Havia uma via estreita e aberta entre as duas metades das forças de Asgard. Ela notou mulheres em armaduras semelhantes às de Rūna na frente, uma linha de lanceiros atrás delas e, em seguida, centenas de guerreiros vestidos e encapuzados de forma idêntica, constituindo a maior parte da infantaria.

Além, estendia-se a superfície de arco-íris radiante da ponte que ligava a terra e a torre onde Heimdall mantinha sua vigilância. Abaixo daquela mesma cúpula uma luz brilhou, acendendo a Ponte Arco-Íris, fazendo-a cintilar e arder por um instante de parar o coração. Era uma bela visão, melhorada pelo cavalo alado branco que correu pela ponte trazendo Rūna e a filha.

Jane não sabia qual era o protocolo ali e não se importava. Separou-se de Fandral e da rainha para descer as escadas e passar voando por Odin, correndo com pernas bambas e exaustas pelo corredor que dividia o exército. Ouviu o rei resmungar seu aborrecimento enquanto ela avançava.

Viva, viva, viva. Quinn estava viva.

— Mamãe!

30

Jane respirou. Sua filha estava amarrotada, suas roupas um pouco rasgadas, mas fora isso perfeitas. Rūna desacelerou o cavalo, deixando Jane se aproximar e ajudando a filha a descer da sela atrás dela. Jane a apertou, beijou seu cabelo, sentiu a batida preciosa de seu coração, enquanto as duas se abraçavam sem parar, Quinn rindo, Jane de joelhos. Uma sombra caiu sobre elas, e, quando ela abriu os olhos, Loki estava parado a poucos metros de distância, transformado em uma versão mais alta e mais larga do que aquela que ela havia conhecido antes. Mjolnir pendia de sua mão, hematomas em seu rosto e pescoço cicatrizavam e desapareciam sob a desgastada armadura verde e prateada que lembrava sutilmente a de Thor.

Loki, com Mjolnir, tendo provado seu valor.

— Olá — cumprimentou ele, sorrindo. — Eu ficaria ofendido com o choque em seus olhos, mas ainda estou me acostumando com a ideia.

Jane conseguiu dar uma risada seca e se levantou, mas segurou com força a mão da filha.

— Você parece diferente.

— Um diferente bom? — Ele levantou uma das mãos.

— Sim — disse ela. — Obrigada por trazê-la de volta e inteira para mim.

Loki se juntou a ela, olhando com carinho para Quinn. Eles começaram a andar devagar.

— Ela foi a corajosa, quase não tive que fazer nada.

— Esses hematomas dizem o contrário — falou Jane. — E Stark?

— Vivo, por pouco — respondeu ele. Uma sombra passou por seu rosto. — Asgard se revelou ao seu povo. Será um longo caminho percorrido precariamente para encontrar a paz.

— Eu ajudo! — ofereceu Quinn. — Mamãe, você me viu no sr. Cavalo? Foi tão legal! — Ela se separou de Jane, correndo para o lado de

Rūna e abraçando a perna da Valquíria. — Fomos princesas guerreiras juntas e só vomitei uma vez!

— Skæva, criança, o nome dele é Skæva — corrigiu Rūna suavemente. Então, mais baixo: — E pelo que me lembro você vomitou três vezes.

Eles alcançaram o exército, que aplaudiu ruidosamente, com lanças, espadas e escudos tilintando. Jane notou Loki arrastando os pés, enquanto se aproximavam do palácio.

— Ei, eu também não estou ansiosa por isso — murmurou ela. Onde estava Volstagg? Quanto tempo demorava para viajar pela Bifrost? — Seus pais são assustadores.— Os lábios de Loki se curvaram em concordância, mas ele não disse nada. Não precisava; ela leu sua apreensão claramente. Não fazia ideia se ele era confiável, mas não havia como negar o martelo em sua mão; Thor deixara bem claro para ela que Mjolnir nunca se entregaria a alguém indigno. Odin apareceu; o pânico de Jane de redobrou. — Ajuda. — A palavra saiu sem jeito. — Eu, hum, acho que preciso da sua ajuda. Eles não podem tirar Quinn de mim, por favor, eu não posso... eu não posso deixar isso acontecer, mas eles são deuses e eu sou apenas... bem, eu. Não posso perdê-la. Não depois... não posso perdê-la.

— Você está com sorte, Jane Foster — respondeu Loki, com tom divertido, mas talvez também um pouco indiferente. — Você está ao lado do filho odiado e exilado deles e de uma Valquíria desgraçada que desafiou o rei. Se alguém se juntaria a você em uma rebelião equivocada, somos nós.

E assim, colocaram-se diante do rei e da rainha, que não podiam ter expressões mais diferentes. Frigga uniu as mãos e levantou as saias com uma delas para descer as escadas. Os aplausos cessaram quando ela se aproximou para falar. Ela foi primeiro até Loki, ofegante ao ver Mjolnir nas mãos dele. Ela o segurou com os braços estendidos e Jane o viu estremecer.

— Ah, meu filho. Você está resplandecente. — Ela poderia muito bem estar abraçando uma estátua.

Rūna esperou solenemente alguns passos atrás de Loki, com a mão apoiada no pescoço do cavalo, enquanto Quinn se escondia atrás da perna esquerda de Jane. A ponte, o palácio, a reunião de deuses... era muita coisa para uma criança de nove anos absorver. Odin se agachou, apoiando-se em sua lança, seu único olho voltado decididamente para Quinn. Ele estendeu uma mão nodosa para ela.

— Aqui agora, criança, não tenha medo. Posso ser o rei de Asgard, mas também sou seu avô. Não fomos para a batalha, e minha mente guerreira está um tanto tranquilizada, pois a rainha falou com sabedoria e moderou o rei, como as rainhas costumam fazer. — Foi a primeira vez que Jane viu o rosto dele se iluminar e, reconhecidamente, havia algo de gentil e doce nele, em seu sincero interesse em conhecer a neta.

Quinn não se mexeu. Ela olhou para Jane, mordendo nervosamente o lábio inferior, e Jane tocou seu ombro, assentindo.

— Está tudo bem. Vá dizer oi se quiser.

Colocando sua expressão mais corajosa, Quinn ergueu o queixo, endireitou os ombros e saiu para encontrar Odin Pai de Todos. Ela cerrou o punho e bateu de leve no topo da cabeça de Odin.

— Boincs. — Ela sorriu.

Odin, confuso, buscou orientação de Frigga, depois de Loki, depois de Jane, mas foi Quinn quem o educou.

— É como dizemos olá, adeus e "eu te amo" em nossa família. Está vendo? — Ela fez de novo. — É um toque com um martelinho de amor.

— Entendo. — O olho de Odin se encheu de lágrimas. — Há muito desejo conhecê-la, embora você estivesse escondida da minha vista. Você se parece com nosso belo príncipe de todas as maneiras mais encorajadoras. Diga-me, Quinn Thorsdóttir, consegue empunhar o martelo Mjolnir?

Jane tentou não revirar os olhos. Ela ficou um pouco satisfeita ao ver que Loki o fez. Ele se livrou de Frigga e parou ao lado de Quinn de forma protetora. Os olhos de Jane queimaram nos dele. *Ajude-nos.*

— Claro — respondeu a criança, dando de ombros. — É fácil.

— Ainda assim, Loki… — O olhar de Odin pousou no filho com óbvia apreensão e suspeita.

— Ele está pegando emprestado, eu acho. Ainda não combinamos nada, talvez seja como… Ei, mãe? — Quinn olhou por cima do ombro, a boca franzida em confusão. — O que é que você está fazendo com o apartamento? Uma coisa de tempo?

Jane escondeu o rosto com uma das mãos e riu. Não era isso que eles estavam fazendo com o apartamento, mas ela cedeu a Quinn de qualquer maneira.

— Um tempo compartilhado.

— Sim! — Quinn estalou os dedos. — Talvez seja como um tempo compartilhado. Mas quando uso, sou Deus do Trovão, e quando ele usa, ele é Deus dos Párias. É complicado.

Odin empurrou a lança, agarrando-a com as duas mãos e ficando de pé.

— Deus dos Párias — repetiu rispidamente. Por um longo momento ele ficou calado. — Meu coração rejeita o que meus olhos veem... aqui está Loki, meu filho desobediente, com mentalidade assassina e indigno, mas empunhando nosso símbolo mais sagrado e irrepreensível de dignidade. Como isso aconteceu?

Loki ergueu o martelo e girou-o, deixando a luz atingir suas bordas. Um murmúrio surgiu entre o exército e os cidadãos que serviam de plateia. Com a outra mão, ele gesticulou para Quinn.

— Essa criança me mostrou bondade sem hesitação, vendo apenas um homem confuso e sofredor. Donna Gorzynski de Midgard me ofereceu abrigo, amizade e, ainda assim, depois que traí sua confiança, não retirou seu amor.

Odin olhou furioso.

— É claro que você a traiu.

Jane não conseguia acreditar, mas Loki recusou a isca. Ele fechou os olhos por um momento e prosseguiu:

— A ausência de Thor é uma cratera em todas as nossas vidas. Havia um vazio e eu o preenchi. Com essas pessoas, com sua aceitação, com coisas que eu considerava não apenas negadas, mas proibidas. A máquina de Stark estava extraindo energia do Mjolnir e ameaçava destruir o martelo e a nós. Eu não poderia permitir isso. — Loki abriu os olhos, olhando para a mão vazia pendurada ao seu lado. Ele ergueu a mão, ainda considerando o assunto. — Segurei um Mjolnir despedaçado não com as mãos de um traidor, mas com a ternura que fui ensinado recentemente.

— Você nos enganou tantas vezes, e todas as vezes suas doces promessas foram envenenadas. Como posso acreditar nisso? Como acreditar...

— Há tempo — declarou Loki. — Vou esperar.

— Tempo? Não. Com pressa devemos decidir o futuro do reino. Por enquanto, devo confiar no julgamento do martelo e reconheço isso, por mais que me doa. Ainda assim, ainda assim. Depois de tudo que você fez, depois de tudo o que destruiu, uma hora de bondade não muda meu desejo de arrancar esse martelo de suas mãos, garoto.

— Mas você não pode — respondeu Loki. — Há apenas uma alma a quem eu o entregaria, e não é você.

— Que não haja inimizade entre nós — interveio Frigga, apressando-se para se colocar entre eles. — Devíamos estar felizes — acrescentou ela, então pareceu reconsiderar essas palavras, ou entendê-las melhor. — Devíamos estar felizes.

Odin bufou e estufou o peito.

— Ficarei feliz quando o martelo estiver com sua legítima dona. Você mancha o significado e a memória dele. Mjolnir pertence à filha de Thor, e ela pertence aqui, onde pode ser criada à luz do legado dele.

— Você claramente não conhece a garota — respondeu Loki, rindo. — Não creio que tomará nenhuma decisão por ela.

— Ela é uma criança, não é papel dela tomar decisões — declarou Odin.

— Marido. — Frigga agarrou o pulso dele com força. — Não haverá fim para esse ódio? Devemos trilhar este círculo para sempre? Há compromisso em tudo. Paz, agora, paz. Deixe-a fazer a escolha de boa vontade. Você parecia disposto a ouvir no jardim, tente ouvir novamente agora.

Loki balançou a cabeça.

— Acho que estamos à mercê do orgulho dele, mãe, até que certas perguntas sejam respondidas. Por exemplo, e o meu exílio? E quanto à suposta traição de Rūna? Não vou sorrir, bancar o herói e dançar alegremente para vocês até que ele aceite a escolha de Mjolnir; aceite-a *de verdade*. Pois não fui eu quem causou a morte de Thor. Derrotamos Stark. Nós protegemos Asgard.

Um relâmpago cortou o ar. Os nós dos dedos de Odin apertaram sua lança. Jane estava começando a se arrepender de ter pedido a ajuda de Loki. Mas outro clarão iluminou o cosmos que cobria o horizonte, a Bifrost iluminando todos eles, iluminando cada rosto com uma luz roxa cintilante antes de desaparecer, revelando duas figuras emergindo da cúpula do outro lado da ponte.

— E agora? — esbravejou Odin, golpeando com sua lança. — Não haverá fim para essas interrupções infernais?

Jane se virou e descobriu que Volstagg havia retornado, com uma mulher de cabelos escuros ao seu lado. Ela estava vestida com um top roxo esfarrapado, leggings de ginástica e tênis, seus longos cabelos negros presos em um coque alto bagunçado. Debaixo do braço ela carregava uma pasta. Já fazia um tempo que elas não se encontravam pessoalmente, e Jane quase tinha esquecido como Jennifer Walters era deslumbrante, mesmo sem maquiagem e de roupa de ginástica.

— Quem é? — rosnou Odin, aproximando-se da multidão.

— Minha advogada — declarou Jane, aliviada. Volstagg havia se superado. Ele olhava maravilhado para Jen, como se tivesse desenterrado um tesouro escondido enquanto procurava por ela em Los Angeles. Assim que Jen colocou os olhos em Jane, ela começou a correr, puxando sua velha amiga para um abraço esmagador.

— Meu Deus, sua vida é uma loucura, Jane — sussurrou Jen em seu ouvido. — A coisa do Thor já era demais, mas o que estou vendo aqui? Ou, tipo, contemplando. Sinto que você só pode *contemplar* as coisas em um lugar como este. Estou no espaço sideral? Sou tecnicamente uma astronauta agora? Posso colocar isso no meu LinkedIn? — Ela rompeu o abraço e acenou para centenas e centenas de espectadores perplexos. — Oi, pessoal, Jen Walters, prazer em conhecê-los. Ah! Uau, estou mal-vestida. Por favor, me perdoem, Majestades — disse Jen, rindo nervosamente. — Eu estava apenas fazendo minhas séries na Planeta Fitness, não pensei que também estaria no planeta viking hoje. Aqui, Jane, eu trouxe isso...

Jen equilibrou a pasta em cima dos joelhos e soltou os fechos, depois retirou o pergaminho com o testamento de Thor e, com reverência, ofereceu-o a Jane.

— Como sua advogada, aconselho que fale o mínimo possível. Não sei como funcionam os tribunais aqui, mas não estou animada para descobrir.

— Está tudo bem — falou Jane, tocando Jen no ombro. — Obrigada por ter vindo. Desculpe, é... bem, desculpe.

— Não, não, não precisa pedir desculpas, isso é muito melhor do que fazer elevação de quadril ao som de Britney Spears. A propósito, vocês a conhecem aqui? Caso contrário, seria um enorme avanço cultural. — Jen tossiu, fez uma reverência extravagante e recuou. Volstagg estava ali, preparado para ficar ao lado dela, alto e atento, evidentemente orgulhoso por tê-la trazido até lá a tempo de salvar o dia.

— Este é o testamento de Thor — declarou Jane, entregando-o para Odin e Frigga estudarem. Eles o fizeram, aproximando-se.

— E isso demonstra a perspicácia de meu filho — declarou Odin, sorrindo e suspirando de alívio. — Mjolnir passa para sua herdeira e, como convém a uma princesa de Asgard, seu lugar será aqui, onde ela será treinada para ser a protetora de Asgard. — Seus olhos se desviaram com veneno arrogante para Loki.

— Acho que você deixou passar uma parte importante aqui — respondeu Jane, apontando a linha para eles. — Mjolnir vai para ela, *e é dela para que faça o que quiser*. Isso significa que pode escolher para onde vai e se leva o martelo com ela.

Ela podia sentir a irritação de Odin aumentar. Seus ombros se curvaram e ele encarou carrancudo feito uma nuvem de chuva o pergaminho, agarrando-o. Ao lado, Loki sorriu.

— Isso é ridículo. Você está criando sentido onde não há nenhum. É óbvio o lugar ao qual ela pertence.

— Não, querido, você acabou de ser parado por uma advogada. — Jen riu e depois se calou diante do rosnado furioso de Odin.

— Odin, não podemos contestar os desejos do nosso filho — argumentou Frigga suavemente. — Assim como não podemos contestar o julgamento de Mjolnir. Nosso curso é claro; devemos perguntar à doce criança o que ela deseja. É o correto — acrescentou ela, virando-se deliberadamente para observar Loki. — É justo deixarmos que os nossos filhos e netos determinem seus caminhos. Impor com demasiada severidade só nos trouxe problemas. O universo se declara em nossos corações, não na boca dos outros. — Ela se aproximou do filho de novo e, desta vez, Loki não se encolheu. Cuidadosamente, ela tocou a bochecha machucada dele. — Quando os filhos são fortes, parece que podemos entregar qualquer coisa a eles e eles são capazes de carregá-la. Você pode se autodenominar Deus dos Párias, Loki, mas eu o abraço. Você tem uma casa aqui e tem meu amor. Sempre.

Jane se preparou. O temperamento de Odin se inflamou, mas ele olhou mais uma vez para a neta, e se controlou, e se acalmou e, por fim, sossegou. Ele não parecia capaz de expressar afeto abertamente a Loki, mas não rejeitou as palavras de Frigga nem as refutou. Talvez ele estivesse amolecendo, embora ela suspeitasse que isso levaria tempo. Devagar, ele se aproxima de Quinn. Olhando para ela, ele não pôde deixar de sorrir.

— Bem. Parece que há decisões a serem tomadas. Então, com as palavras de Thor nos guiando, deixe-nos ouvir de você, criança. Você vai empunhar Mjolnir? Virá morar neste palácio dos céus, onde pisam deuses de grandes feitos e história? Que garotinha não sonha em viver na torre de um castelo?

Quinn escutou com calma. Isso não surpreendeu Jane nem um pouco. Sua filha não precisava ser orientada. Ela se colocou entre Loki e Rūna, que haviam se afastado, separando-se em uma aliança improvável. O sr. Cavalo – Skæva – apoiava-se calmamente nas costas de Rūna.

—Tio Loki é Deus dos Párias agora, e Rūna é a Princesa Guerreira. Eles parecem capazes de cuidar das coisas até eu ficar mais velha. Eu acho... não, eu sei que quero voltar para o Novo México, onde estão meus amigos. E minha coleção de dinossauros. E todas as coisas do papai. — Ela girou e cutucou Mjolnir. O martelo brilhou. — Posso ficar com ele mais tarde?

Os lábios de Loki tremeram quando ele reprimiu uma risada.

— Vou mantê-lo seguro para você, Quinn Foster-Thorsdóttir, até o dia em que quiser reivindicá-lo.

Odin ficou em silêncio, estupefato. Ao lado dele, Frigga cruzou as mãos serenamente e declarou:

— Então, teremos que visitá-la. Ouvi dizer que o Novo México tem um calor seco.

O rei grunhiu.

— Até nós, deuses, estamos à mercê de novas forças estranhas, creio eu.

À direita deles, Loki virou-se para Rūna e acenou com a cabeça para algo distante, algo além da Ponte Arco-Íris.

— Donna vai precisar de ajuda para reconstruir aquele trailer — falou ele, cutucando-a na direção que saía do palácio. — Acho que ela tem uma queda por você e pela maneira como você transporta ração.

Rūna jogou a cabeça para trás e riu, pegando o sr. Cavalo pelas rédeas.

— Desde que haja mais vinho de saco na geladeira.

— Hum — Loki riu. — Teremos que encontrar um suéter para você. Buffalo é frio no inverno.

Antes que eles pudessem partir, Quinn pegou Loki e Rūna pela mão, virando as palmas e depois deu um tapinha duplo nelas. Loki tocou a testa dela com os nós dos dedos. *Boincs*. Em seguida, de alguma forma ainda cheia de energia, ela correu de volta para a mãe, sorrindo para ela.

— Podemos ir para casa agora?

31

Um campo de força pressurizado parecia cercar a casa de seu irmão. Loki parou no final do caminho com jardim que fazia uma curva da calçada até a porta da frente da encantadora casa de estuque. O próprio Novo México era como um planeta alienígena, vermelho e empoeirado, um deserto seco e laranja com a estranheza encantadora de Marte. Cactos amontoados ao longo das pedras do pavimento, um pinheiro maior inclinado sobre o caminho, envolto em uma série de luzes brancas de Natal.

Ele se sentia como um intruso e, o que era mais estranho, tinha certeza de que o irmão mais velho, Thor, sairia correndo pela porta da frente a qualquer segundo. Essa era a casa dele e, embora Loki nunca tivesse visto Thor nela, podia sentir a impressão na realidade que Thor havia deixado para trás. Não era exatamente um fantasma, os asgardianos não os tinham, e seu irmão estava festejando pela eternidade em Valhalla, mas ainda assim… algo permanecia. Uma alegria. Uma tristeza. Um eco da risada estrondosa de Thor ouvida pelas janelas deixadas abertas em uma noite de inverno.

Ele não sentia saudade de Thor com frequência, mas pensava muito nele.

Loki reuniu coragem e subiu o caminho, abaixando-se sob os galhos baixos do pinhão. A porta tinha sido pintada em uma alegre cor laranja-clara. Não precisou bater, pois Quinn estava vigiando e abriu a porta com um grito de animação.

— Tio Loki! — gritou ela. Depois, seus rápidos e inteligentes olhos azuis pousaram no terrário de plástico que ele tinha na mão. — Ah, o que você me trouxe? Natal! Natal! Natal! Mãe! Tio Loki me trouxe um presente!

— Traga-o para dentro, sua duende, — Ele ouviu Jane gritar de algum lugar mais para dentro da casa.

E SE... LOKI FOSSE DIGNO?

Cheirava a biscoito de gengibre atrás da porta da frente. Donna tinha apresentado aquela invenção fantástica para Loki e Rūna, mostrando-lhes como esticar a massa firme e pegajosa e pressionar os recortes de metal dos homens nela, como mexer o cortador de biscoitos para facilitar e, em seguida, dispor as silhuetas em uma forma forrada com papel manteiga. Rūna, coberta de farinha, esperava perto do forno até que os biscoitos estivessem prontos, impaciente, pegando um boneco de gengibre ainda quente para arrancar sua cabeça com uma precisão cheia de dentes. E Donna estaria lá com leite gelado para Rūna, que teria queimado a língua com bastante facilidade. Loki sorriu com o pensamento, embora estivesse satisfeito em dar as duas alguma privacidade para passarem o feriado juntas enquanto ele voava para o Novo México via Bifrost, preocupado que Mjolnir não passaria pela segurança do aeroporto.

Com Mjolnir amarrado às costas, Loki seguiu Quinn pela entrada ampla, cheia de sapatos, até a cozinha arejada no lado direito da casa. Acidentalmente esbarrou na porta; ainda estava se adaptando às suas novas dimensões e aos músculos volumosos que as acompanhavam. Clientes de todos os gêneros no Curinga ficaram subitamente encantados com seu físico, o que apenas o divertia. Nenhuma de suas roupas servia, então Donna, cheia de dinheiro de Stark, insistiu generosamente em uma sessão de compras na Galleria Walden. Loki esfregou o braço arranhado sem dar muita atenção, entrando na cozinha, que era feita de azulejos turquesa e brancos, convidativa e brilhante, um exaustor de cobre projetando-se da parede esquerda, onde biscoitos esfriavam em cima do forno, alinhados ordenadamente em suas formas. Uma mulher do interior cantava canções de Natal, quando Quinn correu até o forno, roubou um biscoito ainda quente para Loki e trotou de volta para apresentar o tributo.

— Eu mesma fiz — anunciou Quinn, orgulhosa.

Jane apareceu, apressada e segurando um celular na mão em uma videochamada, suspirando para a filha antes de abrir a alça do forno com os dedos dos pés, inclinando-se e removendo outra bandeja com algo delicioso. Loki enfiou o biscoito na boca e correu para ajudar, pegando a bandeja dela sem luva de forno. Doeu, mas a queimadura sararia antes mesmo de registrar tanto incômodo.

— Ela mexeu a massa, tipo, talvez uma vez. Ela não é nenhuma mestre-cuca. — Jane riu. Na ilha da cozinha, entre o forno e a mesa,

Jane estava construindo uma elaborada torre de pãezinhos dourados, grudados em uma pirâmide inacabada, com caramelo como cola mantendo-os juntos. — Tive uma ideia incrivelmente estúpida de fazer um *croquembouche*. Eu juro, aquela senhora do programa de culinária me controlou mentalmente através da televisão ou algo assim, eu fiquei impotente. Onde eu estava com a cabeça?

— Ela é realmente uma bruxa astuta — comentou Loki, rindo, afastando Quinn da panela e do forno perigosamente quentes e em direção à ilha, onde colocou o terrário.

— É o Loki? Diga a ele que eu mandei um oi!

A advogada e amiga de Jane, Jennifer Walters, gritava da videochamada.

— Sim, vou falar para ele — respondeu Jane. — Tenho que ir antes que esse *croquembouche* acabe com minha vida.

— Avise Volstagg que ainda estou solteira!

Jane beliscou a ponta do nariz.

— *Jennifer.*

Loki, ainda se sentindo um pouco deslocado e como um intruso, sentou-se em um banquinho encostado na ilha.

— Raramente nos falamos, mas vou falar para ele.

— Não a encoraje — murmurou Jane. — Tchau, Jen. Tchau, tchau!

— Ele disse que você tem um corpo pequeno, mas a alma de uma mulher grande — acrescentou Loki.

Do outro lado, Jennifer gargalhou.

— Ah, vou me casar com ele.

— Ele já está casado e feliz… — tentou dizer Jane, mas Jen havia desligado. Jane quase caiu na ilha da cozinha com um gemido, enfiando as mãos nos cabelos. Ela e Quinn usavam suéteres de rena combinando com narizes de pompom vermelho no cervo. Quinn subiu em um banquinho ao lado dele, apoiou os pulsos e os cotovelos no balcão e depois colocou o queixo em cima, olhando para dentro da gaiola de plástico.

— É para mim? — sussurrou, os olhos radiantes, reverentes.

Loki acenou com a cabeça, observando Jane respirar fundo algumas vezes antes de voltar a atacar a torre de profiteroles com determinação renovada.

— Achei que poderíamos chamá-lo de Brian Segundo. É justo; você me permitiu manter Mjolnir em segurança e pode cuidar desse novo amigo.

— Uma troca — disse Quinn com a seriedade de um sábio. — Eu gosto disso. Vamos, Brian, você vai adorar meu quarto. Pode morar na minha mesa e me ver fazer a lição de casa e guardar meus gibis quando eu não estiver aqui. Mas terá que prestar juramento primeiro, porque esse é um dever muito solene. — Ela continuou discutindo os arranjos de moradia com o lagarto, enquanto desaparecia com a gaiola, assuntos de adultos e deuses não interessavam mais.

Loki colocou a bolsa no ombro, sem saber onde ficar.

— Devíamos conversar — falou Jane. Ela terminou de cimentar outro profiterole aos seus companheiros e virou-se para encará-lo. — Nós realmente não tivemos chance.

— Não, não tivemos. — Loki se remexeu.

— Sei que é estranho — acrescentou ela calmamente. — É tudo estranho. Não me leve a mal, mas é difícil engolir que você esteja aqui enquanto Thor não está.

Loki assentiu e se perguntou se juntar-se a elas teria sido um erro. Na ausência de palavras úteis, ele vasculhou sua bagagem, retirando as outras ofertas de paz que havia adquirido para a viagem. Uma delas era um livro gasto, com orelhas, a capa quase despencando. Era um livro antigo de contos de fadas asgardianos, um dos favoritos de Thor, e havia um pedaço de papel que servia de marcador na metade do livro. O outro item era um piercing nojento e surrado de nariz, provavelmente de um minotauro ou outro animal de algum tipo. Anel e livro estavam guardados juntos como se pertencessem a um par. Loki deslizou os dois presentes pelo balcão, tomando cuidado para evitar qualquer sujeira dos preparos. Os olhos de Jane se arregalaram e seu queixo caiu ao ver o anel.

— Onde achou isso? — arquejou ela. Jane sentiu o cheiro do anel e emitiu um som suave e de repulsa. — Eu pensei... Não estava em nenhuma das coisas dele aqui, e também não vi no palácio.

— Tínhamos um esconderijo de infância para itens pouco princi-pescos, debaixo de uma tábua solta do chão, escondida ao lado da cama de Thor. Eu não pensava nisso há muitos anos, mas voltei brevemente para Asgard e pensei em ver se havia alguma coisa lá dentro. — Loki sorriu diante das imagens de bolinhas de gude roubadas, galhos má-gicos e adagas de madeira que esvoaçavam como mariposas noturnas, empoeiradas, desbotadas e fugazes. — Estas eram as únicas coisas em nosso local secreto. Achei que você poderia querer.

— E seu antigo livro de lendas. Ele o mencionava vez ou outra quando Quinn nasceu. — Ela abriu o livro na página marcada e seus olhos se encheram de lágrimas. Ele mesmo tinha dado uma olhada no marcador antes de embalar o presente. Era um longo retângulo de papel, como o que Donna tirava dos biscoitos chineses depois do jantar, e em escrita infantil continha as perguntas: *Quando posso conhecer a família do papai? PS: Podemos visitar a casa dele? PPS: É um castelo??*

— Durante séculos tentei ampliar o gosto literário dele — falou Loki gentilmente. — Parece que nenhum de nós teve sucesso.

— Sim. Ele gostava do que gostava. Algumas delas ele nos contou de cabeça — respondeu Jane, enxugando os olhos com o avental, deixando manchas de farinha para trás.

— Nada envolvendo Sleipnir, espero.

— Não, seu segredo está seguro comigo — falou Jane, rindo. — De qualquer forma, ela preferia ouvir sobre a vida de Thor antes de eu conhecê-lo. Qualquer coisa com demônios de fogo funciona bem.

Loki assentiu, uma onda inesperada de emoção quase o deixou com saudades do irmão. Talvez houvesse um universo onde Loki se juntava a elas no Natal e Thor ainda estava vivo. Uma possibilidade extinta, um pensamento ingênuo, mas que veio mesmo assim.

— Ela puxou o pai.

Eles caíram em um silêncio incômodo.

— Sinto muito, Jane — disse ele, cerrando a mandíbula. — Eu não o matei, mas criei as circunstâncias que tornaram isso possível, e as ramificações… agora sei qual é a minha parte nisso. Sinto vergonha. — Ele suspirou. — E me arrependo. Mas juro: Rūna e eu não descansaremos até que o assassino de Thor seja desmascarado.

Ela ficou segurando o livro, olhando para ele. Depois de algum tempo, a tensão diminuiu e ela piscou, e a inimizade que ele sentia rastejando entre eles passou.

— Um pedido de desculpas? De *Loki*?

Ele balançou a cabeça, olhando para as mãos.

— Você se junta a um panteão de talvez dois. Meu orgulho me impede de oferecer as desculpas que deveria. Como tantas coisas, isso está mudando.

— Eu entendo — falou ela. — Vai... vai levar tempo. Eu preciso de tempo.

Isso foi alguma coisa. Era mais, pensou ele, do que provavelmente merecia. Quinn voltou para a cozinha, com as sobrancelhas franzidas de preocupação.

— Brian quer que você veja seu novo lar — anunciou Quinn.

— Ele quer, é? — Loki riu, esperando Jane dispensá-lo de antes de se levantar do banquinho.

— Vá em frente; Quinn, mas você também pode mostrar o quarto do tio Loki para ele, por favor? — pediu Jane.

Quinn voou da cadeira, cheia de energia por causa do açúcar, e correu de volta para a entrada antes de virar à direita e entrar no corredor principal da casa térrea.

Loki se virou lentamente em direção ao corredor.

— Se precisar de alguma ajuda...

— Não, vá, apenas mantenha o furacão Quinn fora daqui, por favor e obrigada.

Loki podia fazer isso. Ou, melhor, ia tentar. Não era difícil determinar para qual quarto ela havia fugido, pois ele podia ouvir as molas de uma cama rangendo, enquanto ela pulava em cima delas sem piedade. Ele sobreviveu ao desafio angustiante das fotos de família penduradas no corredor, a maioria delas mostravam Quinn, Jane e Thor em campos ou em um dos canteiros de obras de Jane ou aconchegados juntos no sofá. Os olhos de seu irmão estavam nele e Loki não pôde evitar abaixar a cabeça. Era uma casa rica em memória e amor, acolhedora para alguns, mas opressiva para quem nunca esteve imerso nesse sentimento. Ele havia apresentado seu pedido de desculpas, por mais difícil que tenha sido. O corredor parecia escuro e sufocante, e Loki estava entorpecido quando deixou o corredor claustrofóbico para trás e entrou no quarto de hóspedes.

Com a invencibilidade elástica de uma criança, Quinn caiu da cama, deu uma cambalhota e estendeu as mãos.

— Tcharam! Você pode ficar aqui! O que acha?

Ela havia deixado um desenho para ele no travesseiro ao lado de uma barra de chocolate, cuja embalagem estava amassada o suficiente para fazê-lo supor que ela havia pensado seriamente em devorá-la. Loki se sentou, a sensação assombrosa que sentiu no corredor foi desaparecendo quando pegou o desenho que Quinn havia feito para ele.

— Somos nós na Bifrost — explicou ela, apontando para a *entusiástica* variedade de cores que os representava amontoados em uma bola de eletricidade. O Destruidor, também retratado de forma criativa, pairava acima deles, com um grande e raivoso V de sobrancelhas artisticamente grandes que demonstravam sua raiva. — Esse foi o dia mais legal de todos. — Quinn suspirou sonhadoramente. — Mas também, o mais assustador.

Ela o abraçou.

Que tolice ter se considerado um intruso ali. Loki passou um braço em volta dela com cuidado e apertou. Não, ele pensou enquanto o Mjolnir, herança asgardiana, nascido de uma estrela, empunhado por irmãos, esquentava em suas costas, ele estava exatamente onde pertencia.

Era hora de abandonar coisas antigas que não lhe serviam – títulos, roupas, expectativas. *Vergonha.* Era hora de se render à terrível promessa do desconhecido e ao papel que ele havia escolhido para si mesmo. Rūna, Donna, Quinn e Jane poderiam aceitá-lo e apoiá-lo para sempre, ou não; ele tinha que permitir ambas as coisas. Qualquer que fosse essa coisa nova que ele estava construindo, ele tinha que se soltar, mergulhar nela e cair.

AGRADECIMENTOS

Sou muito grata à equipe da Marvel e da Random House Worlds por me dar a oportunidade de escrever este livro complicado – um enorme agradecimento a Gabriella Muñoz, Sarah Singer e todo o pessoal de marketing, design e edição que ajudou a dar vida a esta história. Como sempre, enorme gratidão à minha agente, Kate McKean, por pensar que eu tinha talento para isso.

É um prazer dar crédito por muitas das ideias, detalhes e magia da Marvel a Trevor Smith, cujos conselhos e orientação me deram a liberdade para mergulhar sem medo. Trevor Smith e Nicholas Roux ofereceram opiniões e apoio quase constantes enquanto eu redigia, e seus comentários e críticas me ajudaram a continuar. Saudações também aos meus cachorrinhos, Smidgen e Bingley, que foram compreensivos quando mamãe não conseguiu ir aos passeios.

Inspirei-me significativamente na brilhante tradução de *Beowulf de Seamus Heaney*, especialmente quando considero a representação de Odin e Frigga. Também gostaria de agradecer aos criadores dos personagens da Marvel que tive a honra de incluir neste livro: Stan Lee, Larry Lieber, Jack Kirby, Jason Aaron, Roy Thomas, John Buscema, Walt Simonson, Michael Oeming, Jessica Gao, J. Michael Straczynski, Torunn Grønbekk, Nina Vakueva, John Byrne e Dan Slott.

Ouvi duas músicas repetidamente enquanto elaborava o rascunho: *Nightsong* de Borislav Slavov e *Turbo Killer* de Carpenter Brut.

Este livro foi escrito durante um período de imensa dor, catarse e transformação. Perdi meu irmão menos de um ano antes de entregar este livro, e seu espírito esteve comigo o tempo todo; Tony Stark era seu Vingador favorito. Eu gostaria que ele tivesse vivido para ver sua irmã mais nova escrever para a Marvel. Para qualquer pessoa que esteja lutando contra o luto e a perda, espero que este livro ajude de alguma forma.

YGGDRASIL AGORA

A Vigia sentiu sabor de canela. A Ponte Arco-Íris que liga Asgard aos outros nove reinos brilhava, e açúcar dançava em sua língua. A criança meio-deusa Quinn havia despertado algo nela, uma memória sentida no sangue. A definição de possível estava mudando.

Estou mudando.

Não, lembrando. Não, me tornando.

Tornando-se. Ela viu o Loki desse universo fazer o mesmo. Era uma evolução ou um movimento lateral? Era desafiador. Inspirador.

Eu já fui assim. Selvagem. Doce. Jovem. Rebelde. Crescendo para ser... alguém. Algo.

Mas como? Sua vida não teria sido uma vida terrena. A faixa brilhante da Ponte Arco-Íris desapareceu, transformando-se de novo em uma fita esticada pelas estrelas. Seus heróis estavam se dispersando. Loki, a Valquíria e o sr. Cavalo para Buffalo, Nova York; Jennifer Walters para Los Angeles; Quinn e Jane Foster para a cidade e depois, no final do verão, para o Novo México. Seu coração parecia simultaneamente leve e pesado, culpado e aliviado.

A cidade de Nova York. Brilhava com um calor familiar. Recordações. Suas recordações.

Como?

Lá estava de novo, o sabor de canela e açúcar, e um calor reconfortante na barriga. A Vigia piscou, observando o rosto de uma velha surgir acima da Ponte Arco-Íris. Em algum lugar, um garotinho riu e sentiu como se gotas de chuva caíssem em seu rosto. A velha abriu as mãos, revelando as linhas esculpidas em suas palmas, profundas e naturais como os sulcos na casca celestial da Árvore do Mundo. Uma carta apareceu, colorida e desgastada. Mostrava um homem usando uma túnica, virado de costas, carregando o fardo de correntes pesadas, correntes que erguiam uma tigela rasa e manchada. *Verdade.*

A velha retirou as mãos, pulseiras e joias brilhando ao fazê-lo.

— Teimosa, *mija,* como suas mães. Foi preciso uma aldeia para criar você, hum? — Ela falava espanhol agora. — E essa é a verdade.

Uma aldeia. Como a aldeia necessária para criar a criança-deusa Quinn Foster-Thorsdóttir.

A velha e a carta desapareceram, mas a Vigia não estava sozinha. Ela estendeu a mão e trouxe a Terra para mais perto de si, pressionando-a contra o peito como se pudesse absorver toda a sua estranheza, luta, dor e amor. Quando ela a soltou, flutuando, a Árvore do Mundo tremeu como se tivesse sido pega por uma brisa repentina. Uma queda esparsa de folhas quebradiças sacudiu o universo, mas seus olhos estavam fixos na partida deles.

As *folhas diurnas crescem sem cessar.*

— Folhas diurnas — disse a Vigia, testando as palavras. — Diurnas. Di-de. Dide, de-del. Del. Mercado. Mercearia Del.

A risada do menino girou em torno dela. Ela se lembrou do toque de papel das mãos da velha em seu rosto, enquanto a puxava para perto para um beijo no topo de sua cabeça. As pulseiras frias da senhora roçaram suas orelhas, fazendo cócegas. Haveria orchata grátis com cada leitura de tarô, e elas divertiam muito seu irmão mais novo.

— Por que acredita nessa bobagem? — Alberto a provocava. Chamavam-lhe Berto. Eles. Ela e sua família adotiva. Eles estavam sempre rondando a Mercearia Del em Washington Heights até que o gerente, sr. Narvaez, os expulsava por estarem muito agitados e risonhos pelo açúcar.

Eu *me conheço, conheço meu irmão, meu passado, meu nome.*

América, uma nação, uma ideia, uma *mulher.*

América Chávez. O que ela tinha sido? O que ela havia feito? Quem ela havia amado? Alívio e arrependimento. Ela havia sido alguém antes de se tornar a Vigia, e é por isso que apenas observar doía tanto. Loki, Rūna, Quinn, Stark... ela poderia ter intervindo, poderia ter suavizado o caminho, mas não o fez. Foi pura sorte eles terem sobrevivido.

Ou...

A Vigia rodou lentamente em torno da Terra, estudando-a. Havia algo atraindo-a para cá, não havia como negar isso agora. Enquanto olhava para os reinos deste multiverso, ele mudou, impregnado de um tom rosado, como se tivesse sido mergulhado como um ovo de Páscoa em um banho de tinta magenta. Algo a atraiu para cá. Mas o quê? Deuses morriam o tempo todo. As pessoas mudavam. Guerras terminavam, ou não, e conspirações eclodiam ou fracassavam.

Um deus renascido, uma donzela escudeira, um homem de metal e muito mais... uma presença intrometida.

O cristal, o cristal e o estranho que o carregava, essa era a presença. Quem era esse portador de cristal que ia e vinha, dançava nas sombras, brincando, cutucando, sussurrando e desaparecendo? Ela ergueu as mãos e descobriu que agora eram verdadeiramente suas, marrons e fortes e capazes de mudar o equilíbrio dos mundos.

No entanto, uma Vigia observava. Uma Vigia não se envolvia. Entretanto, o que aconteceria da próxima vez que esse sussurrador intrometido com seu cristal que distorce a realidade aparecesse? Aquele Loki, aquela Rūna, aquela Quinn poderiam não ter tanta sorte. Ela procurou Loki, localizando-o no sofá de flanela xadrez de Donna, onde ele tinha um merecido descanso, quase comum novamente na aparência, mas a Vigia não deixou de notar a forma como a luz se curvava ao redor dele. Luz rosa.

Esse Loki era especial. Bem, todos os Lokis eram especiais, mas esse tinha mais trabalho a fazer.

Sinto muito, sinto muito, sinto muito, seu descanso será breve.

Esse Loki era especial. Um ponto focal. Uma rachadura no espelho. Um vórtice.

Sinto muito, sinto muito, sinto muito. América Chavez, a Vigia, suspirou. Um espelho. Apenas o pensamento criou o objeto e, à medida que o tempo passou pelo emaranhado de sua mente, o espelho tornou-se uma janela. América pressionou-se contra ele, embaçou a janela com o hálito e depois limpou os dedos na névoa.

A janela se inclinou para baixo, mostrando-lhe mais uma vez a cidade de Nova York.

Vejo você em breve.

Ele sentia falta do pequeno e aconchegante posto avançado de Nidavellir, mas esse escritório em Bushwick serviria por enquanto. De qualquer forma, aquilo estava mais próximo dos seus interesses, o Wi-Fi era extremamente rápido e o restaurante etíope na mesma rua era de primeira qualidade. Uma xícara de café em cima da mesa fumegava pela sala com um aroma de chocolate, e ele inspirou, como se até mesmo o vapor fosse suficiente para cafeinar sua mente para começar.

Havia trabalho a fazer.

À sua esquerda, assentado sobre um pedaço de veludo preto com bordas cruas, o Cristal M'kraan pulsava e florescia, delicado e rosa como uma peônia primaveril. Uma televisão acima de sua mesa transmitia vozes baixas de algum antigo drama de cirurgia plástica; ele mudou para o noticiário local. Estavam cobrindo a mais recente coletiva de imprensa de Tony Stark, aquela em que Stark, recuperado, mas agora confinado a uma cadeira de rodas devido à extensão de seus ferimentos, anunciou uma fundação e uma bolsa de estudos para consertar sua imagem pública em ruínas. Pouco importava; Stark não entrava em seus cálculos, embora quase tivesse estragado tudo. Não importava. Água debaixo da ponte carregando pedras rio abaixo.

Os trechos matemáticos que brilhavam na tela eram elegantes em sua complexidade, porém, mais inspirador ainda era o que produziriam a longo prazo. As letras, os números e os colchetes eram sementes plantadas por mãos experientes. Nada era aleatório se alguém realmente se importasse em olhar. Ele clicou e ouviu a impressora *colocar* seu trabalho em papel enquanto calçava um par de luvas de látex. Preparação. Diligência. Resultados. Com os dedos protegidos, ele tirou a página nova da impressora e dobrou-a cuidadosamente. A carta foi colocada em um envelope simples e ele acrescentou uma etiqueta impressa que dizia PARKERS.

A viagem de metrô até o pitoresco bairro do Queens levou quase uma hora e meia. Ele não se importou. Havia prazer na antecipação, em finalizar os detalhes que só ele poderia desfrutar. O trem era um paraíso para os observadores; ele ficou desapontado quando o homem tatuado tocando seu banjo desceu do trem antes de Jackson Heights.

Já estava escuro quando ele chegou do lado de fora de casa. As luzes brilhavam lá dentro, tímidas por trás das cortinas meio fechadas. Lá dentro, ele imaginou todas as trivialidades da vida familiar: um Parker lavando a louça, outro secando, conversas sem sentido passando entre eles, enquanto o filho dormia tranquilamente em outro cômodo.

Ele quase se arrependeu de perturbar o equilíbrio de suas vidas. Quase.

O Sussurrador deixou o envelope na varanda da frente, sem ser visto, sem ser ouvido, e continuou andando casualmente pelo quarteirão, como se nunca tivesse estado lá. Quanto tempo até que o encontrassem? Quanto tempo até a próxima fase começar?

Ah, bem, ele podia ser paciente. Assobiava enquanto andava, com as mãos nos bolsos, a mente tranquila depois de um bom dia de trabalho; não adiantava se apressar e estragar as coisas. O trabalho estava apenas começando.

SOBRE A AUTORA

MADELEINE ROUX é best-seller do *New York Times* e do *USA Today*, autora de mais de vinte livros para adolescentes, adultos e crianças. Sua série best-seller *Asylum* vendeu mais de um milhão de cópias em todo o mundo. Ela também escreveu para *Star Wars, World of Warcraft, Dungeons & Dragons* e *Critical Role*. Roux mora em Seattle, Washington, com seu parceiro e seus queridos cachorrinhos.

madeleine-roux.com
X: @Authoroux

SIGA NAS REDES SOCIAIS:

- @EDITORAEXCELSIOR
- @EDITORAEXCELSIOR
- @EDEXCELSIOR
- @EDITORAEXCELSIOR

EDITORAEXCELSIOR.COM.BR